Meg Mason
Was wir wollen

Roman

Aus dem Englischen
von Yasemin Dinçer

HarperCollins

Die Originalausgabe erschien 2020 unter dem Titel
Sorrow and Bliss bei HarperCollins Australia, Sydney.

eccoverlag.de

1. Auflage 2022
© 2020 by Meg Mason
Ungekürzte Ausgabe im HarperCollins Taschenbuch
© 2021 für die deutschsprachige Ausgabe
by Ecco Verlag in der
Verlagsgruppe HarperCollins Deutschland GmbH, Hamburg
Umschlaggestaltung von Magdalena Mau/HarperCollins
Umschlagabbildung von Andrea Castro
Gesetzt aus der Albertina
von Dörlemann Satz, Lemförde
Druck und Bindung von CPI books GmbH, Leck
Printed in Germany
ISBN 978-3-365-00087-8

Für meine Eltern und meinen Ehemann

Auf einer Hochzeit kurz nach unserer eigenen folgte ich Patrick durch die dichte Menge auf der Party zu einer Frau, die ganz allein dastand.

Er meinte, statt alle fünf Minuten zu ihr hinüberzuschauen und traurig zu werden, solle ich lieber zu ihr gehen und ihr ein Kompliment für ihren Hut machen.

»Auch wenn er mir gar nicht gefällt?«

»Natürlich, Martha«, antwortete er. »Dir gefällt ja nichts. Komm schon.«

Die Frau hatte sich ein Canapé vom Tablett genommen, das ihr ein Kellner angeboten hatte. Sie steckte es sich gerade in den Mund, als sie uns auf sich zukommen sah. Im selben Augenblick merkte sie, dass sich das Canapé nicht mit einem Bissen bewältigen ließ. Sie senkte den Kopf und versuchte, ihre Bemühungen zu verbergen, es erst ganz in den Mund und dann ganz wieder herauszubekommen. In der anderen Hand hielt sie ein leeres Glas und einen Vorrat an Servietten. Obwohl Patrick sich extra viel Zeit bei seiner Vorstellung ließ, damit sie aufessen und herunterschlucken konnte, konnten weder er noch ich ihre Erwiderung verstehen. Das Ganze schien ihr so peinlich zu sein, dass ich, um ihr die Situation zu erleichtern, zu einem einminütigen Vortrag über Damenhüte ansetzte.

Die Frau nickte ein paarmal kurz, und als sie endlich wieder dazu in der Lage war, fragte sie uns, wo wir lebten und was wir beruflich machten und ob sie richtig in der Annahme liege, wir seien verheiratet, und wie lange schon, und wie hatten wir uns kennengelernt? Die Anzahl und Geschwindigkeit ihrer Fragen sollten vermutlich die Aufmerksamkeit von dem halb gegessenen Etwas ablenken, das nun auf einer öligen Serviette auf ihrer Handfläche lag. Ich antwortete, und sie blickte währenddessen verstohlen an mir vorbei, offenbar auf der Suche nach einer Möglichkeit, die Canapéreste diskret verschwinden zu lassen. Ich erklärte, Patrick und ich hätten uns im Grunde nie kennengelernt, weil er einfach »immer schon da« gewesen sei, und sie sagte, sie habe mich womöglich nicht ganz verstanden.

Ich drehte mich um. Mein Mann war gerade damit beschäftigt, mit einem Finger ein unsichtbares Objekt aus seinem Glas zu fischen. Ich wandte mich wieder der Frau zu und sagte, Patrick sei wie das Sofa, das in dem Haus steht, in dem man aufgewachsen ist. »Seine Existenz ist einfach eine Tatsache. Man fragt sich nie, wo es herkommt, weil man sich nicht mehr daran erinnern kann, dass es jemals nicht da gewesen ist. Man denkt einfach nicht bewusst darüber nach.«

Da die Frau keine Anstalten machte, etwas zu erwidern, fuhr ich fort: »Wobei man, wenn es darauf ankäme, wahrscheinlich jede einzelne seiner Unvollkommenheiten aufzählen könnte. Mitsamt deren Ursachen.«

Patrick fügte hinzu, das entspreche leider der Wahrheit.

»Martha könnte Ihnen definitiv eine Liste all meiner Fehler geben.«

Die Frau lachte und warf dann einen flüchtigen Blick auf die Handtasche mit den kurzen Henkeln, die an ihrem Unterarm baumelte, als wollte sie abschätzen, ob sie als Behältnis für den Canapérest taugte.

»Alles klar, wer braucht Nachschub?« Patrick richtete beide Zeigefinger auf mich und drückte mit den Daumen auf unsichtbare Abzüge. »Martha, ich weiß, dass du nicht Nein sagst.« Er zeigte auf das Glas der Frau, und sie gab es ihm. Dann fragte er: »Soll ich das auch mitnehmen?« Sie lächelte und sah aus, als würde sie gleich in Tränen ausbrechen, als er sie von dem Canapé befreite.

Als er fort war, sagte sie: »Sie sind sicher froh, mit so einem Mann verheiratet zu sein.« Ich nickte, erwog kurz, die Nachteile zu erläutern, mit jemandem verheiratet zu sein, den alle nett finden, fragte sie dann aber stattdessen, wo sie ihren fantastischen Hut herhabe. Ich wartete darauf, dass Patrick zurückkam.

Seitdem war das Sofa unsere Standardantwort auf die Frage, wie wir uns kennengelernt hätten. Wir wiederholten sie, mit ein paar Abwandlungen, acht Jahre lang. Die Leute lachten jedes Mal.

★

Es gibt ein GIF mit dem Titel »Prinz William fragt Kate, ob sie noch einen Drink möchte«. Meine Schwester schickte es mir mit dem Kommentar: »Ich heule vor Lachen!!!!« Die beiden sind auf irgendeinem Empfang. William trägt einen Smoking.

Er winkt Kate durch den Raum hinweg zu, macht eine Handbewegung, als würde er sein Glas leeren, und zeigt dann mit dem Finger auf sie.

»Das mit dem Finger«, schrieb meine Schwester. »Echt buchstäblich Patrick.«

Ich textete zurück: »Echt im übertragenen Sinne Patrick.«

Sie schickte mir das Augenroll-Emoji, das Sektglas und den Zeigefinger.

An dem Tag, an dem ich wieder bei meinen Eltern einzog, entdeckte ich das GIF erneut. Ich schaute es mir fünftausendmal an.

★

Meine Schwester heißt Ingrid. Sie ist fünfzehn Monate jünger als ich und mit einem Mann verheiratet, den sie kennenlernte, indem sie vor seinem Haus hinfiel, als er gerade die Mülltonnen auf die Straße stellte. Sie ist mit ihrem vierten Kind schwanger. Als sie mir die Nachricht schrieb, dass es wieder ein Junge wird, schickte sie dazu das Aubergine-Emoji, die Kirschen und die geöffnete Schere. Sie schrieb: »Hamish kommt unters Messer, und zwar nicht im übertragenen Sinne.«

Als wir noch klein waren, hielten uns alle für Zwillinge. Wir wollten uns unbedingt gleich anziehen, aber unsere Mutter erlaubte es nicht. Ingrid fragte: »Warum dürfen wir nicht?«

»Weil die Leute dann denken, dass es meine Idee war …« Sie blickte sich im Zimmer um. »Dabei war nichts von alldem hier meine Idee.«

Später, als die Pubertät uns beide fest im Griff hatte, bemerkte unsere Mutter einmal, da Ingrid die deutlich größere

Menge Busen habe, könnten wir nur hoffen, dass ich am Ende mehr Hirn abbekäme. Wir fragten sie, was von beidem besser sei. Sie erwiderte, es sei besser, beides oder keins davon zu haben, das eine ohne das andere jedoch sei fatal.

Meine Schwester und ich sehen uns immer noch ähnlich. Unsere Kiefer sind zu kantig, aber unsere Mutter meint, wir kämen damit durch. Unser Haar wird schnell strähnig und war von der gleichen mehr oder weniger blonden Farbe, bis ich neununddreißig wurde und eines Morgens feststellte, dass ich auch die vierzig nicht würde aufhalten können. Am selben Nachmittag ließ ich mir das Haar auf die Länge meines zu kantigen Kiefers schneiden und blondierte es mir dann zu Hause mit Farbe aus dem Supermarkt. Während der Prozedur kam Ingrid vorbei und verbrauchte den Rest für ihr eigenes Haar. Wir fanden es beide schwierig, dass wir nun ständig nachfärben mussten. Ingrid behauptete, es hätte weniger Arbeit verursacht, einfach noch ein Baby zu bekommen.

Obwohl wir uns so ähnlich sehen, wusste ich schon früh, dass die Leute Ingrid schöner fanden als mich. Einmal erwähnte ich das meinem Vater gegenüber. Er sagte: »Die Leute sehen vielleicht zuerst sie. Aber dich werden sie länger anschauen wollen.«

*

Nach der letzten Party, auf die Patrick und ich gemeinsam gingen, sagte ich auf dem Heimweg im Auto: »Wenn du das mit dem Zeigefinger machst, würde ich am liebsten mit einer echten Pistole auf dich schießen.« Ich sagte es in einem trockenen und gemeinen Tonfall, den ich selbst nicht mochte – und genauso hasste ich Patrick, als er völlig emotionslos erwiderte: »Toll, danke.«

»Ich meine nicht ins Gesicht. Eher einen Warnschuss ins Knie oder so, damit du immer noch arbeiten gehen kannst.«

Er sagte: »Gut zu wissen«, und gab unsere Adresse bei Google Maps ein.

Wir lebten schon seit sieben Jahren im selben Haus in Oxford. Worauf ich ihn auch hinwies. Er blieb stumm, und ich schaute ihn vom Beifahrersitz aus an. Er wartete ruhig auf eine Lücke im Verkehr. »Jetzt machst du schon wieder das mit deinem Kiefer.«

»Ich habe eine Idee, Martha: Wie wäre es, wenn wir nichts mehr sagen, bis wir zu Hause sind.« Er nahm sein Telefon aus der Halterung und verstaute es im Handschuhfach.

Ich sagte noch etwas, beugte mich dann vor und stellte die Heizung auf die höchste Stufe. Sobald es im Wagen stickig wurde, stellte ich sie wieder aus und ließ mein Fenster komplett nach unten fahren. Es war eisverkrustet und knirschte beim Absenken.

Wir hatten immer Scherze darüber gemacht, dass ich in allen Dingen zwischen den Extremen schwanke, während er sein gesamtes Leben auf der mittleren Stufe verbringt. Bevor ich ausstieg, sagte ich noch: »Das orangefarbene Licht da ist immer noch an.« Patrick erwiderte, er werde am nächsten Tag Öl besorgen, schaltete den Wagen aus und ging ins Haus, ohne auf mich zu warten.

★

Wir hatten einen befristeten Mietvertrag für das Haus unterschrieben, für den Fall, dass es nicht wie geplant lief und ich zurück nach London wollte. Patrick hatte Oxford vorgeschlagen, weil er dort zur Universität gegangen war und dachte, mir würde es dort im Vergleich zu anderen Orten, den Pendlerstädten um London herum, womöglich leichter fallen, Freundinnen zu finden. Wir verlängerten den Vertrag um sechs Monate, vierzehnmal hintereinander, als könnte es jederzeit anders laufen als geplant.

Die Maklerin erklärte uns, es sei ein Haus für Führungskräfte in einer Wohnlage für Führungskräfte und daher perfekt für uns geeignet – obwohl keiner von uns beiden eine Führungskraft ist. Einer von uns ist Spezialist für Intensivmedizin. Eine von uns schreibt eine lustige Kochkolumne für das Waitrose-Magazin und googelte eine Zeit lang »Priory Clinic Preis pro Nacht«, während ihr Mann auf der Arbeit war.

Das »Führungskrafthafte« an diesem Haus waren konkret die Teppichböden in Taupe und die zahlreichen speziellen Steckdosen; auf der emotionalen Ebene das permanente Gefühl des Unbehagens, wann immer ich mich allein darin befand. Eine Abstellkammer im obersten Stockwerk war der einzige Raum, in dem ich nicht das Gefühl hatte, irgendjemand stünde hinter mir. Die Kammer war klein, und vor ihrem Fenster stand eine Platane. Im Sommer versperrte sie die Sicht auf die anderen, identischen Häuser für Führungskräfte auf der anderen Seite unserer Sackgasse. Im Herbst wehten tote Blätter herein und ließen den Teppich etwas erträglicher aussehen. In dieser Abstellkammer arbeitete ich, auch wenn, woran mich Fremde bei gesellschaftlichen Anlässen immer wieder gern erinnern, das Schreiben etwas ist, das ich überall tun kann.

Der Lektor meiner lustigen Kochkolumne schrieb mir Anmerkungen wie: »Verstehe diese Anspielung nicht« oder »Wenn möglich, umschreiben«. Er verwendete dabei *Änderungen nachverfolgen*. Ich drückte *Annehmen, Annehmen, Annehmen*. LinkedIn zufolge wurde mein Lektor 1995 geboren.

★

Die Party, von der wir kamen, war mein vierzigster Geburtstag. Patrick hatte sie geplant, weil ich ihm erklärt hatte, ich befände mich nicht in der richtigen Verfassung zum Feiern.

Er sagte: »Wir müssen den Tag in Angriff nehmen.«

»Müssen wir?«

Einmal hatten wir auf einer Zugfahrt mit geteilten Kopfhörern einen Podcast gehört. Patrick hatte seinen Pulli zu einem Kissen geformt, damit ich meinen Kopf auf seine Schulter legen konnte. Der Erzbischof von Canterbury erzählte in der BBC-Reihe *Desert Island Discs*, wie er vor langer Zeit sein erstes Kind bei einem Autounfall verloren hatte.

Die Moderatorin fragte ihn, wie er heute damit zurechtkomme. Er antwortete, wenn es um den Jahrestag, Weihnachten oder ihren Geburtstag gehe, habe er gelernt, dass man den Tag in Angriff nehmen müsse, »damit er einen selbst nicht angreift«.

Patrick übernahm dieses Prinzip. Er erwähnte es andauernd. Er zitierte es auch, als er vor der Party sein Hemd bügelte. Ich saß auf dem Bett und schaute mir auf dem Laptop *Bake Off* an, eine alte Folge, die ich bereits gesehen hatte.

Darin nimmt eine Teilnehmerin die Eiscremetorte eines anderen aus dem Eisfach, woraufhin diese schmilzt. Das Ereignis schaffte es auf die Titelseiten der Zeitungen: eine Saboteurin im *Bake-Off*-Zelt.

Als die Folge zum ersten Mal im Fernsehen lief, schrieb Ingrid mir eine SMS. Sie war felsenfest davon überzeugt, dass die Frau das Dessert absichtlich herausgenommen hatte. Ich schwankte noch. Sie schickte mir alle Kuchen-Emojis und dann das Polizeiauto.

Als er mit Bügeln fertig war, setzte sich Patrick halb neben mich aufs Bett, um mir beim Schauen zuzuschauen. »Wir müssen ...«

Ich drückte die Stopptaste. »Patrick, in diesem Fall sollten wir Bischof Soundso vielleicht mal aus dem Spiel lassen. Es geht bloß um meinen Geburtstag. Niemand ist gestorben.«

»Ich wollte nur etwas Aufmunterndes sagen.«

»Okay.« Ich drückte die Taste erneut.

Nach kurzem Schweigen sagte er, es sei beinahe Viertel vor. »Solltest du dich vielleicht langsam fertig machen? Ich würde gern vor den anderen dort sein. Martha?«

Ich klappte den Computer zu. »Kann ich das hier anlassen?« Ich trug Leggings, eine Strickjacke und irgendetwas darunter. Als ich aufblickte, sah ich, dass er verletzt war. »Tut mir leid, tut mir leid, tut mir leid. Ich ziehe mich um.«

Patrick hatte den oberen Teil einer Bar gemietet, in die wir öfter gingen. Ich wollte nicht vor allen anderen dort sein. Ich wusste nicht, ob ich mich setzen oder stehen bleiben sollte, während ich auf die anderen wartete. Ich fragte mich, ob überhaupt jemand auftauchen würde, um mich dann stellvertretend für jene Person, die das Pech hatte, die Erste zu sein, unangenehm berührt zu fühlen. Ich wusste, dass meine Mutter nicht da sein würde, denn ich hatte Patrick gebeten, sie nicht einzuladen.

Vierundvierzig Menschen erschienen in Zweiergruppen. Wenn man die dreißig überschritten hat, ist die Zahl der Gäste immer gerade. Es war ein eiskalter Novembertag. Alle brauchten ewig, um ihre Mäntel loszuwerden. Die Gäste waren hauptsächlich Patricks Freundinnen und Freunde. Zu meinen eigenen aus der Schulzeit, dem Studium und all den Jobs, in denen ich seither gearbeitet hatte, hatte ich nach und nach den Kontakt verloren, weil sie Kinder bekamen und ich nicht und uns mit der Zeit nichts mehr blieb, worüber wir miteinander reden konnten. Auf dem Weg zur Party bat mich Patrick, wenigstens interessiert zu schauen, wenn die anderen anfingen, Geschichten über ihre Kinder zu erzählen.

Die Leute standen herum und tranken Negronis – 2017 war »das Jahr des Negroni« –, lachten überlaut und hielten spontane Reden: Aus jeder Gruppe trat eine Sprecherin oder ein Sprecher hervor, als verträten sie ihr Team. Ich versteckte mich in einer Toilettenkabine, um zu weinen.

Ingrid erzählte mir einmal, die Angst vor Geburtstagen heiße Fragapanophobie. Sie hatte das von einem der Abreißstreifen auf Damenbinden, auf denen lustige Fakten standen. Inzwischen bilden sie ihre Hauptquelle für intellektuelle Stimulation, wie sie behauptet, das Einzige, wozu sie noch die Zeit findet. In ihrer Rede sagte sie: »Wir alle wissen, dass Martha eine hervorragende Zuhörerin ist, besonders wenn sie selbst redet.« Patrick hatte sich irgendetwas auf Karteikarten notiert.

Es gab nicht den einen Augenblick, der mich zu der Ehefrau machte, die ich bin, aber wenn ich einen bestimmen müsste, wäre es wohl jener, in dem ich den Raum durchquerte und meinen Mann bat, nicht vorzulesen, was auch immer auf diesen Karten stand.

Außenstehende konnten glauben, ich hätte mir nie Mühe gegeben, eine gute oder zumindest eine bessere Ehefrau zu sein. Oder, wenn sie mich an jenem Abend so sahen, annehmen, dass ich mir vorgenommen hätte, so zu werden, um dieses Ziel nach Jahren konzentrierter Anstrengungen nun endlich zu erreichen. Sie konnten nicht wissen, dass ich die längste Zeit meines Erwachsenenlebens und meiner gesamten Ehe versucht habe, das Gegenteil von mir selbst zu werden.

★

Am nächsten Morgen sagte ich Patrick, dass es mir leidtue. Er hatte Kaffee gekocht und ihn ins Wohnzimmer getragen, jedoch noch nicht angerührt, als ich eintrat. Er saß an einem Ende des Sofas. Ich nahm ebenfalls Platz und zog die Beine unter. Als ich ihm so gegenübersaß, kam mir meine Haltung bettelnd vor, und ich stellte einen Fuß zurück auf den Boden.

»Ich will nicht so sein.« Ich zwang mich, meine Hand auf seine zu legen. Es war das erste Mal seit fünf Monaten, dass ich ihn mit Absicht berührte. »Ehrlich, Patrick, ich kann nichts dagegen tun.«

»Und trotzdem schaffst du es irgendwie, so nett zu deiner Schwester zu sein.« Er schüttelte meine Hand ab und sagte, er gehe jetzt raus, um eine Zeitung zu kaufen. Er kehrte erst fünf Stunden später wieder zurück.

Ich bin immer noch vierzig. Es ist jetzt Ende des Winters 2018 und nicht länger das Jahr des Negroni. Patrick verließ mich zwei Tage nach der Party.

Mein Vater ist ein Dichter namens Fergus Russell. Sein erstes Gedicht wurde im *New Yorker* veröffentlicht, als er neunzehn war. Es ging darin um einen Vogel, und zwar einen sterbenden. Nach dem Erscheinen des Gedichts nannte ihn jemand eine männliche Sylvia Plath. Für seine erste Anthologie bekam er einen beträchtlichen Vorschuss. Meine Mutter, die damals seine Freundin war, soll gefragt haben: »Brauchen wir denn eine männliche Sylvia Plath?« Sie streitet es ab, aber diese Anekdote ist inzwischen ein Teil der Familiengeschichte, und die darf niemand mehr umschreiben. Es war auch das letzte Gedicht, das mein Vater je veröffentlichte. Er behauptet, meine Mutter habe ihn mit einem Fluch belegt. Auch das streitet sie ab. Die Anthologie soll immer noch »in Kürze« erscheinen. Ich habe keine Ahnung, was mit dem Geld geschehen ist.

Meine Mutter ist die Bildhauerin Celia Barry. Sie stellt bedrohliche, überlebensgroße Vögel aus wiederverwerteten Materialien her: aus Gartenrechen, Gerätemotoren, Gegenständen aus dem Haus. Bei einer ihrer Ausstellungen sagte Patrick einmal: »Ich glaube nicht, dass deine Mutter schon einmal auf irgendeine vorhandene Materie gestoßen ist, die sie nicht wiederverwerten konnte.« Das war nicht unfreundlich gemeint. Nur sehr wenig im Haus meiner Eltern funktioniert seiner ursprünglichen Aufgabe entsprechend.

Wann immer meine Schwester und ich als Jugendliche hörten, wie unsere Mutter zu jemandem sagte: »Ich bin Bildhauerin«, formte Ingrid mit den Lippen diese Zeile aus dem Elton-John-Song »If I was a sculptor«, wenn ich ein Bildhauer wäre. Ich fing dann an zu lachen, und sie machte weiter, mit geschlossenen Augen und die Fäuste inbrünstig gegen die Brust gepresst, bis ich aus dem Zimmer gehen musste. Es hat niemals aufgehört, lustig zu sein.

Der *Times* zufolge ist meine Mutter einigermaßen bedeutend. Am Erscheinungstag der Kritik waren Patrick und ich gerade im Haus und halfen meinem Vater, sein Arbeitszimmer umzustellen. Meine Mutter las sie uns dreien vor und lachte bitter über das Wort einigermaßen. Hinterher meinte mein Vater, er selbst würde sich in seinem Stadium über jeden Grad an Bedeutsamkeit freuen. »Und du hast einen bestimmten Artikel bekommen. *Die* Bildhauerin Celia Barry. Denk doch auch einmal an all uns Unbestimmte.« Später schnitt er die Kritik aus und klebte sie an den Kühlschrank. Die Rolle meines Vaters in ihrer Ehe ist die der kompromisslosen Selbstverleugnung.

★

Manchmal bringt Ingrid eins ihrer Kinder dazu, mich anzurufen, denn sie sagt, sie möchte, dass sie eine enge Beziehung zu mir haben. Außerdem hält sie sie sich damit für buchstäblich fünf Sekunden vom Hals. Einmal rief mich ihr ältester Sohn an, um mir zu erzählen, bei der Post arbeite eine fette Dame und sein Lieblingskäse sei der aus der Tüte, der so weißlich ist. Ingrid textete mir hinterher: »Er meint Cheddar.«

Ich weiß nicht, wann er aufhört, mich Marfa zu nennen. Ich hoffe niemals.

★

Unsere Eltern leben noch immer in dem Haus, in dem wir aufgewachsen sind, in der Goldhawk Road in Shepherd's Bush. Sie kauften es in dem Jahr, in dem ich zehn wurde, mit einer Anzahlung, die ihnen die Schwester meiner Mutter, Winsome, geliehen hatte. Diese hatte anstelle einer männlichen Sylvia Plath einen reichen Mann geheiratet. Als Kinder hatten die beiden in einer Wohnung über einem Schlüsseldienst gelebt, in »einem depressiven Küstenort mit einer depressiven Küstenmutter«, wie meine Mutter gern sagt. Winsome ist sieben Jahre älter als sie. Als ihre Mutter plötzlich an einer unbestimmten Form von Krebs starb und ihr Vater das Interesse an allem verlor, insbesondere an ihnen, brach Winsome ihr Studium am Royal College of Music ab und kehrte nach Hause zurück, um sich um meine Mutter zu kümmern, die damals dreizehn war. Sie hatte nie eine eigene Karriere. Meine Mutter ist einigermaßen bedeutend.

★

Winsome war es, die das Haus in der Goldhawk Road fand und dafür sorgte, dass meine Eltern dafür viel weniger bezahlen mussten, als es wert war, weil es zu dem Nachlass eines Verstorbenen ohne Erben gehörte und, wie meine Mutter behauptete, dem Geruch zufolge der Leichnam auch noch immer irgendwo unter dem Teppich lag.

Am Tag unseres Einzugs kam Winsome vorbei, um beim Küchenputz zu helfen. Als ich hereinkam, um etwas zu holen, sah ich meine Mutter am Tisch sitzen und ein Glas Wein trinken, während meine Tante in Schürze und Gummihandschuhen auf der obersten Stufe einer Trittleiter stand und die Schränke auswischte.

Sie verstummten und führten ihr Gespräch erst fort, als ich das Zimmer wieder verließ. Ich blieb vor der Tür stehen und hörte Winsome zu meiner Mutter sagen, sie solle vielleicht versuchen, einen Hauch von Dankbarkeit aufzubringen, da ein eigenes Haus für eine Bildhauerin und einen Dichter, der keinerlei Gedichte veröffentlicht, eigentlich weit außerhalb ihrer finanziellen Möglichkeiten sei. Meine Mutter redete acht Monate lang nicht mehr mit ihr.

Sie hasst das Haus bis heute, weil es eng und dunkel ist, weil das einzige Badezimmer von der Küche aus durch eine Tür aus Holzlatten zu erreichen ist, was bedeutet, dass jedes Mal, wenn sich jemand darin aufhält, Radio Four laut aufgedreht werden muss. Sie hasst es, weil sich auf jedem Stockwerk nur ein Zimmer befindet und die Treppen so steil sind. Sie sagt, sie verbringe ihr ganzes Leben auf diesen Treppen, und eines Tages werde sie auch auf ihnen sterben.

Sie hasst es, weil Winsome in einem Stadthaus in Belgravia lebt. Riesengroß, an einem georgianischen Platz gelegen, und zwar, wie meine Tante gern betont, auf dessen besserer Seite, da bis zum Nachmittag die Sonne hineinscheint und man von dort einen besseren Blick auf den Privatgarten hat. Das Haus war ein Hochzeitsgeschenk der Eltern von Onkel Rowland und wurde vor ihrem Einzug ein Jahr lang und seither in regelmäßigen Abständen renoviert, zu einem Preis, den meine Mutter als unmoralisch bezeichnet.

Rowland ist zwar ausgesprochen sparsam, allerdings nur aus Leidenschaft – er musste nie arbeiten – und lediglich in den Details. Er klebt den letzten Seifenrest an das neue Stück, aber Winsome darf bei einer einzigen Renovierung eine Viertelmillion Pfund für Carraramarmor ausgeben und Möbelstücke kaufen, die in Auktionskatalogen als »bedeutend« bezeichnet werden.

★

Als sie ausschließlich auf Grundlage seines architektonischen Skeletts – nicht des Skeletts, das wir finden würden, wenn wir den Teppich anhöben, wie meine Mutter bemerkte – ein Haus für uns aussuchte, ging Winsome davon aus, wir würden es im Laufe der Zeit aufbessern. Das Interesse meiner Mutter an Inneneinrichtung ging jedoch nie darüber hinaus, sich über die bestehende zu beklagen. Wir waren aus einer Mietwohnung in einem noch weiter außerhalb gelegenen Vorort gekommen und hatten nicht genügend Möbel für die Zimmer oberhalb des ersten Stocks. Meine Mutter machte sich keine Mühe, welche anzuschaffen, sodass diese Zimmer eine lange Zeit leer blieben – bis mein Vater irgendwann einen Transporter mietete und mit flach verpackten Bücherregalen, einem kleinen Sofa mit braunem Cordbezug und einem Birkenholztisch zurückkehrte, von dem er wusste, dass meine Mutter ihn nicht mögen würde. Er behauptete, diese Möbel seien nur eine Übergangslösung, bis er seine Anthologie herausbrächte und die Tantiemen hereinsprudeln würden. Das meiste davon steht bis heute im Haus, einschließlich des Tischs, den meine Mutter als unsere einzige echte Antiquität bezeichnet. Er ist von Zimmer zu Zimmer gewandert, hat die verschiedensten Zwecke erfüllt und fungiert derzeit als Schreibtisch meines Vaters. »Ich hege allerdings keinen Zweifel daran«, sagt meine Mutter, »dass ich auf dem Sterbebett meine Augen noch ein letztes Mal öffnen werde, nur um festzustellen, dass dieser Tisch mein Sterbebett ist.«

Hinterher machte sich mein Vater, von Winsome ermutigt, daran, das Erdgeschoss in einem Terrakottaton namens *Umbrian Sunrise* zu streichen. Da er mit seinem Pinsel nicht zwischen Wand und Scheuerleiste, Fensterrahmen, Lichtschalter, Steckdose, Tür, Türangel oder Griff unterschied, kam er zunächst rasch voran. Zu der Zeit begann meine Mutter, sich jeglicher Hausarbeit zu verweigern. Irgendwann blieben das Putzen und Kochen und Waschen vollständig ihm überlassen, sodass er seine Malerarbeit nie vollendete. Bis heute ist der Flur in der Goldhawk Road bis ungefähr zur Mitte ein terrakottafarbener Tunnel. Die Küche ist auf drei Seiten terrakottafarben. Teile des Wohnzimmers sind terrakottafarben. Bis auf Bauchhöhe.

In unserer Kindheit war Ingrid der Zustand des Hauses wichtiger als mir. Aber keiner von uns machte es viel aus, dass zerbrochene Gegenstände nie repariert wurden, dass die Handtücher ständig feucht waren und nur selten gewechselt wurden, dass mein Vater jeden Abend Koteletts auf einem Stück Alufolie briet, das er auf das Stück vom Vorabend legte, sodass der Boden des Ofens sich nach und nach in ein Millefeuille aus Fett und Folie verwandelte. Wenn sie überhaupt kochte, bereitete meine Mutter exotische Gerichte ohne Rezept zu, Tajines und Ratatouilles. Man konnte sie nur anhand der Form der Paprikastücke unterscheiden, die in einer Flüssigkeit schwammen, die so bitter nach Tomate schmeckte, dass ich zum Schlucken die Augen schließen und meine Füße unter dem Tisch aneinanderreiben musste.

★

Da wir ein Teil der Kindheit der und des anderen gewesen waren, mussten Patrick und ich uns als junges Paar unser früheres Leben nicht in allen Einzelheiten beschreiben. Stattdessen herrschte zwischen uns der ständige Wettstreit: Wessen Kindheit war schlimmer gewesen?

Einmal erzählte ich ihm, dass ich immer als Letzte von Geburtstagsfeiern abgeholt worden sei. So spät, dass die Mutter des Geburtstagskindes irgendwann sagte: »Ich frage mich, ob ich deine Eltern anrufen sollte.« Wenn sie dann ein paar Minuten später den Hörer wieder auflegte, sagte sie, ich solle mir keine Sorgen machen, wir könnten es später erneut versuchen. Bis dahin könne ich ja vielleicht beim Aufräumen helfen, und es sei doch immer schön, wenn noch jemand zum Tee da sei und dabei helfe, den ganzen Kuchen aufzuessen. »Es war fürchterlich«, erzählte ich Patrick. »Und auf meinen eigenen Feiern trank meine Mutter.«

Er streckte sich, um sich zum Gegenschlag aufzuwärmen. »Jede einzelne Geburtstagsparty, die ich zwischen sieben und achtzehn feierte, fand in der Schule statt. Vom Lehrer organisiert. Der Kuchen kam aus dem Requisitenschrank der Theater-AG. Er bestand aus Gips.« Er fügte hinzu: »Aber netter Versuch.«

★

Ingrid ruft mich meistens an, wenn sie mit den Kindern irgendwohin fährt, da sie sich, wie sie sagt, nur richtig unterhalten kann, wenn alle gebändigt und am besten eingeschlafen sind; das Auto ist derzeit also im Grunde genommen ein zu groß geratener Kinderwagen. Vor einer Weile rief sie mich an, um mir zu erzählen, sie habe gerade im Park eine Frau getroffen, die sagte, ihr Mann und sie hätten sich getrennt und das Sorgerecht für ihre Kinder halb und halb aufgeteilt. Die Übergabe finde Sonntagmorgens statt, erzählte die Frau ihr, sodass sie beide je einen Wochenendtag für sich allein hätten. Sie habe begonnen, samstagabends allein ins Kino zu gehen, und kürzlich festgestellt, dass ihr Exehemann an den Sonntagabenden allein ging. Oft stellte sich heraus, dass sie sich denselben Film angeschaut hätten. Beim letzten Mal sei es *X-Men: First Class* gewesen. »Martha, hast du schon einmal etwas Deprimierenderes gehört? Ich meine, die sollen doch einfach zusammen gehen! Bald genug sind sie eh beide tot.«

In unserer Kindheit trennten sich unsere Eltern etwa alle zwei Jahre. Dem ging jedes Mal ein Stimmungswechsel voraus, der meist über Nacht kam, und auch wenn Ingrid und ich nie begriffen, wie es dazu gekommen war, wussten wir doch instinktiv, dass es nicht klug war, lauter als im Flüsterton miteinander zu sprechen, um irgendetwas zu bitten oder auf jene Dielenbretter zu treten, die knarrten, bis unser Vater seine Kleidungsstücke und seine Schreibmaschine in einem Wäschekorb verstaut hatte und ins Hotel Olympia gezogen war, ein Bed and Breakfast am Ende unserer Straße.

Meine Mutter verbrachte daraufhin Tag und Nacht in ihrem Schuppen hinten im Garten, während Ingrid und ich allein im Haus blieben. Ingrid schleifte dann ihr Bettzeug in mein Zimmer, und wir legten uns Kopf an Füßen hin, wurden jedoch wach gehalten vom Klirren und Scheppern der Metallwerkzeuge, die auf den Betonfußboden geworfen wurden, und von der jammernden, disharmonischen Folkmusik, zu der unsere Mutter arbeitete und die durch unser offenes Fenster hereindrang.

Tagsüber schlief sie auf dem braunen Sofa, das sie Ingrid und mich zu diesem Zweck hinaustragen ließ, und obwohl ein Warnschild mit der Aufschrift »MÄDCHEN: Bevor ihr klopft, fragt euch: Brennt irgendwas?« an der Tür hing, betrat ich den Schuppen vor der Schule, um schmutzige Teller und Tassen und eine wachsende Anzahl an leeren Flaschen einzusammeln, damit Ingrid sie nicht zu Gesicht bekäme. Ich weiß nicht mehr, ob wir Angst hatten, ob wir glaubten, diesmal sei es echt, unser Vater werde nicht zurückkommen und wir würden uns irgendwann ganz selbstverständlich Wendungen aneignen wie »der Freund meiner Mum« oder »das habe ich bei meinem Dad gelassen«, sie mit derselben Leichtigkeit aussprechen wie unsere Klassenkameradinnen, die behaupteten, es toll zu finden, zweimal hintereinander Weihnachten zu feiern. Keine von uns gab zu, dass sie sich Sorgen machte. Wir warteten einfach ab. Als wir älter wurden, nannten wir es »die Abschiede«.

Irgendwann schickte meine Mutter dann eine von uns

runter zum Hotel, um ihn zu holen, da die ganze Sache doch eigentlich verdammt lächerlich sei, wie sie sagte, obwohl es jedes Mal ihre eigene Idee gewesen war. Sobald er zurück war, küsste sie ihn gegen die Spüle gedrückt, und meine Schwester und ich sahen peinlich berührt zu, wie sie ihre Hand unter das Hemd unseres Vaters schob. Hinterher erwähnte man die Angelegenheit höchstens im Scherz. Und dann wurde gefeiert.

★

Alle Pullover von Patrick haben Löcher an den Ellenbogen, sogar diejenigen, die noch nicht besonders alt sind. Eine Seite seines Hemdkragens steckt immer im Ausschnitt des Pullovers, die andere liegt darauf, und so oft er es auch hineinsteckt, schlüpft ein Zipfel seines Hemdes am Rücken immer wieder heraus. Drei Tage nachdem er beim Friseur war, muss er schon wieder zum Friseur. Er hat die schönsten Hände, die ich in meinem ganzen Leben gesehen habe.

★

Abgesehen davon, dass sie unseren Vater immer wieder hinauswarf, waren Partys der größte Beitrag, den unsere Mutter zu unserem Familienleben leistete, und das, was uns ihre Unzulänglichkeiten verglichen mit dem, was wir über andere Mütter wussten, so bereitwillig vergeben ließ. Auf ihren Partys überflutete das, was unsere Mutter als die künstlerische Elite Westlondons bezeichnete, unser Haus, und sie dauerten von Freitagabend bis Sonntagmorgen. Allerdings brauchte man, um eingeladen zu werden, lediglich eine vage Verbindung zu den Künsten, Toleranz gegenüber Marihuanarauch und/oder den Besitz eines Musikinstruments. Selbst im Winter mit geöffneten Fenstern war es im Haus heiß und eng und süßlich verraucht. Ingrid und ich wurden weder ausgeschlossen noch ins Bett geschickt. Den ganzen Abend über gingen wir in den Zimmern ein und aus, drängten uns durch das Gewühl der Männer in hohen Stiefeln oder Overalls und Damenschmuck sowie der Frauen, die Petticoats als Kleider über schmutzigen Jeans und Doc Martens trugen. Wir wollten nirgendwohin, sondern ihnen nur so nah wie möglich sein. Wenn sie uns herbeiriefen, versuchten wir, geistreich und witzig zu sein. Manche behandelten uns wie Erwachsene, andere lachten über uns, auch wenn wir gar nicht lustig sein wollten. Wenn sie einen Aschenbecher oder einen weiteren Drink benötigten oder wissen wollten, wo die Pfannen waren, weil sie um drei Uhr morgens beschlossen hatten, Eier zu braten, wetteiferten Ingrid und ich darum, wer den Auftrag ausführen durfte.

Irgendwann schliefen meine Schwester und ich dann ein, niemals getrennt in unseren Betten, sondern immer gemeinsam, und wachten wieder auf zwischen Unordnung und Wandgemälden, die spontan an jene Stellen gemalt worden waren, die noch nicht in *Umbrian Sunrise* leuchteten. Das letzte Gemälde ist immer noch zu sehen, an einer Wand im Badezimmer, zwar etwas verblasst, aber nicht so sehr, dass man den perspektivisch verkürzten linken Arm des Aktes in der Mitte des Bildes unter der Dusche nicht ständig ansehen müsste. Als wir ihn zum ersten Mal sahen, fürchteten Ingrid und ich, es sei unsere Mutter, nach dem lebenden Objekt gemalt.

Unsere Mutter, die an jenen Abenden Wein aus der Flasche trank, Leuten die Zigaretten aus dem Mund klaute, Rauch an die Decke pustete, beim Lachen den Kopf in den Nacken warf und allein tanzte. Damals war ihr Haar noch lang, hatte noch seine natürliche Farbe, und sie war noch nicht fett. Sie trug Slipdresses und zottelige Fuchspelze, schwarze Strümpfe, keine Schuhe. Kurze Zeit lang einen Seidenturban.

Mein Vater stand meist in einer Zimmerecke und unterhielt sich mit einem einzigen Gast, manchmal hielt er ein Glas mit irgendetwas hoch und rezitierte vor einem kleinen, aber bewundernden Publikum *Die Ballade vom alten Seemann* mit regionalen Akzenten. Sobald meine Mutter allerdings zu tanzen begann, gab er auf und gesellte sich zu ihr, weil er wusste, dass sie nicht aufhören würde, ihn herbeizurufen.

Er versuchte beim Tanzen, ihrer Führung zu folgen und sie aufzufangen, wenn sie sich zu wild drehte. Und er war so viel größer als sie – daran erinnere ich mich, er sah so groß aus. Ich könnte nicht sagen, wie meine Mutter aussah, wie sie mir damals vorkam, außer dass ich mich fragte, ob sie berühmt war. Alle traten zurück, um ihr beim Tanzen zuzuschauen, auch wenn sie sich nur drehte, die Arme um den eigenen Körper schlang oder sie über dem Kopf schwenkte, als wollte sie die Bewegung von Seetang nachahmen.

Irgendwann sank sie dann erschöpft in die Arme meines Vaters, aber wenn sie uns am Rand des Kreises entdeckte, rief sie: »Mädchen, Mädchen, kommt her!«, und war sofort wieder ganz aufgekratzt. Ingrid und ich lehnten immer ab, aber bloß ein einziges Mal, denn wenn wir mit ihnen tanzten, fühlten wir uns geliebt von unserem großen Vater und unserer lustigen, stolpernden Mutter, und als Vierergruppe geliebt von den Menschen, die uns zusahen, auch wenn wir sie gar nicht kannten.

Rückblickend hat meine Mutter sie vermutlich selbst nicht gekannt – das Ziel ihrer Partys schien es zu sein, das Haus mit außergewöhnlichen Fremden zu füllen und vor diesen selbst außergewöhnlich zu wirken, und nicht jemand zu sein, der über einem Schlüsseldienst wohnt. Es genügte ihr nicht, für uns drei außergewöhnlich zu sein.

★

Als ich in Oxford lebte, schickte mir meine Mutter eine Zeit lang kurze E-Mails mit leerer Betreffzeile. In der letzten stand: »Die Tate-Leute rümpfen die Nase über mich.« Seit ich von zu Hause ausgezogen bin, schickt mein Vater mir kopierte Auszüge aus Texten anderer. Aufgeschlagen und auf das Glas des Kopierers gepresst, sehen die Buchseiten aus wie graue Schmetterlingsflügel, und der dicke, dunkle Schatten in der Mitte ist der Körper. Ich habe sie alle aufbewahrt.

Das Letzte, was er mir schickte, war etwas von Ralph Ellison. Er hatte eine Zeile mit Buntstift unterstrichen, sie lautete: »… obwohl das Ende am Anfang und damit weit zurückliegt.« Daneben am Rand, in seiner winzigen Handschrift: »Vielleicht kannst du damit etwas anfangen, Martha.« Patrick hatte mich gerade verlassen. Ich schrieb oben auf die Seite: »Das Ende ist jetzt, und ich kann mich an den Anfang nicht mehr erinnern, darum geht es ja gerade«, und schickte sie zurück.

Tage später bekam ich sie wieder. Sein einziger Kommentar: »Könntest du es versuchen?«

In dem Jahr, in dem ich Patrick kennenlernte, war ich sechzehn. 1977 + 16 = 1993. Es war der erste Weihnachtsfeiertag. Er stand auf dem Schachbrettfußboden der Eingangshalle im Haus meines Onkels und meiner Tante neben Oliver, deren mittlerem Sohn, trug eine komplette Schuluniform und hielt einen Seesack in der Hand. Ich hatte gerade geduscht und kam herunter, um beim Tischdecken zu helfen, ehe wir zum Gottesdienst aufbrechen wollten.

Meine Familie verbrachte Weihnachten nie irgendwo anders als in Belgravia. Winsome bestand darauf, dass wir am Heiligabend bei ihnen übernachteten. Sie behauptete, sie finde es so festlicher. Was sie nicht sagte, war, dass es so am ersten Weihnachtstag nicht zu Verspätungen kommen würde – dass wir vier erst um halb zwölf zum Frühstück erschienen, das für acht Uhr morgens BST geplant war, wie meine Mutter es nannte: Belgravia Standard Time.

Ingrid und ich schliefen im Zimmer unserer Cousine Jessamine auf dem Fußboden. Sie war die Nachzüglerin der Familie, fünf Jahre jünger als Oliver, der sie in Abwesenheit der Erwachsenen »den Unfall« nannte, in ihrer Anwesenheit dagegen »die WÜ«, die wunderbare Überraschung, bis er alt genug war, um festzustellen, dass er selbst eine Überraschung war: Sein älterer Bruder Nicholas ist adoptiert. Es wurde nie darüber gesprochen, weshalb vier Jahre Ehe mit Rowland nicht das Baby hervorgebracht hatten, nach dem meine Tante sich sehnte, womöglich kennt auch niemand die Antwort darauf. Was der Grund auch sei, sagte meine Mutter, nach so langer Zeit hätten beide wohl die juristischen Scherereien einer Adoption jeder weiteren Schufterei im Schlafzimmer vorgezogen.

Nicholas, der genauso alt ist wie ich, hieß anders, als sie ihn bekamen, und über seine Herkunft wurde nie gesprochen, abgesehen davon, dass man sie als »seine Herkunft« bezeichnete. Allerdings habe ich meinen Onkel einmal in Hörweite seines Sohnes sagen hören, wenn es um Adoptionen von Babys in Großbritannien gehe, könne man jede Farbe bekommen, solange es braun sei. Ich habe auch gehört, wie Nicholas seinem Vater ins Gesicht sagte: »Wenn du und Mum euch nur ein bisschen länger angestrengt hättet, hättet ihr jetzt nur eure beiden weißen.« Als Patrick das erste Jahr bei uns verbrachte, war Nicholas bereits auf die schiefe Bahn geraten, und er schaffte es nie wieder zurück.

Oliver und Patrick waren beide dreizehn und gingen in Schottland aufs Internat. Patrick seit er sieben war, Oliver seit dem Herbst. Er sollte eigentlich an Heiligabend ankommen, hatte jedoch seinen Flug verpasst und war mit dem Nachtzug heruntergeschickt worden. Rowland wollte ihn mit dem schwarzen Daimler, den meine Mutter als Batmobil bezeichnet, am Bahnhof Paddington abholen und kehrte mit zwei Jungen zurück.

Als ich die Treppe herunterkam, sah ich meinen Onkel, der noch seinen Mantel trug und seinen Sohn dafür ausschimpfte, am gottverdammten Weihnachtstag einen Freund mitzubringen, ohne gottverdammt noch mal zu fragen. Ich blieb auf der Hälfte der Treppe stehen und beobachtete sie. Patrick rollte während Rowlands Standpauke den Saum seines Pullovers hoch und runter.

Oliver sagte: »Ich habe es dir doch erklärt. Sein Dad hat vergessen, ihm ein Ticket nach Hause zu buchen. Was hätte ich denn tun sollen, ihn beim Direktor in der Schule lassen?«

Rowland erwiderte etwas in einem scharfen Flüsterton und wandte sich dann an Patrick: »Mich würde interessieren, was für ein Vater bitteschön vergisst, seinem eigenen Sohn an Weihnachten einen Flug nach Hause zu buchen. Gottverdammt noch mal nach Singapur.«

»Gottverdammt noch mal nach Hongkong«, verbesserte Oliver ihn.

Rowland ignorierte ihn. »Was ist mit deiner Mutter?«

»Er hat keine.« Oliver blickte zu Patrick, der weiter seinen Pullover bearbeitete, ohne einen Ton herauszubringen.

Rowland wickelte sich langsam seinen Schal vom Hals, hängte ihn auf und sagte Oliver, seine Mutter sei in der Küche. »Ich schlage vor, du gehst dich nützlich machen. Und du«, wandte er sich an Patrick, »wie war noch gleich dein Name?«

Er antwortete: »Patrick Friel, Sir«, und es klang wie eine Frage.

»Nun, du, Patrick Friel, Sir, kannst aufhören zu heulen, denn jetzt bist du ja hier. Und stell deine gottverdammte Tasche ab.« Er erklärte Patrick, er könne ihn und Olivers Mutter

Mr. und Mrs. Gilhawley nennen, und stolzierte dann davon. Oliver boxte Patrick gegen den Arm.

Ich setzte meinen Weg nach unten fort. Sie blickten beide im gleichen Moment zu mir auf. Oliver sagte: »Das ist meine Cousine Martha, bla bla«, und zog Patrick am Ärmel auf eine weitere Treppe zu, die hinunter zur Küche führte.

*

Einige Monate zuvor war Margaret Thatcher in ein Stadthaus auf der gegenüberliegenden Seite des Platzes gezogen. Winsome erwähnte das zu jeder passenden und unpassenden Gelegenheit, und am ersten Weihnachtsfeiertag wurde es zweimal beim Frühstück angesprochen, und dann noch einmal, als wir uns fertig machten, um zu Fuß zur Kirche am Ende des Platzes zu gehen, die an einer Ecke stand, die dem Haus meines Onkels und meiner Tante näher war als dem der ehemaligen Premierministerin.

Was den Leuten an meiner Tante auffällt, bis es ihnen dann irgendwann nicht mehr auffällt, ist ihre Angewohnheit, jedes Mal das Kinn zu heben und die Augen zu schließen, wenn sie auf ein wichtiges Thema zu sprechen kommt. Wenn sie dann zum Kern der Sache vorgedrungen ist, reißt sie die Augen ruckartig weit auf, als wäre sie gerade aus dem Schlaf geschreckt. Am Ende saugt sie Luft durch die geweiteten Nasenflügel ein und hält sie eine Zeit lang an, die besorgniserregend wirkt, bis sie sie langsam wieder hinausströmen lässt. Im Fall Margaret Thatchers öffnete meine Tante die Augen stets an der Stelle, an der sie erklärte, unsere ehemalige Premierministerin habe »die weniger gute Seite« gewählt.

Das regte meine Mutter auf, die sich auf dem Weg zur Kirche laut fragte, weshalb Winsome, statt auf direktem Wege darauf zuzugehen, uns um drei Seiten des Platzes herumführte.

Sobald wir zurück waren, brachte meine Mutter den vor Margaret Thatchers Haus stehenden Polizistinnen und Polizisten Mince Pies und kam dann mit einem leeren Teller wieder. Winsome, die immer schon im April ihr eigenes Mincemeat zubereitet, lächelte einfach, als meine Mutter ihr erzählte, dass die Polizei die Küchlein nicht habe annehmen dürfen, weshalb sie sie alle auf dem Weg zurück in eine Mülltonne habe gleiten lassen.

★

Vor dem Mittagessen zog ich mich um und kam barfuß in einem Micky-Maus-Sweatshirt und schwarzen Radlerhosen ins Esszimmer – daran erinnere ich mich noch, denn als wir uns setzten, sagte Winsome zu mir, ich hätte noch genügend Zeit, um hochzugehen und mich noch einmal umzuziehen, da Elasthan-Kleidung am Weihnachtstisch nicht gerade passend sei, und wenn ich schon einmal oben sei, könne ich vielleicht auch gleich ein Paar Schuhe anziehen. Meine Mutter sagte: »Ja, Martha, was wäre denn, wenn Mrs. Thatcher just in diesem Augenblick von der weniger guten Seite des Platzes herüberspaziert käme? Wo kämen wir dann bloß hin?« Sie ließ sich von Rowland ein Glas Wein in die Hand drücken.

Er sah zu, wie sie es leerte, und sagte: »Meine Güte, Celia, das ist keine gottverdammte Medizin. Tu wenigstens so, als würdest du es genießen.«

Aber sie genoss es. Ingrid und ich nicht. Auf Partys bei uns zu Hause war die Trinkerei unserer Mutter für uns stets unterhaltsam gewesen. Das änderte sich, als wir älter wurden und sie älter wurde und ihre Trinkerei nicht mehr davon abhing, ob interessante Leute im Haus waren oder überhaupt irgendwelche Leute. Und in Belgravia war es noch nie unterhaltsam gewesen, denn dort tranken mein Onkel und meine Tante so, dass der Alkohol keine Veränderung ihres Gemütszustands hervorrief. Ingrid und ich lernten, dass Flaschen auch wieder verkorkt und weggestellt und Gläser halb voll auf dem Tisch stehen gelassen werden konnten. An jenem Tag, der damit endete, dass Winsome auf dem Fußboden neben dem Stuhl unserer Mutter kniete und Wein aus dem Teppich tupfte, schämten wir uns dafür. Wir schämten uns für unsere Mutter.

Als wir alle an unserem Platz saßen und Winsome die Servierplatten herumreichte, unbedingt einmal links um den Tisch herum, fragte Rowland am Erwachsenenende Patrick am Kinderende, ob dieser ausländischer Abstammung sei.

Oliver protestierte: »Dad, das kannst du doch nicht fragen.«

Rowland entgegnete: »Offensichtlich kann ich es doch, denn ich habe es gerade getan«, und richtete den Blick erneut demonstrativ auf Patrick, der gehorsam antwortete, sein Vater sei in Amerika geboren, aber eigentlich Schotte, während seine Mutter – an dieser Stelle zitterte seine Stimme –, während seine Mutter britisch-indisch sei.

In diesem Fall, bemerkte mein Onkel, sei es eindrucksvoll, dass Patrick mit einem gepflegteren Akzent sprach als seine eigenen beiden Söhne, da ja keines seiner Elternteile englisch sei. Nicholas murmelte leise: »O mein Gott«, und wurde aufgefordert, das Zimmer zu verlassen, was er aber nicht tat. In seinen entscheidenden Jahren, sagte meine Mutter einmal zu uns, habe es sowohl Winsome als auch Rowland an Konsequenz gegenüber ihrem ältesten Sohn gefehlt, eine Einstellung, die Ingrid und mich überraschte, da sie uns selbst niemals bestrafte.

Mit gezwungener Fröhlichkeit fragte Winsome Patrick nach den Namen seiner Eltern. Er antwortete, sein Vater heiße Christopher Friel, und fügte dann kaum hörbar hinzu, seine Mutter heiße Nina. Rowland begann, Hautfetzen von den Truthahnstücken zu schneiden, die meine Tante ihm auf den Teller gelegt hatte, und sie einen nach dem anderen an den Whippet zu seinen Füßen zu verfüttern, den er einige Wochen zuvor gekauft und auf den Namen Wagner getauft hatte. Unglücklicherweise verstanden andere den Witz erst, wenn er ihn erklärte: Man konnte den Namen deutsch aussprechen, oder eben in Anlehnung an das englische Verb »to wag«, was wedeln bedeutet. Oft musste er es erst aufschreiben und ihnen zeigen. Als sie an jenem Morgen zum Frühstück erschien, erklärte meine Mutter, sie hätte sich lieber den gesamten Ring-Zyklus angehört, gespielt von einem Violianfänger, als den Hund, der die ganze Nacht über in seiner Kiste gewinselt hatte.

Auf Rowlands nächste Frage, was sein Vater beruflich mache, antwortete Patrick, er arbeite für eine europäische Bank, er wisse jedoch leider nicht mehr, für welche. Mein Onkel nahm einen großen Schluck von was auch immer sich in seinem Glas befand und fuhr fort: »Dann erzähl uns doch mal, was ist mit deiner Mutter geschehen?«

Alle Platten waren ganz herumgereicht worden, aber wegen des Gesprächs, das quer über den Tisch geführt wurde, hatte noch niemand zu essen begonnen. Unter größter Anstrengung, nicht zu weinen, erklärte Patrick, sie sei in einem Hotelswimmingpool ertrunken, als er sieben Jahre alt gewesen war. »So ein Pech«, bemerkte Rowland und schüttelte seine Serviette aus, womit er anzeigte, dass die Befragung nun vorüber war. Augenblicklich ergriffen Oliver und Nicholas ihr Besteck und begannen zu essen, als wäre gerade ein Startschuss ertönt, die Köpfe gesenkt, ihren linken Arm um ihren Teller gelegt, als wollten sie ihn gegen Diebstahl verteidigen, während sie mit der Gabel in ihrer rechten Hand das Essen in sich hineinschaufelten. Patrick aß genauso.

Er war eine Woche nach der Beerdigung seiner Mutter aufs Internat geschickt worden. So ein Vater vergisst, dem eigenen Sohn einen Flug nach Hause zu buchen.

Ein paar Minuten später, als im Gespräch der Erwachsenen eine Pause entstand, hörte Patrick auf zu schaufeln, hob den Kopf und sagte: »Meine Mutter war Ärztin.« Niemand hatte ihn gefragt, weder in diesem Augenblick noch zuvor. Er sagte es, als hätte er es vergessen und es sei ihm gerade erst wieder eingefallen.

Ich glaube, um zu verhindern, dass Rowland das Thema erneut aufgriff oder ein noch schlimmeres auswählte, begann mein Vater nun, dem gesamten Tisch das Theseus-Paradoxon zu erläutern. Es sei, wie er erklärte, ein philosophisches Rätsel aus dem ersten Jahrhundert: Wenn bei einem Schiff während seiner Reise über den Ozean jede einzelne Planke ausgetauscht wird, ist es dann theoretisch noch dasselbe Schiff, wenn es am anderen Ufer ankommt? »Oder, anders gesagt«, fuhr er fort, da niemand von uns verstand, wovon er redete: »Ist Rowlands derzeitiges Seifenstück von Imperial Leather noch dasselbe, das er 1980 gekauft hat, oder ist es ein gänzlich anderes?« Meine Mutter sagte: »Das Imperial-Leather-Paradoxon«, und langte an ihm vorbei nach einer offenen Flasche.

★

Nach dem Mittagessen lud Winsome uns alle ein, in den Salon zu wechseln, um »ein paar Geschenke auszupacken«. Was sich für Ingrid und mich dort ebenfalls enthüllte, war die Tatsache, dass das Geld, von dem wir lebten, nicht von unseren Eltern stammte.

Damals gingen wir beide auf eine private Mädchenschule, die sehr wählerisch bei der Auswahl ihrer Schülerinnen war. An meinem ersten Tag erklärte mir ein älteres Mädchen, ich hätte ein Stipendium bekommen, weil ich bei der Prüfung als Zweitbeste abgeschnitten hätte und das beste Mädchen in den Ferien gestorben sei.

Zuvor hatten wir eine fünf doppelseitig bedruckte Seiten lange Uniformliste zugeschickt bekommen. Meine Mutter las sie am Tisch vor und lachte auf eine Weise, die mich nervös machte. »Wintersocken, mit Wappen versehen. Sommersocken, mit Wappen versehen. Sportsocken, mit Wappen versehen. Badeanzug, mit Wappen versehen. Badekappe, mit Wappen versehen. Damenbinden, mit Wappen versehen.« Sie warf die Liste auf die Anrichte und sagte: »Guck nicht so, Martha, ich mache doch nur Spaß. Ich bin mir sicher, du kannst auch normale Binden nehmen.«

Da sie kein Stipendium bekam, meldeten meine Eltern Ingrid an der Sekundarschule in der Nähe unseres Hauses an, die kostenlos und gemischt war und ihren Schülerinnen zwei

Arten von Uniform bot, wie meine Schwester gern erzählte, die normale und die für Schwangere. Im letzten Moment änderten unsere Eltern jedoch ihre Meinung und schickten sie ebenfalls auf meine Schule. Meine Mutter behauptete, sie habe eine Skulptur verkauft. Ingrid und ich buken einen Kuchen.

Als wir an Heiligabend auf dem Weg nach Belgravia im Wagen saßen, fragten wir unsere Mutter, weshalb sie Winsome eigentlich nicht leiden könne. Sie hatte die Stunden zuvor damit verbracht, sich zu weigern, fertig zu werden, und, wann immer mein Vater versuchte, sie anzutreiben, ihre alljährliche Drohung zu äußern, sie werde nicht mitkommen, und hatte erst nach ausreichend Bitten und Betteln schließlich eingelenkt. Sie antwortete, dass Winsome ein Kontrollfreak und besessen von Äußerlichkeiten sei und sie sich, Schwester oder nicht, einfach nicht in jemanden hineinversetzen könne, deren größte Leidenschaften Renovierungen und die Bewirtung großer Gruppen seien.

Dennoch machte meine Mutter ihr stets extravagante Geschenke – die machte sie allen, aber insbesondere Winsome, die ihres jedes Mal gerade weit genug öffnete, um zu sehen, was darin war, daraufhin zu versuchen, das Klebeband wieder zu befestigen und zu behaupten, es sei viel zu viel. Meine Mutter stand dann immer auf und verließ gekränkt das Zimmer, und Ingrid sagte irgendetwas Lustiges, um alles wiedergutzumachen. Diesmal blieb meine Mutter aber stattdessen sitzen, warf die Hände in die Luft und rief: »Warum, Win? Warum bist du niemals dankbar für die Sachen, die ich dir kaufe?«

Meine Tante wirkte zutiefst beschämt und ließ den Blick verzweifelt durch den Raum huschen, da sie nicht wusste, wohin sie ihn wenden sollte. Rowland, der ihr der Tradition entsprechend lediglich einen Marks-&-Spencers-Gutschein im Wert von 20 Pfund überreicht hatte, antwortete: »Weil es gottverdammt noch mal unser Geld ist, Celia.«

Ingrid und ich saßen auf demselben Sessel und hielten uns an den Händen. Ihre fühlte sich heiß an, und sie klammerte sich an meine, während wir zusahen, wie unsere Mutter sich mühsam aufrappelte: »Na schön, Rowland, mal ge-Winnsome-nt man, mal verliert man, nehme ich an.« Sie lachte auf dem gesamten Weg zur Tür über ihren eigenen Scherz.

So alt wir auch bereits sein mochten, war uns doch nie der Gedanke gekommen, dass ein Dichter mit Schreibblockade und eine Bildhauerin, die ihren einigermaßen bedeutenden Status erst noch erreichen musste, kein Geld verdienten und dass unsere mit dem Schulwappen verzierten Badeanzüge daher, wie alles andere auch, von meinem Onkel und meiner Tante bezahlt wurden. Sobald unsere Mutter das Zimmer verlassen hatte, fragte Ingrid Winsome: »Was ist es denn eigentlich? Ich nehme es, solange es keine Skulptur ist«, und alles war wieder gut.

★

In Belgravia war es die Regel, dass die Kinder ihre Geschenke in aufsteigender Altersreihenfolge öffneten. Jessamine zuerst, Nicholas und ich zuletzt. Als Oliver an der Reihe war, verschwand Winsome kurz und kehrte mit einem Geschenk zurück, das sie, unbemerkt von allen anderen außer mir, unter den Baum legte. Einen Augenblick später zog sie es hervor und sagte: »Eins für dich, Patrick.« Er war verdutzt. Es war eine Art Comicjahrbuch. Ingrid flüsterte: »Enttäuschend«, als sie sah, was es war, aber ich hatte das Gefühl, noch nie einen Jungen so breit strahlen gesehen zu haben wie Patrick, als er sich hinsetzte und andächtig jede einzelne Seite umblätterte.

Wie es sein konnte, dass da ein Päckchen war, auf dem sein Name stand, obwohl niemand wusste, dass er kommen würde, blieb für ihn noch jahrelang ein Rätsel, bis wir schließlich unsere Sachen packten, um nach Oxford zu ziehen. Patrick fand das Buch im Regal und fragte mich, ob ich mich noch daran erinnern könne. Er sagte: »Das war eins der besten Geschenke, die ich als Kind bekommen habe. Ich habe keine Ahnung, woher Winsome wissen konnte, dass sie es mir schenken würde.«

»Das war aus ihrem Schrank für Notfallgeschenke, Patrick.«

Er wirkte leicht ernüchtert, sagte aber: »Trotzdem«, und blieb stehen, um darin zu lesen, bis ich es ihm aus der Hand nahm.

*

In jenem ersten Jahr unterhielt ich mich nur ein einziges Mal mit Patrick, auf dem Spaziergang durch die Straßen bis zum Hyde Park und den ganzen Weg rund um Kensington Gardens, den wir jedes Mal am Nachmittag unternehmen mussten, damit Rowland sich in relativem Frieden die Ansprache der Königin ansehen konnte. Relativ, weil meine Mutter stets bei der ersten Luftaufnahme von Windsor Castle anfing, sich über die Institution der Monarchie aufzuregen und damit die gesamte Ansprache Ihrer Majestät hindurch auch nicht mehr aufhörte, während mein Vater Passage aus einem Buch laut vortrug, das er sich selbst zu Weihnachten geschenkt hatte.

Ingrid und ich fanden uns andauernd direkt hinter Patrick wieder, und kurz vor Ende des Broad Walk blieb er plötzlich stehen, um einen Tennisball zu fangen, den Oliver ihm gerade zugeworfen hatte. Meine Schwester jedoch blieb nicht rechtzeitig stehen und wurde von seinem ausgestreckten Arm hart gegen die Brust getroffen. Sie fluchte und erklärte Patrick, er habe ihre Brüste übel verletzt. Er sah schockiert aus und entschuldigte sich. Ich sagte, er solle sich keine Sorgen machen, denn es sei schwer, Ingrid nicht gegen die Brüste zu schlagen. Dafür entschuldigte er sich ebenfalls und rannte voraus.

★

Im Jahr darauf kehrte Patrick zurück, diesmal mit Winsome abgesprochen, da sein Vater gerade erneut geheiratet hatte, eine chinesisch-amerikanische Prozessanwältin namens Cynthia, und sich in den Flitterwochen befand. Ich war siebzehn. Patrick war vierzehn. Ich sagte hallo, als er mit Oliver in der Küche erschien, nahe der Tür stehen blieb und wieder an seinem Pulloversaum herumzupfte, während mein Cousin sich nach irgendetwas umschaute, das er anscheinend suchte.

Später an jenem Tag gingen wir alle hinauf in Jessamines Zimmer und setzten uns auf die ungemachten aufblasbaren Betten. Nur Nicholas stellte sich ans Fenster und zog eine Zigarette aus seiner Tasche, eine Selbstgedrehte, die nur locker gerollt war und auseinanderzufallen drohte. Jessamine, die neun Jahre alt war, wedelte mit den Händen und begann zu weinen, als er versuchte, sie anzuzünden.

Ingrid sagte: »Niemand findet dich cool, Nicholas«, und brachte Jessamine dazu, sich zwischen uns zu setzen. »Das sieht aus wie ein in Klopapier gewickelter Teebeutel.«

Ich bot an, ihm einen Klebstreifen zu holen, und fragte Jessamine dann, ob sie einen Trick sehen wolle. Sie nickte und ließ sich von Ingrid das Gesicht mit dem Ärmel ihres Pullovers abwischen. Ich trug damals eine Zahnspange, und als alle zusahen, begann ich, meine Zunge in meinem Mund zu bewegen. Dann formte ich meine Lippen zu einem O, und eines meiner Gummibänder kam herausgeschossen. Es landete auf Patricks Handrücken. Er blickte darauf, wirkte einen Augenblick lang unschlüssig und pflückte es dann vorsichtig ab.

Später bei uns zu Hause kam Ingrid in mein Zimmer, und wir breiteten all unsere Geschenke auf dem Fußboden aus, um zu sehen, wer mehr bekommen hatte, und sie in Gefällt- und Gefällt-nicht-Haufen aufzuteilen, auch wenn wir dafür eigentlich langsam zu alt waren. Sie erzählte mir, sie habe gesehen, wie Patrick das Gummiband in seine Hosentasche gesteckt habe, als er glaubte, niemand würde hinsehen. »Weil er dich liebt.«

Ich sagte, das sei ekelhaft. »Er ist ein Kind.«

»Bis ihr heiratet, wird der Altersunterschied nichts mehr ausmachen.«

Ich tat, als müsste ich mich übergeben.

Ingrid sagte: »Patrick liebt Martha«, und nahm *Hot Tracks '93* von meinem Gefällt-nicht-Haufen und steckte sie in meinen CD-Player.

Es war das letzte Weihnachten, ehe eine kleine Bombe in meinem Gehirn explodierte. Das Ende, versteckt im Anfang. Patrick kam Jahr für Jahr wieder.

Am Morgen meiner Abschlussprüfung in Französisch wachte ich auf und konnte meine Hände und Arme nicht spüren. Ich lag auf dem Rücken, und mir liefen die Tränen aus den Augenwinkeln, meine Schläfen entlang und in mein Haar. Ich stand auf und ging ins Badezimmer, wo ich im Spiegel sah, dass ich um den Mund herum einen dunkellila Kreis hatte, wie einen blauen Fleck. Ich konnte nicht aufhören zu zittern. Bei der Prüfung konnte ich die Schrift auf dem Papier nicht lesen und saß nur da und starrte die erste Seite an, ohne etwas zu schreiben, bis die Zeit um war. Sobald ich wieder zu Hause war, ging ich nach oben und versteckte mich unter meinem Schreibtisch, wo ich still kauerte wie ein kleines Tier, das instinktiv weiß, dass es sterben wird.

Dort blieb ich tagelang, kam nur herunter, um etwas zu essen und auf die Toilette zu gehen und schließlich nur noch, um auf die Toilette zu gehen. Ich konnte weder nachts schlafen noch tagsüber wach bleiben. Auf meiner Haut krabbelten Wesen, die ich nicht sehen konnte. Ich bekam panische Angst vor Geräuschen. Ingrid kam immer wieder herein und bat mich, nicht mehr so seltsam zu sein. Ich sagte, sie solle bitte,

bitte weggehen. Dann hörte ich sie aus dem Flur rufen: »Mum, Martha ist schon wieder unter ihrem Schreibtisch.«

Anfangs war meine Mutter verständnisvoll, brachte mir Gläser mit Wasser und versuchte, mich mit verschiedensten Mitteln nach unten zu locken. Irgendwann ging es ihr jedoch auf die Nerven, und wenn Ingrid sie rief, antwortete sie nur noch: »Martha wird herauskommen, wenn sie es möchte.« Sie kam nicht mehr in mein Zimmer, außer einmal mit dem Staubsauger. Sie tat, als bemerkte sie mich nicht, legte jedoch großen Wert darauf, um meine Füße herum zu saugen. Das ist meine einzige Erinnerung an meine Mutter beim Saubermachen.

★

Auf Geheiß meines Vaters wurden die Partys in der Goldhawk Road vorübergehend ausgesetzt. Nur, bis es mir wieder besser gehe, erklärte er meiner Mutter. Sie erwiderte: »Wer braucht denn auch schon Spaß?«, schnitt sich daraufhin das Haar ganz kurz und begann, es in Schattierungen zu färben, die es in der Natur nicht gibt.

Angeblich war es der Stress durch meine Erkrankung, der sie fett werden ließ. Ingrid sagt, wenn das stimme, dann sei es auch meine Schuld, dass sie anfing, sackartige Kleider zu tragen, ohne Taille, aus Musselin oder Leinen, ausnahmslos in Lila, in mehreren Lagen übereinander, sodass deren ungleichmäßige Säume ihre Knöchel umspielten wie die Ecken einer Tischdecke. Seither ist sie nicht mehr von diesem Stil abgewichen, hat lediglich für jede weiteren fünf Kilo mehr noch eine zusätzliche Lage hinzugefügt. Nun, da sie quasi kugelförmig ist, sieht sie aus wie ein Vogelkäfig, über den man wahllos Decken geworfen hat.

Vor meiner Erkrankung war der Spitzname meiner Mutter für mich Summ, weil ich als Kind oft direkt nach dem Aufwachen anfing, ein selbst erfundenes mäanderndes Lied ohne Melodie zu singen, und erst wieder damit aufhörte, wenn jemand mich darum bat. Meine Erinnerungen daran stammen hauptsächlich von anderen Personen – wie ich einmal während der gesamten sechsstündigen Fahrt nach Cornwall über meine Liebe für Dosenpfirsiche sang, wie mich ein Lied über einen Hund ohne Mutter oder einen verlorenen Filzstift so tief berühren konnte, dass ich mich selbst zum Weinen brachte, einmal so heftig, dass ich mich in die Badewanne erbrach.

In der einzigen Erinnerung, die meine eigene ist, sitze ich im Garten auf dem ungemähten Gras vor der Hütte meiner Mutter und singe über den Splitter in meinem Fuß, woraufhin ich ihre Stimme von innen höre, wie sie zurücksingt: »Dann komm herein, Summ, und ich ziehe ihn dir heraus.« Als ich krank wurde, hörte sie auf, mich Summ zu nennen, und bezeichnete mich stattdessen als »unsere Familienkritikerin«.

Ingrid meinte, sie habe schon immer eine Tendenz zum Biestigen gehabt, aber ich hätte sie erst so richtig zum Vorschein gebracht.

*

Letztes Jahr habe ich eine Brille bekommen, die ich nicht brauche, weil der Optiker während des Sehtests von seinem Rollhocker fiel. Er wirkte dermaßen beschämt, dass ich die

Buchstaben absichtlich falsch vorlas. Die Brille liegt noch unausgepackt im Handschuhfach.

★

Mein Vater blieb von Anfang an nachts mit mir wach, saß an mein Bett gelehnt auf dem Fußboden. Er bot an, mir Gedichte vorzulesen, und wenn ich das nicht wollte, sprach er mit ganz leiser Stimme von Dingen, die nichts damit zu tun hatten, ohne eine Antwort zu verlangen. Ich glaube, dass er dabei nie einen Pyjama, sondern immer noch seine Tageskleidung trug, weil wir dann so tun konnten, als wäre einfach noch immer Abend und was wir taten, wäre normal.

Ich wusste jedoch, dass er sich Sorgen machte, und weil ich mich für das, was ich tat, so sehr schämte und nach einem Monat noch immer nicht wusste, wie ich damit aufhören sollte, ließ ich mich von ihm zu einem Arzt bringen. Auf dem Weg dorthin legte ich mich auf den Rücksitz.

Der Arzt stellte meinem Vater ein paar Fragen, während ich auf dem Stuhl neben ihm saß und auf den Fußboden starrte, bis er schließlich erklärte, angesichts meiner Müdigkeit, meiner Blässe und meines Stimmungstiefs sei es so wahrscheinlich, dass es sich um Drüsenfieber handele, dass ein Bluttest gar nicht erst nötig sei. Auch gebe es nichts, was er mir dagegen verschreiben könne – Drüsenfieber müsse man einfach seinen Lauf nehmen lassen –, aber da manche Mädchen die Vorstellung beruhigte, etwas einzunehmen, würde er mir in dem Fall ein Eisenpräparat verschreiben. Er schlug sich abschließend auf die Oberschenkel und stand auf. An der Tür neigte er den Kopf in meine Richtung und sagte dabei zu meinem Vater: »Offensichtlich hat hier jemand mit den Jungs rumgeknutscht.«

Auf dem Nachhauseweg hielt mein Vater an, um mir ein Eis zu kaufen, das ich zu essen versuchte, was ich jedoch nicht fertigbrachte, sodass er die tropfende Waffel für den Rest der Fahrt aus dem Fenster halten musste. Vor der Haustür blieb er stehen und bot mir an, statt direkt zurück in mein Zimmer zu gehen, könne ich auch jederzeit eine Pause in seinem Arbeitszimmer einlegen. Es ist das erste Zimmer, wenn man von der Straße hereinkommt. »Für ein wenig Luftveränderung«, sagte er, wobei er unerwähnt ließ, dass er die Luft unter meinem Schreibtisch meinte. Er sagte, er müsse einige Dinge erledigen – wir bräuchten uns also nicht zu unterhalten. Ich willigte ein, weil mir klar war, dass er sich das wünschte, und weil ich gerade erst die sechs Stufen vom Fußweg hinaufgelaufen war und mich setzen musste, ehe ich die Treppen zu meinem Zimmer in Angriff nehmen konnte.

Ich wartete im Türrahmen, während er Bücher und Papierstapel von dem braunen Sofa räumte, das längst wieder zurück ins Haus gewandert und unter den vorderen Fenstern an die Wand geschoben worden war. Ihm rutschten die Papiere aus den Armen, so sehr beeilte er sich, als könnte ich mich umentscheiden und wieder gehen, wenn er zu lange brauchte. Bis dahin hatte ich immer geglaubt, ich solle dieses Zimmer nicht betreten. Beim Warten wurde mir jedoch bewusst, dass das nur an der Bemerkung meiner Mutter lag, sie verstehe nicht, weshalb man es freiwillig betreten sollte, wenn man nicht unbedingt musste. Von allen Zimmern des Hauses hasste sie dieses am meisten, da es, wie sie sagte, eine Aura der Unproduktivität verströmte.

Als er fertig war, legte ich mich auf die Seite, den Kopf auf die niedrige Armlehne des Sofas gestützt, den Blick auf seinen Schreibtisch gerichtet. Mein Vater ging zu seinem Stuhl, rückte ein Blatt Papier zurecht, das sich bereits in der Schreibmaschine befand, und rieb sich dann die Hände. Wann immer ich zuvor aus einem anderen Teil des Hauses das Geräusch der Tasten gehört hatte oder auf dem Weg nach draußen an seiner geschlossenen Tür vorbeigekommen war, hatte ich ihn mir leidend vorgestellt, weil er jedes Mal völlig erledigt aussah, wenn er herauskam, um Koteletts zu braten. Doch sobald er begann, mit den Zeigefingern auf die Tastatur einzuhacken, nahm das Gesicht meines Vaters einen Ausdruck geheimen Glücks an. Schon nach einer Minute schien er vergessen zu haben, dass ich da war. Ich blieb liegen und beobachtete ihn – wie er am Ende einer Zeile innehielt, um noch einmal zu lesen, was auch immer er gerade geschrieben hatte, es sich selbst leise vorlas und dabei lächelte. Dann schlug er mit der linken Hand auf den Hebel, sodass der Wagen zurück an den linken Rand schoss, rieb sich erneut die Hände, schrieb erneut eine Zeile. Die Tasten seiner Schreibmaschine erzeugten nicht so sehr ein lautes Knallen wie ein dumpfes Aufschlagen. Das Geräusch regte mich nicht auf, stattdessen beruhigte es mich bis zur Schläfrigkeit – die regelmäßige Wiederholung und seine Anwesenheit –, das Gefühl, in einem Zimmer mit einem Menschen zu sein, der am Leben sein wollte.

*

Bald verbrachte ich jeden Tag dort. Nach einer Weile hörte ich auf, auf dem Sofa zu liegen, saß stattdessen da und blickte hinaus auf die Straße. Eines Tages fand ich einen Stift zwischen den Sitzkissen, und als mein Vater sah, wie ich mir gleichgültig den Arm vollkritzelte, stand er auf und kam mit ein paar Blättern Papier und einem kleinen Oxford Dictionary zu mir herüber. Er hockte sich einen Moment neben mich, schrieb an den linken Rand eines Blattes von oben nach unten das Alphabet und erklärte mir, ich solle eine Geschichte in einem Satz schreiben und dabei der Reihenfolge nach jeden einzelnen Buchstaben verwenden. Er sagte, das Wörterbuch sei nur für den Fall, dass ich nicht weiterkäme, dann kehrte er an seinen Schreibtisch zurück.

Ich habe Hunderte dieser Geschichten geschrieben. Sie liegen immer noch irgendwo in einer Kiste, ich kann mich jedoch nur noch an eins aus jener Zeit erinnern, da mein Vater zu diesem meinte, es würde eines Tages als der Höhepunkt dieser Arbeiten angesehen werden:

Aber
Barbaras
Clevere
Dichterfreundin
Erregt
Fühlende
Gemüter
Höchst
Intensiv,
Just
Kommen
Lauter
Melancholische

Nachrichten,
Offenbaren
Persönliche
Qualen,
Rasende
Sehnsüchte,
Tiefgründige
Urängste,
Verborgene
Wünsche,
Xerokopieren
Yokos
Zauberworte.

Manchmal denke ich mir immer noch solche Geschichten aus, wenn ich nicht einschlafen kann. X ist am schwersten.

*

Einmal kam eine Freundin von Ingrid bei ihr vorbei, als ich gerade dort war, und erzählte mir, die Headspace-App habe ihr Leben verändert. Ich wollte sie fragen, wie ihr Leben denn zuvor ausgesehen habe und wie es heute sei.

*

Im September fühlte ich mich wieder okay. Mein Vater und ich entschieden, dass ich mit dem Studium beginnen sollte. Ich fühlte mich jedoch nur okay, wenn ich in seinem Zimmer war, bei ihm. Von Beginn an hielt ich keine komplette

Vorlesung durch. Ich versäumte ganze Tage und dann ganze Wochen. Wenn ich zu Hause war, verkroch ich mich wieder unter meinem Schreibtisch. Gegen Ende des Trimesters versetzte mich der Dekan in eine akademische Probezeit. Er gab mir ein Faltblatt über Stressbewältigung und sagte, ich müsse mich bei meinen Prüfungen gut schlagen, wenn ich im Januar zurückkommen wolle. Ich solle die Ferien nutzen, um gründlich darüber nachzudenken. Als er mich an seiner Bürotür verabschiedete, sagte er noch: »In jedem Jahrgang gibt es eine wie Sie«, und wünschte mir frohe Weihnachten.

★

Im obersten Stockwerk des Hauses in der Goldhawk Road gibt es einen eisernen Balkon, den wir nicht betraten, da er verrostet war und sich bereits von der Wand gelöst hatte. In den Ferien trat ich nachts barfuß hinaus, stellte mich auf den Gitterboden und starrte über das Geländer auf das lang gezogene schwarze Rechteck des Gartens vier Stockwerke unter mir.

Alles tat mir weh. Meine Fußsohlen, meine Brust, mein Herz, meine Knochen, meine Lunge, meine Kopfhaut, meine Fingerknöchel, meine Wangenknochen. Es tat weh, zu sprechen, zu atmen, zu weinen, zu essen, zu lesen, Musik zu hören, mit anderen Menschen in einem Raum zu sein und allein zu sein. Ich blieb lange dort stehen und spürte manchmal, wie der Balkon sich im Wind bewegte. Normale Menschen sagen: »Ich kann mir nicht vorstellen, mich so schlecht zu fühlen, dass ich tatsächlich sterben möchte.« Ich versuche dann gar nicht erst, ihnen zu erklären, dass es nicht so ist, dass man sterben möchte. Es ist so, dass man weiß, dass man nicht am Leben sein sollte, dass man eine Müdigkeit verspürt, die die Knochen umhüllt, eine Müdigkeit voller Angst. Die Tatsache des Lebendigseins ist unnatürlich und etwas, das man irgendwann korrigieren muss.

*

Das Schlimmste, was Patrick jemals zu mir gesagt hat, ist: »Manchmal frage ich mich, ob du nicht eigentlich gern so bist.«

*

Hier sind die Gründe, weshalb ich wieder hineinging: Ich wollte nicht, dass die Leute glaubten, mein Vater sei kein guter Vater. Ich wollte nicht, dass Ingrid bei ihren Prüfungen durchfiel. Ich wollte nicht, dass meine Mutter daraus eines Tages Kunst machte.

Patrick ist jedoch der Einzige, der den Hauptgrund kennt, weil es der schlimmste Gedanke ist, den ich je hatte. Ich ging wieder hinein, weil ich sogar noch in dieser Situation glaubte, ich sei zu schlau und zu besonders, besser als all jene, die tun würden, was ich hatte tun wollen. Ich glaubte, ich sei nicht diese Person, die es in jedem Jahrgang gibt. Ich ging wieder hinein, weil ich zu stolz war.

Einmal schrieb ich in meiner komischen Kochkolumne, Parmaschinken sei inzwischen auch nichts Besonderes mehr. Nach Erscheinen des Magazins schrieb mir eine Leserin per E-Mail, ich wirke unangenehm herablassend, und sie persönlich werde Parmaschinken auch weiterhin genießen. Ich druckte die E-Mail aus und zeigte sie Patrick. Er legte den Arm um meine Schulter, und als er sie gelesen hatte, zog er mich an sich und sagte, die Lippen an meinen Scheitel gedrückt: »Ich bin froh darüber.«

Ich fragte: »Dass sie den Schinken nicht aufgibt?«

Er antwortete: »Dass du so unangenehm herablassend bist.« Er wollte damit sagen: Weil das der Grund ist, weshalb du noch am Leben bist.

Wahrscheinlich ist es nicht der schlimmste Gedanke, den ich je hatte. Aber er ist unter den ersten Hundert.

★

Das Schlimmste, was Ingrid je zu mir gesagt hat, ist: »Im Grunde hast du dich in Mum verwandelt.«

★

Vor ein paar Monaten rief Ingrid mich an und erzählte mir von einer Art Aufhellungscreme, die sie zu verwenden begonnen hatte, um einen braunen Fleck loszuwerden, der in ihrem Gesicht aufgetaucht war. Auf der Rückseite der Tube stand, sie eigne sich für die meisten Problembereiche.

Ich fragte sie, ob sie glaube, dass sie auch gegen meine Persönlichkeit wirken würde.

Sie antwortete, das würde sie vielleicht. »Aber sie wird sie nicht komplett wegbekommen.«

★

Nach jener Nacht auf dem Balkon fragte ich meinen Vater, ob ich zu einem anderen Arzt gehen könne. Ich erzählte ihm, was geschehen war. Er saß gerade in der Küche und aß ein gekochtes Ei, sprang jedoch so rasch auf, dass sein Stuhl nach hinten umkippte. Ich ließ mich von ihm für eine gefühlte Ewigkeit umarmen. Dann sagte er, ich solle warten. Er holte die Liste der Ärztinnen und Ärzte, die er auf einen Block geschrieben hatte, der irgendwo in seinem Arbeitszimmer lag.

Die Ärztin, die wir auswählten, weil sie die einzige Frau auf der Liste war, holte einen laminierten Fragebogen aus einem Aktenordner und begann diesen vorzulesen, wobei sie einen roten Whiteboard-Marker in der Hand hielt. Vom vielen Notieren und Abwischen der Antworten anderer hatte sich die Karte leicht pink verfärbt. »Wie oft fühlst du dich grundlos traurig, Martha? Immer, manchmal, selten, nie?« Sie sagte: »In Ordnung, immer«, und als ich ihre weiteren Fragen beantwortete: »Okay, wieder immer. Und auch hier: immer. Lass mich raten: immer?«

Am Ende sagte sie: »Nun, das brauchen wir wohl nicht erst zusammenzuzählen, oder? Ich denke, wir können mit Sicherheit annehmen …« Damit stellte sie ein Rezept für ein Antidepressivum aus, das, wie sie noch hinzufügte, »speziell für Jugendliche entwickelt« sei, als würde es sich dabei um eine Art Aknecreme handeln.

Mein Vater bat sie, genauer auszuführen, wie sich dieses Medikament von einem für Erwachsene entwickelten unterschied. Die Ärztin rollte ihren Schreibtischstuhl mit ein paar Schritten im Sitzen auf ihn zu und senkte die Stimme: »Es wirkt sich weniger auf die Libido aus.«

Mein Vater blickte gequält und erwiderte: »Aha.«

Noch immer an ihn gerichtet, fügte die Ärztin hinzu: »Ich gehe doch davon aus, dass sie sexuell aktiv ist.«

Ich wollte aus dem Zimmer rennen, als sie genauso leise weiter erklärte, die erwähnte Libido werde zwar nicht beeinträchtigt, ich müsse jedoch noch stärkere Vorkehrungen bezüglich einer unerwünschten Schwangerschaft treffen, da das Medikament für einen sich entwickelnden Fötus nicht sicher sei. Dies wolle sie ausdrücklich betonen.

Mein Vater nickte, und die Ärztin sagte: »Ausgezeichnet«, schob ihren Stuhl dann auf mich zu und sprach dann lauter als normal, um die Illusion zu verstärken, ich hätte nicht hören können, was sie zuvor gesagt hatte. Sie teilte mir mit, ich werde zwei Wochen lang Kopfschmerzen haben, womöglich auch einen trockenen Mund, aber in ein paar Wochen würde ich mich wieder ganz wie die alte Martha fühlen.

Sie reichte meinem Vater das Rezept, und als wir aufstanden, fragte sie uns, ob wir schon alle Weihnachtsgeschenke eingekauft hätten. Sie habe noch nicht einmal damit angefangen. Es schien jedes Jahr schneller so weit zu sein.

Auf dem Heimweg fragte mein Vater mich, ob ich einfach so weinte oder aus einem bestimmten Grund.

Ich antwortete: »Das Wort Fötus.«

»Sollte ich fragen«, seine Knöchel waren weiß, so fest hielt er das Lenkrad umklammert, »ob sie richtig liegt in der Annahme, dass du …«

»Nein.«

Er hielt vor der Apotheke und sagte, ich müsse nicht aussteigen, er sei gleich zurück.

★

Die Kapseln waren hellbraun und dunkelbraun, und weil sie niedrig dosiert waren, musste ich sechs am Tag nehmen, aber es war wichtig, dass ich langsam auf diese Zahl hinarbeitete, über einen Zeitraum von zwei Wochen. Auch dies hatte die Ärztin ausdrücklich betont. Trotzdem entschied ich, direkt mit der vollen Dosis anzufangen, und verschwand im Badezimmer, sobald wir zu Hause angekommen waren. Dort traf ich auf Ingrid, die sich gerade den Pony schnitt. Sie hielt inne und sah zu, wie ich versuchte, mir sechs Tabletten auf einmal in den Mund zu schieben. Als sie wieder herausfielen, bemerkte sie: »Hallo, ihr, ich bin's, euer Krümelmonster«, tat so, als würde sie die Tabletten wieder in sich hineinschaufeln, und rief dabei immer wieder: »Krümel will Kekse!«

Sie waren wie Plastik im Mund und hinterließen den Nachgeschmack von Shampoo. Ich spuckte ins Waschbecken und wollte wieder gehen, Ingrid bat mich jedoch, noch einen Moment zu bleiben. Wir kletterten in die leere Badewanne und legten uns an die gegenüberliegenden Enden, die Beine nebeneinander. Sie redete über normale Dinge und äffte unsere Mutter nach. Ich wünschte mir, ich könnte darüber lachen, denn sie wirkte so traurig, als ich es nicht tat. Schließlich stand sie auf, weil sie die Arbeit an ihrem Pony im Spiegel überprüfen wollte, und sagte: »O mein Gott, er wächst schon wieder heraus.«

Bis heute denke ich jedes Mal, wenn ich eine Tablette schlucken muss: »Krümel will Kekse!«

*

Von Ingrids Söhnen mag ich den mittleren am liebsten, weil er schüchtern und ängstlich ist und sich, seit er laufen kann, ständig an irgendetwas festhält: am Stoff ihres Kleides, am Bein seines älteren Bruders, an Tischrändern. Einmal habe ich gesehen, wie er den Arm ausstreckte und sich mit den Fingerspitzen in Hamishs Hosentasche festkrallte, als sie nebeneinander herliefen, wobei er für jeden Schritt seines Vaters zwei machen musste.

Als ich ihn eines Abends ins Bett brachte, fragte ich ihn, warum er so gern etwas in der Hand habe. Er hielt gerade einen Flanellstreifen umklammert, den er zum Einschlafen brauchte.

Er antwortete: »Ich habe es gar nicht gern.«

Ich fragte, warum er es dann mache.

»Damit ich nicht untergehe.« Er sah mich nervös an, als könnte ich ihn auslachen. »Meine Mum würde mich sonst nicht finden.«

Ich erklärte ihm, ich wisse, wie sich das anfühlt, nicht zu wollen, dass man untergeht. Er hielt mir den Flanellstreifen hin und fragte mich, ob ich ihn brauchte, er würde ihn mir geben.

»Ich weiß, dass du das tun würdest, aber es ist schon in Ordnung. Danke. Es ist dein Zauberstoff.«

Den Streifen noch immer in der Hand, griff er sanft nach oben, zog an den Spitzen meines Haars, bis mein Gesicht ganz nah an seinem war, und flüsterte: »Eigentlich habe ich zwei gleiche davon.« Wenn ich es mir anders überlegte, solle ich ihm Bescheid sagen. Er rollte sich auf die Seite und schlief ein, die Finger seiner freien Hand um meinen Daumen geschlossen.

Ich hatte zwei Wochen lang Kopfschmerzen, womöglich auch einen trockenen Mund. An Heiligabend waren die Kopfschmerzen immer noch da, und ich erklärte meiner Mutter, ich fühlte mich nicht gut genug, um die Nacht in Belgravia zu verbringen, und ich wolle auch am nächsten Tag nicht dorthin gehen.

Wir saßen zu viert in der Küche. Wir waren bereits spät dran, weshalb mein Vater die Seiten des *Guardian* auf dem Fußboden ausbreitete, damit er seine Schuhe polieren konnte, und zwar nicht nur die Schuhe, die er tragen würde, sondern gleich *all* seine Schuhe, und weshalb meine Mutter soeben entschieden hatte, noch ein Bad zu nehmen, das nebenan gerade eingelassen wurde. Sie trug einen zerschlissenen Seidenkimono, der immer wieder auseinanderrutschte. Jedes Mal hielt Ingrid, die am Tisch stand und eilig und dilettantisch Geschenke einpackte, inne und schlug sich die Hände vors Gesicht, wobei sie stumm aufschrie, als wäre sie soeben bei einer Fabrikexplosion erblindet. Ich tat nichts, außer auf einer Trittleiter in der Ecke zu sitzen und die anderen zu beobachten.

Meine Mutter ging ins Badezimmer und kehrte mit einem Wäschekorb zurück. Ich sah zu, wie sie die Geschenke darin verstaute, und hörte nur mit halbem Ohr, wie sie erwiderte, wenn wir nur nach Belgravia gehen würden, wenn wir uns danach fühlten, dann wäre sie genau ein einziges Mal dort gewesen. Ich war abgelenkt von dem Wäschekorb, weil es derjenige war, den mein Vater immer verwendete, wenn er ins Hotel Olympia zog.

Er wischte gerade mit Küchenpapier braune Schuhcreme von einem schwarzen Schuh ab. Er verließ das Haus mittlerweile so selten, dass es ein merkwürdiger Anblick war, ihn Vorbereitungen zum Ausgehen treffen zu sehen. Selbst wenn meine Mutter ihn dazu aufforderte oder Ingrid bettelte, er möge sie irgendwohin fahren, lehnte er ab. Die Begründungen für seine Weigerung – er erwarte einen Anruf von einer Lektorin, er habe vergessen, wo er seinen Führerschein hingelegt habe, tausend Variationen über Einschreibebriefe – fand meine Mutter fadenscheinig. Es sei doch ganz offensichtlich, dass er sich nur darum drücken wolle, ihr mit uns zu helfen.

»Martha«, sagte sie. Ich blinzelte sie an. »Hast du gehört, was ich gesagt habe?«

»Ich kann einfach allein zu Hause bleiben.«

»Oh, wir würden alle gern allein zu Hause bleiben.« Sie sagte, dieses Vergnügen bliebe ihr seit Monaten versagt, wobei sie einen flüchtigen Blick auf meinen Vater warf. Ich fragte mich, wie es mir bis zu diesem Augenblick nicht in den Sinn gekommen sein konnte, dass er seit jener Nacht auf dem Balkon dafür gesorgt hatte, dass ich ganz sicher niemals allein im Haus war.

Er sah extrem müde aus. Meine Mutter entkorkte eine Flasche Wein, nahm sie mit ins Badezimmer und schaltete im Vorbeigehen das Radio ein.

★

Stunden später stiegen wir in den Wagen und fuhren nach Belgravia, den Wäschekorb voller Geschenke auf Ingrids Schoß und meinen Kopf auf ihrer Schulter. Winsome war die Einzige, die aufgeblieben war, um uns zu empfangen. Sie war zu wütend, um meine Mutter auch nur eines Blickes zu würdigen, und brachte meinem Vater gegenüber nur ein steifes Nicken zustande. Mir und Ingrid gab sie einen Kuss, dann erklärte sie mir, sie habe auf dem Sofa im Kaminzimmer, wie meine Cousins und Cousine das Fernsehzimmer neben der Küche im Untergeschoss nennen mussten, ein kleines Bett eingerichtet. Sie fügte hinzu: »Euer Vater hat heute Morgen angerufen und mir erzählt, dass es dir nicht gut geht und du nicht gemeinsam mit den anderen in einem Zimmer schlafen möchtest«, und nun, da sie mich gesehen habe, wirke ich tatsächlich ziemlich abgespannt.

Ich kam am Morgen nicht heraus. Niemand versuchte, mich zu zwingen. Ingrid brachte mir Frühstück, obgleich sie wusste, dass ich es nicht annehmen würde. Sie sagte, ich müsse wenigstens den Tee trinken.

Ich war seit Stunden wach gewesen, ohne das Grauen zu verspüren, das dem Bewusstsein normalerweise voranzugehen schien, oder die verzehrende Traurigkeit, die es so viele Monate begleitet hatte. Während ich reglos in der Dunkelheit lag und darauf wartete, hatte ich mich gefragt, ob das Ausbleiben der schlechten Gefühle mit dem Aufwachen in einem anderen Zimmer zusammenhing.

Nachdem Ingrid gegangen war, setzte ich mich auf und lauschte dem Geräusch der Stimmen aus der Küche, der Weihnachtslieder aus dem Radio, des Auf- und Abdonnerns der Geschwister auf der Treppe, von Rowlands Vibratopfeifen, als er an der Tür vorbeikam, und statt in Panik zu verfallen, beruhigte mich der Lärm, sogar das vereinzelte laute Knallen von Türen, die über mir zu heftig geschlossen wurden, und Wagners wahnsinniges Gebell. Ich fragte mich, ob es mir wohl besser ging. Ich trank den Tee.

Gegen neun konzentrierte sich der Lärm in der Eingangshalle, das Geschrei erreichte seinen Höhepunkt, woraufhin sich eine fast perfekte Stille über das Haus legte. Der einzige andere, der nicht in die Kirche gegangen war, wie ich erkannte, als das Radio von den Weihnachtsliedern auf einen Kanal umgestellt wurde, auf dem eine Männerstimme irgendeine szenische Lesung vortrug, war mein Vater.

*

Bald nachdem ich sie alle zurückkommen gehört hatte, klopfte Jessamine an meine Tür. Sie war zehn und kleidete sich wie ein Enkelkind der Königin. Sie solle mir sagen, das Mittagessen sei fertig, und sie solle mir auch sagen, ich brauche nicht zu kommen und etwas zu essen.

»Oder«, sie kratzte sich an ihrer Strumpfhose, »wenn du hier drinnen essen willst, darfst du das auch, dann kann es dir jemand bringen.«

Ich sagte ihr, ich wolle nichts. Sie verdrehte die Augen, um zum Ausdruck zu bringen, dass ich verrückt sei, und ging hinaus, wobei sie die Tür offen ließ.

Ich stand auf, um sie zu schließen. Patrick drückte sich direkt vor dem Zimmer herum. Er war einen Kopf größer als im Jahr zuvor und begrüßte mich mit einer Stimme, die so wenig der entsprach, die ich erwartet hatte, dass ich lachen musste.

Beschämt senkte er den Blick. Ich trug noch die Jogginghose und das Sweatshirt, in denen ich angekommen war, hatte jedoch meinen BH darunter ausgezogen, was mir plötzlich bewusst wurde. Ich verschränkte die Arme über der Brust und fragte ihn, was er da suche. Er nestelte zunächst an dem einen, dann an seinem anderen Ärmelaufschlag herum und sagte schließlich, er solle seinen Vater anrufen, und Rowland habe ihm aufgetragen, das Telefon im Kaminzimmer zu benutzen, doch dann habe Jessamine ihm mitgeteilt, dass ich bereits hier drinnen sei.

»Ich kann rausgehen.«

Patrick versicherte, es sei schon in Ordnung, er könne sich einfach ein anderes Telefon suchen, woraufhin er sich rasch in alle Richtungen umblickte, als könnte mein Onkel plötzlich aus einer von ihnen erscheinen. Ich trat einen halben Schritt zur Seite, und er huschte ins Zimmer.

Er unterhielt sich ein bis zwei Minuten lang einsilbig mit seinem Vater, während ich vor der Tür wartete, bis er sich verabschiedet hatte. Er stand vor dem Telefontisch und starrte blind auf ein Gemälde darüber, auf dem ein Löwe ein Pferd angriff. Es verging ein Augenblick, ehe er mich bemerkte, woraufhin er sich sogleich dafür entschuldigte, dass er so lange gebraucht hatte. Ich dachte, er würde nun gehen, aber er blieb einfach stehen. Ich ging zurück zum Sofa, setzte mich im

Schneidersitz auf die Decke, hielt mir ein Kissen vor die Brust und wünschte mir insgeheim, er würde verschwinden, damit ich mich wieder hinlegen konnte. Patrick blieb, wo er war. Da mir nichts Besseres einfiel, fragte ich ihn: »Wie läuft's in der Schule?«

»Gut.« Er drehte sich um, dachte kurz nach und sagte dann: »Tut mir leid, dass du krank bist.«

Ich zuckte mit den Achseln und zog einen Faden aus dem Reißverschluss des Kissens. Obwohl es sein drittes Jahr bei uns war, konnte ich mich nicht daran erinnern, mich je allein mit Patrick unterhalten zu haben, abgesehen von einer Frage nach der Uhrzeit oder einer Erklärung, wo er die Teller hinstellen sollte, die er in die Küche hinuntergebracht hatte. Aber nach einem weiteren Augenblick, in dem er nicht wieder ging, sagte ich: »Du vermisst deinen Dad sicher.«

Er lächelte und nickte auf eine Weise, die offenkundig machte, dass er es nicht tat.

»Vermisst du deine Mum?« Sobald ich es ausgesprochen hatte, verwandelte sich sein Gesichtsausdruck. Nicht in ein Gefühl, das ich benennen konnte, mehr in eine Abwesenheit jeglicher Gefühle. Er trat ans Fenster, blieb mit dem Rücken zu mir und den Händen an den Seiten stehen und sprach so lange kein Wort, dass das »Ja«, das er schließlich äußerte, sich auf gar nichts mehr zu beziehen schien. Seine Schultern hoben und senkten sich unter seinem schweren Atem, und ich hatte ein schlechtes Gewissen, weil ich mir nie bewusst gemacht hatte, wie einsam er sich als die einzige nichtverwandte Person im Haus fühlen musste, dass es wohl weniger sein Wunsch war, Weihnachten jedes Jahr bei der Familie eines anderen zu feiern, als vielmehr eine Quelle der Scham.

Ich verlagerte ein wenig mein Gewicht und fragte: »Wie war sie?«

Er starrte aus dem Fenster. »Sie war sehr lieb.«

»Erinnerst du dich noch an bestimmte Einzelheiten von ihr? Als du sieben warst.«

»Eigentlich nicht.«

Ich zog einen weiteren Faden aus dem Kissen. »Das ist traurig.«

Endlich drehte Patrick sich um und sagte leise, das Einzige, woran er sich erinnere, ohne dass es von einem Foto stammte, sei eine Situation in der Küche des Hauses, in dem sie lebten. Er bat sie um einen Apfel. Sie gab ihn ihm und fragte: »Soll ich ihn für dich anfangen?«

»Ich weiß aber nicht, weshalb.«

»Wie alt warst du?«

»Fünf oder so.«

Ich sagte: »Wahrscheinlich hattest du keine Schneidezähne.«

Für das Gefühl, das in diesem Augenblick auf seinem Gesicht aufflackerte, gibt es keinen Namen. Es waren alle Gefühle zugleich. Danach ging Patrick.

★

Ein, zwei Minuten vom Haus für Führungskräfte entfernt gab es ein Café, das ich jeden Morgen besuchte. Der Barista war sehr jung und sah aus wie eine Berühmtheit, ohne dass ich gewusst hätte, welche. Einmal machte ich einen Scherz darüber, als er mir meinen Kaffee reichte. Er erwiderte irgendetwas enttäuschend Kokettes, und bis zum Ende der Woche war das neckende Geplänkel zwischen uns zur Gewohnheit geworden. Es wurde rasch mühsam, und ich fing an, in ein weiter entferntes Café zu gehen, wo der Kaffee weniger gut war und ich nicht reden musste.

★

Wieder allein stand ich vom Sofa auf und machte mich auf die Suche nach etwas zum Lesen. Auf dem Wohnzimmertisch lagen lediglich eine *Radio Times* und eine überarbeitete Neuausgabe von *The Complete Whippet*, auf dem Schreibtisch meiner Tante ein paar Partituren.

Ich wusste bereits, dass sie »im zarten Alter von sechzehn Jahren« am Royal College of Music angenommen worden war. Meiner Mutter zufolge hatte sie es mir bereits im Kinderbettchen eingeflüstert. Daher war es mir nie außergewöhnlich erschienen. Ich hatte mich nie gefragt, wie sie es mit einer depressiven Küstenmutter, einem nutzlosen Vater und ohne Geld geschafft hatte. Wie ich feststellte, als ich die Partituren zur Hand nahm und durchblätterte, beeindruckt von der geballten Menge an Noten, hatte ich auch keinerlei Erinnerungen daran, sie jemals spielen gehört zu haben. Der Flügel im Salon war für mich lediglich etwas, worauf man Drinks oder andere Gegenstände abstellen konnte.

Als ich dort stand, ging die Tür einen Spaltbreit auf, und Winsome schlüpfte mit einem Tablett herein. Sie trug eine Schürze, die noch nass vom Spülwasser war. Ich legte die Notenblätter beiseite und entschuldigte mich, doch als sie erkannte, was ich in der Hand gehalten hatte, wirkte sie erfreut. Ich sagte, ich hätte noch nie solch komplizierte Musik gesehen. Sie erwiderte, das sei nur ein bisschen Bach, schien jedoch zu zögern, das Gespräch auf das Essen auf dem Tablett zu bringen, und tat es erst, als offenkundig wurde, dass ich nicht mehr zu sagen hatte.

Ich kehrte zum Sofa zurück und setzte mich. Ihrer Beschreibung nach handelte es sich lediglich um ein paar Reste, aber sobald sie mir das Tablett auf den Schoß gelegt hatte, erkannte ich, dass es die Miniaturausgabe eines kompletten Weihnachtslunchs war, angerichtet auf einem Vorspeisenteller, daneben eine Leinenserviette in einem silbernen Ring und ein Kristallglas voll sprudelnder Traubenschorle. Meine Augen füllten sich mit Tränen. Winsome beteuerte sogleich, ich solle mich nur nicht verpflichtet fühlen, es zu essen, wenn mir nicht danach sei. Seit dem Sommer war der Anblick von Essen unerträglich für mich geworden, aber das war nicht der Grund dafür, dass ich es bloß anstarren konnte. Es war das sorgfältige Arrangement, das die Schönheit eines Stilllebens hatte, und, wie ich es heute verstehe, das Gefühl von Sicherheit, das mein Gehirn aus den Kinderportionen zog.

Meine Tante sagte: »Also gut, dann ...« – vielleicht würde sie später noch einmal hereinschauen –, und wandte sich zum Gehen.

Als sie die Tür erreicht hatte, hörte ich mich selbst sagen: »Bleib.«

Winsome war nicht meine Mutter, aber sie war mütterlich – also eben *nicht* wie meine Mutter –, und ich wollte nicht, dass sie ging. Sie fragte, ob ich noch etwas brauchte.

Ich sagte Nein, zögerte und versuchte, mir einen anderen Grund auszudenken, der sie am Gehen hindern würde. »Ich habe mich bloß gefragt ... Bevor du hereingekommen bist, habe ich gerade darüber nachgedacht, wie du es eigentlich ans

College geschafft hast. Ich habe mich gefragt, wer dir dabei geholfen hat.«

Sie antwortete: »Niemand hat mir geholfen!« Ich nahm die winzige Gabel, spießte eine kleine Kartoffel auf und fragte sie, wie sie es dann fertiggebracht habe. Winsome huschte leise zurück ins Zimmer. Sie setzte sich auf eine Stelle, die ich versucht hatte, für sie glatt zu streichen, und begann ihre Geschichte zu erzählen, ohne sich von der Tatsache ablenken zu lassen, dass ich die Kartoffel nun auf genau jene Weise aß, wie ihre Kinder es nicht durften, nämlich von der Spitze der Gabel, als wäre sie ein Eis.

Sie sagte, sie habe sich in der Aula ihrer Schule selbst das Klavierspielen beigebracht. Irgendjemand hatte mit Bleistift die Namen der Noten auf die Tasten geschrieben, und bis sie zwölf Jahre alt gewesen war, hatte sie all die Notenbücher aus der Bibliothek durchgearbeitet und angefangen, Partituren zu bestellen. Auf deren Rückseite stand stets der Name *The Royal College of Music* und die Adresse auf der Prince Consort Road in London SW, und im Laufe der Zeit entwickelte sie den dringenden Wunsch, den Ort zu sehen, von dem ihre Musik stammte. Mit fünfzehn nahm sie allein den Zug nach London. Sie hatte sich das Gebäude eigentlich nur von außen ansehen wollen, aber beim Anblick der Studierenden, die dort ein- und ausgingen, ganz in Schwarz gekleidet und mit geschulterten Instrumentenkoffern, wurde ihr regelrecht schlecht vor Eifersucht. Irgendwie brachte sie den Mut auf, das Gebäude zu betreten und am Empfang zu fragen, ob sich jeder und jede dort bewerben könne, woraufhin sie auf der Rückfahrt im Zug die Unterlagen ausfüllte, die man ihr gegeben hatte, und eine Woche später eine Einladung zum Vorspielen bekam.

Ich unterbrach sie mit der Frage, wie sie belegen konnte, auf welchem Niveau sie war, wenn sie gar keine Prüfungen abgelegt hatte.

Meine Tante schloss die Augen, hob das Kinn, atmete tief ein und sagte, während sie die Augen aufriss: »Ich habe gelogen.« Ihr Ausatmen war glorreich.

An jenem Tag spielte sie fehlerlos. Hinterher verlangten die Prüfer jedoch ihre Zeugnisse, woraufhin sie ihre Lüge gestand. »Ich machte mich darauf gefasst, festgenommen zu werden, aber stattdessen«, berichtete Winsome, »boten sie mir auf der Stelle einen Platz an, als sie herausfanden, dass ich noch keine einzige Unterrichtsstunde gehabt hatte.« Sie legte die Hände im Schoß übereinander.

Ich ließ die Gabel sinken. »Wenn ich herauskäme, würdest du dann etwas spielen?«

Sie behauptete, sie sei zu eingerostet, sprang jedoch sogleich auf und schnappte mir das Tablett vom Schoß.

Ich stand ebenfalls auf und fragte sie, ob sie die Notenblätter auf ihrem Schreibtisch benötigte. Meine Tante lachte und schob mich aus dem Zimmer.

*

Sie zeigte mir einen Platz, von dem aus ich zusah, wie sie den Deckel des Flügels aufklappte, ihren Hocker zurechtrückte und dann die Hände anhob, die weichen Handgelenke und die Finger, die ein paar Sekunden schwebend in der Luft verharrten, ehe sie sie auf die Tasten fallen ließ. Vom ersten umwerfenden Takt des Stücks an trieb es den Rest der Familie einen nach dem anderen in den Raum, sogar die Jungs und sogar meine Mutter.

Niemand sagte ein Wort. Die Musik war unbeschreiblich. Sie war körperlich zu spüren, wie warmes Wasser, das über eine Wunde spülte, qualvoll und säubernd und heilend. Ingrid kam herein und quetschte sich zu mir auf den Sessel, als Winsome einen Abschnitt erreichte, der immer schneller wurde, bis es schien, als wäre es nicht länger sie, die die Musik hervorbrachte. »Heilige Scheiße«, entfuhr es meiner Schwester. Eine Reihe stürmischer Akkorde, gefolgt von einer plötzlichen Verlangsamung, schien das Ende zu signalisieren, aber statt aufzuhören, ließ meine Tante die letzten Takte mit dem Anfang von *Heilige Nacht* verschmelzen.

Meine Wahrnehmung meiner Tante war von meiner Mutter bestimmt gewesen – für mich war sie alt, penibel, jemand ohne Innenleben oder lohnenswerte Leidenschaften. An diesem Tag sah ich sie zum ersten Mal durch meine eigenen Augen. Winsome war eine Erwachsene, ein Mensch, der sich kümmerte, jemand, der Ordnung und Schönheit liebte und sich bemühte, diese als Geschenk für andere zu erschaffen. Sie hob den Blick zur Decke und lächelte. Sie trug noch immer ihre nasse Schürze.

Der Erste, der etwas laut sagte, war Rowland, der als Letzter ins Zimmer gekommen war und nun mit dem Ellbogen auf dem Sims vor dem Kamin stand wie jemand, der für ein Ganzkörperporträt in Öl posierte. Er rief, sie solle gottverdammt noch mal etwas Fröhlicheres spielen, und Winsome schwenkte abrupt um zu *Freue dich, Welt*.

Meine Mutter beendete das Vorspiel, indem sie zu singen begann – ein anderes Lied, das meine Tante nicht begleiten konnte, da meine Mutter es sich an Ort und Stelle ausdachte. Ihre Stimme wurde immer höher, bis Winsome einen Schluss improvisierte und die Hände von den Tasten nahm, mit den Worten, es sei nun wahrscheinlich an der Zeit für die Ansprache der Königin. Meine Mutter wandte ein, wir amüsierten uns doch gerade alle. »Und«, fügte sie hinzu, »ich muss euch allen bitte noch erzählen, dass meine Schwester hier als Teenager so überzeugt davon gewesen war, sie werde eines Tages berühmt sein, dass sie mit zur Seite gedrehtem Kopf übte – stimmt doch, Winnie? Als Vorbereitung auf die Zeit, wenn du vor einem riesigen Publikum spielen würdest.« Winsome versuchte zu lachen, ehe Rowland sagte: »Also gut«, und dann alle, die nach der Krönung der Königin geboren worden waren, aus dem Zimmer scheuchte, völlig unnötigerweise, da Ingrid, meine Cousins und Cousine und Patrick während der Ansprache meiner Mutter bereits die Flucht ergriffen hatten. Ich stand auf und ging zur Tür. Ich wollte mich bei Winsome entschuldigen, aber stattdessen ging ich mit auf den Fußboden gerichtetem Blick an ihr vorbei und kehrte in das Zimmer im Untergeschoss zurück. Ich kam erst wieder heraus, als es Zeit zum Gehen war. Auf dem Rücksitz des Wagens teilte Ingrid mir mit, sie habe meine Geschenke für mich ausgepackt. »Ganz viel Müll für den Gefällt-nicht-Haufen«, sagte sie.

Es ging mir nicht besser. Ich hatte bloß einen Teil des ersten Weihnachtsfeiertags frei gehabt. Bei meinem nächsten Besuch in Belgravia war der Flügel geschlossen und abgedeckt.

*

Im Januar kehrte ich zurück zur Universität und legte meine Prüfungen ab. »Grundlagen der Philosophie 1« durften wir zu Hause schreiben. Ich lag dabei auf dem Fußboden des Arbeitszimmers meines Vaters und benutzte das Wörterbuch als Unterlage.

Die Arbeit kam mit einem Kommentar am unteren Rand zurück. »Sie schreiben vorzüglich, ohne dabei viel zu sagen.« Mein Vater las den Essay und bestätigte: »Ja. Ich glaube, du hast die Latte zu niedrig angelegt.«

Hier liegt Martha Juliet Russell
25. November 1977 – bis heute.
Sie legte die Latte zu niedrig an.

*

Als sie einen Monat nach Beginn der Einnahme zu wirken begannen, fühlte ich mich mit den Tabletten nicht »ganz wie die alte Martha«. Ich war nicht mehr depressiv, stattdessen war ich nun die ganze Zeit über euphorisch. Ich hatte vor nichts mehr Angst. Alles war lustig. Ich begann mein zweites Semester und freundete mich gewaltsam mit allen in meinen Kursen an. Eine Kommilitonin sagte: »Du bist eigentlich so lustig, dabei dachten wir alle, du seist eine Zicke.« Der Typ neben ihr sagte: »Das haben *sie* gedacht – wir dachten einfach nur, du seist kalt.« »Der Punkt ist«, erläuterte sie, »du hast zu Beginn des Jahres sozusagen mit keiner einzigen Person ein Wort gewechselt.« Ingrid meinte, ich sei weniger seltsam gewesen, als ich noch unter meinem Tisch saß.

*

Ich hatte mein erstes Mal Sex mit einem Doktoranden, der mir zugeteilt wurde, als meine Probezeit beendet war, um, wie der Dekan sich ausdrückte, »alle Lücken ausfindig zu machen und zu füllen«. Sobald es vorbei war, verließ ich seine Wohnung. Es war erst Nachmittag, aber mitten im Winter und daher bereits dunkel. Auf der Straße sah ich nichts als Mütter mit Kinderwagen. Sie wirkten wie eine Parade, die aus verschiedenen Richtungen zusammenlief. Die Babygesichter unter den Straßenlaternen sahen blass und mondähnlich aus, mit leichtem Stich ins Orangefarbene. Sie weinten und wanden sich zwecklos unter den Gurten, mit denen sie festgeschnallt waren. Ich ging in eine *Boots*-Apotheke, in der mir ein missbilligender Apotheker erklärte, ich brauchte ein Rezept für die Pille danach, er könne sie mir nicht einfach verkaufen wie eine Kopfschmerztablette. Die Straße hinunter sei eine Klinik, in die man ohne Termin gehen könne, an meiner Stelle würde er direkt dorthin gehen.

Ich wartete stundenlang, um zu einer Ärztin vorgelassen zu werden, die kaum älter zu sein schien als ich und mir versicherte, ich befände mich noch mitten innerhalb des Zeitfensters – »um es mal so zu nennen«, sagte sie und kicherte. An jenem Abend nahm ich mein Medikament nicht, und auch nicht am nächsten oder übernächsten, bis ich es gar nicht mehr nahm. Die Ärztin, die es mir verschrieben hatte, war nicht näher darauf eingegangen, welchen Schaden es anrichten würde, sie konnte mir nicht sagen, wie lange es sich noch in meinem Organismus befinden würde. Das Einzige, woran ich denken konnte, war, wie sie das Wort »Fötus« geflüstert hatte. Also machte ich, bis ich meine Periode bekam, jeden Tag einen Schwangerschaftstest, überzeugt davon, dass ich trotz der Vorkehrungen, die ich währenddessen und hinterher getroffen hatte, und ungeachtet der Tatsache, dass jeder Test negativ war, ein sich windendes mondgesichtiges Baby in mir trug. An jenem Morgen, als meine Periode kam, saß ich auf dem Badewannenrand, und mir war fast schlecht vor Erleichterung. Ohne mein Medikament war ich nicht länger euphorisch. Ich war nicht depressiv, weder das alte Selbst noch ein neues Selbst. Ich war einfach nur.

★

Ich erzählte Ingrid, dass ich mit dem Studenten geschlafen hatte, jedoch nichts von dem, was danach für mich gefolgt war, aus Angst, sie würde mich auslachen und für paranoid halten. Sie sagte: »Wow. Damit sind deine Lücken wohl ausfindig gemacht und gefüllt.« Sie fragte mich, wie es sei, das erste Mal, und ich ließ es ganz großartig klingen, da sie, wie sie sagte, gerade selbst aktiv Ausschau nach jemandem hielt, der ihre eigenen Lücken füllen sollte.

★

Nach meinem Abschluss bekam ich einen Job bei der *Vogue*, da die Zeitschrift eine Website startete und ich in meiner Bewerbung behauptet hatte, nicht nur graduierte Philosophin, sondern auch vertraut mit dem Internet zu sein. Ingrid meinte, ich hätte den Job bekommen, weil ich so groß bin.

Am Tag bevor ich dort anfing ging ich zur *Waterstones*-Buchhandlung auf der Kensington High Street und fand ein Buch über HTML, das ich im Gang stehend las. Das Cover war von einem so aggressiven Gelbton, dass ich die Vorstellung nicht ertragen konnte, es bei mir zu Hause zu haben. Die Lektüre war so verwirrend, dass ich wütend wurde und ging.

Die andere junge Frau, die die Website betreute, und ich saßen weit entfernt von den Magazinleuten, aber unnatürlich nah beieinander in einer Bürozelle aus Regaleinheiten. Wie sich herausstellte, fürchteten wir beide, der anderen auf die Nerven zu gehen, weshalb ich lernte, einen Apfel in absoluter Stille zu essen – indem ich ihn sechzehntelte und jedes Stück so lange im Mund behielt, bis es sich wie eine Waffel auflöste –, und weshalb sie jedes Mal wenn ihr Telefon klingelte, praktisch nach vorn kippte, den Hörer ein paar Millimeter von der Gabel hob und sogleich wieder auflegte, um das Klingeln sofort zu unterbinden. Die Anrufe konnten nicht für uns sein, denn niemand wusste, dass wir dort waren. Wir gewöhnten uns an, unser Büro unsere Kälberbox zu nennen.

In meinen ersten sechs Monaten nahm ich zwölf Kilo ab. Ingrid sagte, ich sehe auf abstoßende Weise großartig aus, und fragte, ob ich versuchen könne, ihr dort auch einen Job zu beschaffen. Es war keine Absicht – man sagte mir, das passiere allen, als bereiteten wir uns unterbewusst auf jenen Tag vor, an dem wir ins Büro kämen, um festzustellen, dass die Türen so angepasst worden waren, dass nur noch Frauen mit zugelassenen Maßen hindurchgelangten. Wie die Testaufsteller für Koffer am Flughafen: Das Handgepäck muss hier hineinpassen.

Ich fand es dort großartig. Ich blieb, bis man herausfand, dass ich mich doch nicht mit dem Internet auskannte, und mich hinunter zu *The World of Interiors* versetzte, wo ich fortan vorzüglich über Stühle schrieb, ohne dabei viel zu sagen. Ingrid behauptet, durch harte Arbeit und Zielstrebigkeit allein sei es mir seither gelungen, die Karriereleiter beständig weiter hinabzuklettern.

Nach dem Abitur studierte Ingrid ein Jahr lang an einer regionalen Universität Marketing, wonach sie dümmer war als zuvor, wie sie behauptet. Dann zog sie zurück nach London und wurde Modelagentin. Sie kündigte, sobald sie schwanger wurde, und ist nie wieder in ihren Job zurückgekehrt, da sie, wie sie sagt, kein Interesse daran hat, ein Kindermädchen zu bezahlen, damit sie neun Stunden am Tag damit verbringen kann, sich sechzehnjährige Osteuropäerinnen mit einem BMI im Minusbereich anzusehen.

*

In einem Jahr las ich in den Ferien *Gierig*, und zwar ganze dreißig Seiten davon, bis mir wieder einfiel, dass ich Martin Amis nicht verstehe. Der Protagonist des Romans ist ein passionierter Raucher. Er sagt: »[Ich] steckte mir die nächste Zigarette an. Falls ich euch nicht besonders darauf hinweise, stecke ich mir immer gerade die nächste Zigarette an.«

Falls ich euch nicht besonders darauf hinweise, war ich während meiner Zwanziger und des größten Teils meiner Dreißiger in Abständen immer wieder depressiv, und zwar leicht, mittel, schwer, eine Woche lang, zwei Wochen, ein halbes Jahr, ein ganzes.

An meinem einundzwanzigsten Geburtstag begann ich, Tagebuch zu schreiben. Ich stellte mir vor, ich würde darin generell über mein Leben schreiben. Ich habe es bis heute, und es liest sich wie das Tagebuch, das einem die Psychiaterin zu schreiben aufgibt, um festzuhalten, wann man depressiv ist oder gerade aus einer Depression herauskommt oder den Beginn einer Depression erwartet. Eins davon traf jederzeit zu. Es war das Einzige, worüber ich je schrieb. Die Intervalle dazwischen waren jedoch lang genug, dass ich jede Episode als eigenständig betrachtete, mit einem jeweils eigenen, unwesentlichen Auslöser, auch wenn es mir in den meisten Fällen schwerfiel, diesen zu identifizieren.

Hinterher glaubte ich stets, es würde nicht noch einmal geschehen. Wenn es das doch tat, ging ich zu einer neuen Ärztin und sammelte Diagnosen, als ginge es darum, ein komplettes Set zusammenzubekommen. Aus Tabletten wurden Tablettenkombinationen, von Spezialisten ausgearbeitet. Sie sprachen davon, an den Dosierungen herumzufeilen und diese anzupassen, »Versuch und Irrtum« war eine sehr gern benutzte Phrase. Als sie eines Morgens in der Küche sah, wie ich meine tägliche Menge an Pillen und Kapseln in eine Schüssel füllte, bemerkte Ingrid, die sich gerade Frühstück machte: »Das sieht ja ganz schön sättigend aus«, und fragte mich, ob ich Milch dazu haben wolle.

Diese Mischungen jagten mir Angst ein. Ich hasste die Schachteln im Badezimmerschrank, die verbogenen, halb aufgebrauchten Blister und die Folienfetzen im Waschbecken, das harte Gefühl der Kapseln in meinem Hals. Aber ich nahm alles, was man mir gab. Ich setzte die Tabletten ab, wenn ich mich damit schlechter fühlte, manchmal auch, weil sie mich besser fühlen ließen. Meist fühlte ich mich mit ihnen jedoch genauso wie zuvor.

Aus diesem Grund nahm ich irgendwann gar keine mehr und ging nicht mehr so oft zu Ärztinnen und Ärzten, bis ich es lange Zeit ganz bleiben ließ. Aus diesem Grund schlossen sich auch irgendwann alle anderen – meine Eltern, Ingrid und später Patrick – meiner Selbstdiagnose an, ich sei einfach schwierig und zu empfindlich, und niemand kam auf die Idee, sich zu fragen, ob die Episoden womöglich einzelne Perlen an einer langen Kette waren.

Meine erste Ehe schloss ich mit einem Mann namens Jonathan Strong. Er war ein Kunstzwischenhändler mit Spezialisierung auf Pastorale, die er für reiche Oligarchen beschaffte. Ich war fünfundzwanzig und hatte noch immer mein *Vogue*-Gewicht, als ich ihn auf einer Sommerparty kennenlernte, die der Herausgeber von *The World of Interiors* ausrichtete, ein Mann in den Sechzigern mit weißem Haar und, was seine Garderobe anging, einer Vorliebe für Samt. Sein Vorname lautete Peregrine, und sein Nachname war den Leuten im Büro zufolge auf allen Computern der Redaktion des *Tatler* als Tastaturkürzel eingerichtet, da er so häufig auf den Gesellschaftsseiten auftauchte.

Sobald er erfuhr, dass meine Mutter die Bildhauerin Celia Barry war, lud er mich zum Lunch ein, da ihn das Werk meiner Mutter zwar nicht bewege, außer bei jenen Gelegenheiten, bei denen er aktiv davon abgestoßen werde, wie er sagte, er aber eine Schwäche für Künstler und Künstlerinnen, für Kunst und Schönheit und Wahnsinn habe und annehme, ich hätte auf all diesen Gebieten Interessantes zu berichten.

Ich hatte bereits mein gesamtes Material verschossen, ehe Peregrine seine Austern aufgegessen hatte, dennoch lud er mich in der nächsten Woche erneut zum Lunch ein und von da an jede Woche, da er behauptete, fasziniert von meiner Kindheit zu sein, von den Geschichten, die ich darüber erzählte – die Partys, die künstlerischen und häuslichen Mühen meines Vaters, sein unvollendetes Werk, *Umbrian Sunrise* und das Folien-Millefeuille. Mehr als alles andere fesselten ihn meine Begegnungen mit dem Wahnsinn. Er sagte, er vertraue keinem Menschen, der nicht bereits einen Nervenzusammenbruch hinter sich hätte – mindestens einen –, und bedaure es, dass sein eigener dreißig Jahre in der Vergangenheit liege und ganz einfallslos auf eine Scheidung gefolgt sei.

Ich erzählte ihm von dem Alphabetspiel meines Vaters. Peregrine wollte es auf der Stelle selbst ausprobieren. Danach machten wir es zu unserer Gewohnheit, nachdem er für uns bestellt hatte, je eine solche Geschichte zu schreiben, auf Karten, die er aus seiner Brusttasche zog.

An jenem Tag, an dem ich eins produzierte, das mit »Alle Bronzenen Charmanten Denker Erscheinen Fragil« begann – an den Rest erinnere ich mich nicht mehr –, eröffnete Peregrine mir, ich sei für ihn mittlerweile wie die Tochter, die er nie hatte – obwohl er gleich zwei davon hatte. Allerdings, fuhr er fort, seien diese keine Künstlerinnen geworden, wie er gehofft habe, sondern beide unabhängig voneinander als Buchhalterinnen von der Universität abgegangen. »Damit haben sie ihrem Vater das Herz gebrochen.« Noch heute, Jahre später, habe er Schwierigkeiten, ihren Lebensstil zu akzeptieren, der ständiges Staubsaugen in Doppelhaushälften in langweiligen Gegenden von Surrey, das Einkaufen in Supermärkten, das Vorhandensein von Ehemännern und so weiter umfasste. Peregrines Lebensstil bestand darin, dass er sich ein umgebautes Stallgebäude in Chelsea mit einem älteren Gentleman namens Jeremy teilte, der alle Einkäufe für sie bei Fortnum's erledigte.

Am Ende seiner Rede bat ich Peregrine vorzulesen, was er geschrieben hatte. Er sagte: »Sicher nicht mein bestes Werk, aber wie du möchtest: Allan Benötigt Charisma, Derweil Essen Feierwütige Gern Heiße Innereien –«, ehe er von der Ankunft unserer Austern unterbrochen wurde.

★

Ingrids ältester Sohn durchlief eine Phase, in der er erfundene Speisekarten schrieb. Sie schickte mir Bilder davon. Auf einer von ihnen stand:

1. Rotwhein 20
2. Weiswhein 20
3. Mixung von allen Wheins 10

Ingrid schrieb dazu, sie habe eine große Nummer drei bestellt, das sei schließlich simple Hauswirtschaftslehre.

★

Peregrine war es, der mich auf jener Sommerparty auf Jonathan hinwies und damit, wie er sich ein Jahr später ausdrückte, als er mich dafür um Vergebung bat, »unabsichtlich euren verheerenden Pas de deux choreografierte«.

83

Jonathan stand in der Mitte des Raumes und unterhielt sich mit drei blonden Frauen, die Wiederholungen ein und desselben Outfits trugen. Peregrine bemerkte, sie seien allesamt in Gefahr, entweder verführt zu werden oder ein scheußliches Landschaftsgemälde angedreht zu bekommen, dann entschuldigte er sich dafür, mich allein lassen zu müssen, da er jemand Langweiliges begrüßen müsse.

Ich kam auf dem Weg zur Terrasse an Jonathan vorbei und spürte, wie er sich umdrehte und mir bis zur Tür nachblickte. Als ich wieder hereinkam und an den Platz zurückkehrte, an dem ich zuvor mit Peregrine gestanden hatte, löste Jonathan sich von seiner Gruppe. Er schlug sich durch die Menge zu mir durch, und ich nahm mir vor, ihn zu hassen, weil sein Haar nass aussah, ohne es zu sein, und er, als er an einem Kellner vorbeikam, zwei Gläser Champagner von dessen Tablett nahm, ohne ihm Beachtung zu schenken. Eins davon drückte er mir in die Hand, wobei der Ärmel seiner Smokingjacke hochrutschte und den Blick auf eine Armbanduhr von der Größe einer Wanduhr freigab.

Da er nur wenige Millimeter Luft zwischen uns gelassen hatte, stieß er mit dem Rand seines Glases gegen meins, indem er es nur leicht neigte, und sagte: »Ich bin Jonathan Strong, aber mich interessiert viel mehr, wer Sie sind.«

Eine Minute später war ich ihm erlegen. Er verfügte über eine extravagante Energie, die ihn belebte und sein Gegenüber betäubte, und ihm war durchaus bewusst, wie schön er war. Als ich ihm sagte, er habe die leuchtenden Augen eines viktorianischen Kindes, das noch in derselben Nacht am Scharlachfieber sterben würde, lachte er exzessiv.

Seine Erwiderung war dermaßen banal – anscheinend ließ

mein Kleid mich wie ein Filmstar der dreißiger Jahre aussehen –, dass ich annahm, er scherzte. Jonathan scherzte nie,
doch das wurde mir erst viel später bewusst.

Damals nahm ich gerade etwas, das mich zu einem billigen
Date machte, und ich war betrunken, noch ehe ich Jonathans
Champagner ausgetrunken hatte. Die Distanz zwischen uns
hatte sich während unseres Gesprächs immer weiter verrin-
gert, und als sie bei null angelangt war und er gegen mein Gesicht flüsterte, fühlten sich seine Küsse wie eine Fortsetzung
unserer Annäherung an. Und ebenso, ihm meine Telefon-
nummer zu geben und mich am nächsten Tag von ihm zum
Abendessen einladen zu lassen.

Er führte mich in ein Sushirestaurant in Chelsea, von dem
er eine kurze Zeit lang hundertprozentig begeistert war, ehe
er entschied, dass Essen, das auf einer kleinen Bahn wieder
und wieder im Kreis fuhr, unfassbar kindisch sei. Sobald
wir uns gesetzt hatten, erneuerte ich meinen Vorsatz, ihn
zu hassen, woraufhin ich noch in derselben Nacht mit ihm
schlief.

Das war die Wurzel jenes gigantischen Missverständnis-
ses, das unsere Heirat darstellte: die Tatsache, dass er mich für
ungehemmt und lustig hielt, eine dünne Person, die sich für
Mode interessierte und auf Magazinpartys ging, während ich
ihn nicht für jemanden hielt, der riesige Mengen an Kokain
verbrauchte.

*

Im Verlauf des Abendessens lieferte Jonathan eine Abhand-
lung über psychische Krankheiten und die Leute, die sich für

diese entschieden, die in keinerlei Zusammenhang zu den Themen stand, über die wir zuvor gesprochen hatten.

Jene Leute, die einem lautstark erzählten, sie hätten irgendeine Art von psychischer Störung, seien seiner Erfahrung nach entweder Langweiler, die verzweifelt versuchten, interessant zu sein oder unfähig zu akzeptieren, dass sie auf ganz gewöhnliche Weise gestört waren, und zwar aller Wahrscheinlichkeit nach selbst verschuldet und nicht etwa wegen der Kindheit, von der sie einem auch immer unbedingt erzählen mussten.

Ich sagte nichts, da ich abgelenkt war von der Tatsache, dass Jonathan beim Reden einen Teller Sashimi vom Förderband nahm, den Deckel abhob, ein Stück mit seinen Stäbchen zum Mund führte, die Hälfte abbiss, das Gesicht verzog, den Rest zurück auf den Teller legte, den Deckel wieder verschloss und den Teller erneut losschickte.

Jonathan fuhr fort, heutzutage sei doch jeder auf irgendwelchen Medikamenten, aber mit welchem Ergebnis? Die allgemeine Bevölkerung wirke so unglücklich wie eh und je.

Ich konnte meinen Blick nicht von dem Teller abwenden, der immer wieder die Runde machte und vor den anderen Gästen entlangfuhr. Wie aus der Ferne hörte ich ihn sagen: »Statt in der vagen Hoffnung, es werde ihnen damit besser gehen, Arzneimittel einzuwerfen wie gesalzene Erdnüsse, sollten die Leute sich vielleicht lieber einfach mal ein bisschen zusammenreißen.«

Ich nippte an dem Sake, den ich abgelehnt hatte, woraufhin er ihn mir dennoch einschenkte, und sah über seine Schulter hinweg, wie ein Mann am anderen Ende des Bandes nach Jonathans Resteteller griff und ihn seiner Frau reichte. Sie nahm ihre Stäbchen zur Hand und hob damit das halbe Stück an. Mir blieb das Grauen erspart, ihr beim Essen zuzusehen, als Jonathan meinen Namen sagte und dann hinzufügte: »Ist doch so, oder?«

Ich lachte und antwortete: »Du bist so lustig, Jonathan.« Er grinste und füllte mein Sakeglas erneut auf. Als er seinen Vortrag über psychische Gesundheit ein paar Wochen später wiederholte, war ich bereits in ihn verliebt und dachte noch immer, er scherzte.

*

Als ich Peregrine erzählte, dass ich mit Jonathan ausging, meinte er, er wünschte, ich hätte mich eher zu einem scheußlichen Gemälde überreden lassen als zum Sex.

Ingrid lernte Hamish im selben Sommer kennen, auf dem Weg zu ihrer eigenen Geburtstagsparty, die Winsome für sie in Belgravia ausgerichtet hatte. Sie stürzte auf dem Bürgersteig, und Hamish ließ sofort seine Mülltonnen am Tor stehen und rannte hinaus, um zu sehen, ob es ihr gut ging. Er half ihr auf, und da sich herausstellte, dass meine Schwester an verschiedenen Körperstellen blutete, bot er ihr an, sie zu fahren, wohin auch immer sie gerade unterwegs sei, und fügte Ingrid zufolge hinzu: »Ich bin kein schlimmer Axtmörder.« Sie erwiderte, wenn das bedeute, dass er ein wirklich guter Axtmörder sei, dann würde sie sehr gern mit ihm fahren.

Am Haus angelangt, willigte Hamish ein, auf einen Drink mit hineinzukommen, da er es so sehr genossen hatte, den größten Teil der Strecke über von meiner Schwester unterhalten zu werden. Ich war bereits dort, und nachdem Ingrid uns einander vorgestellt hatte, fragte Hamish mich, was ich beruflich mache. Er sagte, es müsse aufregend sein, für eine Zeitschrift zu arbeiten, und fügte hinzu, er selbst habe einen Job bei der Regierung, der zu langweilig sei, um näher darauf einzugehen. Ingrid, die selbst gerade erst davon erfahren hatte, sagte, in diesem Punkt wolle sie ihm nicht widersprechen. Bevor die Party zu Ende war, wusste ich, dass sie ihn heiraten würde, denn obwohl er den ganzen Abend an ihrer Seite verbrachte, widersprach er ihr an keinem einzigen Punkt irgendeiner Anekdote, die sie erzählte, auch wenn die Anekdoten meiner Schwester stets eine Kombination aus Übertreibungen, Lügen und faktischen Ungenauigkeiten waren.

Sie waren drei Jahre zusammen, ehe er ihr an einem Strand in Dorset einen Antrag machte, an dem sich außer ihnen keine Menschenseele aufhielt, weil gerade Januar war und, wie sie es später beschrieb, ein heftiger Wind ihnen den Sand seitlich ins Gesicht wehte, sodass Hamish das Ganze mit zugekniffenen Augen hinter sich brachte.

*

Jonathan machte mir einen Antrag, als wir kaum ein paar Wochen zusammen waren, bei einem Dinner, das er zu diesem Anlass organisiert hatte. Abgesehen von einer Stiefschwester hatte er keinen Kontakt zu seiner eigenen Familie, aber er lud meine ein, meine Eltern und Ingrid, die Hamish mitbrachte, Rowland, Winsome, Oliver, Jessamine und Patrick, der Nicholas' Platz einnahm, der sich, wie man mir sagte, gerade auf einer speziellen Farm in Amerika aufhielt.

Er lernte sie alle an jenem Abend kennen. Mich kannte er noch nicht lange genug, um zu wissen, dass ich mich bei einer solchen intimen Angelegenheit in der Öffentlichkeit genauso fühlte wie damals mit vierzehn, als ich auf einer Schlittschuhbahn meine erste Periode bekam. Ich wollte es, aber nicht unter diesen Umständen. Später begriff ich, dass Jonathan stets ein Publikum brauchte.

Seine Wohnung lag in einem hohen Stockwerk eines aggressiv konzeptionellen Glashochhauses in Southwark, das in der Planungsphase erbitterten Widerstand in der Nachbarschaft ausgelöst hatte. Jeder Bestandteil der Innenausstattung war verborgen, eingelassen, verkleidet oder klug verdeckt, indem absichtlich etwas anderes dort platziert war, um den Blick abzulenken. Bevor ich wusste, wo sich alles befand, hatte ich viele Türen verschoben und dahinter Dinge gefunden, nach denen ich nicht gesucht hatte, Dinge, die ich nicht hatte sehen sollen, und manchmal auch überhaupt nichts.

Da das Jahresgehalt einer Stuhlbeschreiberin sich im untersten fünfstelligen Bereich befand, lebte ich zu Hause, als ich Jonathan kennenlernte, und auch noch zum Zeitpunkt des Dinners. Er hatte mich zwar beinahe augenblicklich gebeten, bei ihm einzuziehen, aber ich hatte in der so weit oben gelegenen Wohnung, auf allen Seiten umgeben von riesigen luftdicht verschlossenen Fenstern, das Gefühl, nicht atmen zu können. Ich hielt es nicht mehr als ein paar Stunden am Stück darin aus. Dann musste ich den lautlos absinkenden Aufzug ins Erdgeschoss nehmen und mich eine Weile auf den Gehsteig stellen, um heftig und schnell und kein bisschen achtsam ein- und auszuatmen. Und so erschien ich an jenem Abend gemeinsam mit meinen Eltern und stellte sie Jonathan im schwach beleuchteten Flur der Wohnung vor. Er trug einen marineblauen Anzug mit einem offenen Hemd und sah aus wie ein Makler für Luxusimmobilien, im starken Kontrast zu meinem Vater, der braune Hosen und einen braunen Pullover trug und seinerseits aussah wie der Fahrer einer Bibliothek auf Rädern.

Der Unterschied war ihnen gleichermaßen bewusst, aber Jonathan trat einen Schritt nach vorn, ergriff die Hand meines Vaters und rief: »Der Dichter!«, und zwar so, dass er damit sie beide rettete und mich hoffnungslos verliebt in ihn machte. Als Nächstes wandte er sich meiner Mutter zu, betrachtete sie von Kopf bis Fuß und fragte: »Darling, als was sind Sie denn gekommen?« Sie war als Bildhauerin gekommen. Jonathan sagte, er brauche einen Augenblick, um ihr Outfit zu verstehen, und obwohl er sich über sie lustig machte, ließ sie sich von ihm im Kreis drehen.

Die anderen kamen schon an, als wir noch dort standen, und Jonathan wiederholte ihre Namen, die ich ihm nannte, als lernte er wichtige Begriffe einer Fremdsprache. Er schüttelte ihre Hände vielleicht eine Sekunde zu lang.

Patrick stellte ich als Letzten vor, und Jonathan sagte: »Richtig, richtig, der Schulfreund«, und ging dann, um alle in den riesigen Gästebereich der Wohnung zu führen, sodass wir beide allein dort stehen blieben.

Er sah gut aus – ich sah gut aus. Weiter waren wir nicht gekommen, als Jonathan erneut angetrabt kam und rief: »Ihr beiden, Patrick, kommt, kommt.«

★

Obwohl sie ihn nicht darauf angesprochen hatte, erklärte Jonathan meiner Schwester bei ihrem einzigen Gespräch an jenem Abend, dass die Leute zwar annähmen, er habe einfach ein unglaubliches Namensgedächtnis, der tatsächliche Grund dafür jedoch sei, dass er sich jedes Mal wenn er Menschen neu kennenlernte, eine schlaue Eselsbrücke ausdenke, bei der er irgendeinen Aspekt ihres Äußeren mit ihrem Namen verbinde, ehe er ihre Hand losließ. Deshalb nannte sie ihn lange Zeit nur »Jonathan Verdammt Nerviges Gesicht«.

Ingrid hasste Jonathan, und zwar nur theoretisch, bevor sie ihn kennenlernte, danach jedoch zutiefst. Sie war der einzige Mensch, bei dem seine Macht nicht wirkte, und später sagte sie mir, uns beiden beim Verlieben zuzusehen sei gewesen, als beobachtete man, wie sich zwei entgegenkommende Fahrzeuge auf den Mittelstreifen zubewegten, und könnte nichts anderes tun, als auf den Moment des Aufpralls zu warten und – noch an jenem Abend – auf der Rückseite einer Quittung eine Liste zu beginnen mit der Überschrift: »Gründe, aus denen Jonathan ein Vollidiot ist«.

*

Ich wusste weder, dass Jonathan mir an jenem Abend einen Antrag machen würde, noch, dass dieser den Höhepunkt einer Diashow mit Bildern aus unserer bisherigen Beziehung darstellen würde. Im Großen und Ganzen bestand die Show aus Fotos, auf denen wir jeweils allein zu sehen waren, die ich von ihm und er von mir mit seiner fantastischen Kamera aufgenommen hatten.

Sie wurden auf einem Bildschirm gezeigt, der sich aus einer unsichtbaren Vertiefung in der Decke herabsenkte, und als er leise wieder hochfuhr, bat Jonathan mich, zu ihm nach vorn zu kommen.

Ich stand wie in Zeitlupe auf, blickte zu meinem schwach

lächelnden Vater, dessen Wunsch, mir zu helfen, seine diesbezüglichen Fähigkeiten stets überstiegen hatte, zu Ingrid, die noch immer in der Phase war, in der sie ständig auf Hamishs Schoß saß, in jenem Augenblick mit um seinen Hals geschlungenen Armen. Ich blickte zu meinem Onkel und meiner Tante, meinem Cousin und meiner Cousine, die am anderen Tischende ein intimes Gespräch führten, vorbei an Patrick, der nur einen Platz weiter saß, jedoch gänzlich isoliert von ihnen zu sein schien, zu meiner Mutter, die Champagner in ihr Glas sowie knapp daneben schüttete und Jonathan dabei anhimmelte, der mittlerweile mit weit ausgebreiteten Armen dastand, als wollte er ein großes Objekt in Empfang nehmen. Ich hätte mich am liebsten in jemand anderes verwandelt. Zu jemand anderem gehört. Ich wollte alles anders haben. Noch bevor er mich tatsächlich fragte, und damit er bloß nicht vor meiner Familie auf ein Knie sank, sagte ich Ja.

Es folgte eine Sekunde angespannter Stille, ehe mein Vater zu klatschen begann wie jemand, der erst kürzlich zu klassischer Musik bekehrt wurde und nicht weiß, ob Applaus zwischen den Sätzen angebracht ist. Die anderen taten es ihm nach, mit Ausnahme von Ingrid, die nur finster zwischen mir und Jonathan hin und her blickte und dann auf meine Mutter neben ihr, als diese über den anschwellenden Applaus hinweg rief: »Na großartig, Martha ist schwanger!«

Ingrid drehte sich scharf zu ihr um und sagte: »Was? Nein, ist sie nicht.« Zu mir sagte sie: »Bist du nicht, oder?« Ich sagte Nein, und sie stand von Hamishs Schoß auf, griff nach dem Hals der Flasche, die meine Mutter gerade zu öffnen versuchte, und nahm sie ihr ab. Sie reichte sie an Hamish weiter, trat vor zu Jonathan und mir und drängte ihn irgendwie zur Seite, damit sie mich umarmen konnte, ohne sich zugleich um ihn kümmern zu müssen.

Die Gäste, die uns so sahen, hielten die Szene wahrscheinlich für eine liebevolle Umarmung zwischen zwei Schwestern. Und nicht für die Bemühung der einen, die andere zu trösten, indem sie ihr leise ins Ohr flüsterte: »Achte nicht auf sie, sie ist betrunken, sie ist eine Idiotin«, und die Bemühung der anderen, nicht zutiefst beschämt aus dem Zimmer zu rennen. Wobei der Grund für diese Beschämung nicht meine Mutter war. Ich konnte Ingrid in diesem Augenblick unmöglich sagen, dass es Jonathan war.

Ich hatte gesehen, wie er auf den Ausruf meiner Mutter mit gespieltem Schock reagiert, sich sogleich an meinen Vater gewandt und mit zusammengebissenen Zähnen gesagt hatte: »Das will ich doch nicht hoffen!« Als dieser nicht reagierte, wiederholte Jonathan den Spruch an Rowland gerichtet, der reagierte, und von da an breitete sich Gelächter am ganzen Tisch aus. Es dauerte nur einen kurzen Augenblick, aber ich wusste nicht, wo ich hinsehen sollte, als das Gelächter anschwoll, weshalb ich den Blick weiter auf Jonathan gerichtet hielt, der ebenfalls lachte, auch wenn sich echter Schweiß auf seiner Stirn gebildet hatte.

Er wollte keine Kinder. Das hatte er mir in dem Sushirestaurant bereits gesagt. Ich hatte erwidert, dass ich auch keine wolle, woraufhin er sein Glas gehoben und gesagt hatte: »Wow, die perfekte Frau.« Die Sache war offenbar von Beginn an entschieden, kein Grund, das Thema noch einmal anzuschneiden. Und ich war froh darüber, aber nicht glücklich. Die Vorstellung, schwanger zu sein, war nicht komisch, trotzdem lachten alle. Ich wollte keine Mutter sein, aber die anderen schienen den Gedanken, dass ich es wollen oder gar demnächst schon eine sein könnte, zum Brüllen zu finden.

Abgesehen von Patrick, der mit ernster Miene dasaß. Während noch gelacht wurde, waren unsere Blicke sich begegnet, und er hatte mitleidsvoll gelächelt – für welchen Teil genau, wusste ich nicht, aber meine Demütigung war nun komplett. Der Schulfreund hatte Mitleid mit mir.

Bevor Ingrid und ich uns voneinander lösten, sagte ich: »Danke, ich hab dich lieb.« Dann hob ich den Blick mit einem strahlenden Lächeln auf dem Gesicht, für den Fall, dass irgendjemand hinschaute.

Sie waren alle vom Tisch aufgestanden. Jonathan und ich wurden erneut zusammengeschoben und in ihre Umarmungen eingehüllt. Er sagte: »Danke, Leute. Ganz ehrlich, ich glaube, ich war noch nie in meinem Leben so glücklich. Seht sie euch doch nur an.« Er ergriff meine Hand und küsste sie.

Bei der ersten Gelegenheit verschwand ich in Jonathans Badezimmer und erschrak vor der unbekannten Version meiner Selbst im Spiegel: mit weit aufgerissenen Augen und einem Lächeln im Gesicht, das wie bei einer Leiche festgefroren zu sein schien. Ich legte die Hände an die Wangen und schob den Mund auf und zu, bis es verschwand. Als ich wieder herauskam, war Ingrid nach Hause gegangen.

★

Spät an jenem Abend nahm ich ein Taxi zurück in die Gold-hawk Road. Jonathan hatte sich dafür entschuldigt, ins Bett gehen zu müssen, statt mir beim Aufräumen zu helfen. Er hätte nicht erwartet, dass eine große romantische Geste so anstrengend sein würde.

Als ich über die Vauxhall Bridge gefahren wurde, rief Ingrid an und bat mich, mir die Gründe anzuhören, aus denen sie fand, ich solle ihn nicht heiraten. »Das sind noch nicht einmal alle Gründe, aber: Er sagt nie ›Ja‹, sondern immer ›hundert-prozentig‹. Auf die Frage, was er gerne mag, fallen ihm als Erstes Kaffee und Musik ein. Er sagt jedes Mal ›ganz ehrlich‹, bevor er eine Information über sich preisgibt, die meistens stinklangweilig ist, beispielsweise: ›Ich mag Kaffee.‹ Die meis-ten Bilder der Diashow zeigten ihn allein. Er hat ausgerechnet dich vor allen Leuten gefragt, ob du ihn heiraten willst.«

Ich sagte, es sei genug.

»Er kennt dich nicht.«

Ich bat sie aufzuhören.

»Tief in deinem Inneren liebst du ihn nicht. Du fühlst dich nur gerade ein bisschen verloren.«

Ich antwortete: »Halt die Klappe, Ingrid. Ich weiß, was ich tue, außerdem war Oliver schneller als du. Deine Gründe brauche ich nicht auch noch.«

»Aber die Sache mit dem Baby, als er sagte: ›Hahaha, das will ich doch nicht hoffen.‹«

Ich behauptete, er habe einen Witz gemacht. »So ist er ein-fach. Darunter ist er ganz liebevoll. Hast du auch gehört, was er direkt danach gesagt hat: ›Seht sie euch doch nur an‹?«

Ingrid sagte, es sei unglaublich, dass eine einzige charmante Bemerkung von Jonathan genügte, damit ich ihm vergab.

»Ich weiß.« Damit legte ich auf und beschloss, davon auszugehen, dass sie »unglaublich« im Sinne von »großartig« meinte.

Dass ich ihn in den folgenden Wochen nach jeder Gelegenheit, bei der ich ihm vergeben musste, noch mehr liebte und nicht weniger, war für sie ebenfalls unglaublich, und für mich irgendwann auch.

*

»Wenn meine Tochter denkt, dass er gut genug ist, dann denke ich das auch«, war die einzige Antwort, die mein Vater mir am Morgen nach dem Dinner auf die Frage gab, ob er Jonathan möge. Meine Mutter erklärte, er sei ganz und gar nicht der Typ Mann, von dem sie sich vorgestellt hatte, dass ich ihn mir aussuchen würde, weswegen sie ihn abgöttisch liebe. Ich erwiderte, das sei mir gar nicht aufgefallen, so wie sie Jonathan im Flur die Arme um den Hals geschlungen und irgendeine Art von Tanz zu initiieren versucht hatte, während wir alle um sie herumstanden, um uns zu verabschieden, oder wie sie hysterisch losgelacht hatte, als er sich vorgebeugt hatte, um sie auf die Wange zu küssen, und die beiden durch irgendeine falsche Ausrichtung ihrer Köpfe die Mundwinkel des anderen erwischt hatten. Am folgenden Wochenende zog ich bei ihm ein.

*

Da Ingrids Kinder aussehen wie sie, sehen sie auch aus wie ich. Menschen auf der Straße – ältere Damen, die mich aufhalten, um mir zu sagen, ich hätte ja alle Hände voll zu tun, oder auch, der Junge sei zu groß für einen Kinderwagen – glauben mir nicht, wenn ich erkläre, ich sei nicht ihre Mutter, weshalb ich einfach weitergehe und sie in dem Glauben lasse.

★

Von Jonathans Schlafzimmer gingen zwei Badezimmer ab, und am Sonntagmorgen kam er in meins, als ich gerade eine Pille aus dem Blister in meine Hand drückte, und sagte, er langweile sich und habe angefangen, mich zu vermissen, sobald ich aufgestanden sei.

Davor hatten wir im Bett gelegen, Jonathan hatte einen winzigen Espresso aus der teuren Kaffeemaschine getrunken, die er sich selbst am Tag zuvor als Verlobungsgeschenk gekauft hatte, während ich den Verlobungsring musterte, den er auf dem Heimweg ausgesucht und mir soeben überreicht hatte, und der mir mit Leichtigkeit an den Finger glitt, weil er zu groß war.

Nun, im Badezimmer, nahm er etwas von meinen Sachen vom Waschbecken, entdeckte dann die Tablette in meiner Hand und fragte mich, was das sei. Die Pille, erwiderte ich, und bat ihn hinauszugehen. Jonathan tat verletzt, verließ jedoch das Bad. Ich schluckte die Pille und steckte die Verpackung zurück in eine versteckte Tasche meines Kulturbeutels.

Als ich wieder ins Schlafzimmer kam, saß er gegen seine europäischen Kissen gelehnt auf dem Bett und schien gerade eine Offenbarung zu erleben. Er klopfte auf die freie Stelle neben sich. Noch bevor ich ganz dort angekommen war, ergriff er meine Hand und zog mich aufs Bett.

»Weißt du was, Martha? Scheiß auf die Pille. Lass uns ein Kind bekommen.«

Ich sagte: ›Ich will kein Kind.‹

»Nicht ein Kind – unser Kind. Kannst du dir das vorstellen? Mein Aussehen, dein Verstand. Wie kannst du da noch warten?«

»Ich warte nicht. Ich will nie eins bekommen. Und du auch nicht.«

»Und doch habe ich es gerade vorgeschlagen.«

»Du hast mir gesagt …«, ich rief seinen Namen, weil er mir nicht zuhörte. »Du hast mir bei unserem zweiten Treffen gesagt, du wolltest keine Kinder.«

Er lachte. »Ich wollte bloß vorbauen, Martha, für den Fall, dass du dich als eine von diesen Frauen herausstellst, die sich verzweifelt nach einem …« Jonathan unterbrach sich selbst. »Stell dir mal ein Mädchen vor. Ich mit einer Tochter, eigentlich gleich mit einem ganzen Rudel. Das wäre unglaublich.«

Schon jetzt und von nun an war Jonathan von dieser Idee voll und ganz eingenommen, genauso wie er es gewesen wäre, hätte einer seiner Studienfreunde angerufen und vorgeschlagen, sie sollten auf der Stelle zum Skifahren nach Japan fliegen oder Anteile an einem Boot kaufen. Er strampelte die Decke von sich, sprang aus dem Bett und rief, er sei so überzeugt davon, dass er mich werde umstimmen können, da könne er mir eigentlich jetzt gleich eins einpflanzen, bevor er ins Fitnessstudio musste, damit es bereits unterwegs wäre, wenn ich so weit sei.

Ich lachte. Er behauptete, es sei sein voller Ernst, und ging zu seinen Kleiderschränken, die aussahen wie eine verspiegelte Wand.

Meine Koffer standen ihm im Weg, geöffnet und leer, aber inmitten der Kleidungsstücke, die ich am Tag meiner Ankunft herausgenommen hatte und immer noch verstauen musste. Er bat mich, mich in seiner Abwesenheit darum zu kümmern, da die Stelle langsam aussehe wie die Fläche unter einem Sale-Ständer bei TK Maxx.

»Hast du denn jemals einen TK Maxx von innen gesehen, Jonathan?«

»Ich habe davon gehört.«

Er öffnete die Schranktüren und fuhr beim Anziehen fort: »Abgesehen von der Gefahr, dass meine Tochter ebenfalls eine Schlampe werden könnte, wärst du eine hinreißende Mutter, einfach hinreißend.« Er trabte zurück zum Bett, gab mir einen Kuss und sagte: »Verdammt hinreißend.«

Sobald er fort war, ging ich zurück ins Badezimmer und ließ mir ein Bad ein.

Der Abend meiner Verlobung mit Jonathan war auch der Abend, an dem ich neben einer Reihe von Containern für Gewerbeabfälle erfuhr, dass Patrick seit 1994 in mich verliebt war.

Ich war nach unten gefahren in der Hoffnung, Ingrid noch auf der Straße anzutreffen. Doch dort war niemand. Ich wechselte die Straßenseite und stellte mich unter eine Markise, weil ich noch nicht bereit war, wieder hinaufzugehen. Es regnete, und das Wasser floss in Strömen an den Seiten herunter und prasselte auf den Gehweg. Ich stand gerade ein paar Minuten dort, als Oliver und Patrick aus der Lobby auftauchten. Als sie mich entdeckten, rannten sie zu mir und zwängten sich zu beiden Seiten neben mich. Oliver griff in seine Jackentasche, zog eine Zigarette hervor, zündete sie sich hinter vorgehaltener Hand an und fragte mich, was ich hier machte.

Ich antwortete: »Sinnlos atmen.« Er sagte: »Wenn das so ist«, und steckte mir die Zigarette in den Mund. Ich inhalierte und hielt den Rauch so lang in der Lunge, wie ich konnte. Über das Geräusch des Regens hinweg sagte Patrick: »Herzlichen Glückwunsch.«

Oliver sah mich von der Seite an. »Ja, verdammt, das ging schnell.«

Ich blies den Rauch aus und erwiderte: »Tja, nun ja.« Ein Taxi bog um die Ecke und fuhr auf uns zu, das Pfützenwasser spritzte auf. Patrick sagte, er sei eigentlich heruntergekommen, um aufzubrechen, und würde uns dann jetzt allein lassen. Er stellte seinen Kragen auf und rannte los.

Oliver nahm die Zigarette wieder an sich, und ich lehnte meinen Kopf gegen seine Schulter, erschöpft von der Aussicht, wieder hineingehen und mit den anderen reden zu müssen.

Er ließ mich so dastehen und sagte nach einer Weile: »Du bist dir also sicher bei dieser Jonathan-Heiraten-Sache. Er wirkt nicht besonders …«

Ich hob den Kopf und sah ihn stirnrunzelnd an. »Nicht besonders was?«

»Nicht besonders wie dein Typ.«

Ich erwiderte, da er Jonathan seit gerade einmal zweieinhalb Stunden kenne, sei ich nicht wahnsinnig interessiert an seiner Einschätzung der Dinge. Er bot mir die Zigarette noch einmal an, und ich nahm sie, wütend auf das, was er gesagt hatte, aber mehr noch darauf, wie missmutig meine Antwort geklungen hatte.

Patrick hatte das Taxi nicht herbeiwinken können und wartete nun ungeschützt vor dem Regen auf der anderen Straßenseite auf das nächste. Ich starrte rauchend geradeaus und wusste, dass Oliver mich beobachtete. Nach einer Minute sagte er: »Du bist also ganz offenkundig nicht schwanger. Warum dann die Eile?«

Ich wollte antworten, ich hätte nun einmal keine anderen

Pläne, brach jedoch ab, weil ich Sodbrennen bekam und husten musste.

Nachdem ich ein paarmal unter Schmerzen geschluckt hatte, sagte ich: »Er liebt mich.«

Oliver steckte sich den letzten Rest der Zigarette in den Mundwinkel und sagte: »Nicht gerade die größte Neuigkeit, oder? Wie lang geht das jetzt schon, zehn Jahre?«

Ich fragte ihn, wovon er spreche. »Ich rede von Jonathan.«

Er sagte: »Scheiße, tut mir leid. Ich dachte, du meintest Patrick. Ich war davon ausgegangen, dass du es weißt. Aber jetzt habe ich das Gefühl, dem war wohl nicht so.«

Ich drehte mich um und sah ihm direkt ins Gesicht. »Patrick liebt mich nicht, Oliver. Das ist lächerlich.«

Er antwortete in dem langsamen, überdeutlichen Tonfall, mit dem man einem Kind eine offensichtliche Tatsache erklärt: »Äh, doch, das tut er, Martha.«

»Wie kannst du das wissen?«

»Wie kannst du das nicht wissen? Alle anderen wissen es.«

Ich fragte ihn, wer alle anderen in diesem Fall seien.

»Wir alle. Deine Familie. Meine Familie. Es gehört zum überlieferten Wissen der Russell-Gilhawleys.«

»Und wann hat er es euch erzählt?«

»Das brauchte er nicht.«

Ich sagte: »Oh, na schön. Er hat es also nie tatsächlich zu irgendjemandem gesagt. Ihr nehmt es bloß an.«

Er antwortete: »Ja, aber es …«

»Oliver, er ist quasi mein Cousin. Außerdem bin ich fünfundzwanzig. Und Patrick ist, was weiß ich, neunzehn.«

»Zweiundzwanzig. Und er ist in keiner Hinsicht dein Cousin.«

Ich blickte erneut auf die Straße. Patrick hatte aufgegeben und entfernte sich zu Fuß von uns, den Kopf gegen den Regen gesenkt.

Ich hatte nie bewusst über irgendeine Angewohnheit oder irgendeinen körperlichen Aspekt von ihm nachgedacht, allerdings war mir alles an ihm – die Breite seiner Schultern, die Form seines Rückens, seine Art zu gehen, mit den Händen so tief in den Hosentaschen, dass seine Arme durchgestreckt waren und die Innenseiten seiner Ellbogen nach vorn zeigten – in jenem Augenblick vertrauter als jede andere bekannte Tatsache oder Person in meinem Leben.

An der Straßenecke angelangt, blickte Patrick über die Schulter zurück und winkte kurz. Es war bereits zu dunkel, um sein Gesicht richtig zu erkennen, aber für den Bruchteil einer Sekunde, ehe er weiterging, abbog und verschwand, fühlte es sich an, als sähe er nur mich an. Und da wurde mir bewusst, dass es stimmte – Patrick liebte mich –, und im nächsten Moment, dass ich es auch schon seit Langem wusste. Was ich zuvor am Tisch auf seinem Gesicht gesehen hatte, war kein Mitleid gewesen, und aus diesem Grund hatte es sich so unerträglich angefühlt: Er hatte seine Liebe gezeigt, während alle anderen mich auslachten.

Oliver sagte nichts und zog lediglich eine Augenbraue hoch, als ich behauptete, es mache ohnehin keinen Unterschied, da ich Jonathan liebe, ehe ich durch den Regen zurück ins Haus eilte.

Meine Hochzeit mit Jonathan kostete siebzigtausend Pfund. Er bezahlte alles. Ich ließ die Feier von seiner Stiefschwester organisieren, die im Eventmanagement arbeitete und so wie er über die Gabe verfügte, eine unaufhaltsame Schwungkraft zu erzeugen. In E-Mails ganz ohne Großbuchstaben erklärte sie mir, sie habe eine menge beziehungen, die sie im soho house oder in jedem anderen hotel in westlondon spielen lassen könne, was bedeute, dass sie uns schon in einem monat ein datum reservieren könne. Sie sagte, sie kenne den gatekeeper bei mcqueen und sei mit den meisten mädels bei chloé zur schule gegangen, also, was auch immer ich wolle. und sie brauche auch bei keinem der floristen auf der liste (siehe anhang) einen termin auszumachen wie irgendein dahergelaufener niemand, sondern könne ganz sicher einfach hereinspazieren und alles innerhalb einer halben stunde bekommen, selbst wenn mir etwas außerhalb der saison vorschwebte.

Ich sagte, sie könne all das selbst entscheiden. Als ich dann in meinem Chloé-Kleid im Soho House stand und die Maiglöckchen in der Hand hielt, die von irgendwoher eingeflogen worden waren, sagte ich Jonathan, ich sei so glücklich, dass ich mich wie auf Drogen fühlte. Er erwiderte, er sei geradezu ekstatisch. Er war tatsächlich auf Drogen.

*

Patrick nahm die Einladung zu meiner Hochzeit an. Peregrine, der gemeinsam mit Jeremy auf dem Jakobsweg lief, sendete sein tiefstes Bedauern und ein antikes Austernmesser.

*

Wir unternahmen eine Hochzeitsreise nach Ibiza, die kurz war, aber in Hundejahren proportional zu unserer Ehe. Jonathan sagte, es sei ein Verbrechen, dass er mir noch nicht seinen Lieblingsort auf dieser Welt gezeigt habe, und versprach, dieser sei ganz anders als sein Ruf. Ich antwortete, ich käme mit, unter der Bedingung, dass wir irgendwo fernab von allem wohnten.

Als wir in der Mitgliederlounge auf unseren Flug warteten, erklärte ich Jonathan, ich hätte meine Meinung geändert. Er saß in einem tiefen Armsessel und las, die Füße auf dem niedrigen Tisch vor sich, die *Financial Times Weekend*.

»Einen Hauch zu spät, würde ich sagen, mein Schatz. In zwanzig Minuten ist Boarding.«

Ich sagte: »Nein. Was das Kinderkriegen angeht.«

In den sechs Wochen seit seinem ersten Vorschlag hatte er unablässig dafür geworben, und es schien ihn nicht zu überraschen, mich so schnell kleingekriegt zu haben. Er sagte, in diesem Fall könne ich mich darauf freuen, bereits gründlich geschwängert nach London zurückzukehren. Er ahnte nicht, dass all die Mühe, die er in seine Überzeugungsarbeit gesteckt hatte, pure Verschwendung gewesen war. Als er an jenem Tag auf dem Weg zum Fitnessstudio gewesen war, hatte ich die Tabletten, von denen ich behauptet hatte, es seien Verhütungspillen, gemeinsam mit jenen, die es tatsächlich waren, die Toilette hinuntergespült.

Ich hatte es nicht geplant, aber während damals das Badewasser einlief, hatte ich in den Spiegel geblickt und mich daran erinnert, wie ich am Abend von Jonathans Dinner ausgesehen hatte, an meinen verzerrten Gesichtsausdruck. Ich erinnerte mich an die Minuten nach seinem Antrag, als ich vor meiner Familie stand, die nicht aufhören konnte, über die Vorstellung zu lachen, ich könnte eine Mutter sein. Wenigstens Jonathan fand es nun nicht länger zum Brüllen komisch. Er glaubte, ich würde eine verdammt hinreißende Mutter sein.

Als Jonathan sich wieder seiner Zeitung zugewandt hatte, ließ ich meinen Blick durch die Flughafenlounge schweifen und stand dann auf, um mir etwas zu trinken zu holen. Eine Frau in der benachbarten Sesselgruppe war so hochschwanger, dass sie einen kleinen Teller mit Sandwiches auf ihrem Bauch abstellen konnte. Als ich an ihr vorbeikam, ließ ich meine Haare nach vorne fallen, um mein Gesicht zu verdecken, weil ich so breit lächelte, dass ich verrückt gewirkt hätte.

Jonathan und ich flogen Business Class. Wir tranken Sekt aus winzigen Bechern. Ich fand heraus, dass mein frischgebackener Ehemann eine Schlafmaske besaß, die er in einem Laden gekauft und nicht etwa von einem früheren Flug behalten hatte. Während des gesamten Fluges dachte ich an mein Baby.

★

Wir erreichten die Villa am frühen Nachmittag. Ich packte aus, und Jonathan schlug eine Runde Schwimmen gefolgt von ein wenig Unzucht vor dem Abendessen vor. Ich erklärte ihm, ich sei müde und würde ein Nickerchen halten, während er schwamm, um dann für den Teil mit dem Sex dazuzustoßen. Er hatte sich bereits in seine geblümte Badehose geworfen und gab auf dem Weg zur Tür seine berühmte Darbietung eines schmollenden Kindes – die vorgeschobene Unterlippe, die verschränkten Arme, das Aufstampfen. Ich duschte und legte mich ins Bett.

Die Haushälterin weckte mich. Sie entschuldigte sich und sagte, sie müsse hereinkommen und die Fensterläden schließen, um nach Sonnenuntergang die Moskitos draußen zu halten. Sie sagte, der Ehemann sei sicher nicht glücklich, wenn er bei seiner Rückkehr feststelle, dass sie seine schöne Frau auf ihrer Hochzeitsreise habe zu Tode saugen lassen. Ich fragte sie, ob sie wisse, wo der Ehemann sei. Er sei mit dem Taxi in die Stadt gefahren und habe ihr zwar gesagt, er sei um acht zurück, aber nun sei es fast neun, und sie wisse nicht, was sie mit dem Abendessen tun solle, das längst bereitstand.

Ich aß auf der Terrasse, an einem Tisch, der sorgfältig für zwei gedeckt gewesen war und hastig für eine Person umgedeckt wurde, während ich danebenstand und wartete. Ununterbrochenes Lächeln mit traurigem Blick, Zurechtrücken von Servietten und Gläsern, Komplimente für ihre Jugend und ständiges Auftauchen, um sich zu erkundigen, ob die Dame mit dem Essen zufrieden sei oder ob sie noch mehr Kerzen gegen die Moskitos wünsche, sind die internationalen Zeichen für: »Deine Ehe ist schlecht.«

Nach dem Essen legte ich mich mit einem Handtuch um die Schultern auf eine Liege neben dem Pool und blickte aufs Meer, das auf der anderen Seite der niedrigen Steinmauer anstieg und wieder abfiel, seine Oberfläche schwarz mit verstreuten Flecken goldenen Mondlichts. Ich blieb dort bis Mitternacht. Jonathan kehrte früh am nächsten Morgen zurück, die Nasenscheidewand verkrustet mit etwas, das der feine weiße Sand sein konnte, für den Ibizas Strände bekannt sind.

*

Er hatte zwar zugestimmt, an einem Ort zu übernachten, der weit von allem entfernt war, konnte es jedoch nicht ertragen, tagelang allein mit mir zu sein. Ich konnte es nicht ertragen, nächtelang allein mit fünfhundert anderen in Clubs zu sein, von denen er behauptete, er sei vielleicht ein-, zweimal dort gewesen, woraufhin sich jedes Mal herausstellte, dass ihn darin alle kannten.

Er versprach mir, ich würde Spaß haben, wenn ich es nur zuließe, aber auch wenn ich jedes Mal so lange blieb, wie ich konnte, in Panik versetzt durch die Musik, die wie der Soundtrack zu einer Sitzung Elektroschocktherapie klang, entschieden wir beide früher oder später, dass es wahrscheinlich keinen Zweck hatte. Ich fuhr lange Strecken allein mit dem Taxi zurück zur Villa und ging schlafen.

Die Menge an Sex, die er mir versprochen hatte – eine medizinisch ohnehin nicht empfehlenswerte Menge –, fand nicht statt. Wenn Jonathan morgens zurückkehrte, war er zu benommen, nachmittags zu erschöpft und schließlich zu aufgeregt, wenn seine Zeit zum Aufbruch näher rückte. Bei seinem einzigen Versuch – als er einmal nach sechsundzwanzigstündiger Abwesenheit zur Villa zurückkehrte und mich noch wach vorfand – schubste ich ihn weg und behauptete, ich hätte meine Tage bekommen. Er stand auf und stieg mühsam zurück in seine Jeans, wobei er laut äußerte, wenn Mädchen ihre Tage mit dreizehn oder so bekämen, sollte ich mit fünfundzwanzig doch wohl mittlerweile wissen, wie man das System austrickste. Ich sagte: »Das läuft nicht wie an der beschissenen Börse, Jonathan.« Er gab keine Antwort und sagte bloß zu sich selbst, während er sein Hemd mit einem Tritt vom Fußboden hochbeförderte, dass das Taxi, das ihn gerade hergebracht hatte, mit etwas Glück noch draußen stehe.

Kurz darauf hörte ich Reifen auf dem Kies, dann war ich wieder allein.

*

Patrick hatte zwar die Einladung angenommen, kam aber nicht zu meiner Hochzeit. Er rief meine Mutter an dem Morgen an und erklärte, er sei vom Fahrrad gefallen.

*

In der kurzen Zeit, die wir uns kannten, war Jonathan der Version von mir noch nicht begegnet, die tagelang weint, ohne zu wissen, weshalb oder wann sie wieder damit aufhören kann. Es begann auf unserem frühmorgendlichen Flug zurück nach London. Ich nahm den Fensterplatz, und nachdem ich zugesehen hatte, wie die Insel unter uns verschwand und die Aussicht sich in Meer verwandelte, legte ich ein Kissen gegen die Kabinenwand und ließ meinen Kopf dagegen sinken. Sobald ich die Augen geschlossen hatte, strömten mir die Tränen über das Gesicht. Jonathan war derweil damit beschäftigt, einen Film auszusuchen, und bemerkte es nicht.

Als wir zurück in der Wohnung waren, ging ich sofort ins Bett. Jonathan sagte, er werde in einem anderen Zimmer schlafen, da ich gerade offensichtlich eine hässliche Erkältung bekäme – weshalb sollte ich sonst zittern, wie der Tod auf Beinen aussehen und so seltsam atmen? – und er keinerlei Interesse daran habe, sie sich ebenfalls einzufangen.

Am nächsten Morgen ging er wieder zur Arbeit. Ich stand weder an diesem noch am nächsten Tag auf. Ich verließ die Wohnung nicht mehr. Tagsüber konnte ich die Zimmer nicht dunkel genug bekommen. Licht drang durch die Vorhänge, fand Lücken unter den Kissen und T-Shirts, die ich mir über den Kopf legte, und tat mir selbst dann in den Augen weh, wenn ich sie mir, um zu schlafen, zuhielt.

Wenn Jonathan abends zurück nach Hause kam und mich noch immer so vorfand, sagte er, in aufsteigender Reihenfolge:

Bist du krank?

Soll ich jemanden anrufen?

Ehrlich, Martha, du jagst mir Angst ein.

Ach, was zur Hölle?

Anscheinend hattest du wieder einen produktiven Tag, Darling.

Könnten wir uns vielleicht dazu aufraffen, unsere Schwester zurückzurufen, damit unser Ehemann nicht auf der Arbeit mit Nachrichten von ihr bombardiert wird?

Dann kann ich ebenso gut ausgehen. Nein, wirklich, steh nicht auf.

Gott, du bist wie so eine Art schwarzes Loch, das all meine Energie aufsaugt – ein Kraftfeld des Elends, das mich komplett auslaugt.

Such dir gern ein anderes Schlafzimmer aus, wenn du von jetzt an immer so bleibst.

Wochen vergingen auf diese Weise. Von meiner Arbeitsstelle kamen Briefe, die ich ungeöffnet ließ. Dann buchte Jonathan eine Einkaufsreise und sagte, er werde zehn Tage fort sein. In der Zeit solle ich, bei aller Liebe und allem Respekt, darüber nachdenken, mich zu verdünnisieren. Er habe es gegoogelt, sagte er mit der Hand gegen den Türrahmen gestützt, und ich sei sicher erfreut zu erfahren, dass meine Keuschheit uns die Mühe einer Scheidung erspare. Ein PDF zum Downloaden, 550 Pfund und sechs bis acht Monate Däumchendrehen, danach wäre es, zumindest vor dem Gesetz, als wäre die ganze Sache niemals geschehen.

Sobald Jonathan die Wohnung verlassen hatte, schaltete ich mein Telefon ein und schrieb Ingrid. Sie erschien eine halbe Stunde später gemeinsam mit Hamish und half mir aufzustehen. Sie manövrierte meine Arme in den Mantel, Hamish füllte meine Koffer mit allem, was er für meins hielt.

*

Der Aufzug fuhr uns hinunter ins Erdgeschoss, und als die Türen der Lobby aufglitten, schlug mir Luft entgegen, heiß und kalt und nach Menschen, Abgasen und Asphalt riechend. Ich ließ die Luft in meine Lungen strömen, als hätte ich mich zu lange unter Wasser aufgehalten, und hatte zum ersten Mal seit Wochen nicht das Gefühl, ich müsste gleich sterben.

Mein Vater hielt auf der anderen Straßenseite in zweiter Reihe. Hinter dem Wagen standen die Mülltonnen für Gewerbeabfälle neben der Markise. Ich war zu erschöpft vom Schmerz, um mir vorzustellen, was geschehen wäre, wenn ich an jenem Tag, statt wieder ins Gebäude zu rennen, die andere Richtung gewählt hätte, die, in die Patrick gegangen war.

Ingrid hakte mich unter, führte mich zum Auto und half mir auf den Beifahrersitz. Mein Vater beugte sich über mich, um meinen Sitzgurt zu befestigen, und griff bei jeder Ampel auf dem Nachhauseweg zur Seite, drückte meine Hand und sagte: »Mein liebes Mädchen, mein liebes Mädchen«, bis die Ampel auf Grün schaltete und er weiterfahren musste.

Als er vor dem Haus parkte, sah ich, dass meine Mutter im Fenster stand. Ich kannte jedes einzelne Wort, das sie zu mir sagen würde, wenn auch nicht die genaue Reihenfolge, in der sie sie vorbringen würde: Ich sei nicht krank, ich hätte nur schwache Nerven. Ich könne mich nicht selbst regulieren. Und falls ich tatsächlich einen depressiven Hang hätte, so hätte ich auch ein unglaubliches Talent dafür, meine dunklen Perioden mit, beispielsweise, den karriereentscheidenden Ausstellungen anderer Leute zusammenfallen zu lassen. Ich gedeihe unter negativer Aufmerksamkeit, und wenn ich etwas kaputt machen, schreien oder, wie sie in diesem Fall sagen würde, eine Ehe verlassen müsse, um diese Aufmerksamkeit zu bekommen, dann würde ich es tun. Aber wie bei einem Kleinkind, das auf dem Boden liegt und mit den Armen rudert, sei es auch bei mir das Beste, mich zu ignorieren. Und sobald ich mich beruhigt hätte, könne ich mir gern einmal überlegen, welche Auswirkungen mein Verhalten auf andere Menschen habe, wie es ihre Karrieren behindere und sie einen Schwiegersohn koste, einen, den sie sogar noch mehr bewundert habe, nachdem sie festgestellt habe, dass er genau wie sie in der Kunstwelt zu Hause war, einen, der ihr Flirten erwiderte und stets das Leeren einer Flasche und das Öffnen einer neuen befürwortete.

Ich wollte nicht aus dem Wagen steigen.

Hamish und mein Vater trugen die Koffer ins Haus. Ingrid wartete, bis ich »Okay« sagte, und brachte mich dann hinein. Bis dahin war meine Mutter irgendwohin verschwunden. Ingrid brachte mich hinauf in mein Zimmer. Das Bett war gemacht, und daneben, auf einem Stuhl, der mir stets als Nachttisch gedient hatte, stand ein Keramikbecher voller Efeuzweige von den Ranken, die an der Seite der Hütte meiner Mutter hinaufwuchsen. Ich dankte Ingrid dafür, sie dorthin gestellt zu haben. Sie sagte: »Das war ich nicht. Hier …« Sie schlug die Decke zurück.

Sie legte sich eine Weile neben mich und streichelte die Innenseite meines Arms, wobei sie mir von Hamishs nerviger Schwester und den Grundsätzen der South-Beach-Diät erzählte. Irgendwann sagte sie, sie werde nun gehen, damit ich schlafen könne. Sie stellte die Füße auf den Boden, blieb jedoch auf der Bettkante sitzen. »Es wird alles gut, Martha. Du wirst viel schneller darüber hinwegkommen, als du denkst, das verspreche ich.«

Ich setzte mich auf und lehnte mich gegen die Wand, die Arme um die Beine geschlungen. »Wir wollten ein Baby bekommen.«

Ingrid wirkte schockiert. Sie griff nach meinem Fuß und hielt ihn fest. Ihre Stimme war ganz leise. »Du hast doch gesagt …«

»Es war Jonathans Idee.«

»Also wolltest du eigentlich keins. Er hat dich überredet.«

»Ich habe ihn gelassen.«

Sie runzelte die Stirn, wie ich zuerst glaubte, über mich, aber es war ihre Verachtung für Jonathan. »Das ist so ein beschissener Autohändler, Martha.« Sie drückte meinen Fuß und sagte, es tue ihr so leid. Dann fügte sie jedoch hinzu: »Zum Glück hat es nicht geklappt. Kannst du dir das vorstellen, ›Jonathan Verdammt Nerviges Gesicht‹ als Vater zu haben?«

Ingrid ließ meinen Fuß los und sagte, sie werde später noch einmal hereinschauen und es werde noch immer alles gut werden.

Als sie hinausging, betrat meine Mutter das Zimmer, blieb kurz in der Mitte stehen und betrachtete den Efeu. »Ich weiß nicht mehr, ob ich ihn in Wasser gestellt habe oder nicht.«

Dann wandte sie sich wieder zum Gehen, hielt jedoch in der Tür inne und sagte: »Jonathan ist ein Arschloch, Martha.«

★

Am nächsten Morgen fing ich an, die Kleidungsstücke im Schrank zu verstauen, die Hamish eingepackt hatte, hielt jedoch bald inne, weil mir bewusst wurde, dass ich nichts davon behalten wollte. Die Sachen, die ich in meiner Zeit mit Jonathan gekauft hatte, und die Sachen, die ich zuvor besessen hatte, waren nun durch die Verbindung mit ihm vergiftet. Die Schublade, die ich aufgezogen hatte, ließ sich nicht mehr schließen. Dahinter fand ich die Verpackung eines halb aufgebrauchten Medikaments aus einer früheren Ära, eine Marke, die ich nicht wiedererkannte, verschrieben von einer Ärztin oder einem Arzt, deren oder dessen Namen mir nichts mehr bedeutete, gegen welche Krankheit auch immer sie oder er bei mir diagnostiziert hatte. Ich nahm ein paar Tabletten, in der Hoffnung, davon würde ich mich besser fühlen, auch wenn sie ihr Verfallsdatum schon lange überschritten hatten.

★

Es war eine Art Muskelgedächtnis, das mich aus dem Zimmer und die Treppe hinunter in die Küche nötigte, wo das Telefon klingelte. Ans Telefon zu gehen, war auf die Liste jener Verpflichtungen gewandert, die meine Mutter seit Langem verweigerte, da es wie das Putzen, das Kochen und das Großziehen von Töchtern eine Unterbrechung ihrer Kunst des

Wiederverwertens darstellte. Ihr Kreischen, irgendjemand solle verdammt noch mal rangehen, hatte oft meinen Vater, Ingrid und mich im selben Zimmer zusammenkommen lassen, als hätte es einen Feueralarm gegeben. Ich hatte es vergessen, aber auch wenn ich es früher gehasst hatte, löste das Gefühl, auf Socken die mit Teppich überzogenen Treppenstufen hinunterzugleiten, Sehnsucht nach jener Zeit in mir aus, als wir noch zu viert im Haus gewesen waren. Aber nur nach jener Definition von Sehnsucht, die Peregrine mir später einmal beibrachte: »die original griechische Nostalgia, Martha.«

Es war Winsome, die anrief, um mit meiner Mutter die Pläne für Weihnachten zu besprechen, weil es, wie sie betonte, bald wieder so weit sei, immerhin befänden wir uns nun schon wieder im September. Sie sprach dann tatsächlich über Weihnachten – weil meine Mutter auf meine Rufe nicht reagierte, allerdings mit mir, und zwar mehrere Minuten lang, schnell und mit einem Hauch von Hysterie in der Stimme, nachdem ich ihr die Frage beantwortet hatte, weshalb ich zu Hause war.

Sie ziehe ein Büfett in Erwägung, Jessamine bringe ihren Freund mit, irgendetwas werde gerade gestrichen, irgendetwas werde womöglich nicht rechtzeitig fertig. Ich beobachtete durch das Fenster eine Amsel, die ihren Schnabel wieder und wieder in dieselbe Stelle im Gras stieß. »Und Patrick wird nicht bei uns sein.« Er sei in Übersee – Winsome könne sich den Tag ohne ihn ja kaum vorstellen, aber dafür würden wir ihn hinterher viel öfter zu Gesicht bekommen, da er kurz davor sei, sein Studium in Oxford zu beenden, und hin- und herpendeln werde, um sich eine Stelle zu suchen, wofür er bei Oliver wohnen werde, der gerade erst eine Wohnung in

Bethnal Green gekauft habe – sie habe keine Ahnung, weshalb ausgerechnet dort.

Dann fuhr sie fort, die Mängel der Wohnung selbst aufzulisten, aber ich hatte die ganze Zeit das Bild von Patrick im Kopf, wie er vor Jonathans Wohnung auf der Straße stand, das Gefühl, dass er nur mich ansah, ehe er um die Ecke bog. Damals glaubte ich, was Oliver gesagt hatte. Nun jedoch nicht mehr. Im kurzen Verlauf meiner Ehe war die Vorstellung für mich geradezu absurd geworden. Winsome beendete ihre Liste, fügte jedoch hinzu: »Zumindest befindet sie sich nicht in einem dieser scheußlichen Glastürme, die nur aus Oberflächen und scharfen Kanten bestehen.« Ihr erstes und letztes Wort zu Jonathan.

★

Die Dame hinter der Verkaufstheke des Hospizladens wollte mein Hochzeitskleid nicht annehmen. Stück für Stück holte sie meine Kleider aus den Mülltüten, in denen ich sie dorthin gebracht hatte. Ich trug das einzige Outfit, das ich behalten wollte, wenn ich den Laden wieder verließ – Jeans und ein Sweatshirt von Primark, von dem Ingrid gleich zwei gekauft hatte, weil sie nur neun Pfund kosteten und auf der Brust das Wort »University« aufgedruckt war, was ihrer Meinung nach klarstellte, dass wir eine Hochschulbildung genossen hatten, jedoch nicht so verzweifelt um Anerkennung kämpften, dass wir den Leuten unter die Nase reiben mussten, wo.

Mein Hochzeitskleid lag unter den anderen Teilen, und als sie es am Ärmel herauszog und ich ihr sagte, was es sei, schnappte die Dame kurz nach Luft. Abgesehen davon, dass etwas so Hübsches in Seidenpapier und einer richtigen Schachtel aufbewahrt gehöre, sei sie sicher, ich werde es noch bereuen, mich davon zu trennen. Ihr Blick huschte auf meine linke Hand. Ich trug noch immer meine Hochzeitsringe, und beruhigt, dass ihr nichts Unglückliches herausgerutscht war, fügte die Dame lächelnd hinzu: »Sie könnten eines Tages eine Tochter haben, der Sie es gern geben möchten.« Sie wolle kurz nach hinten gehen und nachschauen, ob sie etwas Besseres habe, worin ich es für den Heimweg verstauen könne.

Als sie durch den Vorhang verschwunden war, ging ich ohne mein Kleid hinaus und lief zu Fuß nach Hause. Es hatte zu regnen begonnen, und das Wasser strömte über das Straßenpflaster und floss in die Rinnsteine. An der ersten Straßenecke blieb ich stehen und nahm meine Ringe ab, wobei ich mich fragte, ob es für eine Frau in meiner Situation angebracht sei, sie einfach in den Gully zu werfen und dann emanzipiert weiterzugehen. Aber das war genau die Art von Geste, die Jonathan vor Lachen hätte losbrüllen und »Genial« rufen lassen. Ich steckte sie also in das Münzenfach meines Portemonnaies und lief weiter.

Hamish stellte sie auf eBay ein. Von dem Geld kaufte ich meinem Vater einen Computer und spendete den Rest einer Gemeinschaftsorganisation, die sich gegen den Bau von Wohngebäuden wie jenes von Jonathan einsetzt.

D er Job, zu dem ich nach meiner Hochzeitsreise nicht zurückgekehrt war, war der bei *The World of Interiors*. Ein letztes Schreiben, umadressiert von Jonathan, erreichte mich in der Goldhawk Road. Aufgrund meines Nichterscheinens sei ich offiziell aus dem Beschäftigungsverhältnis entlassen.

Im Bett sitzend verfasste ich einen Brief an Peregrine. Ich wollte mich dafür entschuldigen, dass ich einfach verschwunden war, statt ordentlich zu kündigen, und dass ich nicht den Mut besessen hatte, ihm zu sagen, weshalb ich nicht zurückkommen konnte. Aber so viele Entwürfe ich auch schrieb, ich brachte es nicht fertig, den wahren Grund amüsant klingen zu lassen. In dem Brief, den ich am Ende abschickte, erklärte ich ihm, mir seien die Adjektive ausgegangen, um Stühle zu beschreiben. Ich sagte, mir blieben nur noch »hübsch« und »braun«, und ich sei ihm so dankbar, und es tue mir so leid, und ich hoffte, wir könnten in Kontakt bleiben.

Seine Antwort kam noch in derselben Woche auf einer mit Monogramm versehenen Karte. In seiner eleganten Schrift stand darauf:: »Für eine Autorin ist es besser zu fliehen, als dem Lockruf von thesaurus.com zu erliegen. Bald/jederzeit Lunch.«

★

Meinem Vater zufolge musste ich mich erst emotional erholen, ehe ich auch nur darüber nachdachte, mir einen neuen Job zu suchen. Ich starrte in seinem Arbeitszimmer auf eine Website mit Stellenangeboten. Ich hatte Greater London eingegeben, ohne Erfolg.

Da es unmöglich war, mich in meinem Zimmer emotional zu erholen, während unablässig der Soundtrack des Wiederverwertens aus der Hütte meiner Mutter durch das Fenster drang, hatte er mir angeboten, die Zeit in seinem Arbeitszimmer zu verbringen, ganz so, als wäre ich wieder siebzehn – diesen Teil sprach er nicht aus, aber wir waren uns dessen beide bewusst. Ein paar Tage lang verbrachte ich dort, allerdings war seine Arbeit, Gedichte zu schreiben, seitdem sichtlich weniger erfreulich geworden. Mittlerweile beinhaltete sie vermehrtes Aufstehen und Stühlerücken, Umherlaufen im Zimmer bei wiederholtem Seufzen und lautem Vorlesen der Gedichte anderer Autorinnen und Autoren, was ihm angeblich dabei half, in den Prozess hineinzufinden, wenn auch anscheinend nicht genug.

Ich ging hinunter in die Küche und begann, einen Roman zu schreiben. Von oben war das Geräusch seiner Arbeit zu hören. Ich fing an, in die Bibliothek zu gehen. Es gefiel mir dort, allerdings steuerte mein Roman immer wieder in Richtung Autobiografie, und ich konnte ihn nicht aufhalten. Ich stellte mir vor, wie ich bei einem Autor*innenfestival sprach und von jemandem aus dem Publikum gefragt wurde, wie viel von dem Buch auf meinem eigenen Leben basiere. Ich müsste antworten: alles! Nicht ein einziger Absatz der vierhundert Seiten ist ausgedacht! Mit Ausnahme der Stelle, an der der Ehemann – der im wahren Leben blond und nicht ermordet worden ist – beschließt, seine teure Kaffeemaschine an einen anderen Platz in der Küche zu stellen, und ihm beim Hochheben braunes Wasser aus dem Sammelbecken vorn über seine weiße Jeans läuft.

Diese Szene und auch alle anderen schienen beim Tippen vor Brillanz und Humor zu vibrieren. Am nächsten Tag lasen sie sich jedoch wie die Arbeit einer Fünfzehnjährigen mit ehrgeizigen Eltern. Insgesamt konnte ich erkennen, wie sehr mein Schreiben stilistisch in Richtung dessen schwankte, was ich zu der Zeit gerade las. Eine verwirrende Mischung aus Joan Didion, dystopischen Romanen und einer Kolumnistin des *Independent*, die ihre Scheidung in Fortsetzungen veröffentlichte.

Ich gab auf und fing an, Liebesromane in Großdruck zu lesen, bis mir bewusst wurde, dass ich mich mit der Gruppe der Seniorinnen angefreundet hatte, die ihre Tage ebenfalls im Ruhebereich der Bibliothek verbrachten, als ich auf ihre Frage, ob ich mit zum Mittagessen in The Crepe Factory kommen wolle, mit Ja antwortete und das gar nicht weiter erstaunlich fand.

*

Einen Monat nach mir zog Nicholas in die Goldhawk Road. Meine Mutter behauptete, jetzt fühle sich das Haus wie ein Tempel der Arbeitslosigkeit an. Er kam aus dem stationären

Entzug und erklärte uns, er werde innerhalb von vierundzwanzig Stunden zur Selbstmedikation zurückkehren, wenn er wieder in Belgravia einziehen müsse.

Weil er stets unberechenbar auf eine Weise gewesen war, die mich an meine Mutter erinnerte, und zeitweise depressiv auf eine Weise, die mich an mich selbst erinnerte, hatte ich Nicholas von meinen Cousins und Cousinen stets am wenigsten gemocht. Aber seine Anwesenheit bedeutete, dass Oliver abends vorbeikam, um mit ihm fernzusehen oder dabeizusitzen, während Nicholas bei allen, die er kannte, am Telefon Schritt neun auf der Zwölf-Schritte-Liste der Anonymen Alkoholiker erledigte.

Oliver brachte seine Wäsche mit, und er brachte Patrick mit, wann immer dieser in London war, denn auch wenn die Wohnung in Bethnal Green, wie er mir erklärte, praktisch gelegen sei zwischen einem auf alle Küchen der Welt spezialisierten Takeaway und Yesmina Fancy USA, Lieferantin für Extensions aus Menschenhaar und Kunststoff, habe sie weder eine Waschmaschine noch heißes Wasser nach fünf Uhr nachmittags oder etwas, von dem der Makler behauptete, es rechtlich als Badezimmer bewerben zu dürfen.

Patrick und ich trafen uns in der Küche, als er zum ersten Mal im Haus war. Ich räumte gerade den Geschirrspüler aus, und als er eintrat, rutschte mir eine nasse Schüssel aus der Hand.

Er sah genauso aus wie immer. Ich war in eine andere Wohnung und wieder ausgezogen, hatte geheiratet, war im Ausland gewesen, krank und gefeuert worden, und Patrick trug noch das Hemd, das er bei Jonathans Dinner getragen hatte, als ich ihn zum letzten Mal gesehen hatte. Ich konnte mir keinen Reim darauf machen, dass ich mich komplett verändert hatte und er sich überhaupt nicht. Ich kniete nieder, um die Scherben aufzusammeln, und mir wurde bewusst, dass seitdem erst drei Monate vergangen waren. Er kam mir zu Hilfe, und als er mir so gegenüber hockte und nichts sagte, außer dass die kleineren Teile wirklich scharf seien, schien Patricks Gleichförmigkeit die Zeit zum Einstürzen zu bringen, bis keinerlei Zeit mehr vergangen war, nichts passiert war und es nur noch uns beide gab, wie wir Schüsselscherben aufsammelten.

Es kam unerwartet, als er plötzlich sagte: »Das mit Jonathan tut mir leid.«

Ich erwiderte: »Ja, okay«, und stand schnell auf, um einen Besen zu holen, weil ich nicht vor ihm weinen wollte. Als ich damit zurückkam, war er nicht mehr in der Küche, und es gab keine Scherben mehr, die ich aufkehren konnte.

Oliver und ich waren nicht noch einmal auf das Thema unseres Gesprächs unter der Markise zurückgekommen, noch hatten wir das Gespräch selbst seither erwähnt. Ich wusste nicht, ob er Patrick davon erzählt hatte, dessen Unbehagen in der Küche nicht merklich größer gewesen war als sonst, wenn er sich in meiner Nähe aufhielt. Ich wusste nicht, ob Patrick mein eigenes Unbehagen gespürt hatte. Es war der Grund dafür, dass ich mich an jenem Abend nicht im Wohnzimmer zu ihnen setzte und auch an keinem der folgenden Abende. Dennoch fühlte ich mich weniger allein, wenn sie da waren und ich den Fernseher, das Geräusch ihrer Stimmen, das dumpfe Schlagen des Trockners im Schrank unter der Treppe oder das Klingeln des Pizzadienstes hörte.

*

Frühmorgens unternahm Nicholas Spaziergänge. Den Rest des Tages verbrachte er mit Meetings, Tagebuchschreiben und Telefongesprächen mit seinem Sponsor. Nachdem er in kurzer Zeit festgestellt hatte, dass ich noch weniger zu tun hatte als er, fragte er mich, ob ich ihn begleiten wolle.

An jenem Tag liefen wir von Shepherd's Bush in Richtung Fluss und folgten seinem Lauf bis Battersea, am nächsten gingen wir den ganzen Weg bis Westminster. Von da an liefen wir auf sich schlängelnden Wegen in die Stadt, folgten Kanälen, gingen hinauf nach Clerkenwell und Islington und dachten uns Heimwege aus, die uns durch den Regent's Park führten. Irgendwann liefen wir so viele Stunden am Tag, dass wir begannen, Müsliriegel und Lucozade-Energydrinks mitzunehmen. Als wir alle Geschmacksrichtungen durchprobiert hatten, liebte ich Nicholas. Er fühlte sich an wie mein Bruder und fragte mich nie, warum ich mit sechsundzwanzig arbeitslos war und zu Hause lebte und weshalb ich nur ein Outfit besaß. Als ich es ihm von mir aus erzählte, erwiderte er: »Ich wünschte, einen miesen Scheißkerl zu heiraten wäre die schlimmste Lebensentscheidung, die ich je getroffen hätte.«

»Aber«, fügte er hinzu, »alles lässt sich wiedergutmachen, Martha. Sogar Entscheidungen, die wie bei mir damit enden, dass man bewusstlos und blutend in einer Fußgängerunterführung liegt. Auch wenn man idealerweise herauszufinden versucht, weshalb man ständig sein eigenes Haus in Flammen setzt.« Wir waren gerade irgendwo in Bloomsbury und saßen auf dem Rand eines Brunnens in einem umzäunten Garten. Ich fragte ihn, warum er selbst ständig sein eigenes Haus in Flammen setzte, und fügte hinzu, er müsse nicht darüber reden, wenn er nicht wolle.

Er wollte aber. Er sagte, der Grund dafür sei, dass niemand je über irgendetwas geredet habe, als er aufgewachsen sei.

Ich erklärte, Ingrid und ich seien immer ganz versessen darauf gewesen, etwas über seine Herkunft zu erfahren.

Nicholas erwiderte: »O Gott, meine Herkunft.« Ich hatte es auf Rowlands Art ausgesprochen. Ich dachte, er würde es lustig finden, doch das war ganz offensichtlich nicht der Fall.

Ich entschuldigte mich. »Es muss schrecklich gewesen sein, wenn da immer etwas war, über das nicht gesprochen werden konnte.«

Nicholas schniefte. »Du meinst wohl, immer etwas zu sein, über das nicht gesprochen werden konnte. Wenn ihr so versessen darauf wart, wieso habt ihr dann nie Fragen gestellt? Haben eure Eltern es euch verboten, oder was?«

Ich sagte Nein. »Wir haben einfach angenommen, dass wir es nicht tun dürfen. Ich weiß nicht, weshalb. Wahrscheinlich, weil wir nie gehört haben, wie jemand aus eurer Familie darüber sprach, und …«, ich dachte kurz nach, »… ich glaube, für mich kam noch hinzu, dass ich nicht diejenige sein wollte, die die schlechten Nachrichten überbringt.«

»Es war ja nun nicht so, dass ich nicht gewusst hätte, dass ich adoptiert bin, oder?«

»Nein. Ich meine die schlechte Nachricht, dass du nicht weiß bist.«

Er rief so laut »Was?«, dass die Leute sich nach uns umdrehten, dann packte er mich an den Schultern. »Warum erfahre ich das erst jetzt, Martha?«

»Es tut mir so leid, Nicholas, ich dachte, du wüsstest es.«

Er ließ mich mit einem leichten Stoß nach hinten los und sagte, er müsse nun weiterlaufen, um den Schrecken zu verarbeiten. Vielleicht, erklärte er, habe er es auf irgendeiner Ebene geahnt, aber es sei dennoch ein massiver Schock, es laut ausgesprochen zu hören. Ich versicherte ihm, ihn zu verstehen, es sei gewiss ein schwerer Schlag.

Draußen vor dem Tor legte Nicholas seinen Arm um mich und sagte: »Du bist eine Idiotin, Martha.« So gingen wir eine Weile durch Fitzrovia zurück. Später bogen wir ab in Richtung Notting Hill. Ich fragte ihn, ob er glaube, wir sollten mehr Kohlenhydrate zu uns nehmen. Er sagte: »Martha, wir sollten uns Arbeit suchen.«

*

Auf der Westbourne Grove kamen wir an einem kleinen Biosupermarkt vorbei, der auf einem Schild im Schaufenster verkündete, gelegentlich freie Stellen in allen Abteilungen zu haben. Auch wenn weder er noch ich über die nötige Verkaufserfahrung verfügten, wurden wir beide eingestellt, wahrscheinlich, weil wir als trockener Suchtkranker und verschmähte Ehefrau, die jeden Tag meilenweit zu Fuß unterwegs waren, ausgemergelt und blass genug aussahen, um in einem Gesundheitsladen zu arbeiten.

Nicholas sollte nachts Regale einräumen. Mich fragte die Filialleiterin, ob ich lieber an der Kasse oder im Café arbeiten wolle. Ich erklärte ihr, da ich unter Schlafstörungen litt, sei ich ebenfalls daran interessiert, abends zu arbeiten. Sie warf einen Blick auf meine Arme, sagte: »Kasse«, und schickte mich mit der Probepackung eines pflanzlichen Schlaftrunks nach Hause, der wie Salatblätter aus dem Supermarkt schmeckte, die in der Tüte verfault waren.

Wir gaben unsere Spaziergänge auf. In den Pausen aß ich Schinkensandwiches von Pret und trank Lucozade in der ultimativ besten Geschmacksrichtung, wobei ich mich im Lagerraum versteckte, weil Fleisch Mord ist und, wie ich die Filialleiterin einmal zu einer Kundin sagen hörte, Zucker im Grunde mikrobieller Genozid. Auch wenn Nicholas noch immer in der Goldhawk Road wohnte, vermisste ich ihn.

Ich sah Jonathan zum letzten Mal in seinem Büro. Dort suchte ich ihn auf, um die Papiere für die endgültige Annullierung unserer Ehe zu unterschreiben. Es waren mittlerweile sechs Monate vergangen, seit ich mich verdünnisiert hatte. Ich stand vor seinem Schreibtisch und wartete, während Jonathan jede einzelne Seite mit ungewöhnlicher Sorgfalt überprüfte, ehe er sie mir hinschob und feixte: »Ich kann nur sagen: Gott sei Dank hast du es nicht fertiggebracht, schwanger zu werden. Jemand mit deiner Veranlagung.« Ich schnappte mir die Papiere und erinnerte ihn daran, dass es seine Idee gewesen sei. »Aber ja, Gott sei dank hast du es nicht fertiggebracht, mich zu schwängern, Jonathan. Ein Baby, das ich gar nicht erst wollte und das am Ende eine genetische Disposition für Kokain und weiße Jeans aufweist.« Ich ging, ehe er noch etwas sagen konnte.

★

Draußen lief ich auf dem Weg zum Bus an einer Mülltonne vorbei und warf die Papiere hinein, ohne stehen zu bleiben, da ich mir nicht vorstellen konnte, in welcher Situation ich eine Papierkopie meiner gescheiterten Ehe benötigen oder wo ich sie in meinem Schlafzimmer in der Goldhawk Road aufbewahren sollte, außer ich würde einen der Aktenschränke meines Vaters nach oben schleifen und sie darin unter A wie *Absolute Tiefpunkte '03–'04* einsortieren.

An einer Ampel stieg ich aus dem Bus und lief die halbe Meile zurück bis zur Mülltonne. Die Papiere waren noch da, unter einem McDonald's-Becher mit Fanta, der voll hineingeworfen worden und ausgelaufen war. Ohne sie hatte ich keinen Beweis dafür, dass ich nicht mehr mit einem Mann verheiratet war, der, wie Ingrid mir erzählt hatte, als sie und Hamish mich aus seiner Wohnung holten, neun von zehn Punkten bei einem Onlinefragebogen mit der Überschrift »Sind Sie ein Soziopath?« erzielt hatte, den meine Schwester für ihn ausgefüllt hatte. Ich holte die Seiten heraus, die nun einen einzigen Klumpen bildeten, hielt sie mit spitzen Fingern an einer Ecke fest und trug sie so zur nächsten Bushaltestelle, während mir Fanta das Bein hinuntertropfte.

Eine halbe Stunde lang kroch der Bus die Shepherd's Bush Road entlang. Die Ampeln schalteten auf Grün und wieder auf Rot, ohne dass Fahrzeuge auf die Kreuzungen vorrücken konnten, die bereits voll waren. Außer mir saß niemand auf dem Oberdeck, und ich blickte mit gegen die Scheibe gelehnter Stirn hinunter auf den nahen Gehweg und, als wir neben einem Café zum Stehen kamen, durch dessen breite Fensterfront auf eine Frau, die darin ein Baby stillte und gleichzeitig las. Um umzublättern, musste sie das Buch auf den Tisch legen und es mit dem Handballen offen halten, um dann mit den Fingern von rechts nach links zu streichen. Ehe sie weiterlas, beugte sie sich herunter, sodass sie die Hand des Babys küssen konnte, die sich an den Saum ihres Shirts klammerte. Nach ein paar Minuten sah ich, wie eine schwangere Frau von einem anderen Tisch aufstand und zu ihr hinüberging. Sie begannen, sich miteinander zu unterhalten. Die eine berührte lachend ihren Bauch, die andere klopfte ihrem Baby sanft auf den Rücken. Ich konnte nicht sagen, ob sie Freundinnen waren oder Fremde, die sich veranlasst sahen, ihre Fruchtbarkeit gegenseitig anzuerkennen. Ich wollte keine von beiden sein.

Ingrid hatte ich erzählt, ich hätte mich von Jonathan umstimmen lassen. In ihren Augen war es die vorübergehende Umkehrung einer Lebensentscheidung. Ich hatte es nie geschafft, ihr von meiner panischen Angst vor einer Schwangerschaft zu berichten, weder als ich sie entwickelte, noch, als meine jugendliche Angst mit den Jahren nicht abnahm, sondern sich stattdessen intensivierte, bis ich mich schließlich nicht nur vor einer Schwangerschaft, einem geschädigten Fötus, einem geschädigten Baby fürchtete, sondern vor Babys im Allgemeinen, vor Müttern und vor dem Konzept der Mutterschaft an sich. Immerhin wird dabei eine einzige Person damit betraut, ein gesamtes neues menschliches Wesen zu erschaffen und für dessen Sicherheit zu sorgen. Ingrid würde all das als irrational bezeichnen, als unzulässige Grundlage für eine erwachsene Entscheidung. Außerdem wollte ich ihr nicht offenbaren, dass ich mich meiner Angst zum Trotz von Jonathans selbstsicherer Art und seiner treibenden Energie hatte überwältigen und glauben lassen, ich hätte gar keine Angst. So schnell und so leicht hatte ich mich von ihm davon überzeugen lassen, ich wäre jemand anderes oder könnte es sein, und diese andere Person würde ein Baby wollen. Ich konnte mich aber dennoch nicht dazu zwingen, ein Mensch ohne meine Veranlagung zu werden. Die Lebensumstände hatten darauf keinen Einfluss, die Zeit ließ mich nicht zu einer anderen Lebensweise hin entwickeln. Ich befand mich bereits in meinem Endzustand. Ich hatte keine Kinder. Ich wollte keine Kinder. Ich sagte laut, an niemanden gerichtet: »Das wäre also geklärt.« Die Frauen in dem Café unterhielten sich noch immer, als der Verkehr sich plötzlich auflöste und der Bus weiterfuhr.

★

Zu Hause sahen Oliver und Patrick gerade gemeinsam mit Nicholas im Wohnzimmer fern. Das war nun zwar schon seit Monaten zu ihrer Gewohnheit geworden, und ich hatte bereits genügend zufällige Gespräche mit Patrick geführt, um mich dabei nicht mehr unbehaglich zu fühlen, aber zu ihnen gesellt hatte ich mich noch nie und wollte es in diesem Moment auch nicht. Aber als ich auf dem Weg zur Treppe an der offenen Tür vorbeikam und sie dort Schulter an Schulter auf dem zu kleinen Sofa sitzen sah, überkam mich die Einsamkeit mit solcher Wucht, dass ich kaum noch atmen konnte. Ich blieb einfach dort stehen, meine Tasche über der Schulter und die Papiere noch immer in der Hand, und spürte das rasche Auf und Ab meiner Brust, das Ein und Aus meines Atems, bis Oliver mich bemerkte und sagte, wie ich sehen könne, schauten sie gerade einen Dartswettkampf, und da es die vorletzte Runde sei, solle ich entweder hereinkommen und mich ordentlich hinsetzen oder weitergehen.

Ich sah mich selbst, wie ich eine Minute später auf meinem Bett sitzen und durch die Anzeigen für Hausgemeinschaften in Vororten von London scrollen würde, die ich lediglich als Endstationen verschiedener U-Bahn-Linien kannte, und so tun würde, als stünde ich noch immer kurz davor auszuziehen. Ich ließ die Tasche von meiner Schulter rutschen und betrat das Zimmer. Patrick begrüßte mich mit einem stummen Winken und Nicholas mit der Bemerkung, ich sähe scheiße aus. »Wo bist du gewesen?«

»In der Stadt.«

»Um was zu tun?«

»Mich scheiden zu lassen.«

Er sagte: »So ein Mist«, und richtete den Blick dann wieder auf einen Mann mit über den Hosenbund quellendem Bauch, der mit einem Pfeil auf einen roten Kreis zielte und dann mit der Faust in die Luft schlug, als er ihn genau in der Mitte traf. Dann stand Nicholas auf, streckte sich und sagte, ich könne seinen Platz haben, da ihm gerade eine Frau eingefallen sei, bei der er sich noch entschuldigen müsse. Seine letzte Handlung vor der Entzugsklinik habe nämlich darin bestanden, mit einem Golfschläger ihre Windschutzscheibe einzuschlagen, nachdem er mehr als die empfohlene tägliche Menge an Methamphetaminen zu sich genommen hatte. »Die übrigens, wie ich mittlerweile festgestellt habe, bei null liegt. Bin gleich wieder zurück.«

Patrick deutete ein Zur-Seite-Rutschen an, um mehr Platz zu schaffen, auch wenn es keinen gab. Als ich zwischen Oliver und Patrick saß, die Arme gegen ihre gepresst, wollte ich nichts anderes tun, als dort sitzen zu bleiben und Wettkampfdarts zu schauen. Mein kalter, leerer Körper absorbierte ihre Wärme. Das Einzige, was Patrick sagte, der den Kopf zu mir drehte, aber meinen Blick mied, war: »Ich hoffe, es geht dir gut.«

Ich tat, als hätte ich ihn nicht gehört, da ich seine Freundlichkeit nicht ertragen konnte, und fragte stattdessen Oliver, warum die Männer atmungsaktive Polohemden und Sporthosen tragen müssten, um ein Spiel zu spielen, das fette Männer in Pubs spielten. Er sagte: »Es ist ein Sport und kein Spiel«, woraufhin wir alle schwiegen, bis zum hinausgezögerten Ende und der Übergabe einer Trophäe, die so bescheiden war, dass ich den Blick abwenden musste, als der Gewinner sie mit beiden Händen über den Kopf hielt, als würde ihr Gewicht es verlangen.

Oliver sagte: »Okay, dann wollen wir mal sehen, was die terrestrischen Kanäle deiner Eltern so zu bieten haben, Martha.« Ich wusste, dass er nicht gehen würde, ehe Nicholas zurück wäre, und hoffte, dass es bis dahin noch lange dauern würde. Ich wollte nicht alleine sein. Irgendwann während des Films, den Oliver aufgrund seines Versprechens auf anstößige Sprache und sexuelle Anspielungen ausgewählt hatte, spürte ich, wie ich einschlief und wie kurz davor noch jemand sein Gewicht verlagerte, damit mein schwerer Kopf auf seiner Schulter ruhen konnte.

*

Als ich aufwachte, war der Fernseher ausgeschaltet, und hinter den Fenstern war es dunkel. Nur Patrick war noch im Zimmer. Ich lag auf der Seite, ein Kissen im Arm. Mein Kopf lag auf seinem Schoß. Sobald ich mich regte, schoss er auf und ging zum Bücherregal auf der gegenüberliegenden Seite des Zimmers, als hätte er nur auf eine Gelegenheit gewartet, die Enzyklopädie des Mittelenglischen meines Vaters daraus hervorzuziehen, sie irgendwo in der Mitte aufzuschlagen und im Stehen darin zu lesen. Ich fragte ihn, wie viel Uhr es sei und wo meine Cousins seien. Er antwortete, es sei Mitternacht, Nicholas sei ins Bett und Oliver vor einer Weile nach Hause gegangen.

»Wieso bist du nicht mit ihm gegangen?«

Patrick zögerte. »Ich wollte dich nicht wecken.«

»Das wäre nicht schlimm gewesen.«

»Klar, natürlich. Ich dachte bloß … nein, vergiss es.« Er klemmte sich das Buch unter den Arm und begann, seine Hosentaschen abzuklopfen. »Tut mir leid, ich hätte …«

»Du hast die letzte Bahn verpasst. Wie willst du nach Hause kommen?«

»Ich werde laufen.«

»Von Shepherd's Bush nach Bethnal Green.«

Er meinte, das dauere gar nicht so lange, außerdem sei ihm wirklich danach – tatsächlich habe er sogar geplant, zurück zu laufen. Ich warf einen Blick auf seine Füße. Sie steckten nackt in Segeltuchtennisschuhen, die aus unerfindlichen Gründen keine Schnürsenkel hatten.

»Lügst du gerade zum ersten Mal, Patrick? Du bist nämlich nicht besonders gut darin«, sagte ich. »Ernsthaft, warum bist du nicht mit Oliver gegangen?«

Patrick räusperte sich. »Ich dachte nur, es war wahrscheinlich nicht dein bester Tag, und vielleicht hättest du gern Gesellschaft, wenn du aufwachst, aber dir geht es gut, also ist alles wunderbar. Ich mache mich jetzt auf den Weg.«

Ich fragte ihn, ob er vorhabe, sich das Buch auszuleihen, das er noch immer unter dem Arm hielt.

Er lachte kurz, sagte, er habe es ganz vergessen, und tat einen Moment lang so, als läse er die Rückseite. »Vielleicht lasse ich es doch hier. Vielleicht stelle ich es zurück.« Ich erklärte, ich würde ihm die Tür aufschließen, da nur lebenslange Bewohnerinnen und Bewohner der Goldhawk Road die genaue Abfolge der Schlösser kannten, die dafür benötigt wurden, und ließ ihn zurück, damit er das Buch wieder einsortieren konnte.

Die Glühbirne der Flurlampe war schon eine Weile durchgebrannt. Als ich versuchte, um das Fahrrad meines Vaters herumzugehen, das an die Wand gelehnt im Flur stand, stieß ich mit der Hüfte gegen den Lenker und brachte es aus dem Gleichgewicht. Ich hatte nicht gemerkt, dass Patrick bereits hinter mir war, und als ich hastig einen Schritt zurücktrat, um das Rad umfallen zu lassen, stolperte ich mit Wucht gegen ihn. Er legte seine Hände auf meine Taille, und wahrscheinlich, weil er sie nicht gleich wieder fortnahm, selbst als ich mich wieder gefangen hatte, drehte ich mich um und fragte ihn: »Liebst du mich, Patrick?« Sofort ließ er mich los und wich zurück. Ich konnte sein Gesicht im Dunkeln nicht sehen.

Er sagte: »Wie bitte? Nein. Ich meine, was?«

»Liebst du mich?«

Er versuchte, gleichzeitig Nein zu sagen und sich zu räuspern, und nachdem er sich noch einmal geräuspert und sich dafür entschuldigt hatte, sagte er: »Nein, tue ich nicht. Oder, entschuldige, meinst du rein freundschaftlich?«

Ich streckte den Arm aus, um das Außenlicht anzuschalten. Es drang gedämpft durch das Glas über der Tür. Ich antwortete: »Nein, nicht rein freundschaftlich.«

»Dann nein. Tue ich nicht.« Er fügte hinzu: »Nicht auf diese Art«, und zwängte sich dann an mir vorbei, kletterte über das Fahrrad und fing an, in beliebiger Reihenfolge an den Schlössern zu drehen.

»Oliver hat mir erzählt, du seist in mich verliebt, seit wir Teenager waren.«

Mit dem Rücken zu mir fragte Patrick: »Hat er das?«

»An dem Abend, an dem Jonathan mir den Antrag machte.«

»Okay, also, ich habe keine Ahnung, weshalb er das gesagt hat.«

Ich griff an ihm vorbei nach einem Riegel, den er übersehen hatte, wobei ich seinen Arm streifte. Patrick presste sich gegen die Wand und schlüpfte nach draußen, sobald ich die Tür weit genug aufgemacht hatte, dass er hindurchpasste.

»Patrick.«

Er nahm zwei Stufen auf einmal und wandte sich erst um, als er auf dem Gehsteig stand. Ich folgte ihm, blieb dann aber auf halber Strecke stehen.

»Ist es wahr?«

Er sagte: »Definitiv nicht«, und klang dabei ziemlich schroff. »Ich weiß wirklich nicht, was Oliver sich dabei gedacht hat.« Er fügte hinzu: »Tut mir leid, ich muss los«, und wandte sich zum Gehen.

★

Es klingelte, als ich noch im Flur war und das Fahrrad meines Vaters aufrichtete.

»Hi.«

»Hi.«

»Ich wollte mich entschuldigen …«

»Wofür denn?«

Auf der obersten Treppenstufe, die Hände in den Hosentaschen, erwiderte Patrick: »Nein, nichts. Ich hatte nur das Gefühl, ich sollte dir sagen, dass ich eben gerade nicht zu hundert Prozent ehrlich zu dir war.«

Ich sagte: »Okay.«

Er zögerte, offensichtlich unschlüssig, ob er fortfahren sollte oder nun das Recht hätte zu gehen, da er geständig gewesen war. Er vergrub die Hände noch tiefer in den Hosentaschen und sagte: »Na ja, es ist nur so, dass ich zu einem gewissen Zeitpunkt …«

Ich wartete und kratzte mir dabei den Arm. Ich hatte geglaubt, es wissen zu wollen. Im Flur hatte ich noch das Bedürfnis verspürt zu erfahren, ob Patrick mich liebte. Jetzt war das vorbei. Ich schämte mich nur noch und wollte, dass er verschwand, da ich überzeugt davon war – irrationalerweise, aber dennoch überzeugt –, für ihn müsse es ganz offensichtlich sein, dass die Sekunde, in der er nach meiner Taille gegriffen hatte, und die halbe Sekunde, in der seine Hände noch dort geblieben waren, ausgereicht hätten, um mich glauben zu lassen, er liebe mich tatsächlich, wie Oliver behauptet hatte. Und dass ich wollte, dass er es sagte, weil ich nun in Patricks Vorstellung selbst in ihn verliebt war.

»Zu einem gewissen Zeitpunkt«, er verlagerte das Gewicht, »dachte ich tatsächlich, ich wäre es.«

»Wann?«

»In dem einen Jahr, nachdem ich dich an Weihnachten bei

deiner Tante und deinem Onkel gesehen hatte.« Er sagte, ich erinnerte mich wahrscheinlich nicht mehr daran. »Wir waren Teenager. Du warst krank, und ich war ins Zimmer gekommen, um …«

»Du hast mir von deiner Mutter erzählt.« Patrick wirkte übermäßig erstaunt, als hätte er nicht gedacht, irgendein Gespräch zwischen uns könnte für mich erinnerungswürdig gewesen sein.

»Wieso hat dich das dazu gebracht zu glauben, du seist in mich verliebt?«

»Wahrscheinlich einfach, weil du mich nach ihr gefragt hast. Das hatte oder hat bis heute im Grunde niemand getan, wenn man mal von Rowland absieht, der bei meinem ersten Besuch wissen wollte, wie sie gestorben ist.«

Ich fröstelte und verschränkte die Arme, obwohl die Luft von draußen nicht kalt war. »Wir waren furchtbar, Patrick.«

Er entgegnete: »Du warst es nicht. Du bist es nicht. Wie auch immer, ich will sagen, dass ich damals wirklich dachte, ich sei in dich verliebt, und es anscheinend Oliver erzählt habe, was ich bedaure.« Patrick nahm eine Hand aus der Hosentasche und kratzte sich energisch am Kopf. »Aber offensichtlich war ich es nicht, und das habe ich auch irgendwann begriffen. Also mach dir bitte keine Sorgen, ich war nie in dich verliebt.« Er vernahm seine eigenen Worte und sagte: »Tut mir leid, das klingt …«

»Schon in Ordnung.« Ich sagte, ich hätte ihn gar nicht erst fragen sollen. »Du kannst jetzt gehen.«

»Geht es dir denn gut?«

Ich sagte scharf Ja. »Alles bestens, Patrick. Es war nur ein langer Tag voller Männer, die mich einmal geliebt und dann damit aufgehört haben, oder einmal dachten, sie würden mich lieben, um dann festzustellen, dass sie nur Hunger hatten oder was auch immer.« Ich ging zurück ins Haus und sagte, wir sähen uns dann ja irgendwann.

*

Statt zu schlafen, lag ich fast bis zum nächsten Morgen wach. Meine Gedanken huschten hin und her zwischen Jonathan hinter seinem Schreibtisch, wie er mir feixend erklärte, ich sollte keine Mutter sein, und Patrick auf dem Gehweg, wie er wieder zur Tür zurückkehrte. Jonathan war brutal, aber immerhin war er schnell und schmutzig vorgegangen, als er mir das Herz gebrochen hatte. Patrick dagegen war, als er mir darlegte, er habe mich nie geliebt – nicht tatsächlich, sondern lediglich gefühlt, in einem Augenblick jugendlicher Verwirrung –, so bemüht gewesen, mich nicht zu verletzen, dass es sich anfühlte, wie wenn ein Verband viel zu langsam von einer Wunde gelöst würde, mit so übertriebener Vorsicht, dass man ihn, noch bevor die offene Haut halb aufgedeckt ist, am liebsten selbst abreißen möchte.

Damals, in jenen Stunden, entschied ich später, hatten sich Jonathan und Patrick in meinem Kopf miteinander verbunden, sodass ich, wann immer ich an Jonathan und seine Zurückweisung dachte, auch an Patrick denken musste. Eine Weile glaubte ich an diese Verbindung.

Am nächsten Morgen kam Nicholas in die Küche, als mein Vater und ich Zeitung lesend am Tisch saßen. Er wollte wissen, ob es im Haus irgendwelche leeren Kisten gebe, da er beschlossen habe, bei Oliver einzuziehen. Er wolle gern zentraler wohnen. Er wolle versuchen, einen richtigen Job zu finden. Er sagte, sein Bruder werde ihn noch am Nachmittag abholen.

Mein Vater stand auf und sagte, er werde einmal sehen, was er auftreiben könne. Nun mit mir allein im Zimmer, machte Nicholas sich einen Toast und brachte ihn an den Tisch, wo er sich mir gegenüber auf einen Stuhl setzte. Er fing an, von seinen Plänen zu erzählen. Ich stützte meinen Ellbogen auf den Tisch und las weiter, die Hand an der Stirn, um das Gewicht meines Kopfes zu halten und zugleich mein Gesicht abzuschirmen.

Ich reagierte auf nichts von dem, was er erzählte. Ich fühlte mich wie ein Schulkind, das die Tatsache zu verbergen versucht, dass es an seinem Pult weint, weil das vor ihm liegende Arbeitsblatt zu schwierig ist. Ich versuchte, nicht zu weinen, weil die vor mir liegende Aussicht darauf, dass Nicholas uns verließ und ich plötzlich allein mit meinen Eltern im Haus wäre, zu schwierig war. Er redete weiter, und ich versuchte, mich allein auf die Tatsache zu konzentrieren, dass sein Fortgehen auch bedeutete, dass Patrick nicht mehr vorbeikommen würde.

Nach wenigen Minuten gab er auf und zog die Zeitung meines Vaters zu sich, blätterte Seite für Seite um, ohne eine Pause zum Lesen einzulegen. Ich saß reglos vor meiner und las alles auf der aufgeschlagenen Doppelseite vor mir, bis nichts als der Rundbrief des königlichen Hofes übrig war. Am Tag zuvor hatte Prinzessin Anne ein Kundendienstzentrum im Gemeinderat von Selby eröffnet und hinterher einen Empfang besucht. Ich empfand Mitleid für sie und noch mehr für mich selbst, insbesondere als Nicholas aufstand, seinen Teller in die Spüle stellte und sagte, er müsse sich nun wohl auf den Weg machen.

Irgendwann verließ ich das Haus und ging spazieren. Während ich noch versuchte, aus Holland Park herauszufinden, klingelte mein Telefon. Es war Peregrine. Mein Entschuldigungsschreiben und seine Antwort darauf waren unser einziger Kontakt gewesen. Ich hatte nicht den Mut besessen, ein gemeinsames Mittagessen vorzuschlagen, obwohl ich ihn über ein vernünftig erscheinendes Maß hinaus vermisste.

Nun sagte er, er sitze im Auto und fahre grob in Richtung Westen, und er wolle wissen, wo genau ich gerade sei. Er habe soeben erfahren – er sagte, von wem solle mich nicht weiter kümmern –, dass meine Ehe ein Reinfall gewesen sei, und er brauche gar nicht erst zu fragen, wessen Schuld es gewesen sei, fühle sich jedoch schrecklich, weil ich ihn nicht angerufen hätte, als es geschah.

Ich sagte ihm, ich sei gerade in Holland Park unterwegs, und Peregrine erwiderte: »Wie praktisch.« Er werde seinen Fahrer die Richtung ändern lassen. »Du könntest dich beeilen und in einer Viertelstunde mit mir in der Orangerie treffen.«

Ich erklärte ihm, ich trüge Jeans. Er verabscheute Denim in jeder Form, zu jedem Anlass, und ich hoffte, dank dieser Tatsache würde ich um das Treffen herumkommen. Ich wollte ihn sehen, aber nicht in meinem jetzigen Zustand.

Ich hörte, wie er seinem Fahrer eine Anweisung gab, und als er wieder am Telefon war, sagte Peregrine, er werde darüber hinwegsehen, schließlich seien stilistische Standards stets das Erste, was bei einem gebrochenen Herzen den Bach hinuntergehe.

★

Anstelle einer Begrüßung sagte Peregrine: »Ich habe nie verstanden, warum Champagner als Getränk zum Feiern und nicht als Medizin verstanden wird.« Eine Kellnerin schenkte diesen gerade ein, in seinen Augen jedoch offensichtlich auf die falsche Weise, und ehe sie sich daranmachen konnte, das zweite Glas zu füllen, dankte er ihr und sagte, von hier an kämen wir allein zurecht. Ich setzte mich, und er drückte mir ein Glas in die Hand. »Das Blut zum Sprudeln bringen lassen muss man doch gerade dann, wenn das Leben selbst vollkommen schal ist.«

Er sah zu, wie ich einen Schluck nahm, und erklärte dann, es schmerze ihn zwar, es auszusprechen, aber ich sähe sterbenskrank aus. »Wie auch immer«, er lehnte sich mit verschränkten Fingern zurück, »was machen wir als Nächstes? Hast du einen Plan?«

Ich fing an, ihm zu erzählen, dass ich bei meinen Eltern lebte und in einem Biosupermarkt arbeitete, aber er schüttelte den Kopf. »Du beschreibst lediglich, was du gerade tust. Das ist kein Plan, und ich würde sagen, dass dir so schnell wohl auch keiner einfallen wird, wenn du weiter im tiefsten W8 herumvegetierst. W8 ist der falsche Stadtteil.«

Ich berührte mein Glas und ließ einen Tropfen Kondenswasser den Stiel hinunterlaufen. Ich wusste nicht, was ich sagen sollte.

Peregrine legte die Handflächen auf den Tisch und sagte: »Paris, Martha. Bitte geh nach Paris.«

»Warum?«

»Weil man, wenn das Leiden schon unvermeidlich ist, sich zumindest den Hintergrund dafür aussuchen kann. Sich am Ufer der Seine die Augen auszuweinen, ist etwas anderes, als sich die Augen auszuweinen, während man in Hammersmith herumlatscht.«

Ich lachte, doch Peregrine wirkte unzufrieden. »Das ist kein Scherz, Martha. Wenn man keinen anderen mehr hat, dann ist die Schönheit ein Grund zum Leben.«

Ich erwiderte, es sei eine großartige Idee, allerdings glaubte ich nicht, genügend Energie oder Geld übrig zu haben, um ins Ausland zu gehen.

Er entgegnete, erstens sei Paris ja nun kaum das Ausland. »Und zweitens habe ich dort eine kleine Zweitwohnung, die ich vor vielen Jahren für die Mädchen gekauft habe. Ich hatte mir vorgestellt, sie würden sich durch Montparnasse Zelda-Fitzgeralden oder zumindest die Zeit in einem abgedunkelten Zimmer Jean-Rhysen, aber die Schöne und die Verdammte bevorzugen leider die Vororte von Woking, und so steht das Apartment dort voll möbliert leer.«

Er erklärte mir, es sei zwar nicht baufällig, die Einrichtung lasse sich jedoch nur als charakterbildend beschreiben. »Aber es gehört dir, Martha. Ein Zuhause, solange du es brauchst.«

Ich sagte, das sei unglaublich nett von ihm, und ich würde auf jeden Fall darüber nachdenken.

»Das ist das Allerletzte, was du tun solltest.« Peregrine warf einen Blick auf die Uhr. »Ich muss nun wieder zurück in die Fabrik, aber ich lasse dir den Schlüssel noch heute Nachmittag per Fahrradkurier bringen.« Er verkündete, damit sei es also beschlossene Sache. Als wir uns an der Ecke des Parks trennten, küsste Peregrine mich auf beide Wangen und sagte: »Die Deutschen haben ein Wort für ein gebrochenes Herz, Martha. Liebeskummer. Klingt das nicht scheußlich?«

*

Zu Hause googelte ich meine Bank und arbeitete mich durch den »Passwort vergessen?«-Prozess, bis ich sehen konnte, wie viel Geld ich besaß. Seit wir verlobt gewesen waren, hatte Jonathan begonnen, wöchentliche Überweisungen auf mein Konto zu tätigen, die ich lediglich deshalb gespart hatte, weil die Summen so grotesk hoch waren, dass ich sie nicht ausgeben konnte, ehe die nächste kam. Während er auf seiner Geschäftsreise war, hatte er das ganze Geld irgendwie wieder weggezaubert, und als ich in die Goldhawk Road zurückgekehrt war, bestand mein Vermögen in Hochzeitsringen und einer Garderobe, die ich an den Hospizladen loswurde. Im

Biosupermarkt verdiente ich einen Stundenlohn, der einem Weizengrassmoothie entsprach – einem kleinen ohne Extras. Aber ich hatte auch monatelang keine Ausgaben, abgesehen von meinen Schinkensandwiches und den Energydrinks auf meinen Spaziergängen mit Nicholas.

Der Schlüssel kam mitten am Nachmittag. Auf einer mit Monogramm versehenen Karte stand die Adresse und darüber: »Alleingelassene Braut, Chancenlos Deprimiert, Erfährt Fantastisches Glück, Heldin In Jeans … usw., usw., ruf mich an, wenn du da bist.«

Ich hatte genügend Geld, also ging ich.

Ich lebte vier Jahre lang in Paris und arbeitete in der ganzen Zeit in einer englischsprachigen Buchhandlung in der Nähe von Notre Dame, wo ich *Lonely Planets* und Taschenbuchausgaben von Hemingway an Touristinnen und Touristen verkaufte, die bloß Fotos von sich im Inneren des Ladens knipsen wollten.

Mein Chef war ein Amerikaner, der im umgebauten Dachgeschoss der Buchhandlung wohnte. Er versuchte sich als Theaterautor. An meinem ersten Tag zeigte er mir, wo alles war, und beendete seine Tour bei den Regalen direkt neben der Tür. Er sagte: »Und hier stehen alle anständigen Autorinnen und Autoren.« Ich fragte ihn, wo dann die unanständigen Autorinnen und Autoren stünden, woraufhin er mit der Zunge schnalzte und zu einer trübseligen jungen Dänin sagte, die noch ihren letzten Arbeitstag absaß: »Wir haben hier eine Komikerin bekommen.« Ich schlief dreieinhalb Jahre lang mit ihm, ohne ihn zu lieben.

Bevor er ein Schild aufstellte, auf dem er *le camera à l'intérieur und später l'iPhone und encore plus, le bâton de selfie* verbot, wurde ich im Hintergrund von tausend Fotos festgehalten, wie ich hinter der Verkaufstheke saß und Neuerscheinungen las oder auf das Stückchen Fluss starrte, das zwischen den Gebäuden zu sehen war, wenn die einzigen Neuerscheinungen Krimis oder magischer Realismus waren.

★

Peregrine war der Erste, der mich in Paris besuchte, und abgesehen von Ingrid auch derjenige, der mich am häufigsten dort besuchte, immer nur für einen Tag, von vormittags bis spätabends. Wir trafen uns in einem Restaurant, wobei Peregrine eines bevorzugte, das soeben erst einen Michelin-Stern verloren hatte. Er verstand es als eine einfache Form der Wohltätigkeit, jemanden zu unterstützen, indem man einfach zum Lunch ging. Außerdem wusste er, dass es in Paris auch die einzige Garantie dafür war, einen aufmerksamen Service zu bekommen. Unabhängig von der Jahreszeit spazierten wir danach zu den Tuilerien und von dort aus den Fluss entlang ins Marais, wobei wir einen Bogen um das Centre Pompidou machten, weil dessen Architektur ihn deprimierte, weiter bis zum Picasso-Museum, wo wir blieben, bis Peregrine verkündete, es sei nun an der Zeit, irgendein verrufenes Lokal zu finden, in dem wir vor dem Dinner einen Dubonnet trinken könnten.

Ich maß meine Zeit in Paris anhand von Peregrines Besuchen. Wahrscheinlich war ihm das bewusst, denn er reiste niemals ab, ohne mir mitzuteilen, wann er zurückzukehren plante. Und er kam stets im September, zum Jahrestag meines Rauswurfs, wie er es nannte – bei Jonathan, nicht bei der Zeitschrift.

Ich war glücklich, wann immer ich Zeit mit ihm verbrachte, sogar an jenen Jahrestagen, mit Ausnahme des Jahres, in dem mein dreißigster Geburtstag bevorstand. Als wir den Vorhof des Museums betraten, bemerkte Peregrine, mein bisheriges Verhalten an jenem Tag sei eine gewisse Herausforderung gewesen. Daher würden wir nun, statt hineinzugehen, den gesamten Weg wieder zurücklaufen, während er mir sein Leben beschriebe, als er genau in meinem Alter gewesen war. Ich würde feststellen, dass es ziemlich traurig war, und dann vielleicht aufhören, mich so mutlos in Bezug auf mein eigenes Leben zu fühlen und mit so fürchterlichen Hängeschultern herumzulaufen.

Als wir wieder draußen auf der Straße standen, strich Peregrine die Ärmel seines Mantels glatt und sagte dann: »Also, na schön«, und wir liefen los. »Lass uns einmal nachdenken. Meine Frau hatte mich gerade erst rausgeworfen, nachdem sie herausgefunden hatte, dass mein Geschmack in eine etwas andere Richtung ging, und während Diana sich daranmachte, dafür zu sorgen, dass ich nichts von unserem Geld bekomme oder unsere Kinder je wiedersehen würde, zog ich nach London, in das scheußlichste Zimmer von ganz Soho, entwickelte eine Vorliebe für verschiedene Substanzen und wurde in der Folge von meiner damaligen Zeitschrift an die Luft gesetzt. Ich war innerhalb eines Tages pleite und musste zurück auf den Familiensitz in Gloucestershire ziehen, wo ich ganz und gar unwillkommen war, sowohl persönlich als auch als einer von meiner Sorte, und darauf folgte mein Nervenzusammenbruch. Was meinst du?«

Ich erwiderte, das klinge tatsächlich ziemlich traurig, und es tue mir leid, dass er das alles habe durchleiden müssen, und auch, dass ich ihn nie nach irgendeinem Leben gefragt habe, das er vor dem heutigen geführt hatte.

Er sagte: »Ja. Der Vorteil des Exils lag natürlich darin, dass man gezwungen war, auf Entzug zu gehen, da Quaaludes in Tewkesbury im Jahr 1970 einfach nicht zu bekommen waren.«

Ich bemerkte: »Genau wie Pesto«, und straffte die Schultern. Peregrine ergriff meinen Arm, und wir gingen weiter.

★

Normalerweise verabschiedeten wir uns vor dem Gare du Nord, aber ich wollte nicht, dass er ging, und fragte ihn, ob ich mit ihm warten könne, bis sein Zug da sei. Wir standen an einem Cafétresen, und ich berichtete ihm, dass ich es aus Scham zwar noch vor niemandem zugegeben hätte, Jonathan aber tatsächlich manchmal vermisste.

Er meinte, dafür brauchte ich mich nicht zu schämen, absolut nicht. »Noch heute erinnere ich mich an die Jahre, in denen ich mit Diana verheiratet war, mit heftiger Nostalgie zurück.« Er nippte an seinem Kaffee, setzte ihn dann ab und sagte: »Natürlich nach der original griechischen Definition, die absolut nichts damit zu tun hat, wie einige Mitglieder der Öffentlichkeit das Wort verwenden, um ihr Gefühl bei der Erinnerung an ihre Schulzeit zu beschreiben.« Peregrine warf einen Blick auf die Uhr und legte dann Geld aus seiner Brusttasche auf den Tresen. »Nostos, Martha, Heimkehren. Algos, Schmerz. Nostalgie ist das Leiden, das durch unsere ungestillte Sehnsucht nach einer Heimkehr ausgelöst wird.« Unabhängig davon, ob die Heimat, nach der wir uns sehnten, nun existiere oder nicht, fügte er hinzu. Am Eingang zu seinem Gleis küsste Peregrine mich auf beide Wangen und sagte: »November«, und ich wusste, dass er an meinem Geburtstag wiederkommen würde.

★

In der Zwischenzeit: Ich liebte Paris, den Blick aus dem Fenster der Wohnung auf Zinkdächer und Terrakottaschornsteine und das Gewirr aus Stromleitungen. Ich liebte es, nach den Monaten in der Goldhawk Road allein zu leben. Ich telefonierte an den Wochenenden mit meinem Vater und jeden Morgen mit Ingrid, auf dem Weg zu einem Café an der Ecke, wo ich mein Frühstück kaufte. Ich begann, einen neuen Roman zu schreiben.

Und ich hasste Paris, den roten Linoleumfußboden der Wohnung und das Gemeinschaftsbad am Ende eines dunklen Korridors. Ich war so einsam ohne meinen Vater, ohne die Stimmen von Nicholas und Oliver und Patrick, denen ich beim Einschlafen gelauscht hatte, ohne Ingrid. Ich war noch nicht lange dort, als sie mich anrief und mir berichtete, Patrick gehe jetzt mit Jessamine aus, was sie zum Brüllen komisch fand, ich jedoch nicht, aus Gründen, die ich nicht erklären konnte. Aber danach verwandelte sich der Schauplatz des Romans immer wieder in die Goldhawk Road, und der Protagonist, aus dem ich einen Mann gemacht hatte, damit er nicht ich selbst sein konnte, wurde stattdessen immer wieder zu Patrick. Dann war da noch eine junge Frau. Alles, was ihr zustieß, kam unerwartet, und was ich auch tat, sie schien sich nie woanders aufzuhalten als auf der Treppe.

Als ich Peregrine gegenüber erwähnte, ich schriebe an einem Buch, das sich andauernd in eine Liebesgeschichte verwandelte, die in einem hässlichen Haus spielte, sagte er: »Erstlingsromane sind stets Autobiografie und Wunscherfüllung. Anscheinend muss man zuerst einmal all seine Enttäuschungen und unerfüllten Sehnsüchte loswerden, ehe man in der Lage ist, etwas Sinnvolles zu schreiben.«

Als ich nach Hause kam, warf ich die Seiten fort. Ich versuchte jedoch auf andere Weise ständig, Peregrines Wunsch für seine Töchter zu entsprechen, sich in Zelda Fitzgerald zu verwandeln. Ich lief am Fluss entlang und gab Geld aus, ich ging auf den Markt, und beim Umherschlendern aß ich Käse mit den Fingern direkt aus dem Papier. Ich strich die Wände der Wohnung und bedeckte ihren Fußboden. Ich ging allein ins Kino und kaufte Tickets für die Generalprobe des Balletts. Ich brachte mir das Rauchen bei und ging mit jedem Mann aus, der mich fragte.

Ich schlug jedoch auch die andere Schriftstellerin nach, die Peregrine an jenem Tag in der Orangerie erwähnt hatte – von ihr hatte ich damals noch nichts gehört –, und las das Buch von ihr, das in Paris spielte. Die meiste Zeit war ich dessen Hauptfigur, eine Frau, die in einem abgedunkelten Zimmer liegt und hundertzweiundneunzig Seiten lang über ihre Scheidung nachdenkt. Laut Wikipedia »hielten es die Kritiker*innen für gut geschrieben, aber am Ende zu deprimierend«.

Und auf diese Weise lernte ich auch französisches Medizinvokabular, durch Eintauchen. *Je suis très misérable. Un antidépresseur, s'il vous plaît. Ma prescription ist abgelaufen, et c'est le week-end. Le docteur:* Wie oft fühlen Sie sich *triste, sans une bonne raison? Toujours, parfois, rarement, jamais? Parfois, parfois.* Mit der Zeit *toujours.*

★

Einmal flog ich nach Hause, ungefähr einen Monat bevor ich endgültig nach London zurückkehrte. Es war Januar, und Paris war bei meiner Rückkehr nass und dunkel, die Geschäfte ausgestorben wie jedes Jahr zwischen Weihnachten und Valentinstag. Der Amerikaner machte gerade Urlaub zu Hause, und ich arbeitete allein in der Buchhandlung, saß stundenlang mit einem ungelesenen Buch auf dem Schoß katatonisch hinter der Verkaufstheke.

Der Amerikaner kehrte zurück, überraschenderweise verlobt mit einem Mann, und feuerte mich, weil ich nicht all die Bücher bezahlen konnte, die ich unverkäuflich gemacht hatte, indem ich ihre Rücken zerknickt und die Seiten nass gemacht hatte. Ich wollte nicht mehr in Paris sein. Der Grund für meinen Aufenthalt in London war Peregrines Beerdigung gewesen.

Er war in der Wallace Collection die Haupttreppe hinuntergestürzt und gestorben, weil er mit dem Kopf auf einem marmornen Geländerpfosten an ihrem unteren Ende aufgeschlagen war. Eine seiner Töchter hielt die Trauerrede und blickte ernst drein, als sie erklärte, genau so hätte er sterben gewollt. Ich weinte und stellte fest, wie sehr ich ihn liebte, dass er mein wahrhaftigster Freund gewesen war und dass seine Tochter recht hatte. Peregrine hätte jeden anderen Menschen zutiefst beneidet, der auf solch dramatische Weise hätte sterben dürfen, in der Öffentlichkeit, umgeben von vergoldeten Möbeln.

An meinem letzten Tag in Paris aß ich Austern in jenem in Ungnade gefallenen Restaurant, in das er mich an meinem dreißigsten Geburtstag ausgeführt hatte. Hinterher lief ich von den Tuilerien bis zum Picasso-Museum und dachte dabei an unseren letzten Abschied am Gare du Nord. Es war Abend, der Himmel war violett. Peregrine trug einen langen Mantel und ein Seidentuch, und nachdem er mir einen Kuss auf beide Wangen gegeben hatte, ließ er seinen Hut auf den Kopf fallen und wandte sich in Richtung Bahnhof. Das Bild von ihm, wie er auf die geschwärzte Fassade zulief, während sich die Menschenmenge vor ihm teilte, war so überragend, dass ich seinen Namen rief, worauf er sich umdrehte. Ich bedauerte meine Worte, noch als ich sie aussprach: »Du bist wunderschön.« Peregrine tippte sich an die Hutkrempe, und das Letzte, was er jemals zu mir gesagt hatte, war: »Man tut, was man kann.«

Im Museum setzte ich mich lange vor jenes Gemälde, das sein liebstes gewesen war, weil er meinte, dass es nicht typisch sei und die breite Masse es daher nicht verstehe. Bevor ich ging, schrieb ich etwas auf die Rückseite meines Tickets, und als der Museumswärter gerade nicht hinschaute, steckte ich es hinter das Gemälde. Ich hoffe, es ist noch immer dort. Darauf stand: »Ausgezeichneter Begleiter, Champagnerliebhaber, Der Einer Frau Guttut, Hochgeschätzt In Jeder Krise usw., usw.«

Die Töchter verkauften die Pariser Zweitwohnung.

Ingrid holte mich am Flughafen ab, sagte »Bonjour tristesse« und nahm mich lange in den Arm. »O mein Gott, das wollte ich schon ewig einmal sagen.« Sie ließ mich los. »Hamish wartet im Wagen.« Auf dem Heimweg erklärte sie mir, da sie nun endlich ein Datum festgelegt hätten, blieben mir zwei Monate, um möglichst sechs Kilo zuzunehmen, drei würden aber auch schon reichen. »Dann brauchst du mir auch keine Sauciere zu schenken.«

Einem nachträglichen Besuch bei empfängnisrechner.com zufolge wurde Ingrid zum ersten Mal schwanger zwischen ihrer Aprilhochzeit und dem anschließenden Cocktailempfang in Belgravia. Winsome ließ direkt danach alle Badezimmer im Haus renovieren, obwohl sie Ingrid und Hamish nur in einem von ihnen überrascht hatte.

Als wir vor der Kirche warteten, sagte meine Schwester: »Ich werde gehen wie Prinzessin Diana.«

»Wirklich?«

»So weit bin ich gekommen, Martha.«

★

Ingrid hatte mir gesagt, dass er da sein würde, und auch wenn sich bei unserem Eintritt in die Kirche alle versammelten Gäste umdrehten und meine Schwester und ich unter den Augen von zweihundert Menschen zum Altar schritten, auch wenn ich ihn erst auf den letzten paar Metern entdeckte, war ich mir meiner selbst einzig und allein in Bezug auf Patrick bewusst: ob er mich gerade beobachtete und falls ja, wie er mich wahrnahm. Meine Haltung und mein Gesichtsausdruck, die Richtung meines Blicks – es war alles für Patrick bestimmt.

Denn: Im Laufe der Zeit hatte ich immer weniger an Jonathan gedacht, bis mir nach zwei Jahren in Paris bewusst geworden war, dass er mir nur noch durch irgendeinen äußeren Reiz in den Sinn kam. Und mittlerweile geschah es nicht einmal mehr dann, wenn ich auf der Straße einem Mann begegnete, der in eine Wolke Acqua di Parma gehüllt war.

Aber ich dachte nicht weniger an Patrick. Es stimmte, dass ich es zu Beginn stets in Verbindung mit Jonathan tat und ausschließlich, um ihre beiden unterschiedlichen Methoden der Ablehnung erneut durchzugehen, zu vergleichen und gegenüberzustellen. Dann begann er mit Jessamine auszugehen und drang in meinen Roman ein, doch darauf blieb es nicht beschränkt. Für sich allein betrachtet, unabhängig von Jonathans Vergehen, wirkte Patricks gar nicht mehr wie eines, und wenn ich es gedanklich erneut durchging, konnte ich seine Güte erkennen. Ich war so oft allein, dass es tröstlich war, Patrick als einen guten Menschen in Erinnerung zu haben, mich an seine Gleichförmigkeit zu erinnern und ihn mir an meiner Seite vorzustellen, wenn ich eine menschenleere Straße entlanglief oder Stunden in einem Geschäft ohne Kunden verbrachte. Aus dem Wunsch nach Bestärkung und

Gesellschaft, nach Befreiung von Langeweile, jedes Mal wenn ich mich nach Hause sehnte – immer öfter dachte ich an ihn und konnte den Glauben nicht länger aufrechterhalten, es geschähe nach wie vor in Zusammenhang mit Jonathan, da mir nach diesen zwei Jahren bewusst wurde, dass es im Gegenteil ganz allein um Patrick ging.

Er stand in der Mitte der Familienreihe neben Jessamine und kam in mein Blickfeld, als das Paar hinter ihnen sich spaltete, um mit den Gästen auf ihrer jeweils anderen Seite zu sprechen. Er trug einen dunklen Anzug. Das war der einzige Unterschied zu den verschiedenen Bildern von Patrick in meinem Kopf, auf denen er stets Jeans und ein schlecht gebügeltes, halb heraushängendes Hemd trug. Sein Gesicht war dasselbe, sein Haar war noch immer schwarz und brauchte dringend einen Schnitt. In all diesen Dingen war er unverändert geblieben. Aber sein Auftreten war anders, das war selbst aus der Entfernung zu erkennen.

Als das erste Lied begann, reichte er ein Kirchenheft an Oliver weiter, der auf Jessamines anderer Seite saß. Für diese Transaktion musste Patrick den Arm hinter ihr ausstrecken, und als er ihn wieder zurückzog, legte er ihr die Hand aufs Kreuz. Er sagte etwas, und sie neigte den Kopf, um es zu verstehen, und schien es ausgesprochen komisch zu finden. Dann griff er mit derselben Hand in seine Brusttasche und zog eine Brille hervor, die er mit einer Art unbewusster Schnipsbewegung aufklappte, ehe er beiläufig sein eigenes Kirchenheft zur Hand nahm. Patrick hatte nie irgendetwas beiläufig getan. Keine seiner Gepflogenheiten hatte jemals natürlich gewirkt. So wie ich ihn kannte, machte ihn die körperliche Nähe zu einer Frau dermaßen nervös, dass man den Eindruck bekommen konnte, er wäre krank. Am Ende des ersten Kirchenliedes wurde ich vom Altar entlassen und musste an Patrick vorbeigehen, um an meinen vorgeschriebenen Platz zu gelangen. Er nahm mich lächelnd zur Kenntnis, während er gleichzeitig seine Hemdmanschette richtete. Ich bin mir nicht sicher, ob ich sein Lächeln erwiderte oder nicht, in jedem Fall stellte ich mich an meinen Platz und versuchte, eine passende Beschreibung für sein Aussehen zu finden. Als sie mir schließlich in den Sinn kam, wurde ich so verlegen, als hätte ich sie vor der versammelten Kirchengemeinde laut ausgesprochen: Patrick sah extrem männlich aus.

Und so wie ich mich fühlte, als ich ihn nach vier Jahren zum ersten Mal wiedersah, fühlte ich mich auch in all den Jahren, in denen wir zusammen waren, jedes Mal wenn ich ihn in der Öffentlichkeit erblickte. Wenn ich irgendwo ankam und sah, dass er bereits auf mich wartete oder auf mich zukam, wenn er sich mit jemandem auf der anderen Zimmerseite unterhielt – es war kein Nervenkitzel, keine rauschhafte Liebe oder Lust. Damals in der Kirche wusste ich noch nicht, was es war, und ich verbrachte den gesamten Gottesdienst mit dem Versuch, es zu diagnostizieren. Als ich am Ende des Gottesdienstes zurück zum Altar trat, lächelte mir Patrick wieder zu, und ich spürte es erneut. Es kam so tief aus meinem Inneren, dass ich kaum weitergehen und Ingrid und Hamish nach draußen folgen konnte, weil die Distanz zu Patrick immer größer wurde.

★

Auf dem Empfang erzählte Jessamine mir und Nicholas und Oliver die Geschichte, wie sie als Teenager zum ersten Mal abends allein in der Stadt gewesen war. Winsome hatte sie um neun Uhr abholen sollen, aber sie war nicht gekommen. Bis halb zehn waren alle Freundinnen von Jessamine nach Hause gegangen, und sie stand nun allein in einer Menschenmenge am Leicester Square, zuerst beschämt, dann wütend und schließlich ängstlich, weil es nur einen einzigen Grund dafür geben konnte, dass Winsome zu spät kam, und zwar, dass sie tot war.

Oliver bemerkte: »Na ja, selbst dann wäre sie noch pünktlich.«

»Exakt«, bestätigte Jessamine. »Aber dann, ungefähr um zehn, sah ich, wie sie sich durch eine Gruppe Betrunkener drängte, und war so erleichtert, dass ich ganz ehrlich das Gefühl hatte, mich gleich übergeben und losheulen zu müssen. Man kann sich noch in der einen Sekunde allein und verängstigt in einer Menge unheimlicher Idioten befinden, und in der nächsten weiß man plötzlich, dass man vollkommen sicher ist.«

Oliver fragte, wo ihre Mutter gewesen sei.

Jessamine sagte, sie wisse es nicht. »Darum geht es in dieser Geschichte nicht.«

»Worum ging es denn dann? Sie war verdammt lang.«

»Halt die Klappe, Oliver. Ich weiß es nicht.« Sie warf ihr Haar zurück. »Einfach dieses Gefühl von ›Gott sei Dank‹, wenn man diese eine Person sieht. Weißt du, was ich meine, Martha?«

Ich sagte Ja. »Gott sei Dank« war mein Gefühl gewesen, als ich Patrick an jenem Tag gesehen hatte. Nicht Nervenkitzel, Liebe, Lust. Sondern tiefste Erleichterung.

★

Später, als Ingrid und Hamish fort waren, die Gäste sich verabschiedet hatten und das Personal seine Arbeit leise beendet hatte, waren Winsome und Rowland zu Bett gegangen, und nun saßen nur noch meine Cousins und Cousine, ich und Patrick im dunklen Garten um einen Tisch, auf dem noch Flaschen und halb leere Gläser standen. Abgesehen von Patrick waren wir alle angetrunken, und wir trugen über unserer Hochzeitskleidung irgendwelche Jacken, die wir im Haus gefunden hatten.

Oliver zündete sich eine Zigarette an und fragte Patrick, weshalb er bei all den Weihnachtsfesten, an denen er in unserer Jugend teilgenommen hatte, nie den Alkohol getrunken hatte, den wir aus Rowlands Hausbar gestohlen hatten, oder mit aufs Dach geklettert war, um an Nicholas' Joints zu ziehen, und warum er, wenn wir für die Ansprache der Königin das Haus verlassen mussten, immer noch die ganze Runde um die Parks gelaufen war, während wir anderen einfach eine Stunde lang auf einer Bank gesessen hatten, bis wir wieder ins Haus gingen. Wieso er das Gefühl gehabt hätte, so ein guter Junge sein zu müssen, während wir anderen ein Haufen Arschlöcher waren.

Patrick antwortete: »Ihr musstet euch nicht darum bemühen, im nächsten Jahr wieder eingeladen zu werden.«

Drei von uns sagten gleichzeitig ganz leise: »O Mann.«

★

Weil es zwar bereits früher Morgen, aber noch immer dunkel war, als ich aufbrechen wollte, sagte Patrick, er werde mich nach Hause bringen, und für die wenigen Minuten, die er benötigte, um zurück ins Haus zu gehen und seinen Mantel zu holen, saß ich allein in seinem Auto. Hätte ich in diesem Augenblick meine Schwester anrufen können, hätte ich sie gefragt, ob sie eine Beschreibung von dessen Innerem hören wolle, und sie hätte Ja gesagt und »Ich kann nicht mehr«, wenn ich ihr von Patricks Taschentüchern und Ein-Pfund-Münzen in einer kleinen Ablage und von der Rolle Weingummis erzählt hätte, die er geöffnet hatte, ohne die Folie zu zerreißen, und dann sorgfältig wieder verschlossen, nachdem er eins gegessen hatte. »Martha, ernsthaft. Wer isst denn bitte nur eins?« »Und«, hätte ich hinzugefügt, »anstelle der Schichten erdiger Scheiße, die man bei einem siebenundzwanzigjährigen Junggesellen erwarten würde, ist im Fußraum nichts zu sehen, abgesehen von Staubsaugerspuren auf dem Teppich.«

Ich zog mein Telefon hervor und begann eine Textnachricht, schickte sie jedoch nicht ab, weil Ingrid gerade irgendwo mit Hamish zusammen war und ich sie nicht wissen lassen wollte, dass ich um vier Uhr morgens allein und müde in einem Auto saß und meine aufsteigende Traurigkeit bei dem Gedanken, dass sie Hamish mir vorgezogen hatte, damit zu bekämpfen versuchte, dass ich Patricks Handschuhfach durchwühlte.

Er öffnete die Tür und stieg ein, als ich mir gerade seinen Krankenhausausweis anschaute. »Darf ich kurz darauf hinweisen, dass ich seit sechsundzwanzig Stunden wach war, als das Foto aufgenommen wurde? Deshalb sehe ich so aus. Entschuldige, dass es so lange gedauert hat.«

Das Licht ging an, als er den Motor anließ, und Patrick blickte hinunter auf die Kupplung. Mein Blick war seinem gefolgt, und in der Sekunde, ehe es wieder dunkel wurde, sah ich seine Hand und sein Handgelenk und wie sich seine Sehnen bewegten, als er nach der Kupplung griff, wieder losließ und die Hand ans Lenkrad führte, die Länge seines Unterarms unter seinem aufgerollten Hemdsärmel. Als ihm mein Blick auffiel und er zum Reden ansetzte, griff ich nach vorn und drückte auf alle Knöpfe des Radios, bis Musik ertönte. Es war ein Countrysong, der gerade zum Ende hin ausklang.

Ich sagte: »O Mann, Patrick. Was ist das denn für ein Sender?«

Er erwiderte, den Blick starr nach vorn gerichtet: »Das ist eine CD«, und versuchte, sie auszuschalten, weil ich lachte.

»Nein, nicht. Nicht. Das ist großartig.«

Als der Song fertig war, sagte ich, wir müssten ihn uns noch einmal anhören, da wir seinen emotionalen Höhepunkt verpasst hätten. Patrick sagte: »Na schön«, und ließ ihn von vorn spielen.

Ich liebte das Lied und ließ mich von der Tatsache, dass ich es noch nie zuvor gehört hatte, nicht davon abhalten, laut mitzusingen. Patrick behauptete, nichts für meinen spontanen Text übrig zu haben, hörte aber nicht auf zu lachen. Als das Lied zu Ende war, wollte ich es noch einmal abspielen, konnte jedoch den richtigen Knopf nicht finden. Patrick überraschte mich damit, dass er nach meiner Hand griff und sie zurück in meinen Schoß legte. Ich fragte ihn, ob ich ein Weingummi haben könne, obwohl ich bereits nach der Packung gegriffen hatte und dabei war, sie aufzureißen, das Gefühl der Berührung noch immer auf meiner Haut.

Er selbst wollte keinen, und mit vollem Mund fragte ich: »Hörst du ausschließlich Country, oder magst du auch andere Arten von Musik?«

»Ich höre keine Countrymusik. Ich mag bloß dieses eine Lied.«

»Wieso?«

Er erklärte, ihm gefalle der Tonartwechsel. Später fand ich heraus, dass das Lied einmal, als er noch ein Kind gewesen war, auf einem Flughafen über die Lautsprecher gespielt worden war, und sein Vater beiläufig gesagt hatte: »Das war das Lieblingslied deiner Mutter.« Er fügte hinzu, er persönlich habe nie verstanden, wie solch eine intelligente Frau diese süßliche Sentimentalität und übertriebene Melodie ertragen konnte. Irgendwann am Ende des Liedes wurde Patrick bewusst, dass er gerade Worten lauschte, die seine Mutter wahrscheinlich auswendig gekannt hatte. Er hatte seine Erinnerung an ihre Stimme verloren, aber von da an hatte Patrick jedes Mal, wenn er die kleine Kassette hörte, die er sich gekauft hatte, das Gefühl, er könnte seine Mutter hören. Deshalb spielte er das Lied noch immer, wenn er allein im Auto saß.

Ich war plötzlich müde und hungrig und bat Patrick, mir zu erzählen, was er in den letzten vier Jahren so getrieben habe. Ich erklärte, ich würde ihm zuhören, auch wenn meine Augen dabei geschlossen seien. Er erzählte mir, er befinde sich derzeit in der Facharztausbildung, er habe ursprünglich geplant, sich auf Geburtshilfe zu spezialisieren, sei jedoch in letzter Minute zu Intensivmedizin gewechselt und bewerbe sich nun für einen Auslandseinsatz, irgendwo in Afrika, weil man dafür Extrapunkte bekomme oder etwas in der Art.

Ohne die Augen zu öffnen, fragte ich: »Bist du immer noch mit Jessamine zusammen?«, obwohl ich wusste, dass dem nicht so war. Ingrid hatte mich ein paar Wochen, nachdem sie mich angerufen hatte, um mir mitzuteilen, dass die beiden zusammen waren, erneut angerufen, um mir mitzuteilen, dass sie sich wieder getrennt hatten.

Er erwiderte: »Was? Nein. Das war nur etwas Kurzlebiges. Und Bedauerliches. Hat nichts mit Jessamine zu tun. Wir sind bloß ziemlich unterschiedlich.«

»Was ist passiert?« Ich schlug die Augen auf.

»Es war, als ich anfing, über diese Afrikasache nachzudenken. Als ich ihr davon erzählte, meinte sie, sie bewundere mich zwar, aber der ganze Ärzte-ohne-Grenzen-Vibe spreche sie nicht so richtig an. Sie meinte, ich solle lieber Dermatologe werden.«

»Ein berühmter?«

»Wenn möglich. Ich glaube, seitdem war sie nur noch mit Typen aus dem Finanzsektor zusammen.«

Ich sagte: »Die in drei von fünf Fällen Rory heißen.«

»Du wusstest also bereits, dass wir …«

»Das war vor vier Jahren, Patrick, natürlich wusste ich es.«

Wenn in einem Film jemand, der gerade glücklich ist, hustet, weiß man, dass er in seiner nächsten Szene an Krebs sterben wird.

Wenn eine Person im echten Leben, sobald das Auto vor ihrem Haus anhält, feststellt, dass sie nicht aussteigen möchte, und weiß, dass sie nicht nur die Vorstellung, hineinzugehen und auf dem Weg in ihr Zimmer an der geschlossenen Tür ihrer Eltern vorbeizukommen, davon abhält, ihren Gurt zu öffnen, sondern dass sie sich auch nicht von dem Menschen verabschieden möchte, der sie nach Hause gefahren hat, und stattdessen lieber sitzen bleiben und ihm weiter zuhören würde, obwohl das von ihm Erzählte größtenteils eher langweilige Geschichten über seine Arbeit sind, wenn es darüber hinaus so scheint, als wollte auch er sie nicht gehen lassen, so, wie er immer wieder hinunter auf ihre Hand blickt, um zu sehen, ob sie sie bereits an die Schnalle bewegt hat oder nicht, dann sieht man die beiden als Nächstes auf ein scheußliches, aber geöffnetes Café am Ende der Straße zulaufen, auf das sie zuvor mit den Worten gezeigt hat: »Wenn du möchtest, könnten wir frühstücken gehen.« Sie fügt hinzu: »Auch wenn wir hinterher nach Fritteuse riechen«, um ihm eine Absage zu erleichtern.

Aber er antwortet stattdessen: »Nicht so schlimm. Gute Idee«, und schnallt sich selbst ab, versucht auszusteigen, obwohl der Gurt sich noch zurückzieht, weil er ihr die Tür aufmachen will, und anfangs versteht sie nicht, was vor sich geht, weshalb er plötzlich auf ihrer Seite des Wagens ist, obwohl der innere Türgriff nicht kaputt zu sein scheint, da noch nie jemand für sie die Tür aufgemacht hat, noch nicht einmal zum Scherz. Wenn sie ausgestiegen ist, wird er fragen: »Möchtest du dich zuerst umziehen?«, und sie wird auf die Jacke ihres Onkels für seine Hundespaziergänge über ihrem seidenen Brautjungfernkleid blicken, aber antworten: »Nein, schon in Ordnung«, weil sie ihn nicht dort, auf diesem Teil des Gehsteigs allein lassen will. Sie hat Angst, dass er fort sein könnte, wenn sie zurückkommt, weil dies genau die Stelle ist, an der er ihr damals sagte, er sei nicht in sie verliebt und es auch nie gewesen, und ihm diese Tatsache ebenfalls bewusst gewesen sein muss. Und wenn er dort allein stehen bleiben müsste, bis sie fertig mit Umkleiden wäre, könnte er womöglich beschließen, dass es nicht das ist, was er tun möchte – Spiegeleier mit einer Person zu essen, die ihm eine solche Frage gestellt hat. Und falls er trotzdem auf sie warten würde, dann nur, um ihr mitzuteilen: »Weißt du was, ich bin eigentlich ziemlich müde. Ich sollte dich gehen lassen.«

Sie will nicht gehen gelassen werden. Leute, die sie gehen lassen, sind zu einem wiederkehrenden Motiv in ihrem Leben geworden. Sie möchte ausnahmsweise einmal aufgehalten werden. Deshalb ärgert es sie auch nicht, dass er die Speisekarte übergründlich studiert, als sie schließlich im Café sitzen. Irgendwann wird diese Angewohnheit ihr so sehr auf die Nerven gehen, dass sie eines Tages sagen wird: »Herrje, er bekommt das Steak«, ihm dabei die Speisekarte buchstäblich aus der Hand reißen und dem Kellner reichen, dem es für sie beide peinlich sein wird, da Patrick noch beim Hinsetzen erwähnt hat, dass es ihr Hochzeitstag sei. Aber das liegt noch in ferner Zukunft. In diesem Moment ist sie glücklich darüber, wie lange er für seine Entscheidung braucht, und noch glücklicher, als er sagt: »Ich glaube, ich nehme das Omelette«, worauf die Kellnerin, die die ganze Zeit über geschnieft und das Gewicht von einem Fuß auf den anderen verlagert hat, antwortet: »Nur damit Sie Bescheid wissen, das Omelette dauert fünfzehn Minuten«, und er mit »Tatsächlich? Okay« reagiert und erneut in die Speisekarte blickt, als sollte er sich wahrscheinlich lieber etwas anderes aussuchen, sie ihm aber versichert, sie sei nicht in Eile, worauf er sagt: »Wirklich? Okay«, und dann an die Kellnerin gerichtet: »In dem Fall nehme ich das Omelette.« Und obwohl Omelettes widerlich sind, bestellt sie ebenfalls das Omelette, da ihr Essen andernfalls lange vor seinem kommen und sie das in Verlegenheit bringen würde, als brächte sie ihr Zusammensitzen nicht schon genügend in Verlegenheit. Es ist das erste Mal, dass sie so beisammen sind, nur sie beide an den gegenüberliegenden Seiten eines kleinen Tisches. Deshalb hat sie auch, kaum dass sie sich gesetzt hatten, gesagt: »Das hier fühlt sich an wie ein Date«, und sie haben beide befangen gelacht und waren froh, dass die Kellnerin in diesem Augenblick herüberkam und sie fragte, ob sie den Tisch abwischen solle.

*

Ich aß den gesamten Toast und die Ränder des Omelettes und trank zu viel Kaffee, ehe Patrick sagte, er solle sich nun wohl wirklich auf den Weg machen. Wir gingen zurück zum Haus, wo er stehen blieb und die Hände in die Hosentaschen steckte, genau wie beim letzten Mal.

»Was?«

»Nein, es ist bloß, du erinnerst dich wahrscheinlich nicht …«

»Doch.«

Er sagte: »Ah. Okay, na ja, ich hätte mich entschuldigen sollen.«

Ich entgegnete, es sei meine Schuld gewesen. »Was hättest du denn sagen sollen?«

»Ich weiß es nicht, aber wie ich es gesagt habe. Ich habe dich verletzt, und das hat mir leidgetan. Ich bin ein paar Tage später noch einmal wiedergekommen, aber da warst du schon in Paris. Also, wie auch immer, falls es noch nicht zu spät ist: Es tut mir leid, dass ich dich zum Weinen gebracht habe.«

Ich erwiderte: »Das warst nicht du. Damals dachte ich es zwar, aber es war bloß Jonathan, ich fühlte mich so gedemütigt, und deshalb war ich so grob zu dir. Also tut es mir auch leid. Und es tut mir leid, wenn du jetzt nach Fett stinkst.«

Wir rochen beide an unseren Ärmeln. Patrick sagte: »Wow.« Er zog seine Schlüssel hervor. »Wie auch immer, du musst jetzt wahrscheinlich schlafen.« Er schloss den Wagen auf und dankte mir für das Frühstück, das er bezahlt hatte. Es war zehn Uhr morgens. Ich sagte: »Gute Nacht, Patrick«, und blieb stehen und sah zu, wie er einstieg und davonfuhr, ganz allein in meinem Brautjungfernkleid und der Jacke meines Onkels.

Patrick schrieb mir eine Textnachricht. Es war immer noch der Tag nach Ingrids Hochzeit, mittlerweile nachmittags.

»Magst du Woody-Allen-Filme?«

»Nein. Die mag niemand.«

»Möchtest du dir heute Abend mit mir zusammen einen anschauen?«

»Ja.«

Er sagte, er werde mich gegen zehn nach sieben abholen. »Möchtest du wissen, welchen?«

Ich antwortete: »Sie sind alle derselbe Film. Ich komme gegen neun nach sieben raus.«

Im Kino gab es eine Bar. Der Film fing an, aber wir gingen niemals hinein. Um Mitternacht sagte ein Mann mit einem Wischmopp: »Tut mir leid, Leute.«

*

Ich hatte gerade erst eine Stelle bei einem kleinen Verlag gefunden, der sich auf Sachbücher über Kriegsgeschichte spezialisiert hatte, die von dem Verleger selbst geschrieben wurden. Er war alt und hielt weder etwas von Computern noch von Frauen, die in Hosen zur Arbeit erschienen. Im Büro gab es vier von uns, allesamt Frauen, ähnlich in Alter und Aussehen. Das Einzige, was er von uns verlangte, war, ihm um elf Uhr dreißig eine Tasse Tee zu bringen und die Tür beim Hinausgehen zu schließen.

Wir wechselten uns ab. Einmal, als ich an der Reihe war, fragte ich ihn, ob ich ihm die Gedichte meines Vaters zeigen dürfe. Ich betonte, er sei als männliche Sylvia Plath bezeichnet worden. Der Verleger sagte: »Das klingt schmerzhaft«, und:

»Bitte lassen Sie sie nicht zuknallen«, womit er in Richtung Tür wies.

Es wurde Frühling, dann Sommer, und wir gaben auf, so zu tun, als würden wir arbeiten, und begannen stattdessen, unsere Tage auf dem Dach zu verbringen, wo wir in der Sonne lagen, Zeitschriften lasen, die Röcke bis zu den Oberschenkeln aufrollten und schließlich ganz auszogen, was wir auch mit unseren Oberteilen taten. Das Krankenhaus, in dem Patrick arbeitete, war von dort aus zu sehen und so nah, dass das Geräusch der Sirenen über die Dächer und die grüne Baumgruppe des Russell Square herübergetragen wurde.

Genau dort trafen wir uns auch, beim ersten Mal zufällig, als wir beide auf dem Weg zur U-Bahn waren. Danach verabredet. Zuerst gelegentlich, dann jeden Tag. Vor der Arbeit, wenn der Park leer und die Luft noch kalt war, zur Mittagszeit, wenn er heiß und voll und mit Abfall übersät war, nach der Arbeit, wenn wir auf einer Bank saßen, bis das letzte Tageslicht, die letzten Büroangestellten, die auf dem Heimweg die Abkürzung durch den Park nahmen, und die letzten Touristen, die ihnen im Weg standen, verschwunden waren, wenn der Mann mit seiner Kehrmaschine fertig war und wir den Park wieder für uns hatten. Irgendwann sagte Patrick dann meist: »Ich sollte dich zur U-Bahn bringen. Es ist spät, und du musst wahrscheinlich pünktlich um halb zehn zu Hause sein.«

Manchmal war er spät dran und entschuldigte sich vielmals, auch wenn es mir nie etwas ausmachte zu warten. Manchmal trug er seinen Krankenhauskittel und seine Assistenzarztschuhe mit ihren dicken Sohlen und den knalliglilafarbenen Details, über die ich mich lustig machte, um zu verbergen, wie unglaublich liebenswert ich sie fand.

Einmal streckte Patrick beim Mittagessen die Hand aus, um das Sandwich entgegenzunehmen, das ich ihm mitgebracht hatte, und wir beide sahen, dass er auf der Innenseite seines Unterarms etwas hatte, das wie Blut aussah. Er entschuldigte sich, ging zu einem Trinkbrunnen, um es abzuwaschen, und entschuldigte sich erneut, als er sich wieder setzte.

Ich bemerkte, es müsse seltsam sein, einen Job zu haben, bei dem die Menschen um einen herum sterben. »Und zwar nicht aus Langeweile, wie in meinem Fall. Was ist das Schlimmste daran? Die Kinder?«

Er antwortete: »Die Mütter.«

Ich nahm meinen Kaffee in die Hand und war beschämt über die Intensität seiner Arbeit, verglichen mit der Stupidität meiner eigenen. Ich fragte ihn: »Wie dem auch sei, möchtest du wissen, was die schlimmsten Dinge in meinem Job sind?«

Patrick erwiderte, er habe das Gefühl, er kenne sie bereits alle. »Sofern heute keine neuen hinzugekommen sind.«

»Dann frag mich etwas anderes.«

Er hatte gerade in sein Sandwich beißen wollen, legte es jedoch zurück in die Schachtel und die Schachtel zurück auf die Bank. »Was war das Schlimmste an Jonathan?«

Ich bedeckte meinen Mund, da ich gerade erst einen Schluck Kaffee genommen hatte und nun erst schockiert war, dann lachen musste und nicht schlucken konnte. Patrick reichte mir eine Serviette und wartete auf meine Antwort.

Ich zählte die albernen Sachen zuerst auf: sein nass wirkendes Haar, wie er sich kleidete. Dass er nie wartete, bis ich ausgestiegen war, ehe er davonlief, dass er nicht genau wusste, wie seine Putzfrau hieß, obwohl sie seit sieben Jahren für ihn arbeitete. Ich erzählte ihm von dem Zimmer in Jonathans

Wohnung, in dem nichts anderes stand als ein Schlagzeug vor einer verspiegelten Wand. Und dann hob ich den Deckel von meinem Becher und sagte, das Schlimmste sei, dass ich geglaubt hätte, er sei lustig, weil er alles wie einen Scherz klingen ließ. »Aber er meinte alles genau so, wie er es zum jeweiligen Zeitpunkt sagte. Dann überlegte er es sich anders und meinte genau das Gegenteil, genauso absolut. Zuerst sagte er, ich sei schön und schlau, dann, ich sei verrückt, und ich glaubte alles davon.«

Patrick rieb sich nachdenklich das Kinn. Ich starrte in meinen Becher.

»Für mich war das Schlimmste wahrscheinlich seine Solariumbräune.« Ich lachte und sah, wie er mich anlächelte und wie sein Lächeln verblasste, als er fortfuhr: »Und dabei zu sein, als er dir den Antrag machte.« Ein Gefühl wie ein Sprudeln strömte meinen Nacken hinauf. »Zu sehen, wie du Ja sagst, ohne es verhindern zu können.« Das Sprudeln breitete sich aus, über meine Schultern, hinunter in meine Arme, hinauf in mein Haar.

Mein Telefon klingelte. Ich hatte kein Wort hervorgebracht. Patrick sagte, es sei schon in Ordnung, ich solle rangehen.

Es war Ingrid. Sie sagte, sie sei auf einer Behindertentoilette im Starbucks in Hammersmith, und sie sei schwanger. Sie habe gerade einen Test gemacht.

Weil sie so laut sprach, hörte Patrick sie, machte das Daumen-hoch-Zeichen, zeigte dann auf seine Armbanduhr und stand auf, erklärte pantomimisch, dass er zurück zur Arbeit gehen und mir später eine Nachricht schreiben würde. Ich erklärte ihm pantomimisch, er solle unseren Müll mit zum Abfalleimer nehmen, sagte aber laut tschüs.

Ingrid fragte mich, mit wem ich spreche.

»Patrick.«

»Was? Wieso bist du mit Patrick zusammen?«

Ich antwortete: »Hier passiert gerade etwas Seltsames. Aber du bist schwanger. Ich bin so aufgeregt. Weißt du, wer der Vater ist?«

Ich ließ sie so lange erzählen, wie ich es ertragen konnte, über das Baby, die Morgenübelkeit, Namen, dann sagte ich: »Es tut mir so leid, ich muss zurück ins Büro. Es gibt so viel Arbeit, die ich mir noch ausdenken muss.«

Ingrid erwiderte: »Okay. Aber bleib nicht dort hängen und lass an einem Freitag um fünf noch das Licht brennen.«

Ich war so glücklich für sie und wusste nicht, wie ich es überleben sollte.

*

Am nächsten Tag wollte ich niemanden sehen. Ich hatte eigentlich eine Verabredung mit Patrick zu irgendeiner Veranstaltung. Er hatte die Tickets bereits bezahlt. Am Morgen schrieb er mir eine Nachricht, und ich sagte, ich könne nicht gehen, und weil er »okay« sagte und mir kein schlechtes Gewissen machte, schrieb ich zurück, tatsächlich könne ich doch.

Es handelte sich um eine Ausstellung in der Tate, bei der die Werke eines Fotografen gezeigt wurden, der ausschließlich sich selbst in seinem eigenen Badezimmer zu fotografieren schien. Patrick verzweifelte, als wir den dritten Raum mit diesen Bildern betraten. Wir betrachteten ein Foto des Künstlers, wie er in seinem Badezimmer stand, bekleidet mit nichts außer einem Unterhemd.

Ich sagte: »Ich weiß nicht viel über Kunst, aber ich weiß, dass ich jetzt lieber im Museumsshop wäre.«

Patrick sagte, es tue ihm wahnsinnig leid. »Ein Kollege hat behauptet, die Ausstellung sei großartig. Es hörte sich an, als wäre es genau dein Ding.« Ich legte meine Hand auf seinen Arm und ließ sie dort. »Patrick, mein Ding ist es ausschließlich, herumzusitzen, Tee oder irgendetwas anderes zu trinken und zu reden, oder noch besser: nicht zu reden. Das ist das Einzige, wozu ich jemals Lust habe.«

Er sagte: »Gut, okay, ist notiert. Ich glaube, es gibt hier ein Café. Im obersten Stock.«

★

Im Aufzug sagte er: »Du bist sicher ganz aufgeregt wegen Ingrid.« Ich antwortete, das sei ich, und war froh, dass die Türen sich öffneten. Wir setzten uns an einen Tisch am Fenster, blickten mal auf den Fluss, mal uns gegenseitig in die Augen, tranken Tee oder irgendetwas anderes und unterhielten uns lange über Dinge, die nichts mit Ingrids Schwangerschaft zu tun hatten. Patrick über sein Leben als Einzelkind und darüber, wie sehr er Oliver um dessen Geschwister beneidet hatte, über seine Erinnerung daran, wie er Ingrid und mir zum ersten Mal begegnet und wie undurchschaubar unsere Beziehung für ihn noch Jahre danach gewesen sei. Er sagte, ihm sei bis dahin tatsächlich nicht bewusst gewesen, dass zwei eigenständige Menschen so stark miteinander verbunden sein konnten. Da wir ähnlich aussahen, ähnlich redeten und in seiner Erinnerung auch niemals getrennt voneinander waren, fühlte es sich an, als gäbe es um uns herum eine Art

Kraftfeld, das für andere Menschen undurchdringlich war. Trugen wir nicht eine Zeit lang sogar das gleiche Sweatshirt mit irgendeiner seltsamen Aufschrift?

Ich bestätigte das und sagte, ich hätte meins noch immer, nur stünde mittlerweile über der Brust lediglich »nivers« neben verstreuten klebrig weißen Stückchen. Er sagte, er erinnere sich noch daran, dass ich es in all den Monaten, in denen ich damals in der Goldhawk Road lebte, jedes Mal trug, wenn er dort war.

Ich erklärte, Ingrid und ich seien uns dieses Kraftfelds bewusst, und manchmal fühle es sich an, als existierte es noch immer, allerdings wisse ich, dass es nicht mehr dasselbe sein werde, sobald sie Mutter wäre und ich nicht. »Deshalb habe ich auch nicht gerade viele Freundinnen, denn mittlerweile haben sie alle Kinder, und …« Ich sagte nur noch »na ja« und schob den Zucker hin und her.

»Aber meinst du nicht, das wird sich entwickeln, wenn du auch erst einmal welche hast?«

»Ich will keine Kinder.« Ich dachte plötzlich an Jonathan, der vorbauen wollte, und hörte Patricks Antwort nicht gleich, sondern erst, als ich in jener Nacht, wach liegend im Bett, das Gespräch in Gedanken noch einmal durchging. Er hatte mich nicht gefragt, warum nicht. Er sagte bloß: »Das ist interessant. Ich habe mir immer vorgestellt, ich würde einmal Kinder haben. Aber wahrscheinlich bloß so, wie jeder das tut.«

★

Als wir die Galerie verließen, war es Samstagabend geworden, und es gab keinen Ort, an dem ich weniger sein wollte als zu

Hause. Meine Eltern hatten eine Art Salon ins Leben gerufen, und da meine Mutter sich um die Gästeliste kümmerte, würden sich Künstlerinnen und Künstler, die weniger wichtig waren als sie, sowie Schriftstellerinnen und Schriftsteller, die erfolgreicher waren als mein Vater, im Wohnzimmer drängen, Proseccoflaschen aus dem Supermarkt leeren und auf eine Gelegenheit warten, über sich selbst zu reden. Weil ich nicht sagen konnte, wohin ich stattdessen gehen wollte, als Patrick mich fragte, überquerten wir den Fluss und liefen am Embankment entlang, bis es so voll wurde, dass wir immer wieder von den auf uns zuströmenden Menschenscharen getrennt wurden.

Ich spürte, dass diese ständigen Trennungen und das Wiederfinden hinterher Patrick auf die Nerven ging. Für mich waren es dagegen so viele kleine Ausbrüche, ganze Salven jenes Gott-sei-Dank-Gefühls, weshalb ich einfach immer weiterlaufen wollte. Als schließlich ein Pärchen, das seinen Traum, Hand in Hand entlang der Themse auf Inlinern zu skaten, nicht aufgeben wollte, auf uns zukam, griff er nach meiner Hand und zog mich auf eine Seite. Er sagte: »Martha, wir brauchen ein Ziel. Ich habe Angst, dass wir unser Leben riskieren, nur um in irgendeinem Pizza Express zu landen, der dich traurig macht, wenn er leer ist, und nervös, wenn er voll ist.« Ich hatte keine Ahnung, woher er das über mich wusste. »Können wir zu dir nach Hause gehen?« Er verbesserte sich – er meine, ob er mich zu meiner Sicherheit mit der U-Bahn zur Goldhawk Road begleiten und dort vor der Haustür verabschieden könne.

Ich überlegte kurz, dann sagte ich: »Weißt du, was komisch ist? Ich kenne dich jetzt – wie lange, fünfzig Jahre? – und ich war noch nie bei dir zu Hause.«

Als Patrick mich aus der Fahrbahn der Inlineskater gezogen hatte, war ich mit dem Rücken gegen den Sockel einer Statue gedrückt worden, und als die beiden umkehrten und zurückkamen, voneinander losgelöst und außer Kontrolle, musste er direkt vor mich springen, wodurch wir nun Gesicht an Gesicht und nah genug standen, dass unsere Körper kaum noch voneinander getrennt waren. Ich fragte mich, ob sich Patrick dessen auch bewusst war, überhaupt, oder gar genauso intensiv wie ich, bis er sagte: »Dann also hier entlang«, und mich in Richtung seiner Wohnung führte.

★

Als er die Tür öffnete und zur Seite trat, damit ich zuerst hineingehen konnte, versicherte Patrick mir, es sei normalerweise viel ordentlicher. Die Wohnung befand sich im dritten Stock eines viktorianischen Villenblocks in Clapham, in einer Ecke des Gebäudes, sodass das Wohnzimmer durch große, senkrechte Fenster einen Blick auf einen Park bot. Er hatte die Wohnung nach seinem Abschluss gekauft und wohnte dort mit einer Mitbewohnerin namens Heather, die ebenfalls Ärztin war. Eine Tasse auf der Armlehne des Sofas schien das ganze Ausmaß des Chaos darzustellen, von dem Patrick sprach. Weil sie Lippenstift am Rand hatte, ging ich davon aus, dass Heather die unordentliche Person in der WG war.

Sie kam nach Hause, als Patrick mir gerade ein Schinkensandwich machte, schlenderte in die Küche und stellte sich hinter ihn, um ein verbranntes Stück aus der Pfanne zu picken, die er in der Hand hielt. Sie aß es wie eine köstliche kleine Süßigkeit, schwebte dann zu einem Schrank und holte irgendetwas heraus, als wüsste sie, wo alles war, und hätte auch selbst etwas damit zu tun, dass es sich dort befand. Ich hatte das Gefühl, noch nie eine andere Frau so sehr gehasst zu haben.

Nachdem wir gegessen hatten, sah ich ihm beim Spülen zu. Patrick trocknete das Geschirr ab. Ich sagte ihm, wenn er die Sachen einfach auf dem Abtropfbrett stehen ließe, würde die Physik oder was auch immer sie trocknen, sodass er es nicht zu tun brauchte.

Er antwortete, er sei sich nicht sicher, ob es etwas mit Physik zu tun hätte. »Ich mache es ganz gern. Ich mag es, Dinge zu Ende zu führen. In einer Minute bin ich fertig. Weißt du, wie man Backgammon spielt?«

Ich sagte Nein und willigte ein, es mir beibringen zu lassen. Wir gingen ins Wohnzimmer, und während er den Backgammonkoffer aufklappte, sagte Patrick: »Was ich dir noch sagen wollte: Ich gehe nach Uganda.«

Ich runzelte die Stirn und fragte ihn, weshalb.

»Zum Arbeiten, ein Praktikum. Ich habe dir doch erzählt, dass ich mich bewerbe. Ist schon eine Weile her, schätze ich.«

»Ich erinnere mich. Ich hätte nur nicht gedacht, dass du immer noch …« Ich war mir nicht sicher, was ich sagen wollte, dann wusste ich es und konnte es nicht sagen.

»Immer noch was?«

Ich wollte sagen: Ich hätte nicht gedacht, dass du immer noch gehen willst, meinetwegen. Ich sagte: »Mir war nur nicht bewusst, dass noch etwas daraus wird, das ist alles.«

Patrick fragte mich, ob es mir etwas ausmache. Er machte einen Scherz, aber ich fühlte mich bloßgestellt und sagte Nein. »Warum sollte es mir etwas ausmachen? Das wäre doch seltsam.« Ich griff nach einem der Spielsteine und drehte ihn um. »Wann brichst du auf?«

Er sagte, in drei Wochen. »Am zehnten. An Weihnachten bin ich zurück. Ich glaube, schon einen Tag davor.«

»Das sind fünf Monate.«

Patrick korrigierte: »Fünfeinhalb«, und baute das Spielbrett fertig auf. Ich versuchte, mich auf seine Erklärung der Regeln zu konzentrieren, war jedoch abgelenkt von der Vorstellung, dass er so lange fort sein würde, und sagte, als er mich immer wieder daran erinnern musste, wer gerade an der Reihe war: »Würfel du einfach für mich, und ich sehe bloß zu.«

Ich weiß nicht, wie lange der Mann dort gestanden hatte, aber als ich den Kopf hob, weil ich jemanden »Hallo, da unten« sagen hörte, klang es, als hätte er es nicht zum ersten Mal gesagt. Es war ein kalter Oktobertag. Ich saß in Hampstead Heath auf einer Fläche aus hohem totem Gras zwischen dem Schotterweg und dem schmalen Bach, die Arme um die Schienbeine geschlungen und den Kopf auf die Knie gelegt. Ich hatte so viel geweint, dass sich die Haut an meinen Wangen wund anfühlte und spannte, als wäre sie eingeseift und zu stark abgeschrubbt worden.

Der Mann in seiner Öljacke und seinem Tweedhut lächelte vorsichtig. Er hatte einen Hund an der Leine, einen großen Labrador, der gehorsam neben ihm stand und mit dem Schwanz gegen sein Bein schlug. Ich lächelte absichtslos zurück, wie jemand, dem während einer Party auf die Schulter getippt wird, worauf er sich in der freudigen Erwartung umdreht, um zu sehen, wer es ist und was derjenige Wundervolles zu sagen hat.

Er sagte: »Ich kam nicht umhin, Sie hier zu bemerken.« Sein Tonfall klang ausgesprochen väterlich. »Ich wollte nicht in

Ihre Privatsphäre eindringen, aber ich habe mir gesagt: Wenn sie auf meinem Rückweg immer noch dort sitzt …« Er deutete mit einem einzelnen Nicken an, dass ich tatsächlich noch dort saß, und fragte mich, ob es mir gut gehe.

Es tat mir leid, und ich wollte mich dafür entschuldigen, zu einem Umstand in seinem Nachmittag geworden zu sein, seinen Spaziergang verkompliziert und ihn dazu gezwungen zu haben, dass er sich Gedanken über mich machte. Der Hund senkte die Schnauze und schnüffelte in meine Richtung, so weit er an seiner Leine kam. Der Mann lockerte die Leine etwas, damit er die Schnauze auf meine Hand legen konnte. Der Mann sagte: »Ach, sehen Sie, sie mag Sie. Sie ist ziemlich alt und mag nicht viele Menschen.«

Ich blickte mit zusammengekniffenen Augen zu ihm auf. Ich wollte ihm sagen, dass meine Mutter gerade gestorben sei, um zu rechtfertigen, weshalb ich in der Öffentlichkeit so heftig weinte. Aber das wäre eine größere Last gewesen, als dieser freundliche Mann mir hätte abnehmen können. Ich überlegte zu sagen, mir sei mein Telefon in den Bach gefallen, aber ich wollte nicht, dass er mich für dumm hielt oder mir anbot, es herauszufischen.

Stattdessen sagte ich: »Ich bin einsam.« Das war die Wahrheit. Gefolgt von ein paar Lügen, die ich erzählte, damit er sich nicht weiter um mich sorgte. »Ich fühle mich nur heute einsam. Nicht generell. Normalerweise geht es mir absolut gut.«

»Nun, wie heißt es so schön: London ist eine Stadt mit acht Millionen einsamen Menschen, nicht wahr?« Der Mann zog den Hund sanft wieder an seine Seite. »Aber auch das geht vorbei. So heißt es doch auch.«

Der Mann sah mich mitfühlend an, nickte zum Abschied und ging weiter den Weg entlang.

*

Wenn ich als Kind mit meinem Vater die Nachrichten schaute oder im Radio hörte, dachte ich jedes Mal, wenn es hieß: »Die Leiche wurde von einem Spaziergänger mit Hund gefunden«, es handele sich dabei stets um denselben Mann. Ich stelle ihn mir immer noch vor, wie er an der Tür seine Laufschuhe anzieht, die Leine findet und das vertraute Grauen verspürt, als er sie am Halsband seines Hundes befestigt, aber dennoch aufbricht, in der Hoffnung, heute möge es keine Leiche geben. Doch o Gott, zwanzig Minuten später liegt sie da.

*

Als er weitergegangen war, blieb ich am Wasser sitzen, nun mit dem Kinn auf den Knien anstelle der Stirn, weil diese Haltung offenbar wie eine Einladung an weitere Leute war, stehen zu bleiben und mich zu fragen, ob es mir gut gehe. Es ging mir nicht gut. Das war so, seit Patrick fort war. Als ich dort saß, dachte ich an die anderen Gelegenheiten, bei denen ich mich so gefühlt hatte: in den Monaten, in denen ich mit Jonathan zusammen war, in Paris mal mehr, mal weniger, in den letzten paar Wochen. Die Tiefpunkte in meinem Erwachsenenleben waren mit Patricks Abwesenheit verbunden gewesen. Es war so eindeutig. Und dann war da jener Tag im Sommer gewesen – ich stand auf und wischte mir den Hosenboden ab. Damals begann ich, Patrick als die Lösung anzusehen. Am Ende unserer Ehe sah ich ihn als das Problem.

Am Tag vor Weihnachten fuhr ich frühmorgens zum Flughafen, um Patrick abzuholen. Wir umarmten uns wie zwei Menschen, die noch keine praktische Erfahrung mit dem Umarmen besaßen und sich lediglich die Theorie aus einem schlecht geschriebenen Handbuch selbst beigebracht hatten.

Er roch nicht großartig. Er hatte einen äußerst traurigen Bart. Aber abgesehen davon, sagte ich, freute ich mich riesig, ihn wiederzusehen. Ich sagte nicht »unbeschreiblich« oder »mehr, als ich mir vorstellen konnte«.

Patrick sagte, er sich auch. Und meinen Namen. »Ich mich auch, Martha.«

Vor dem Fahrscheinautomaten fragte er mich, ob ich mit zu ihm kommen wolle. Die Enttäuschung fiel schwer wie ein Stein auf mich, als er lachend hinzufügte: »Natürlich nicht in *dem* Sinne.« Ich antwortete, das wolle ich, ebenfalls nicht in *dem* Sinne.

Die Wohnung war ruhig und strahlte eine lange Abwesenheit aus, und es war ordentlich, auch wenn Heather angeblich noch immer dort wohnte. Patrick öffnete die Fenster und fragte mich, was ich tun wolle. Ich sagte: »Lass uns den Bart abrasieren«, und setzte mich auf den heruntergeklappten Toilettendeckel. Er rasierte den Bart in lustigen Abstufungen – von Charles Darwin über Mr. Bennet aus der BBC-Adaption bis hin zu einem mutmaßlichen Verbrecher. Danach ging ich hinaus, damit er duschen konnte, setzte mich mit einem Buch, das ich unter seinem Sofatisch gefunden hatte, ins Wohnzimmer und versuchte, nicht an das Geräusch von fließendem Wasser und den Dunst und den Seifengeruch zu denken, die entweder aus dem Badezimmer kamen oder ein Produkt meiner Fantasie waren. Ich fragte mich, was er gerade tat. Ich fragte mich zu genau, was er gerade tat, und verließ das Haus, um Frühstück und Vorräte für seinen Kühlschrank zu kaufen. Ich blieb so lange draußen, bis ich sicher sein konnte, dass er fertig war.

Wir unterhielten uns, bis es zu spät für mich war, um noch nach Hause zu fahren. Patrick überließ mir sein Bett und schlief auf dem Sofa.

*

Am nächsten Morgen liefen wir den gesamten Weg bis nach Belgravia, den Battersea Park entlang und über die Chelsea Bridge. Als sie die Tür öffnete, wirkte Winsome überrascht, uns beide zusammen zu sehen. Wir legten unsere Mäntel ab. Sie schien kurz davor, etwas zu äußern, und zwar etwas anderes als die Bemerkung, dass mein Haar sehr hübsch aussehe, die sie dann tatsächlich aussprach.

Vor dem Mittagessen betrat ich das Esszimmer und sah zu, wie sie die Tischkarten umstellte, da sie es, nachdem sie Ingrid nun gesehen habe, für ratsamer halte, sie ans Ende zu setzen, damit sie leichter ein und aus gehen könne. Ingrid war mittlerweile in der sechsunddreißigsten Schwangerschaftswoche und hatte eine beträchtliche Menge an Toblerone-Gewicht zugelegt.

Nun, fuhr Winsome fort, frage sie sich, ob Ingrid sich womöglich auch in einer stabileren Alternative zu den formellen Esszimmerstühlen wohler fühlen würde, die schließlich so absurd dünne Beine hätten.

Vielleicht könne ich es ihr vorschlagen. Meine Tante fragte: »Sie wird doch nicht gekränkt sein, oder?«, und berührte ihre Perlenkette.

Ingrid war gekränkt und weigerte sich, auf der stabileren Alternative zu sitzen, trotz des zusätzlichen Anreizes durch ein Kissen. Als wir uns um den Tisch versammelt hatten, erklärte sie, sie werde nun versuchen, ihren Schleimpfropf herauszudrücken, um den Polstersitz des dünnbeinigen Stuhls zu ruinieren, den sie Hamish hatte für sie aufgeben lassen. Er saß neben Patrick und blickte ihn Bestärkung suchend an, nachdem er meiner Schwester nahegelegt hatte, all das gespielte Pressen sei vielleicht nicht die beste Idee, so lustig wir alle es selbstverständlich fänden.

Sie fing an zu lachen. »Hamish, eine Frau kann ihren Schleimpfropf gar nicht selbst lösen, indem sie einfach nur so tut als ob.«

Er blickte erneut Patrick an und fragte, ob das stimme.

Ingrid sagte: »Das weiß er doch wohl kaum, er ist gerade erst seit zehn Minuten Arzt. Nichts für ungut, Patrick.«

»Tatsächlich ist er Assistenzarzt, Darling.«

»Okay, na schön, ich kenne zwar den Unterschied nicht,

aber ich werde meinen Schleimpfropf an Ort und Stelle lassen.«

Jessamine neben ihr bemerkte: »Ich freue mich riesig auf den Moment, wenn wir alle damit aufhören, das Wort Schleimpfropf zu sagen«, und stand auf.

Kurz darauf erschien Rowland und setzte sich auf ihren Platz. Er hatte sich gerade ein Geschwisterpaar neuer Whippets gekauft, um Wagner zu ersetzen, der zuvor durch viele Runden Chemotherapie, Hundedialyse und mehrfache hochmoderne Operationen weitaus länger am Leben gehalten worden war als von Gott beabsichtigt, zu einem Preis, den Rowland dank seiner eigenen inkonsistenten Metrik nicht für obszön hielt.

Nun hoffe er, Patrick könne ihm einen Rat in Bezug auf ihr nervöses Urinieren geben, wie er sagte: »In deiner Kapazität als Mediziner.« Ingrid erklärte: »Er ist Assistenzarzt«, erhob sich und verkündete der Runde um den Tisch, sie werde nach oben gehen und sich hinlegen, da ihr schlecht sei. Ich begleitete sie und blieb bei ihr, bis sie eingeschlafen war. Als ich wieder herunterkam, waren die anderen zum Spazierengehen aufgebrochen. Ich setzte mich an Winsomes Flügel und versuchte gerade, etwas zu spielen, als eine Nachricht von Ingrid kam: »Fck, bitte komm hoch & ruf Hamish an.«

Ich fand sie in Jessamines Badezimmer, wo sie vor dem Waschbecken kniete und so heftig an dessen Rand zog, als wollte sie es aus der Wand herausreißen. Der Fußboden um sie herum war nass, und sie weinte. Als sie mich sah, sagte sie: »Bitte sei nicht wütend. Es war doch nur ein Scherz. Es war doch nur ein Scherz.«

Ich ging zu ihr und kniete mich neben sie. Sie ließ das Waschbecken los und legte sich zusammengerollt auf die Seite, den Kopf auf meinem Schoß. Ich rief Hamish an. Er sagte: »Okay, okay, okay, okay«, bis ich ihm erklärte, ich müsse nun auflegen. Eine Wehe rollte heran. Der Körper meiner Schwester wurde so steif, als bekäme sie einen tödlichen Stromschlag versetzt. Mit zusammengepresstem Kiefer sagte sie: »Martha, mach, dass es aufhört. Ich bin noch nicht so weit. Das Baby wird zu klein sein.« Sobald die Wehe vorbei war, bat sie mich zu googeln, wie man ein Baby im Bauch behalten konnte. »Sonst hat es ein total beschissenes Geburtsdatum, Martha.« Lachend oder weinend fügte sie noch hinzu: »Bitte, sonst bekommt es ein Kombigeschenk.«

Auf Wikipedia stand nichts dazu. Ich fragte sie, ob ich sie ablenken solle, indem ich ihr die Promispalte der *Daily Mail* vorlas. Sie schlug mir das Telefon aus der Hand und wünschte mir einen qualvollen Tod, dann schrie sie, ich solle es wieder zurückholen, da eine weitere Wehe komme und ich deren Dauer messen solle, oder irgendetwas in der Art.

Für eine unbestimmte Zeit blieben wir so sitzen. Ich sagte ihr, alles werde bestens laufen, und wünschte mir sehnlichst, es möge wahr sein, meiner Schwester und dem Baby möge nichts zustoßen. Die Wehen kamen in immer kürzeren Abständen und verbanden sich dann zu einer einzigen, bis Ingrid von Schluchzern geschüttelt sagte, sie werde sterben. Als Hamish auftauchte, drückte sie sich gerade hoch auf Hände und Knie und schrie, etwas komme aus ihr heraus.

Mir war nicht in den Sinn gekommen, dass Patrick ihn begleiten würde, aber er betrat das Zimmer zuerst. Ich machte ihm Platz und stellte mich neben Hamish, der im Türrahmen stehen geblieben war, da Ingrid bei seinem Anblick sogleich rief, sie wolle ihn jetzt doch nicht mehr dabeihaben.

Patrick erklärte ihr, er müsse untersuchen, was gerade vor sich ging. Ingrid sagte: »Hau ab, Patrick. Tut mir leid, aber ich lasse mir nicht von einem Freund der Familie zwischen die Beine schauen.«

Hamish wandte ein, vermutlich müsse sie jemanden einen kurzen Blick darauf werfen lassen, insbesondere, da ihm gerade einfiel, dass er nicht daran gedacht hatte, einen Krankenwagen zu rufen.

Patrick hatte es zwar nicht vergessen, erklärte meiner Schwester aber, wenn sie bereits etwas spüren könne, würde der Krankenwagen nicht rechtzeitig erscheinen.

»Dann kann sie es tun«, sagte Ingrid. »Martha kann es tun. Sag ihr einfach, was sie machen muss.«

Ich blickte ihn in der Hoffnung an, er möge den Kopf schütteln, da ich keinesfalls einen Muttermund untersuchen wollte, aber sein Gesichtsausdruck war dermaßen gebieterisch, dass ich bereits einen Schritt nach vorn machte.

Patrick forderte Hamish auf, eine Schere zu holen, und versicherte meiner Schwester, er brauche diese nicht, wie sie augenblicklich angenommen hatte, um ohne verfluchte Betäubung einen Kaiserschnitt auf dem Fußboden durchzuführen.

Irgendetwas kam zweifellos aus ihr heraus. Ich begann, zu beschreiben, wie es aussah, bis sie mir zwischen zwei Atemzügen erklärte, ich brauche Patrick mit meinen Worten kein verdammtes Bild zu malen, und mir befahl beiseitezugehen.

Es war das Letzte, was Ingrid sagte, ehe sie sich mit den Händen abdrückte und ein langes animalisches Stöhnen von sich gab. Hamish war rechtzeitig zurück, um sie ein unmöglich kleines wütendes Baby in ihre eigenen Hände gebären zu sehen. Er wurde bleich und schwankte in Richtung Wand, ohne gleich auf Patricks Bitte nach der Schere in seiner Hand zu reagieren. Er entschuldigte sich und sagte, dies sei die einzige, die er habe finden können. »Aus Winsomes Nähzimmer.«

Ingrid, die zusammengesackt ihr Baby hielt, sagte: »O mein Gott, nein, Hamish. Das ist eine Zickzackschere. Patrick?«

Er sagte, sie würde ihren Zweck erfüllen.

Ingrid blickte mich flehend an. Ich sagte, sie würde sicher einen reizenden Effekt produzieren, und wollte mich, überwältigt von der Menge an Blut auf dem Fußboden, gerade abwenden, da griff Patrick nach dem Baby, durchschnitt die Nabelschnur und drückte es meiner Schwester erneut in die Arme, in einer Reihe von raschen, ruhigen Bewegungen, dass es wie eine einstudierte Routine wirkte. Ich war so gebannt, dass mich allein das Echo von Patricks Stimme in meinem Kopf, der mich um mehr Handtücher bat, dazu bewegte, aufzustehen und so viele zu holen, wie ich finden konnte.

Ingrid versuchte, das Baby in eins von ihnen zu wickeln, und fing dabei an zu weinen. Sie fragte Patrick: »Denkst du, ich tue ihm weh? Er ist zu klein, er sollte noch nicht hier sein.« Sie sagte: »Es tut mir so leid, es tut mir so leid«, und blickte von ihm zu mir und dann zu Hamish, als hätte sie gegenüber jedem Einzelnen von uns eine Sünde begangen. Mir traten Tränen in die Augen, als sie nach unten blickte und sich bei ihrem Baby entschuldigte.

Patrick sagte: »Ingrid, er wäre so oder so gekommen. Du hast nichts Falsches getan.«

Sie nickte, sah ihn aber nicht an.

Patrick sagte: »Ingrid?«

»Ja.« Sie hob den Kopf.

»Glaubst du mir?«

»Ja.«

»Gut.« Patrick nahm mir die restlichen Handtücher aus der Hand und legte sie ihr um die Schultern und über die Beine. Meine Schwester – ich habe sie nie so sehr geliebt, wie in diesem Augenblick – wischte sich eine Wange trocken und versuchte zu lächeln, ehe sie sagte: »Martha, ich hoffe, das sind Winsomes gute Handtücher.« Sie weinte noch immer, aber nun auf eine andere Weise, als wäre plötzlich wieder alles in Ordnung.

★

Patrick und ich blieben bei ihr, während Hamish die Sanitäter in Empfang nahm. Meinem Protest zum Trotz ließ sie mich das Baby halten, und ich fühlte mich vollkommen zerstört durch die Heftigkeit meiner Liebe für dieses beinahe gewichtslose Ding. Vor Patrick fragte sie mich: »Bist du sicher, dass du keins haben willst?«

»Ich möchte dieses hier. Aber das hast du bekommen, daher werde ich verzichten müssen.«

Patrick sagte: »Er ist wundervoll, Ingrid«, und blickte auf das Baby in meinen Armen.

★

Hamish kehrte in Begleitung eines Manns und einer Frau in dunkelgrünen Uniformen zurück, die gemeinsam eine Trage transportierten. Er beschrieb die Situation unten nun, da alle vom Spaziergang zurück waren, als kontrolliertes Chaos, aber nichts im Vergleich zu der Situation hier oben, die einem noch einmal ganz neu und mit voller Heftigkeit entgegenschlage, wenn man kurz draußen gewesen sei.

Er trat zu uns und berührte sanft die Stirn seines Sohnes, dann sagte er zu Ingrid, die bereits auf der Trage lag: »Ich nehme an, wir sollten ihn Patrick nennen.«

Ingrid wandte den Kopf auf dem Kissen und blickte Patrick an, der mit einem Fuß ein Handtuch vor und zurück schob und damit das Blut nur weiter über die Fliesen verteilte. Dann sagte sie zu Hamish, sie würde ihm ja zustimmen, wenn sie nur ein größerer Fan von Patrick als Namen wäre, was bloß leider nicht der Fall sei. Die Sanitäterin und der Sanitäter begannen, sie auf die Tür zuzuschieben. Als sie an Patrick vorbeikam, griff Ingrid nach seinem Unterarm. Eine Sekunde lang hielt sie ihn einfach nur fest, als suchte sie nach den richtigen Worten, dann sagte sie: »Du erledigst einen prima Job auf dem Fußboden.«

★

Er und ich blieben allein zurück. Ich setzte mich auf den Badewannenrand und sagte ihm, er solle aufgeben – es sehe immer noch aus wie nach einem schweren Arbeitsunfall, und Winsome werde die Fliesen wahrscheinlich ohnehin erneuern lassen.

Patrick setzte sich neben mich. Ich fragte ihn, ob es ihm Angst eingejagt habe, ein Baby unter diesen Umständen auf die Welt zu holen.

Er antwortete, es seien nicht die Umstände gewesen. »Ich habe zwar natürlich schon viele Geburten gesehen, aber nie, du weißt schon, selbst eine geleitet.«

Winsome klopfte an die geöffnete Tür, und als sie den Kopf hereinstreckte, stellte sie fest, das Badezimmer sehe aus wie das Schlachtfeld eines besonders blutigen Bürgerkrieges. Sie sagte, in zweien der anderen Bäder warte je ein Set Wechselkleidung auf uns beide, »dazu frische Handtücher, et cetera«, und erklärte dann, sie müsse nun Gummihandschuhe und, mit einem traurigen Blick auf den Fußboden, »einen Müllsack für diese Handtücher hier« holen, die bis vor Kurzem ihre besten gewesen seien.

*

Ich stand lange unter der Dusche, ließ mir viel Zeit beim Anziehen der Kleidungsstücke, die ich zusammengefaltet auf einem Stuhl im Badezimmer fand, und beim Verfassen einer Textnachricht an Ingrid, auf die ich keine Antwort erwartete, ehe ich schließlich nach unten ging. Alle waren in der Küche versammelt. Das von Hamish beschriebene kontrollierte Chaos war mittlerweile absolut. Mein Vater und Rowland führten über das gesamte Zimmer hinweg ein Gespräch, dessen Inhalt ich nicht erfassen konnte. Es war jedoch offensichtlich, dass mein Vater aufgebracht und mein Onkel verärgert war. Die Hunde umkreisten winselnd Rowlands Knöchel. Winsome spülte Töpfe, und Jessamine stellte Teller in die Spülmaschine, ohne besonders nah an sie heranzutreten, sodass sie die beiden Männer zwang, ihre Stimmen noch lauter zu erheben, um gegen das unregelmäßige Klappern von Porzellan gegen Porzellan anzukommen. Nicholas und Oliver rauchten draußen im Garten. In regelmäßigen Abständen rief Jessamine ihnen zu, sie sollten hereinkommen und helfen. Dabei versuchte sie jedes Mal, das Fenster über der Spüle mit ihren nassen Händen zu öffnen, und klopfte dann mit der Faust dagegen, weil es ihr nicht gelang. Meine Mutter saß in Liza-Minnelli-Haltung auf einem Küchenstuhl und führte eine Art Performance auf, obwohl niemand außer mir ihr Beachtung schenkte.

Patrick war nicht bei ihnen. Ich ging zu Winsome, die sagte, ich sehe wieder schön frisch aus, und fragte sie, wo er sei. Sie antwortete, er sei gegangen, sie wisse jedoch nicht, wohin.

Ich fuhr mit einem Taxi zu seiner Wohnung, ohne zu wissen, ob er da sein oder was ich sagen würde, falls er da wäre, aber er war nun einmal der einzige Mensch, bei dem ich in diesem Augenblick sein wollte.

Ich erschien in Winsomes Kleidern. Patrick öffnete die Tür, selbst noch immer verkleidet als Rowland. Er fragte mich, ob ich eine Tasse Tee wolle. Ich sagte Ja, und während wir darauf warteten, dass das Wasser kochte, erklärte ich ihm, dass ich ihn liebte. Patrick drehte sich um und lehnte sich gegen die Küchentheke, verschränkte locker die Arme und bat mich, ihn zu heiraten.

Ich sagte Nein. »So meine ich das nicht. Ich habe das nur gesagt, weil ich finde, wir sollten nicht mehr so viel Zeit miteinander verbringen wie vor deiner Abreise. Ich habe mich gefühlt wie deine Freundin, und das ist nicht fair, dass ich die ganze Zeit bei dir bin, denn selbst wenn ich deine Freundin wäre, könnte es nirgendwohin führen. Auch wenn ich eigentlich«, ich kratzte mit dem Fingernagel am Rand des Tisches herum, »bei dir sein möchte. Die ganze Zeit.«

Patrick blieb genauso stehen, wie er war. »Ich möchte auch, dass du die ganze Zeit bei mir bist.«

Wie er diese Worte aussprach, löste bei mir ein Gefühl aus, als wäre mein ganzer Körper plötzlich mit warmem Wasser gefüllt.

Er fuhr fort: »Womit die Sache eigentlich ganz einfach erscheint.«

»Bloß ist sie das nicht, weil ich dir sage, dass ich dich nicht heiraten kann.«

Er fragte mich, weshalb nicht. Er wirkte nicht beunruhigt und griff nach hinten, um sein Hemd in die Hose zu stecken.

»Weil du Kinder haben möchtest und ich nicht.«

»Woher weißt du, dass ich Kinder haben möchte? Darüber haben wir nie gesprochen.«

»In der Tate hast du mir erzählt, du hättest dir dich selbst immer mit Kindern vorgestellt.«

»Das ist nicht dasselbe, wie aktiv welche zu wollen.«

»Patrick, ich habe eben erst gesehen, wie du ein Kind auf die Welt geholt hast. Es ist offenkundig. Du willst welche, und ich würde dich zu Sophies Entscheidung zwingen, weil du nur entweder mich heiraten oder mit einer anderen Frau Vater werden kannst.« Ich redete schnell weiter, damit er nicht dasselbe sagen würde, was mir schon so oft gesagt worden war, sowohl von Menschen, die mich kannten, als auch von Menschen, die mich nicht kannten. »Ich werde meine Meinung nicht ändern. Ich verspreche dir, das werde ich nicht, und ich möchte nicht der Grund dafür sein, dass du kein Vater werden kannst.«

Patrick erwiderte: »Okay, interessant«, und fuhr fort, den Tee zuzubereiten. Er stellte meine Tasse vor mich. Er hatte den Beutel herausgenommen, da er wusste, mit ihm in der Tasse würde es sich für mich anfühlen, als versuchte ich aus dem Ganges zu trinken, ohne etwas von dem halb darin untergegangenen Müll in den Mund zu bekommen.

Ich dankte ihm, und er ging zurück an seinen Platz. Erneut gegen die Küchentheke gelehnt und die Arme locker verschränkt, sagte er: »Die Sache ist die: Ich werde meine Meinung über dich niemals ändern.« Er fuhr fort, er habe *Sophies Entscheidung* zwar nie gelesen, verstehe aber die Anspielung. »Und das hier ist keine unmögliche Entscheidung, Martha. Es ist überhaupt keine Entscheidung. Ob ich Kinder möchte oder nicht, dich will ich noch mehr.«

Ich brachte nicht mehr hervor als: »Okay, also«, und berührte den Rand meiner Tasse. Es war ein seltsames Gefühl, so sehr gewollt zu werden. »Also«, sagte ich noch einmal. »Da ist auch noch die Sache mit meiner Veranlagung.«

»Was für eine Veranlagung?«

»Für Geisteskrankheiten.«

Er sagte: »Martha«, und klang zum ersten Mal unzufrieden. Ich blickte auf. »Du bist nicht geisteskrank.«

»Nicht im Augenblick. Aber du hast mich schon so gesehen.«

An jenem Tag im Sommer: Er kam mich zur Mittagszeit in der Goldhawk Road abholen. Ich lag noch im Bett, weil ich etwas Groteskes geträumt hatte, das noch nach dem Aufwachen wie eine physische Präsenz in meinem Zimmer zu lauern schien, weshalb ich mich vor Angst nicht bewegen konnte. Ich wusste, dass es der Beginn von etwas war.

Patrick hatte geklopft und gefragt, ob er eintreten dürfe. Ich weinte und bekam keine Luft, um etwas zu sagen.

Er kam zu mir und fühlte meine Stirn, dann sagte er, er werde mir ein Glas Wasser holen. Als er zurückkam, fragte er mich, ob ich einen Film schauen wolle und – das weiß ich noch – ob es okay für mich wäre, wenn er sich neben mich aufs Bett setzen würde, »ich meine, mit den Beinen darauf«, fügte er hinzu. Ich rutschte ein Stück zur Seite. Er wählte auf meinem Laptop einen Film aus und sagte: »Tut mir leid, dass es dir nicht gut geht.« Ich kannte Patrick nun schon so lange. Die meiste Zeit – damals eigentlich noch andauernd – machte ihn meine schiere Anwesenheit nervös. Aber in dieser Situation war er vollkommen ruhig.

Er blieb den ganzen Tag bei mir und schlief in jener Nacht auf dem Fußboden. Am nächsten Morgen fühlte ich mich wieder normal. Es war vorbei. Wir gingen ins Freibad. Patrick schwamm Runden, während ich ihm mit einem Buch in der Hand zusah, wie hypnotisiert von der Bewegung seiner Arme, seiner Art, den Kopf zu drehen, seinem endlosen Vorwärtspflügen durch das Wasser. Hinterher fuhr er mich nach Hause, und ich entschuldigte mich dafür, so seltsam gewesen zu sein. Er erwiderte: »Jeder hat auch mal schlechte Tage.«

Ich weiß nicht, ob er dies in jenem Augenblick in der Küche absichtlich wiederholte, dass jeder auch mal schlechte Tage habe. »Und im Übrigen wäre es für mich auch in Ordnung, wenn du tatsächlich geisteskrank wärst.« Er fügte hinzu: »Wenn es um dich geht, Martha, dann ist das für mich kein K.o.-Kriterium.«

Ich senkte den Blick und kratzte erneut am Tischrand herum. »Kann ich bitte einen Keks haben?«

Er antwortete: »Ja, gleich. Würdest du mich ansehen, Martha?« Ich tat es, und wir führten das gleiche Gespräch noch einmal. Ich sagte ihm, wir sollten aufhören, uns zu treffen, er bat mich, ihn zu heiraten. Diesmal mit den Händen in den Hosentaschen, wo er sie immer hatte, und ich musste lachen, weil das einfach er war. Es war einfach Patrick.

Ich erwiderte: »Wenn du es ernst meinst, wieso kniest du dann nicht nieder?«

»Weil du das hassen würdest.«

Ich würde es hassen.

»Na schön.«

»Na schön, was?«

»Na schön, ich werde dich heiraten.«

Patrick sagte überrascht: »Alles klar, okay«, blieb aber, wo er war. Ich musste erst aufstehen, ehe er sich bewegte und mich dann, als er vor mir stand, fragte, was ich davon halten würde – »du weißt schon«, sagte er, und meinte damit: geküsst zu werden.

Ich antwortete, es wäre mir extrem unangenehm.

»Gut. Mir auch. Dann lass uns einfach, äh …«

»Lass es uns einfach hinter uns bringen.« Ich küsste ihn. Es war seltsam und außergewöhnlich und dauerte eine ganze Weile.

Als wir uns wieder voneinander lösten, sagte Patrick: »Eigentlich wollte ich sagen: die Hand geben.« Es ist schwer, jemandem in die Augen zu blicken. Selbst wenn man die Person liebt, lässt sich dieser Blickkontakt nur mit Mühe aufrechterhalten, weil man dabei das Gefühl hat, durchschaut zu werden. In gewisser Weise auch überführt. Doch solange der Kuss andauerte, hatte ich kein schlechtes Gewissen, weil ich Ja gesagt hatte und nun so glücklich war, obwohl ich Patrick gerade etwas weggenommen hatte, um das zu bekommen, was ich wollte.

Er fragte mich, ob ich noch immer einen Keks wolle. Ich sagte Nein.

»Dann komm mit. Ich habe etwas für dich.« Er sagte, er warte schon so lange darauf, es mir zu geben, und nun, da ich ihn durch die Worte »na schön« zum glücklichsten Mann auf der ganzen Welt gemacht hätte, werde er es endlich holen.

Ich ließ mich von ihm an der Hand in sein Schlafzimmer führen. Ich wusste, dass es sich um den Hochzeitsring seiner Mutter handelte. Während er in seiner Schublade danach suchte, stand ich wartend da. Mich beschlich immer mehr das Gefühl, dass ich diesen Ring nicht wollte.

Er sagte: »Womöglich ist er in keinem guten Zustand. Tatsächlich habe ich ihn seit Jahren nicht mehr hervorgeholt. Vielleicht passt er gar nicht.« Ich presste meine Hände zusammen und verschwendete die letzten Sekunden, in denen ich ihm hätte sagen können, er solle ihn bitte behalten – etwas so Kostbares, das einer Frau gehört hatte, die er liebte und von der wir nur annehmen konnten, dass sie mich gehasst hätte –, indem ich still die Rückseite meiner linken Hand rieb, als säße der Ring bereits daran und ich könnte ihn irgendwie abreiben.

Er fand die Box und holte den Ring heraus. Er hielt ihn mir zwischen zwei Fingern hin. Es war unglaublich. Patrick sagte: »Wie du siehst, Martha, und trotz allem, was ich zu verschiedenen Zeitpunkten behauptet haben mag, bin ich seit fünfzehn Jahren in dich verliebt. Seit du mir das hier auf den Arm gespuckt hast.« Es war der Gummiring von meiner Zahnspange.

Er nahm meine Hand und versuchte, ihn über meinen Finger zu streifen, was ihm schließlich nur gelang, indem er den Ring etwas auseinanderzog. Ich blickte auf meine Hand und erklärte, ich würde ihn niemals ablegen, obwohl er mir bereits die Blutzufuhr abschnürte. Er küsste mich erneut. Dann sagte ich: »Nur, um mich zu vergewissern: Als ich dich damals fragte, ob du in mich verliebt seist …«

»Voll und ganz«, sagte er, ohne zu zögern. »Ich war voll und ganz in dich verliebt.«

★

Ich erklärte Patrick, ich könne in jener Nacht nicht mit ihm schlafen, weil sich dafür Heather, die er in Kürze zurückerwartete, nicht im Nachbarzimmer aufhalten dürfte. Er erwiderte, er würde es ohnehin gar nicht wollen, weil er sich für die Richtige aufspare, und bot mir an, mich zurück in die Goldhawk Road zu bringen.

Im Auto sagte Patrick beim Anschnallen: »Beim ersten Mal wird es Mist sein. Das ist dir klar, oder?«

»Ja, ist es.«

»Ich hatte nämlich ein gutes Jahrzehnt Zeit, um viel zu viel darüber nachzudenken.«

Ich bemerkte, dass ich den Ausdruck »zu viel nachdenken« hasste, weil mir dieser Vorwurf ständig gemacht wurde. »Ich finde ja eher, die Leute denken viel zu wenig nach. Aber das behalte ich für mich, weil es unhöflich wäre.«

Patrick erwiderte: »Ja, okay. Das ist natürlich das Wichtigste, das wir in diesem Gespräch klären sollten. Nicht etwa, wie wir unser Sexleben in Angriff nehmen«, und ließ den Wagen an.

»Diesen Ausdruck hasse ich ebenfalls.«

Er sagte, das gehe ihm genauso. »Ich weiß nicht, warum ich ihn verwendet habe.«

★

Jahre später würde meine Mutter eines Tages zu mir sagen, keine Ehe ergebe Sinn für die Außenwelt, da jede Ehe ihre eigene Welt sei. Und ich würde es abtun, da meine eigene bis dahin ein Ende genommen haben sollte. Aber genauso fühlte es sich in jener Minute an, ehe wir uns vor dem Haus meiner Eltern verabschiedeten, als Patrick seinen Arm um mich geschlungen und ich mein Gesicht an seinem Hals vergraben hatte. Ich hatte nicht gesagt, dass ich ihn liebte, nicht richtig, auf die Weise, wie er es gerade getan hatte, aber genau das meinte ich, als ich sagte: »Danke, Patrick«, bevor ich ins Haus ging.

Am nächsten Tag fuhren wir ins Krankenhaus, um Ingrid zu besuchen. Meine Eltern, Winsome und Rowland waren bereits gemeinsam mit Hamish dort, gedrängt in ein kleines Zimmer, das mit viel zu vielen Stühlen ausgestattet war.

Als wir uns wieder zum Gehen bereit machten, sagte Patrick: »Nur ganz kurz, Leute, ich habe Martha gestern Abend gebeten, mich zu heiraten, und sie hat ›na schön‹ gesagt.«

Ingrid rief: »O mein Gott, endlich. Das war ja eine richtige ›Werden sie oder werden sie?‹-Situation.« Mein Vater reckte triumphierend beide Fäuste wie jemand, der gerade von einem Gewinn erfahren hat, und versuchte dann, sich durch die vielen Stühle zu uns hindurchzuzwängen. »Ich bin zugeparkt, Rowland, beweg dich, ich muss meinem Schwiegersohn die Hand schütteln.« Stattdessen ging Patrick zu ihm, und ich stand für eine Sekunde allein.

Ingrid sagte: »Hamish, nimm Martha in den Arm. Ich kann nicht aufstehen.« Der Ehemann meiner Schwester drückte mich steif, und ich hörte meine Mutter sagen: »Ich dachte, sie seien längst verlobt. Wieso habe ich das gedacht?«

Hamish ließ mich los, und mein Vater verkündete: »Das ist doch egal. Jetzt sind sie es. Was sagst du dazu, Winsome?«

Meine Tante erwiderte, es sei wunderbar, weil es alles so schön ordnete. Und wir seien herzlich willkommen, die Hochzeit in Belgravia zu feiern, sollte das unser Wunsch sein. Rowland an ihrer Seite bemerkte: »Ich hoffe, du hast fünfzigtausend Pfund zur Hand, Patrick. Verdammt teure Angelegenheit, so eine Hochzeit.« Als er mich erreicht hatte, schloss mein Vater mich in eine erdrückende Umarmung und ließ mich erst wieder los, als Ingrid forderte: »Könnt ihr jetzt bitte alle gehen?«, und Hamish uns zur Tür brachte.

★

Patrick und ich kehrten zurück in seine Wohnung. Auf dem Tisch lag eine Nachricht von Heather, die ihn daran erinnerte, dass sie fort sei und erst am Wochenende zurückkommen werde. Ich spähte über seine Schulter, um sie zu lesen. Er sagte: »Ich verspreche dir, ich habe das nicht arrangiert. Brauchst du erst eine Tasse Tee oder so?«

Ich antwortete, den sollten wir hinterher trinken, als Belohnung, und zog mein T-Shirt aus.

★

Patrick fragte sich laut, ob das wohl der schlechteste Sex gewesen sei, den zwei Menschen im Vereinigten Königreich seit Beginn der Aufzeichnungen miteinander gehabt hatten. In den wenigen Minuten, die er andauerte, hatte Patrick die ganze Zeit über den Gesichtsausdruck eines Menschen gehabt, der einen kleineren medizinischen Eingriff ohne Betäubung auszuhalten versucht. Ich konnte einfach nicht aufhören, nebenbei Small Talk zu führen. Hinterher waren wir augenblicklich aufgestanden und hatten uns mit dem Rücken zueinander angezogen.

Als wir in der Küche Tee tranken, erklärte ich Patrick, es sei wie eine furchtbare Party gewesen.

Er fragte, ob ich meine: mit Spannung erwartet, aber am Ende enttäuschend?

Ich erwiderte: »Nein, weil nur eine Person gekommen ist.«

Das zweite Mal, da stimmten wir überein, bot einen Ansporn zum Weitermachen.

Beim dritten Mal fühlte es sich an, als wären wir geschmolzen und zu etwas Neuem geformt worden. Hinterher blieben wir ewig so liegen, das Gesicht einander in der Dunkelheit zugewandt, ohne zu sprechen, unser Atem im selben Rhythmus, unsere Bäuche bei jedem Atemzug aneinandergepresst. In dieser Position schliefen wir ein, und in dieser Position wachten wir wieder auf. Glücklicher habe ich mich in meinem gesamten Leben nicht gefühlt.

*

Wenn Patrick morgens aus der Dusche kommt, streift er als Erstes seine Armbanduhr über. Er trocknet sich im Badezimmer ab und lässt das Handtuch dann dort. Er meint, es sei effizienter, nicht noch einmal zurückgehen zu müssen, um es aufzuhängen. Ich lag noch in seinem Bett, als er diese Routine zum ersten Mal vor mir ausführte: ins Zimmer kommen, von seiner Kommode zum Kleiderschrank gehen. Nackt bis auf die Armbanduhr. Ich beobachtete ihn, so lange ich konnte, ehe er es bemerkte und mich fragte, was so lustig sei.

Ich fragte: »Patrick, weißt du, wie viel Uhr es ist?«

Er antwortete, das wisse er in der Tat, und trat zurück an seine Kommode.

Männer beschreiben sich selbst als »total beinfixierter Typ«. Ein »brustfixierter Typ«. Bei Patrick fand ich heraus, dass ich ein total schulterfixierter Typ bin. Ich liebe ein hübsches Paar Deltamuskeln.

Beim vierten Mal, beim fünften Mal …

★

Ingrid fragte mich, wie es gewesen sei, mit Patrick zu schlafen. Wir gingen auf einen Park in der Nähe ihres Hauses zu. Es war eiskalt, aber sie war noch nicht vor der Tür gewesen, seit sie aus dem Krankenhaus entlassen worden war, und erklärte, sie fühle sich langsam wie im Delirium, vermutlich aufgrund des Sauerstoffmangels. Sie schob den Kinderwagen. Ich trug ein schweres Sitzkissen von ihrem Sofa, da sie das Baby zwischendurch würde stillen müssen und das nur mit einem Kissen – nur mit diesem Kissen – unter ihm ohne Schmerzen möglich war. Wir fanden eine Bank zum Hinsetzen, und während sie sich bereit machte, bat sie: »Erzähl mir nur eine einzige Sache darüber. Bitte.«

Ich weigerte mich, knickte dann jedoch ein, weil sie nicht aufhörte zu fragen. »Ich wusste nicht, dass es so sein kann.« Ich führte aus, ich hätte zuvor nicht gewusst, wofür das alles eigentlich gut sei. »Wie man sich hinterher fühlen sollte.

Dass das Hinterher der Grund dafür ist, dass es Sex überhaupt gibt.«

Sie sagte, das sei ja alles sehr schön. »Aber ich meinte ein richtiges Detail.«

Auf dem Weg zurück nach Hause fragte Ingrid: »Weißt du, was mir wahnsinnig auf die Nerven geht? Wenn ich beim Überqueren der Straße von einem Auto angefahren und sterben würde, dann stünde in der Zeitung, dass die Mutter eines soundso viele Tage alten Säuglings an einer berüchtigten Kreuzung ums Leben gekommen sei. Warum kann es nicht einfach heißen: ›Ein menschliches Wesen, das nebenbei auch ein Baby hat, kam an einer berüchtigten Kreuzung ums Leben‹?«

»Es wirkt trauriger«, antwortete ich, »wenn es sich um eine Mutter handelt.«

»Es kann doch gar nicht noch trauriger sein«, entgegnete Ingrid. »Ich bin tot. Das ist das Traurigste überhaupt. Aber offenkundig existiere ich jetzt nur noch im Hinblick auf meine Beziehung zu anderen Menschen, während Hamish nach wie vor ein eigenständiger Mensch sein darf. Großartig. Danke.«

Ich half ihr, den Kinderwagen ins Haus zu bugsieren, setzte das Sofa wieder zusammen und ging ihr einen Tee kochen. Als ich aus der Küche zurückkehrte, stillte sie das Baby schon wieder. Sie gab ihm einen Kuss auf den Kopf und blickte dann auf. Ich bemerkte ihr Zögern. Dann sagte sie: »Ich finde, du und Patrick solltet Kinder bekommen. Tut mir leid. Ich weiß, dass du gegen Mutterschaft bist, aber das finde ich nun einmal. Er ist nicht Jonathan. Denkst du nicht, mit ihm ...«

»Ingrid.«

»Ich meine ja bloß. Er wäre so ein guter ...«

»Ingrid.«

»Und du könntest es schaffen. Das verspreche ich. So schwer ist es gar nicht. Ich meine, sieh mich an.« Sie lenkte meine Aufmerksamkeit auf ihre bekleckerten Kleider, ihre geschwollene Brust, die feuchten Flecken auf ihren Kissen und sah erst so aus, als würde sie gleich lachen, dann, als würde sie gleich weinen, und schließlich einfach nur erschöpft.

Ich fragte sie, was sie sich zum Geburtstag wünsche.

Ingrid sagte: »Oh. Wann ist er denn?«

Ich sagte ihr, er sei am nächsten Tag.

»In dem Fall: eine Tüte Salzlakritz. Das von Ikea.«

Das Baby wand sich und ließ von ihrer Brust ab. Ingrid stieß einen leisen Schrei aus und bedeckte sie. Ich half ihr, das Kissen umzudrehen, und als das Baby wieder angedockt war, fragte ich sie, ob ich ihr auch eine Sorte Lakritz besorgen könne, die keine Fahrt nach Croydon erforderte. Da fing sie tatsächlich an zu weinen und wies mich unter Tränen darauf hin, wenn ich verstünde, was es bedeutete, fünfzigmal pro Nacht geweckt zu werden und alle zwei Stunden ein Baby stillen zu müssen, was jeweils eine Stunde und neunundfünfzig Minuten in Anspruch nahm und sich anfühlte, als würde einem mit vierhundert Messern in die Brustwarze gestochen, dann würde ich sofort sagen: »Weißt du was? Ich glaube, ich werde meiner Schwester einfach genau das Lakritz schenken, das sie besonders mag.«

Ich fuhr direkt von Ingrid aus nach Croydon und hinterließ tags darauf vor ihrer Haustür eine blaue Tasche mit Salzlakritz im Wert von fünfundneunzig Pfund, zusammen mit einer Karte. Darauf stand: »Alles Gute zum Geburtstag für die weltbeste Mutter, Tochter, Ehefrau eines mittelrangigen Staatsbeamten, Nachbarin, Ladenkundin, Mitarbeiterin, Kommunalsteuerzahlerin, Straßenüberquererin, kürzliche Krankenhauseinlieferung, das ganze Universum ihrer Schwester«.

Tage später textete Ingrid mir, nach der dritten Packung habe sie es nun wirklich über. Dann schickte sie mir ein Foto von ihrer Hand mit einem Starbucks-Becher. Statt sie nach ihrem Namen zu fragen, hatte die Person, die ihre Bestellung entgegengenommen hatte, einfach nur geschrieben: DAME MIT KINDERWAGEN.

Wir heirateten im März. Als ich neben Patrick vor dem Altar ankam, war das Erste, was der Geistliche auf unserer Hochzeit sagte: »Falls irgendjemand die Toilette aufsuchen muss, sie befindet sich durch die Sakristei, dann rechts.« Dabei machte er die Gesten eines Stewards, der auf die Notausgänge eines Flugzeugs weist. Patrick neigte den Kopf und sagte leise, damit nur ich es hören konnte: »Ich glaube, ich versuche, es bis zum Ende auszuhalten.«

Das Zweite, was der Geistliche auf unserer Hochzeit sagte, war: »Es war wohl zu erwarten gewesen, dass dieser Tag irgendwann einmal kommen würde, und nun ist es also endlich so weit.«

*

Ich trug ein Kleid mit Ärmeln und hochgeschlossenem Kragen. Es war aus Spitze, sah nach Vintage aus und stammte von Topshop. Ingrid half mir beim Anziehen und sagte, ich sähe aus wie Miss Havisham, bevor ihr großer Tag vollkommen in die Hose geht. Sie reichte mir eine Karte mit der Auf-

schrift: »Patrick liebt Martha«. Sie hing an ihrem Hochzeitsgeschenk, *Hot Tracks '93*.

★

Als meine Cousins und Cousine Teenager waren, konnte
Winsome ihre Haltung bei Tisch korrigieren, indem sie, sobald sie in ihre Richtung blickten, den Arm hob und nach
einem imaginären Faden an ihrem Scheitel griff. Diesen zog
sie unter ihren Augen nach oben, wobei sie zugleich auf eine
Weise den Hals reckte und die Schultern nach unten zog, die
ihre Kinder unwillkürlich imitierten. Wenn sie mit offenem
Mund dasaßen, berührte Winsome die Unterseite ihres Kinns
mit dem Handrücken, und wenn sie nicht lächelten, während
jemand mit ihnen sprach, lächelte sie sie auf die harte, künst-
liche Art einer Schulchorleiterin an, die ihre Vortragenden so
daran erinnert, dass es sich gerade um ein fröhliches Stück
handelt.

Beim Hochzeitsempfangs stand meine Mutter mitten in der
Rede meines Vaters auf und rief: »Fergie, ab hier übernehme
ich.« In der Hand hielt sie einen Cognacschwenker mit einem
ausgesprochen großzügig eingeschenkten Drink darin, und
jedes Mal wenn sie ihn anhob, um einer ihrer eigenen Bemer-
kungen zuzuprosten, schwappte der Inhalt über seinen Rand.
Als sie das Glas bei einer Gelegenheit auf Stirnhöhe anhob
und anfing, sich den Brandy von der Innenseite ihres Handgelenks abzulecken, wandte ich den Blick ab und sah Winsome,
die mich vom benachbarten Platz aus anfunkelte. Sie hob die
Hand und fand das Ende des unsichtbaren Fadens über ihrem
Scheitel. Ich merkte, wie ich mich mit ihrer Aufwärtsbewe-

gung aufrichtete. Als ich kerzengerade auf meinem Stuhl saß, lächelte sie mich an, allerdings nicht als Chorleiterin, sondern als meine Tante, die mir Mut wünschte.

Dann aber begann meine Mutter, über Sex zu reden, und Winsome ließ augenblicklich ihre Hand sinken und warf damit ihr eigenes Glas um. Wein floss über den Tisch und tropfte dann auf den Teppich. Sie sprang auf und wiederholte so oft: »Celia, Serviette«, bis meine Mutter aufhören musste zu reden. Bis Winsome ihre Saubermach-Vorführung beendet hatte, wusste meine Mutter nicht mehr, was sie hatte sagen wollen.

*

Jessamine war der einzige andere Gast, der auf der Feier zu viel trank. Als Patrick und ich uns verabschiedeten, schlang sie mir die Arme um den Nacken, gab mir einen Kuss und flüsterte mir laut ins Ohr, dass sie mich so sehr lieb habe und so, so froh sei, dass ich Patrick heirate. Sie sei zwar wahrscheinlich, nein, eigentlich sogar definitiv selbst noch ein wenig in ihn verliebt, aber das sei schon in Ordnung, da ich irgendwann womöglich die Nase voll davon haben würde, mit jemandem zusammen zu sein, der so langweilig und gut und heiß sei, und dann könne sie ihn ja zurückhaben. Sie gab mir noch einen Kuss und entschuldigte sich dann, sie müsse nun rasch gehen und sich auf dem Klo übergeben. Patrick glaubte, dass sie es gesagt hatte, aber nicht, dass es wahr sei. Ingrid glaubte beides.

*

Sein Vater kam nicht zur Hochzeit, weil er gerade mitten in der Scheidung von Cynthia steckte. Ich schlug Patrick vor, ihn in Hongkong zu besuchen. Er erwiderte: »Das sollten wir wirklich nicht tun.« Ich lernte Christopher Friel erst viel später kennen, nachdem er einen Herzinfarkt erlitten hatte und Patrick der Reise schließlich zustimmte. Nach den ersten fünf bis zehn Minuten in seiner Gesellschaft wusste ich bereits, dass ich ihn nicht leiden konnte. Patrick war in all den Geschichten, die er von ihm erzählt hatte, noch großzügig gewesen.

Nichts in Christophers Wohnung wies auf die Existenz eines Sohnes hin. Ich fragte ihn, ob er irgendetwas aus Patricks Kindheit besitze, das ich mir ansehen könne, aber er sagte, er sei das alles schon vor Jahren losgeworden. Es klang sogar stolz. Doch als wir vor unserem Abflug packten, brachte er ein kleines Bündel mit Briefen, die Patrick an seine Mutter geschrieben hatte, als diese einige Wochen in Übersee gewesen war. Irgendwie hätten sie die Ausmistaktion wohl überlebt, bemerkte Christopher und reichte sie mir in ihrem verschließbaren Plastikbeutel.

Ich las sie auf dem Flug nach Hause. Die Kabinenbeleuchtung war gedämpft, und Patrick schlief mit verschränkten Armen und hochgezogenen Schultern. Er war sechs Jahre alt gewesen, als er sie geschrieben hatte. Statt mit »Lots of Love« hatte er sie alle mit »Lost of Love, Paddy« unterschrieben. Ich berührte ihn am Handgelenk. Er regte sich, wachte jedoch nicht auf. Ich wollte ihm sagen: »Falls du mir jemals einen Brief schreibst, unterschreibe ihn bitte genau so: *Lost of Love, Paddy*.«

★

Er wählte für unsere Hochzeitsreise St. Petersburg als Ziel und auch das Hotel aus, da ich zwar gesagt hatte, ich könne das übernehmen, dann aber bereits an der ersten Hürde gescheitert war, nämlich den Fotos anderer Reisender bei TripAdvisor: eine unendliche Menge an Handtuchschwänen und Meeresfrüchteplatten und inakzeptablen verstreuten Haaren.

Im Flugzeug fragte er mich, ob ich meinen Namen ändern würde. Er hatte gerade ein Kreuzworträtsel im Bordmagazin fertig gelöst, das ein vorheriger Passagier bereits begonnen hatte.

Ich verneinte.

»Wegen des Patriarchats?«

»Wegen des Papierkrams.«

Ein Steward kam mit einem Wagen vorbei. Patrick bat um eine Serviette und erklärte mir, er werde eine Liste mit Pros und Contras für einen Namenswechsel schreiben. Zehn Minuten später las er sie mir vor. Es standen keine Contras darauf. Ich sagte, mir würden schon ein paar einfallen, und nahm ihm den Stift aus der Hand. Er meinte, ich solle auf meinen Knopf drücken und gleich nach einem ganzen Päckchen Servietten fragen, da ich schließlich ein Profi im Ausdenken von Contras sei.

★

An unserem ersten Morgen verloren wir einander in der Eremitage. Ich ging ins Café, bestellte einen Jasmintee und wartete darauf, dass er mich dort ausfindig machte. Noch bevor mein Tee kam, hörte ich seine Stimme über den Lautsprecher:

»Mrs. Martha Friel. Ihr Ehemann bittet Sie, in den Eingangsbereich zu kommen.«

Er stand neben dem Ticketschalter, an einem Ständer mit Broschüren, und zupfte an seinem Kragen herum: Gott sei Dank.

★

Auf dem Newski-Prospekt kaufte Patrick mir eine Pferdefigur von einer jugendlichen Verkäuferin. Sie hatte ein Baby bei sich. Er war damit beschäftigt, eine Figur auszuwählen, und mir verschlug es fast den Atem vor Trauer darüber, wie es mich anlächelte und zugleich nach seinen kleinen Füßen griff, glücklich, auch wenn sein Leben daraus bestand, jeden Tag stundenlang in einem Metallkinderwagen mit schmutzigen weißen Rädern zu sitzen, während seine Mutter Pferde verkaufte.

Patrick bezahlte für das hässlichste von ihnen fünfzig Pfund statt der fünfzig Cent, die sie dafür verlangt hatte, und tat, als bemerkte er seinen Fehler nicht. Wir gingen weiter, und er reichte mir das Pferd. Er fragte mich, wie ich es nennen wollte. Ich antwortete: »Trotzki«, und brach dann in Tränen aus. Hinterher entschuldigte ich mich dafür, dass ich die Laune verdorben hatte. Patrick entgegnete, es hätte ihm eher Sorgen bereitet, wenn ich in dieser Situation gute Laune gehabt hätte.

★

An jenem Abend schneite es zu heftig, um auszugehen. Wir aßen im Hotelrestaurant. Statt durch die Lobby zu gehen, führte Patrick mich hinaus auf die Straße. Die Luft war so kalt, dass ich meine Augen bedecken musste. Er griff nach meinem Ellbogen, und wir rannten gemeinsam das kurze Stück Bürgersteig entlang bis zu einem externen Eingang. Wieder im Inneren, sagte Patrick: »Vollkommen anderes Restaurant.« Ich konnte mich nicht daran erinnern, ob oder wann ich ihm davon erzählt hatte, dass meine Reaktion auf Hotelrestaurants stets von Langeweile bis Verzweiflung reichte.

Ich hatte meine Speisekarte zu Ende studiert und sagte zu Patrick, der bei seiner erst auf der zweiten Seite angekommen war, ich würde seinen Namen nun doch annehmen.

Er hob den Blick. »Warum?«

»Weil ich, natürlich dank meiner Mutter, Expertin in allen Formen der passiven Aggression bin und eine solch emotional manipulative öffentliche Durchsage nicht unbelohnt lassen kann.«

Er beugte sich über den Tisch und gab mir einen Kuss, wobei er die Tatsache ignorierte, dass ich mir soeben erst ein Stück Brot in den Mund gesteckt hatte. Er sagte: »Ich bin so froh, Martha. Ich musste dem Mann hundert Dollar geben, damit er mich das Mikrofon benutzen ließ. Ich meine, amerikanische Dollar.«

Ich schluckte. »Dafür kommst du wahrscheinlich in ein Gefängnis in Sibirien.«

Er erwiderte, das sei es absolut wert gewesen, und wandte sich erneut seiner Speisekarte zu. Da ich nichts anderes zu tun hatte, analysierte ich laut den speziellen Pathos von Hotelrestaurants. Ich überlegte, womöglich sei es das Licht oder die Tatsache, dass sie stets mit Teppich ausgelegt waren, die ungewöhnlich hohe Dichte an allein essenden Menschen, vielleicht sei es aber auch allein das Konzept einer Omelettestation, das mich den Sinn des Lebens infrage stellen ließ.

Patrick blickte auf und fragte mich, ob ich jemals Borschtsch gegessen hätte.

Ich sagte: »Ich liebe dich so sehr«, ehe ein Oberkellner mit zwei grünen Glasflaschen an unseren Tisch kam und fragte: »Wasser mit oder ohne Sprudel?«

★

Als wir in Heathrow auf unsere Taschen warteten, fragte Patrick: »Kannst du dich noch an diese Hochzeit erinnern, die wir gefeiert haben?« Ich hatte mich gerade erkundigt, wie er zu seiner Wohnung zurückkommen wolle. Er hatte den Arm um mich gelegt und gab mir einen Kuss auf die Schläfe. Ich antwortete: »Tut mir leid. Ich bin so müde.« Es hatte mich unendlich viel Anstrengung gekostet, mir selbst zu versichern und auch daran zu glauben, dass Ehen nach der Rückkehr von einer Hochzeitsreise erst beginnen und nicht enden.

Ich wusste nicht, wie man eine Ehefrau war. Ich hatte solche Angst. Patrick wirkte so glücklich.

Im Taxi und dann erneut, als ich ihm die Treppe hinauf folgte, sagte Patrick, ich könne mit der Wohnung anstellen, was ich wollte, damit sie sich wie meine anfühlte. Es war Freitag. Am Samstag ging er zur Arbeit, und ich holte alles aus den Küchenschränken und stellte es einen Schrank weiter wieder hinein, damit Heather nichts wiederfinden würde, sollte sie vorbeikommen. Etwas anderes fiel mir nicht ein.

Ich hatte beschlossen, ordentlich zu sein, und hielt es auch ein paar Tage lang durch. Aber Patrick erklärte, er möge die Wohnung lieber, wie sie jetzt war, mit Kleidungsstücken auf dem Fußboden, Zeitschriften und Haargummis und einer erstaunlichen Anzahl an Gläsern, und alles jederzeit zugänglich, weil die Schränke und Schubladen niemals geschlossen wurden. Er lachte auf eine Weise, die mir kein schlechtes Gewissen einflößte, und er machte auch keine Anstalten, irgendetwas zu ändern. Vielleicht fühlte ich mich in seiner Wohnung deshalb so schnell zu Hause.

Das Einzige, worum er mich ein paar Wochen später bat, war, keine Medikamente herumliegen zu lassen – er sagte: »Das kommt einfach von meiner Ausbildung« –, und zu versuchen, die Tabelle zu verwenden, die er mir zur Dokumentation meiner Finanzen angelegt hatte, anstelle von meiner Methode, die darin bestand, Quittungen in einen zerfetzten A4-Umschlag zu stecken und dann zu verlieren.

Er öffnete die Tabelle auf meinem Computer, um mir beizubringen, wie sie funktionierte. Ich erklärte ihm, so viele Zahlen so dicht nebeneinander ließen eine unsichtbare Membran unter meinen Augenlidern herunterfahren und mich erblinden, bis die Zahlen wieder verschwunden waren. Es gab viele verschiedene Kategorien. Eine von ihnen lautete »Marthas unerwartete Ausgaben«. Ich sagte, ich hätte nicht erwartet, dass er in seiner finanziellen Überwachung solche Stasizüge annehmen würde. Er sagte, ihm sei nicht klar gewesen, irgendjemand könne ein Word-Dokument und den Taschenrechner auf dem Handy als Alternative zu einer richtigen Tabelle vorschlagen. Ich versicherte ihm, ich würde versuchen, sie zu verwenden, allerdings nur im Geiste der Selbstverleugnung. Später bemerkte Patrick, es sei wirklich unglaublich, wie viele unerwartete Ausgaben ein Mensch ansammeln könne.

*

An den Abenden, an denen er nicht arbeitete, löste Patrick im Bett ein schweres Sudoku aus einem Buch mit ausschließlich schweren Sudokus, und ich fragte ihn, wann er das Licht ausschalten wolle. Ich sagte ihm, in diesen Augenblicken fühlte ich mich am stärksten verheiratet.

Wenn er fertig war, legte er das Sudokubuch weg und las Artikel aus medizinischen Zeitschriften. Lag ich mit dem Rücken zu ihm, begann Patrick geistesabwesend mit dem Daumen an Stellen entlang meiner unteren Wirbelsäule zu drücken, die mir wehtaten. Er kaufte irgendwo Massageöl, und als er herausfand, dass Produkte mit künstlichen Düften bei mir das Gefühl auslösten, langsam erstickt zu werden, besorgte er stattdessen Kokosöl, und zwar eins aus dem Supermarkt, das in einem großen Glas verkauft wurde und einen hohen Rauchpunkt hatte, was es laut Etikett verwendbar für alle Formen des Bratens machte. Auch wenn er die Zeitschrift beiseitelegte, rieb er mir weiter den Rücken. Manchmal während der gesamten Dauer von *Newsnight* hindurch und manchmal noch, nachdem er das Licht ausgeschaltet hatte. Dann fühlte ich mich immer am stärksten geliebt.

Eines Nachts rollte ich mich im Dunkeln herum und fragte ihn, ob er überhaupt noch ein Gefühl in seinem Daumen habe. »Wie kannst du das so lange durchhalten?«, wollte ich wissen.

Er antwortete: »Ich hoffe, es führt zu etwas Sexuellem.«

Ich erwiderte, das sei zu schade. »Ich hoffe nämlich, es führt dazu, dass ich einschlafe.«

Ich hörte, wie der Deckel vom Glas geschraubt wurde.

Patrick sagte: »Möge der Bessere gewinnen.«

Unsere Laken rochen nach Bounty-Riegeln.

*

Dann wechselte Patrick zu einem anderen Krankenhaus am anderen Ende von London. Es fühlte sich an, als wäre er nie zu Hause. Ich arbeitete nach wie vor in dem Verlag. Obwohl Frühling war, blieb es kalt, und weil ich jetzt nicht einen Teil des Arbeitstages gemeinsam mit der einzigen anderen jungen Frau, die außer mir noch dort angestellt war, auf dem Dach verbringen konnte, war es unmöglich, über die Mittagspause hinaus aktiv zu bleiben. Der Verlagsleiter fing an, uns nach Hause zu schicken, wenn wir nichts zu tun hatten, weil er, wie er sagte, unsere Salatmittagessen und das Hintergrundgeräusch endlos quatschender Frauenstimmen nicht ertragen könne. Es fühlte sich an, als wäre ich immer zu Hause. Dann lud ich Ingrid zu mir ein oder fragte, ob ich zu ihr kommen könne. Sie sagte stets Ja, aber wenn das Baby nicht geschlafen hatte oder gerade schlief oder kurz vor dem Einschlafen war, dann sagte sie noch in letzter Minute per Textnachricht ab. Oder ich fuhr zwar hin, aber sie musste ihn in einem anderen Zimmer stillen, weil er sich zu leicht ablenken ließ, oder sie beschwerte sich oder sprach endlos über die Frauen in ihrer Babygruppe. Danach ging ich mit einem schlechten Gewissen nach Hause, weil ich im Grunde schon vom Augenblick meiner Ankunft an überlegt hatte, wie ich so schnell wie möglich wieder verschwinden könnte.

Wenn ich an Abenden, an denen Patrick arbeitete, im Bett lag, nachdem ich einen so großen Teil des Tages allein verbracht hatte, vermisste ich ihn auf eine Weise, die mich wütend machte. Ich blieb lange wach und las Lee-Child-Romane, die ich auf seinem Kindle kaufte, und legte mir Streitgespräche zurecht, die ich nach seiner Rückkehr mit ihm führen würde. Ich erklärte ihm, ich fühlte mich nicht verheiratet. Ich erklärte ihm, ich fühlte mich nicht geliebt, und was sei dann der Sinn des Ganzen?

Damals fing ich auch an, mit Gegenständen zu werfen. Beim ersten Mal war es eine Gabel, die ich nach Patrick warf, weil er mir den Rücken zugekehrt hatte, als ich aufgebracht war. Und wegen einer so kleinen Sache: Als er sich für die Arbeit fertig machte, erwähnte er, er habe an dem Tag zwei weitere Amazon-Rechnungen bekommen, und weil ich ihm einmal erzählt hätte, ich wolle bis zum Ende des Sommers alles von James Joyce gelesen haben, die schlechten Sachen inbegriffen, mache er sich langsam Sorgen, dass diese Jack-Reacher-Nummer ein Hilfeschrei sei.

Ich weiß noch, wie er stehen blieb, als die Gabel ihn an der Rückseite seines Beins traf und klappernd zu Boden fiel, wie er sich umdrehte und erschrocken lachte. Ich lachte auch, und damit war es als Witz einsortiert. Meine lustige Nachahmung einer Ehefrau, die vor Einsamkeit den Verstand verliert. Er sagte: »Ha, okay. Ich gehe dann wohl lieber.« Und ich warf noch etwas gegen die Tür, die er hinter sich zuzog, und niemand lachte mehr.

Am nächsten Tag spielte Patrick einen Ehemann, der nicht am Abend zuvor mit Gegenständen beworfen worden war. Ich wartete darauf, dass er es ansprach. Er tat es nicht. Beim Abendessen fragte ich: »Reden wir irgendwann über die Gabel?«, worauf er erwiderte: »Mach dir keine Gedanken, dir ging es nicht gut.« Ich sagte: »Na schön, wenn du nicht willst.« Ich klang wütend, aber ich war dankbar, dass er mich nicht gezwungen hatte, mich zu entschuldigen oder zu erklären, weshalb ich so auf einen Witz reagiert hatte, denn ich wusste es selbst nicht. Ich fügte hinzu: »Jedenfalls tut es mir leid«, und versprach ihm, es nicht noch einmal zu tun, »selbstverständlich«.

Aber ich warf weiter mit Gegenständen, in Augenblicken der Wut, die unvorhersehbar waren und in keinem Verhältnis zu dem standen, was gerade vorgefallen war. Außer einmal, als ich einen Fön warf, schwer genug, um einen blauen Fleck an der Stelle zu hinterlassen, an der er ihn traf, nachdem ich mich darüber beklagt hatte, ich würde mich einsam fühlen, und er lachend erwidert hatte, ich solle doch ein Baby bekommen, um etwas zu tun zu haben.

Wenn ich es wieder einmal getan hatte, ging ich aus dem Zimmer und ließ die einzelnen Teile von was auch immer ich zerbrochen hatte auf dem Fußboden liegen. Wenn ich zurückkehrte, waren sie jedes Mal bereits aufgekehrt und entsorgt.

Wenn Ingrid sich als Teenager zum Ausgehen bereit gemacht hatte, hatte sie jedes Mal einen Anfall bekommen, weil sie nicht wusste, was sie anziehen sollte, und war dabei so schnell hysterisch geworden, dass sie wie ein anderer Mensch wirkte. Sie zerrte Outfits aus ihrem Kleiderschrank, probierte sie an, riss sie sich wieder vom Leib, schluchzte, fluchte, schrie, sie sei fett, teilte meinen Eltern mit, dass sie sie hasse und sich wünschte, sie würden sterben, kippte ihre Schubladen aus, bis alles, was sie besaß, auf dem Fußboden lag.

Als Erwachsene erzählte sie mir, es habe sich im jeweiligen Augenblick so real angefühlt, aber hinterher habe sie nie begreifen können, weshalb sie sich dermaßen aufgeregt hatte, und gedacht, sie würde es nie wieder tun. Sie entschuldigte sich am nächsten Tag nie, und meine Eltern zwangen sie auch nicht dazu. Allerdings, sagte sie, sei das ganz egal gewesen, weil sie wusste, dass sie es trotzdem nicht vergessen hatten, und ihre Scham darüber so intensiv war, dass sie wütend auf uns wurde. »Statt zum Beispiel mich selbst zu hassen.«

Etwas nach seinem Ehemann zu werfen, ist das Gleiche. Hinterher schämte ich mich so sehr, dass ich noch wütender auf Patrick wurde, als ich ohnehin schon war, weil er nie zu Hause war.

★

Wenn man eine Frau über dreißig ist, die einen Ehemann, aber keine Kinder hat, dann wollen andere verheiratete Paare auf Partys erfahren, weshalb. Sie stimmen überein, Kinder zu bekommen sei das Beste, was sie jemals getan hätten. Dem Ehemann zufolge sollte man einfach loslegen, während die Ehefrau sagt, man wolle doch nicht zu lange warten. Insgeheim fragen sie sich, ob man wohl irgendein gesundheitliches Problem habe. Sie wünschten, sie könnten einen direkt danach fragen. Wenn sie das lange Schweigen auf ihre Frage aushielten, würde man es ihnen am Ende vielleicht freiwillig erzählen. Aber dann kann die Ehefrau nicht widerstehen – sie muss einem einfach von einer Freundin berichten, der das Gleiche gesagt wurde, aber kaum hatte sie die Hoffnung aufgegeben … Der Ehemann fügt hinzu: »Bingo.«

Anfangs erzählte ich Fremden, ich könne keine Kinder bekommen, weil ich dachte, es würde sie davon abhalten, nach ihrer ursprünglichen Frage fortzufahren. Aber es ist besser, zu sagen, dass man keine will. Dann wissen sie direkt Bescheid, dass etwas mit einem nicht stimmt, aber zumindest nicht in medizinischer Hinsicht. Dann kann der Ehemann sagen: »Oh, na gut, wie schön für dich, du konzentrierst dich also auf deine Karriere«, auch wenn es bis zu diesem Zeitpunkt nur wenig Hinweise auf eine Karriere gegeben hat, auf die ich mich konzentrieren könnte. Die Ehefrau sagt nichts und sieht sich bereits nach einer anderen Gesprächspartnerin um.

★

Bis zum Sommer hatte ich viereinhalb Seiten von *Ulysses* und alles von Lee Child gelesen. Patrick führte mich zur Feier des Tages zum Abendessen aus. Ich erklärte ihm, am Ende habe sich das gesamte Werk von James Joyce als dessen schlechte Sachen erwiesen. Während des Nachtischs gab er mir einen Büchereiausweis. Er sagte, es sei ein Geschenk, in Verbindung mit den Jack Reachers im Wert von hundertvierundvierzig Pfund, die er mir bereits überlassen habe.

Ich lieh ein einziges Buch aus. Eins von Ian McEwan, das ich für einen Roman hielt und in eine Schublade legte, als ich feststellte, dass es sich stattdessen um Kurzgeschichten handelte. Ich rief Ingrid an und berichtete ihr, ich hätte versehentlich meine Aufmerksamkeit in zwei Figuren investiert, die sechzehn Seiten weiter tot sein würden. Sie fragte ernsthaft: »Wer hat die Zeit dafür?«

Obwohl Ingrid ab dem Alter von sechzehn Jahren auf der High School jeden Tag am unteren Ende des Sportplatzes geraucht hatte und regelmäßig dabei erwischt wurde, hatte sie ihren Abschluss gemacht, ohne jemals nachsitzen zu müssen. Es fiel ihr einfach so leicht, sich herauszureden. Obwohl ich ab dem Alter von siebzehn Jahren bis zu jenem Sommer regelmäßig krank gewesen war, war ich nie ins Krankenhaus gekommen. Es fiel mir einfach so leicht, mich herauszureden.

Es war August, fast schon September. Patrick flog nach Hongkong zur dritten Hochzeit seines Vaters, diesmal mit der vierundzwanzigjährigen Tochter eines Kollegen. Seit Wochen ging es in den Schlagzeilen um das Wetter, darum, dass London Griechenland in den Schatten stellte und der Costa del Sol einen harten Wettkampf bot. Ich begleitete Patrick nicht, weil ich begonnen hatte, mich unwohl zu fühlen. Zwei Tage nach seiner Abreise wachte ich auf, und alles war schwarz.

In die Laken gewickelt versuchte ich, wieder einzuschlafen, während mir heiß und ganz schlecht vor Scham darüber war, dass ich nicht aufstand und zur Arbeit ging. Aus der Wohnung unter mir bellte ein Hund, und irgendwo draußen rissen Bauarbeiter die Straße auf. Ich lauschte dem unerbittlichen Klirren und Dröhnen des Presslufthammers. Es hörte nicht auf, es hörte nicht auf, es hörte nicht auf.

Während der Lärm immer lauter wurde, fühlte es sich – wie immer – so an, als würde sich in meinem Schädel Druck aufbauen, als würde unablässig Luft hineingepumpt werden wie in einen Reifen, bis er ganz hart ist, aber trotzdem drückt weitere Luft hinein, und es beginnt, so furchtbar wehzutun, wie Migräne, wie ein heißes Messer, dass man weint und sich einen Riss in dem harten Knochen vorstellt, der zu einem Loch wird, aus dem endlich die Luft entweichen kann, wodurch man vom Schmerz erlöst wird. Man hat panische Angst. Man muss sich übergeben. Die Lungen verschließen sich. Das Zimmer bewegt sich. Etwas Schreckliches wird geschehen. Es ist bereits im Zimmer. Es läuft einem eiskalt den Rücken herunter. Man wartet und wartet und wartet, und dann tritt es nicht ein. Dieses Etwas ist wieder aus dem Zimmer verschwunden und hat einen selbst dort zurückgelassen. Es wird nicht aufhören. Es gibt weder Tag noch Nacht. Es gibt keine Zeit. Es gibt nur den Schmerz und den Druck und den Schrecken, der wie ein verdrehtes Kordel durch die Mitte des eigenen Körpers läuft.

Spät am Nachmittag stand ich auf und ging in die Küche. Ich versuchte, etwas zu essen, brachte jedoch nichts herunter. Von Wasser wurde mir schlecht. Meine Hüften taten weh, weil ich so lange zusammengerollt auf der Seite gelegen hatte. Patrick rief an, und ich weinte am Telefon und sagte sorry, sorry, sorry. Er sagte, er werde seinen Flug umbuchen. Er fragte: »Kannst du versuchen rauszugehen? Fahr zum Ladies' Pond. Nimm dir für die ganze Strecke ein Taxi.« Er sagte: »Martha, ich liebe dich so sehr.« Ich legte auf, nachdem ich ihm versprochen hatte, Ingrid anzurufen, doch sobald seine Stimme nicht mehr da war, schämte ich mich so sehr bei der Vorstellung, sie käme hier an und würde mich in diesem Zustand vorfinden.

Ich sah mir selbst von oben dabei zu, wie ich aufstand und mich so langsam durch die Wohnung bewegte, als wäre ich uralt, eine Frau am Ende ihres Lebens. Ich zog meinen Badeanzug an und darüber irgendwelche Kleidungsstücke, drückte mir Zahnpasta aus der Tube in den Mund und verließ die Wohnung. Die Anstrengung, die schwere Außentür des Gebäudes aufzustemmen, verschlug mir den Atem.

Draußen war zu viel Lärm, zu viel Hitze, zu viele Menschen, die auf mich zukamen, und Busse, die zu nah am Bordstein an mir vorbeidonnerten, sodass ich zurück ins Haus ging. Patrick rief an, ich weinte am Telefon. Er sagte, sein Flug gehe in einer Stunde, er sei bald zurück.

Ich bat ihn, am Telefon zu bleiben und mit mir zu reden, damit ich einfach nur zuhören konnte. Ich sagte ihm, ich hätte riesige Angst.

»Wovor?«

»Vor mir.«

Er fragte: »Du wirst dir doch nichts antun, oder?« Er wollte, dass ich es ihm versprach. Ich sagte, das könne ich nicht. Er sagte, in dem Falle solle ich bitte auf der Stelle ins Krankenhaus gehen.

Ich wusste, dass ich das nicht tun würde. Aber als es wieder dunkel wurde, bekam ich Angst vor der Wohnung, ihrer laut tönenden Stille, der verbrauchten Luft. Zu diesem Zeitpunkt war Patrick im Flugzeug außer Reichweite. Ich kroch auf Händen und Knien zur Tür und wartete draußen auf ein Taxi, den Rücken gegen eine Backsteinmauer gepresst. Mein Gehirn lachte mich aus: Sieh nur, wie dumm du bist, wie du über den Fußboden kriechst, sieh dich nur an, so voller Angst, das Haus zu verlassen.

*

Der Arzt in der Notaufnahme fragte: »Weshalb sind Sie heute hierhergekommen?« Er setzte sich nicht.

Das Haar fiel mir in die Augen und klebte an meinem feuchten Gesicht und dem Strom, der mir aus der Nase floss, aber ich hatte nicht genügend Energie, um meinen Arm zu heben und es wegzustreichen. Ich sagte ihm, ich sei so müde. Er erklärte, ich müsse lauter sprechen, und fragte mich, ob ich darüber nachdenke, mich selbst zu verletzen. Ich sagte Nein, ich wolle nur einfach nicht mehr existieren, und fragte ihn, ob er mir nicht irgendetwas geben könne, das mich verschwinden ließe, aber ohne jemand anderem wehzutun oder eine Sauerei anzurichten. Dann hörte ich auf zu reden, weil er sagte, ich wirke zu intelligent für so etwas, und dabei frustriert wirkte.

Ohne den Blick von dem Punkt auf dem Fußboden zu lösen, auf den ich gestarrt hatte, seit ich in den Raum gebracht worden war, spürte ich, wie er kurz in meine Akte sah. Dann hörte ich die Tür aufgehen, über das Linoleum schleifen und sich mit einem Klicken wieder schließen. Er blieb so lange fort, bis ich glaubte, das Krankenhaus sei mittlerweile geschlossen und ich ganz allein darin eingesperrt. Ich kratzte mich an den Handgelenken und starrte auf den Fußboden. Als er zurückkam, schienen Stunden vergangen zu sein. Patrick war bei ihm. Ich wusste nicht, woher er wusste, wo ich war, und war erfüllt von Scham, weil er für mich hatte zurückkommen müssen, seine elendige Ehefrau, die zusammengesunken in einem Plastikstuhl im Krankenhaus saß, zu blöd, um auch nur den Kopf zu heben.

Sie sprachen untereinander über mich. Ich hörte den Arzt sagen: »Hören Sie, ich kann ihr ein Bett besorgen, aber es wäre in einer Einrichtung des NHS, und«, er senkte die Stimme, »Sie werden sicher wissen, dass öffentliche psychiatrische Abteilungen keine schönen Orte sind.« Ich unterbrach sie nicht. »Meiner Ansicht nach ist sie zu Hause besser aufgehoben.« Er fügte hinzu: »Ich kann ihr etwas geben, das sie beruhigt, und dann können wir uns morgen früh noch einmal in Verbindung setzen.«

Patrick kauerte sich neben meinen Stuhl, hielt sich an der Armlehne fest und strich mir das Haar zurück. Er fragte mich, ob ich das Gefühl hätte, ich sollte mich einliefern lassen, nur für eine Weile. Er sagte, es sei mir überlassen. Ich sagte Nein, danke. Ich hatte mich immer davor gefürchtet, unter solchen Menschen zu sein, davor, dass sie es womöglich gar nicht seltsam fänden, dass ich bei ihnen wäre. Und davor, dass die Ärztinnen und Ärzte mich womöglich nicht mehr gehen lassen würden. Ich wollte, dass Patrick mich an den Handgelenken packte und dorthin schleifte, damit ich es nicht selbst entscheiden musste. Ich wollte, dass er mir nicht glaubte, wenn ich sagte, es sei schon in Ordnung.

»Bist du dir sicher?«

Ich sagte Ja und strich mir das Haar beim Aufstehen richtig aus dem Gesicht. Ich sagte, er brauche sich keine Sorgen zu machen, ich müsse lediglich schlafen.

Der Arzt kommentierte: »Da sehen Sie es, sie wird schon wieder munter.«

Patrick fuhr uns schweigend zurück. Sein Gesicht war ausdruckslos. Zu Hause bekam er seinen Schlüssel nicht gleich ins Schlüsselloch und trat, einmal nur, gegen die Tür. Es war der größte Gewaltausbruch, den ich je bei ihm gesehen hatte.

Im Badezimmer nahm ich alles, was der Arzt mir gegeben hatte, ohne nachzulesen, was die richtige Dosierung war, zog meine Kleidung und meinen Badeanzug aus, der überall auf meinem Körper rote Linien hinterlassen hatte, und schlief dreiundzwanzig Stunden lang. In den kurzen Momenten, in denen ich zwischendurch bei Bewusstsein war, öffnete ich die Augen und sah Patrick auf einem Sessel in der Ecke unseres Zimmers sitzen. Ich sah, dass er einen Teller mit Toast auf den Nachttisch gestellt hatte. Später, dass er ihn wieder fortgenommen hatte. Ich sagte, dass es mir leidtue, bin mir aber nicht sicher, ob es je laut aus meinem Mund kam.

Als ich schließlich aufwachte und das Zimmer verließ, um ihn zu suchen, saß er im Wohnzimmer. Draußen war es dunkel. Er sagte: »Ich wollte Pizza bestellen.«

»Okay.«

Ich setzte mich aufs Sofa. Patrick hob den Arm, sodass ich mich zusammengerollt zu einer Kugel an seine Seite lehnen konnte, das Gesicht an seiner Brust und die Beine hochgezogen. Ich wollte nie mehr irgendwo anders sein als dort. Patrick griff um mich herum und rief den Bestellservice an.

Ich aß. Danach fühlte ich mich besser. Wir sahen uns einen Film an. Ich entschuldigte mich für das, was geschehen war. Er sagte, es sei schon in Ordnung ... jeder habe, usw.

★

Ich war mit Ingrid in Primrose Hill zum Mittagessen verabredet. Es war das erste Mal, dass sie getrennt von ihrem Baby war, obwohl es bereits acht Monate alt war. Ich fragte sie, ob sie ihn vermisse. Sie antwortete, sie fühle sich, als wäre sie soeben aus einem Hochsicherheitsgefängnis entkommen.

Wir gingen zur Maniküre und danach ins Kino, wo wir uns den gesamten Film hindurch unterhielten, bis uns ein Mann eine Reihe weiter bat, endlich die Klappe zu halten. Wir liefen bis Hampstead Heath, sahen den Ladies' Pond und schwammen in unserer Unterwäsche. Wir lachten uns halb tot.

Auf dem Weg zurück durch den Park kam ein Jugendlicher auf uns zu und fragte: »Seid ihr die Schwestern aus dieser Band?« Ingrid sagte, das seien wir. Er sagte: »Dann los, singt uns etwas vor.« Sie erzählte ihm, wir müssten unsere Stimmbänder schonen.

Ich fühlte mich unheimlich gut. Ich erzählte nicht, dass ich am gleichen Tag vor einer Woche im Krankenhaus gewesen war, denn ich hatte es vergessen.

Patrick erwähnte es nie wieder, verkündete jedoch kurze Zeit später, wir sollten London vielleicht verlassen, für den Fall, dass London das Problem sei. Zum Anfang des Winters übernahmen Untermieter unsere Wohnung, und wir zogen in das Haus für Führungskräfte.

Als wir hinter dem Umzugstransporter aus London hinausfuhren, fragte Patrick mich, ob ich mir vorstellen könne, in Oxford Freundschaften zu schließen. Auch wenn ich es nicht wollte und nur für ihn täte, das wäre ihm egal. Er wolle nur nicht, dass ich zu schnell anfinge, es zu hassen. Er fügte hinzu, zumindest nicht, ehe wir den Wagen fertig ausgeladen hätten.

Ich saß auf dem Beifahrersitz und suchte auf meinem Telefon nach Bildern der betrunkenen Kate Moss, die ich meiner Schwester schicken konnte, da wir zu jener Zeit hauptsächlich auf diese Weise miteinander kommunizierten. Sie war in der vierten Schwangerschaftswoche, unbeabsichtigt, und behauptete, Paparazziaufnahmen von Kate Moss, wie sie mit halb geschlossenen Augen aus Annabel's herausstolpert, seien im Augenblick das Einzige, was sie durch den Tag bringe.

Ich versprach Patrick, ich würde es versuchen, auch wenn ich nicht wisse, wie.

»Vielleicht ... natürlich kein Lesezirkel, aber so etwas Ähnliches wie ein Lesezirkel.« Er fügte hinzu: »Du musst dir auch nicht sofort einen Job suchen, wenn ...«

Ich sagte, es gebe ohnehin keine Jobs, ich hätte bereits gesucht.

»Na ja, in dem Fall ergibt es doch Sinn, sich auf diese Freundschaftssache zu konzentrieren. Und vielleicht könntest du auch darüber nachdenken, in einem anderen Bereich zu arbeiten, wenn du das möchtest. Oder, ich weiß auch nicht, einen Master zu machen.«

»In was?«

»In irgendwas.«

Ich machte einen Screenshot von einem Bild von Kate Moss in einem Pelzmantel, wie sie in die Formschnitthecke eines Hotels ascht, und sagte: »Ich denke über eine Umschulung zur Prostituierten nach.«

Mitten beim Überholen eines Vans warf Patrick mir einen Blick zu. »Okay. Zuallererst einmal verwendet man diesen Begriff heute nicht mehr. Und zweitens weißt du auch, dass das Haus in einer Sackgasse liegt. Da wird es keine Laufkundschaft geben.«

Ich vertiefte mich erneut in mein Telefon.

Als wir uns Oxford näherten, fragte er mich, ob ich an dem Schrebergarten vorbeifahren wolle, für den er sich habe vormerken lassen. Ich sagte, das wolle ich bedauerlicherweise nicht, da gerade Winter und der Garten vermutlich nichts als ein Viereck aus schwarzem Matsch sei. Er meinte, ich solle nur abwarten – bis zum Sommer könnten wir uns im Salatbereich bereits vollkommen selbst versorgen.

In jener Nacht schliefen wir auf unserer Matratze im Wohnzimmer, umgeben von Kisten, die ich eine nach der anderen geöffnet hatte, um dann überfordert zu sein, als keine von ihnen nur Handtücher enthielt. Die Heizung war zu hoch eingestellt, und ich lag wach und dachte an die Liste von schrecklichen Dingen, die ich in meinem Leben bereits getan und gesagt, und noch viel schrecklicheren Dingen, die ich gedacht hatte.

Ich weckte Patrick auf und nannte ihm das ein oder andere Beispiel. Dass ich mir manchmal wünschte, meine Eltern hätten sich nie kennengelernt. Dass ich mir wünschte, Ingrid würde nicht so schnell schwanger werden, und alle, die wir kannten, würden weniger Geld besitzen. Er hörte mir zu, ohne die Augen zu öffnen, und sagte dann: »Martha, du glaubst doch wohl nicht ernsthaft, dass du die Einzige bist, die solche Dinge denkt. Jeder hat mal schlechte Gedanken.«

»Du nicht.«

»Doch, ich auch.«

Er drehte sich von mir weg und wollte weiterschlafen. Ich stand auf und schaltete das Deckenlicht ein. Zurück an seiner Seite forderte ich ihn auf: »Sag mir die schlimmste Sache, die du je gedacht hast. Ich wette, sie ist noch nicht einmal annähernd schockierend.«

Patrick drehte sich auf den Rücken und legte den Arm über die Augen. »Na schön. Bei der Arbeit wurde vor einiger Zeit ein Mann hereingebracht, der schon über neunzig war. Er war nach einem Schlaganfall hirntot, und als seine Familie ankam, erklärte ich ihnen, dass es keine Chance gebe, dass er wieder aufwachen würde, und die Frage lediglich sei, wie lange sie ihn am Beatmungsgerät angeschlossen lassen wollten. Seine Frau und sein Sohn ließen uns im Wesentlichen freie Hand, aber seine Tochter weigerte sich und sagte, sie sollten noch warten, für den Fall, dass ein Wunder eintrete. Sie war unglaublich aufgebracht, aber es war bereits Mitternacht, und ich war seit fünf Uhr morgens dort, und das Einzige, was ich denken konnte, war: Beeil dich und unterschreib das verdammte Ding, damit ich nach Hause kann.«

»O Mann. Das ist ziemlich schlimm.«

Er antwortete: »Ich weiß.«

»Hast du ihnen das mit dem verdammten Ding wirklich ins Gesicht gesagt?«

Er erwiderte, ich solle die Klappe halten, und tastete auf dem Fußboden nach seinem Handy. Er begann, Radio Four zu streamen. Es liefen die Schifffahrtsnachrichten. »Bis er zu den Scilly Isles kommt, wirst du eingeschlafen sein, das verspreche ich dir. Kannst du bitte das Licht ausmachen?«

Ich tat es, legte mich hin und blickte an die fremde Decke, während ich zuhörte, wie der Sprecher verkündete: »Fisher, Dogger, Cromaty. Heiter, später wolkig.«

Und weiter: »Fair Isle, Färöer, die Hebriden. Zyklonal, später stürmisch oder sehr stürmisch. Gelegentlich gut.«

Ich drehte mein Kissen um und fragte Patrick, ob er glaube, die Vorhersage für die Hebriden sei eigentlich eine Metapher für meinen inneren Zustand, aber er schlief bereits. Ich schloss die Augen und hörte bis zum »God Save the Queen« am Ende der Sendung zu.

Am nächsten Morgen fragte ich ihn in der Küche, während er nach dem Wasserkocher suchte: »Was hast du am Ende mit dem Mann gemacht?«

»Ich bin weitere sechs Stunden dageblieben, bis die Tochter ihre Meinung geändert hatte, dann habe ich seinen Tod in die Wege geleitet. Martha, warum hast du jede Kiste mit ›Diverses‹ beschriftet?«

★

Am Ende der Siedlung für Führungskräfte war ein Tor, das auf den Treidelpfad führte. Wir liefen ihn am Nachmittag entlang. Auf der anderen Seite des Kanals lag Port Meadow als ausgedehnte silbern glänzende Fläche, die sich bis zu einer niedrigen schwarzen Baumreihe erstreckte, hinter der die Umrisse von Turmspitzen zu sehen waren. Pferde grasten halb verborgen im Nebel. Ich wusste nicht, wem sie gehörten.

An seinem Ende lief der Treidelpfad mit einer Straße zusammen, die in die Stadt führte, und wir gingen darauf weiter. Patrick zeigte dem Mann im Pförtnerhaus des Magdalen College irgendeinen Ausweis und nahm mich mit hinein. Er versprach mir, wir würden Rehe aus der Nähe sehen, aber sie standen zusammengedrängt in einer entfernten Ecke des Parks, und die Einzigen, die frei auf dem Gras umherstreiften, waren junge lebhafte Menschen, Studierende, die einander riefen, aus keinem ersichtlichen Grund in kurze Sprints verfielen und existierten, als wäre ihnen noch nie irgendetwas Schlimmes zugestoßen und würde es auch in Zukunft nicht.

*

Ich fand einen Lesezirkel und ging hin. Er fand bei einem der Mitglieder zu Hause statt. Die Frauen hatten alle Doktortitel und wussten nicht, was sie sagen sollten, als ich ihnen mitteilte, ich hätte keinen. Es war, als hätte ich soeben gebeichtet, keine lebenden Angehörigen mehr oder eine Krankheit mit bleibenden Auswirkungen zu haben.

Ich fand einen anderen Lesezirkel, in einer Bibliothek. Die Frauen hatten alle Doktortitel. Ich sagte, ich hätte meine Dissertation über die Baumwollhungersnot in Lancashire von

1861 geschrieben, weil ich auf dem Weg dorthin eine *In-Our-Time*-Folge darüber gehört hatte. Hinterher unterhielt ich mich mit einer Frau, die sagte, sie würde nächste Woche wahnsinnig gern mehr darüber erfahren, allerdings hatte ich ihr bereits alles erzählt, woran ich mich erinnern konnte. Als ich ging, wusste ich, dass ich nicht noch einmal zu dem Zirkel kommen konnte, da ich mir sonst ein zweites Mal die Episode würde anhören müssen, in der einer der drei männlichen Experten in der Gesprächsrunde sich ständig zwanghaft geräuspert und die einzige weibliche Expertin andauernd unterbrochen hatte.

★

Tagsüber saß ich manchmal im großen Vorderfenster des Hauses für Führungskräfte und starrte auf das gegenüberliegende Haus für Führungskräfte, versuchte mir mich selbst darin vorzustellen, wie ich eine exakte Spiegelbildversion meines Lebens lebte.

Die tatsächliche Frau, die zu jener Zeit dort lebte, hatte Zwillinge, ein Mädchen und einen Jungen, und einen Ehemann, der, den Magnetschildern zufolge, die er morgens an seine Autotüren klebte und abends wieder abzog, »Der Chiropraktiker, der zu Ihnen kommt«, war.

Eines Tages klopfte sie an die Tür und entschuldigte sich dafür, nicht früher vorbeigekommen zu sein. Wir trugen beide das gleiche Oberteil, und als sie es bemerkte und lachte, sah ich, dass sie eine Zahnspange für Erwachsene hatte. Während sie sprach, stellte ich mir vor, wie es wohl wäre, ihre Freundin zu sein. Ob wir einander besuchen würden, ohne uns vorher eine Nachricht zu schicken, ob wir in unseren Küchen oder draußen in unseren Gärten Wein trinken würden, ob ich ihr von meinem Leben erzählen und sie mir von einer Kindheit berichten würde, in der eine Zahnspange nicht möglich gewesen sei.

Sie sagte, sie habe keine Kinder bemerkt, und fragte mich, was ich täte. Ich erklärte, ich sei Schriftstellerin. Sie sagte, sie selbst habe tatsächlich auch einen Blog, und wurde rot, als sie mir seinen Namen verriet. Er bestehe hauptsächlich aus lustigen Beobachtungen über das Leben und aus Rezepten, und ich müsse ihn selbstverständlich nicht lesen.

Das Wichtigste jedoch: Wie gefiel mir das Haus? Ich sagte: »O mein Gott«, als wären wir Freundinnen, die sich seit einer Stunde unterhielten und nun endlich zum guten Teil kamen. »Es fühlt sich an, als befände ich mich in einer dissoziativen Fugue, seit wir durch das Tor gefahren sind.« Ich fuhr fort, ich hätte bislang ausschließlich in London und Paris gelebt und sei mir nicht sicher, ob mir zuvor bewusst gewesen war, dass Orte wie dieser tatsächlich existierten. »Sollen wir es vom Stil her etwa für Regency Bath halten, ungeachtet der Satellitenschüsseln?« Ich sprach mittlerweile viel zu schnell, da ich seit einer ganzen Reihe von Tagen mit niemand anderem außer Patrick gesprochen hatte, leitete aber aus ihrem Lächeln und wilden Nicken ab, dass ich interessant und witzig war. »Ich bin schon ungefähr zehnmal nach Hause gekommen und habe die Tür nicht aufbekommen, bis mir klar geworden ist, dass ich vor dem falschen Haus stehe.« Ich machte einen Scherz darüber, wie enervierend taupefarbener Teppich sei, und sagte schließlich, immerhin sei positiv festzuhalten: Wenn sie zufällig fünfzehntausend Geräte mit unüblichen

Steckern besäße und diese jemals alle auf einmal benutzen wolle, sei sie herzlich willkommen, ein Verlängerungskabel über die Schein-Kopfsteinpflasterstraße auszurollen. Ihr Lächeln war plötzlich verschwunden. Sie hustete leise und bemerkte, es sei wahrscheinlich gut, dass wir nur mieteten, ehe sie in ihr eigenes Haus zurückkehrte.

Ich verstand nicht, weshalb sie hinterher alles tat, um den Blickkontakt mit mir zu vermeiden, bis ich Patrick unser Gespräch nacherzählte, der zu bedenken gab, falls sie selbst ihr Haus gekauft hätte und es liebte, könnte es sie ein wenig verstört haben, ein identisches Haus als sterbenslangweilig beschrieben zu hören.

Ich machte ihren Blog ausfindig. Er hieß *Mein Leben in der Sackgasse*, und ganz oben auf der Seite war ihr Haus abgebildet. Da wir nun keine Freundinnen werden würden, war ich enttäuscht darüber, dass sie gut schreiben konnte und ihre lustigen Beobachtungen tatsächlich lustig waren. Ich begann, den Blog jeden Tag zu lesen. Zu Anfang auf der Suche nach Anspielungen auf mich und später, weil sie über die Spiegelbildversion meines Lebens schrieb, in der sich der Staubsaugerschrank auf der linken Seite befindet und ich Zwillinge, einen Jungen und ein Mädchen, und einen Ehemann habe, der an den meisten Abenden gegen acht Uhr nach Hause kommt, sodass ich meistens schon um fünf mit den Kindern esse, und ich schwöre, dieses Gespräch führen wir Jeden. Einzelnen. Abend:

Blickt auf Teller mit Abendessen aus der Mikrowelle
Auf daran klebendem Post-it steht: »Dein Abendessen«
Er: Ist das mein Abendessen?
Ich: Ja

Soll ich es warm machen?

Ja

Lange Pause

Für wie lange?

Wann hat er aufgehört, ein lebensfähiger Erwachsener zu sein?!

★

Ich bekam von unseren Untermietern einen Brief von der Bibliothek weitergeleitet. Darin wurde ich aufgefordert, das Buch von Ian McEwan zurückzugeben und eine Mahngebühr von insgesamt 92,90 Pfund zu bezahlen. Da zu jenem Zeitpunkt kein Geld für »Marthas unerwartete Ausgaben« vorhanden war, rief ich bei der Bibliothek an und erklärte, Martha Friel sei leider offiziell als vermisst gemeldet, aber sollte sie je gefunden werden, würde ich sie nach dem Buch fragen.

★

Manchmal begleitete ich Patrick an den Wochenenden zu unserem Gartengrundstück, allerdings nur unter der Bedingung, dass ich nicht helfen musste. Ich fügte hinzu: »Auch bekannt als: Sie starb, während sie tat, was er liebte.« Er kaufte einen Klappstuhl und einen Schuppen, um ihn darin aufzubewahren, damit ich darauf sitzen, lesen oder ihm zusehen konnte, die Füße gegen einen toten Baumstumpf gestemmt, der unsere misslingenden Karotten von den gedeihenden unseres Nachbarn trennte. Als er einmal irgendetwas mit einer Hacke anstellte, an deren Griff noch das Pappschildchen hing, ließ ich mein Buch sinken und sagte, ich wisse zwar, dass es teuer würde, falls man pro Wort zahlen müsste, aber ich hätte gern, dass Folgendes auf meinem Grabstein stünde: »Wir befinden uns in *Cold Comfort Farm*. Die junge Protagonistin wurde soeben gefragt, was sie gern mag. ›Und ich sagte, na ja, ich sei mir nicht ganz sicher, aber im Großen und Ganzen hätte ich gern alles hübsch ordentlich und friedlich um mich herum und würde nicht gern behelligt, irgendetwas zu tun; und dass ich über die Art Witze lachte, die andere Leute überhaupt nicht komisch fänden, und gern lange Spaziergänge unternähme, ohne dass mich jemand aufforderte, meine *Meinung* zu Themen (wie zum Beispiel Liebe, und ist Soundso nicht *seltsam?*) zu äußern.‹«

Er erwiderte: »Martha, deine Meinung über seltsame Menschen kundzutun, ist das Einzige, was dir wirklich wichtig ist. Und man muss dich niemals erst dazu auffordern.«

*

Im Dezember nahm ich eine Teilzeitstelle im Souvenirshop der Bodleian Library an, der Tassen und Schlüsselanhänger und Einkaufstaschen mit dem aufgedruckten Namen der Bibliothek an Touristen verkaufte, weil ich dort acht Stunden damit verbringen konnte, auf einem Hocker zu sitzen und dabei kaum reden zu müssen.

Eine Frau in einem Souvenirsweatshirt trat ein, und ich sah zu, wie sie sich eine Geschenkpackung Bleistifte in den Ärmel schob. Als sie an die Kasse kam, um für etwas anderes zu bezahlen, fragte ich sie, ob sie die Bleistifte ebenfalls eingepackt bekommen wolle. Ich erklärte, das sei im Preis enthalten. Sie wurde rot und behauptete, sie wisse nicht, wovon ich redete. Sie erklärte, sie wolle nun das, was sie auf den Tresen gelegt hatte, nicht länger haben. Als sie sich zum Gehen wandte, rief ich ihr hinterher: »Nur noch fünf Tage Ladendiebstahl, und schon ist Weihnachten«, und blieb auf meinem Hocker sitzen.

Ich erzählte Patrick davon, der meinte, Einzelhandel sei womöglich nicht so recht mein Ding. Nach Weihnachten wurde ich durch eine ältere Dame ersetzt, die sich bereit zeigte, gelegentlich aufzustehen.

Kurze Zeit später bekam ich eine E-Mail von jemandem, den ich nicht kannte. Er behauptete, wir seien uns bei *The World of Interiors* begegnet. »Du warst wirklich witzig. Ich glaube, du hattest gerade geheiratet oder warst kurz davor? Ich habe damals ein Praktikum dort gemacht.« Mittlerweile, fuhr er fort, arbeite er als Lektor für das Waitrose-Magazin, und er habe eine Idee.

★

Ich begann, zu einer Psychologin zu gehen, weil London nicht das Problem gewesen war. Traurig sein ist, wie eine lustige Kochkolumne zu schreiben: etwas, was ich von überall aus tun kann. Ich fand sie auf findatherapist.co.uk. Auf der Startseite der Website gab es einen himmelblauen Button, auf dem in weißen Buchstaben stand: »Was bereitet Ihnen Sorgen?« Wenn man draufklickte, erschien ein Aufklappmenü. Ich wählte »Sonstiges« aus.

Der Titel ihres Eintrags lautete »Julie weiblich«. Ich entschied mich für sie, weil sie < 5 Meilen vom Stadtzentrum entfernt war und ich ihr Bild anziehend fand. Sie trug darauf einen Hut. Ich machte mit meinem Telefon ein Foto vom Bildschirm und schickte es Ingrid. Sie schrieb zurück: »Hut auf Profilbild: hundert Prozent Alarmglocken.«

Julie weiblich und ich arbeiteten mehrere Monate zusammen. Sie sagte, wir kämen gut voran. In all der Zeit gab sie acht, niemals Einzelheiten über ihr eigenes Leben zu offenbaren, als würde ich mich genötigt sehen, an einem Tag ohne Therapie zu ihrem Haus zu fahren und lange Zeit davor in meinem Auto zu sitzen, wenn ich je herausfände, dass sie gern schwamm und einen erwachsenen Sohn beim Militär hatte.

Dann sagte sie eines Tages mitten in einer Sitzung: »*irgendwas* mein Exmann *irgendwas*«. Ich warf einen Blick auf ihre linke Hand. Zu diesem Zeitpunkt kannte ich bereits Julies gesamten Schmuck sowie Julies Tassen und Röcke und all die verschiedenen spitzen Stiefel. Die beiden Ringe an ihrem Ringfinger waren verschwunden, und der Finger war nun unterhalb des Fingerknöchels sichtbar dünner als die anderen.

Während wir in Julie weiblichs umfunktioniertem Gästezimmer gesessen hatten und gut vorangekommen waren, war ihre Ehe in die Brüche gegangen. Am Ende sagte ich ihr, mir sei gerade wieder eingefallen, dass ich es in der kommenden Woche nicht schaffen würde.

Bei meiner Rückkehr war Patrick zu Hause in der Küche und wischte gerade mit einem Spülschwamm etwas von seinem Ellbogen. Ich erzählte ihm, was geschehen war.

Er sagte: »Du kannst nicht einfach nicht mehr bei ihr auftauchen«, und schlug vor, ich solle sie anrufen. »Vielleicht änderst du deine Meinung und möchtest doch wieder zu ihr gehen.«

»Das wird nicht passieren«, entgegnete ich. »Das ist so, als hätte man einen fetten Personal Trainer.« Er runzelte die Stirn. »Tut mir leid, aber so ist es. Ich bin nicht gemein. Es ist nur, du verstehst offensichtlich nicht, was ich erreichen möchte.«

Patrick legte den Schwamm weg, ging zum Kühlschrank und nahm sich ein Bier heraus. Während er es öffnete, fragte er mich: »Würdest du ihr einen Brief schreiben?«

»Eher nicht.«

Heute wünschte ich, Julie weiblich hätte mir gesagt, ich solle zweimal die Woche fünfundneunzig Pfund auf ein Sparbuch legen und einen Spaziergang machen.

Ingrid litt nie unter Wochenbettdepressionen, allerdings fing sie unerklärlicherweise nach der Geburt ihres zweiten Babys mit Botox an. Tausende von britischen Pfund verschwanden in ihrem makellosen zweiunddreißigjährigen Gesicht.

Nach einer Sitzung, die das mittlere Drittel ihrer Stirn lahmlegte, fragte Hamish sie, weshalb sie das tue. Sie antwortete, erstens sei sie es leid, wie jemand auszusehen, der gerade exhumiert worden ist, und zweitens bedeute die Lähmung ihrer Gesichtsmuskeln, sie könne ihrem nutzlosen Ehemann nicht das ganze Ausmaß ihres Ärgers mitteilen, indem sie ihn einfach nur ansah.

Wenn das der Fall sei, frage er sich, ob sie zu einer Paarberatung gehen sollten. Ingrid erklärte, sie würde allerhöchstens eine einmalige Sache in Betracht ziehen, wäre jedoch nicht zu wöchentlichen Terminen bereit. Sie brauche keine Therapeutin, um ihre Probleme auszugraben, während der Zähler ihrer Babysitterin in Fünf-Pfund-Schritten nach oben kletterte, da sie bereits wisse, dass ihr Problem darin bestehe, zwei verdammte Kinder unter zwei Jahren zu haben.

Die einzige einmalige Sache, die Hamish ausfindig machen konnte, war ein Gruppenworkshop. Im Konfliktbewältigungsmodul verriet der Leiter ihnen, er oder seine Partnerin würden manchmal inmitten eines Streits etwas sagen wie: »Hey, lass uns eine Auszeit nehmen! Lass uns einen Burger essen gehen!« Er behauptete, das funktioniere bei so gut wie jeder Gelegenheit, insbesondere wenn sie darüber hinaus bei Ich-Botschaften blieben, und erkundigte sich dann, ob es noch irgendwelche Fragen gebe.

Ingrid hob die Hand und fragte, ohne abzuwarten: Wenn, nehmen wir einmal an, ein Ehemann seine Ehefrau andauernd schwängerte, und zwar mit Jungs, und ungefähr so viel Hilfe mit ihnen anböte wie jemand mit einer geheimen Zweitfamilie und wenn die beste Zeit für sich, die die Ehefrau in den letzten vierzehn Monaten gehabt hätte, ein MRT gewesen sei, der Ehemann sich jedoch ausschließlich darüber Sorgen machte, wie viel Botox seine Ehefrau sich injizieren ließe, und nicht etwa darüber, wie verzweifelt erschöpft und unglücklich sie die ganze Zeit davon fantasierte, zu einem weiteren MRT geschickt zu werden, und sie sich ständig stritten, ob die Sache mit dem Burger dann auch helfen würde?

Hamish versuchte es anschließend mit Selbsthilfehörbüchern.

★

Ingrid verließ ihn, als ihr zweiter Sohn sechs Monate alt war. Als sie eines Freitagabends an die Tür des Hauses für Führungskräfte klopfte, hatte sie das Baby bei sich, das in seinem Tragetuch weinte. Patrick und ich waren bereits zu Bett gegangen. Sobald sie im Haus war, ließ sie ihre Tasche fallen und erklärte mir, sie könne einfach nicht mehr.

Wir saßen auf dem Sofa, und ich hielt das Glas Wein, das sie mich gebeten hatte, für mich selbst einzuschenken, damit sie das meiste davon trinken, dabei aber das Gefühl haben konnte, theoretisch nichts zu trinken, weil sie ja noch stillte. Sie erzählte mir, sie habe aufgehört, Hamish als Person wahrzunehmen. Sie sehe ihn mittlerweile nur noch als Quelle von Bügelwäsche und als lästigen Lüstling, weil er immer noch mit ihr schlafen wollte. Sie würde am liebsten nie wieder Sex haben, und wenn es unbedingt sein müsste, dann nicht mit ihm. Ich hörte ihr zu, bis eine Weile später, während Ingrid immer noch redete, Patrick aus dem Schlafzimmer kam, »Ich bin gar nicht da« sagte und zur Arbeit ging. Ich bot Ingrid an, sie könne mit dem Baby in unserem Bett schlafen.

Sie sah auf ihrem Telefon nach der Uhrzeit. »Keine Sorge. Ich muss los.«

»Wohin?«

»Nach Hause.« Sie seufzte bei der Aussicht, aufstehen zu müssen.

»Aber du bist doch gerade erst von dort weggegangen.«

Sie kippte den Rest des Weins in ihren Mund und sagte: »Martha. Als ob ich Hamish tatsächlich verlassen würde.« Sie ließ die Hand über dem Tragetuch kreisen. »Als ob ich das hier allein schaffen könnte.«

»Aber du hast gesagt, du nähmst ihn gar nicht mehr als Person wahr.«

»Ich weiß, aber das ist kein Grund, das Wochenende zu versauen.«

Ich wusste, dass sie einen Scherz machte, lachte jedoch nicht.

Wirklich, fuhr sie fort, es gehe nur darum, die nächsten vierzig Jahre durchzustehen.

Ich bat sie, ernsthaft zu bleiben. »Verlässt du Hamish nun oder nicht?«

Das Lächelns verschwand von Ingrids Gesicht, als sie sagte: »Nein. Ich verlasse ihn nicht. Man verlässt seinen Ehemann nicht einfach so, Martha. Nicht ohne einen wirklich echten Grund, außer man ist unsere Mutter und scheißt auf alle außer einen selbst.«

»Aber wenn man unglücklich ist?«

»Es ist egal, ob man unglücklich ist. Das reicht nicht als Grund. Wenn man sich bloß langweilt und alles ein bisschen schwierig ist und man das Gefühl hat, den anderen nicht mehr zu lieben, wen interessiert das? Man hat eine Vereinbarung getroffen.«

Sie stand auf und machte irgendetwas mit dem Tragetuch. Ich begleitete sie zur Tür, und während sie darauf wartete, dass ich sie ihr aufmachte, erklärte sie: »Ich weiß, dass dich das nicht betrifft, weil du keine bekommen willst, aber das Beste, was eine Mutter für ihre Kinder tun kann, ist, deren Vater zu lieben.«

Das klang nicht wie etwas, das sich meine Schwester ausgedacht hatte, und ich fragte sie, wer das gesagt habe.

»Ich.«

»Ja, aber wer hat es zu dir gesagt?«

»Winsome.«

Ich fragte: »Wann hast du denn mit Winsome gesprochen?«

Wir sahen einander jeweils ungläubig an. Im Allgemeinen sprach ich mit meiner Tante einmal im April, wenn sie anrief, um über die Weihnachtsplanung zu sprechen, und dann erst wieder zwei Wochen vor Weihnachten, wenn sie erneut anrief, um besagte Planung zu wiederholen.

Ingrid fragte: »Was?«, und verengte die Augen zu Schlitzen. »Ich spreche ungefähr fünfzigmal am Tag mit ihr. Wenn sie nicht ohnehin gerade bei mir zu Hause ist, Wäsche zusammenlegt, Shepherd's Pie kocht und all die anderen Dinge tut, die die Aufgabe meiner eigenen Mutter wären, die sie aber nicht tut, weil sie zu sehr damit beschäftigt ist, irgendeinen Mist aus Gabeln zu basteln.« Sie klang so erschöpft. Ich beobachtete, wie sie den Handballen gegen ihr Auge drückte und ihn hin und her rieb.

»Aber du kannst sie doch nicht ausstehen«, erinnerte ich sie. »Du hast auf ihrem Fußboden ein Kind geboren, um dich dafür zu rächen, dass sie dir einen Stuhl mit einem Kissen darauf angeboten hat. Du hast sie immer schon gehasst.«

»Ich habe sie gehasst, weil wir sie hassen sollten. Ich selbst habe sie nie gehasst, und wenn ich es doch getan hätte, wäre es nun trotzdem schwierig, die einzige Person, die mir je geholfen hat, ohne darum gebeten werden zu müssen, weiterzuhassen.«

»Und das ist wirklich hilfreich? Sie die ganze Zeit um dich zu haben?«

»Was? Natürlich ist es das.«

Ich konnte mir Winsome nicht im Haus meiner Schwester vorstellen. Der Gedanke daran, dass sie dort war und die beiden ihre eigene enge, eigenständige Beziehung zueinander entwickelten, dass Ingrid sich auf sie verließ, statt auf mich, gab mir das Gefühl, nebensächlich zu sein, und ließ mich eifersüchtig auf ihre Nähe werden, nun, da ich in Oxford war.

Sie sagte: »Guck nicht so, Martha. Du munterst mich auf, aber du weißt auch, dass du mir im Grunde nicht helfen kannst.«

Eine Sekunde lang verschwand sie in irgendeiner privaten Erinnerung, dann sagte sie: »Ich hatte keine Ahnung, wie es werden würde. Aber ich muss jetzt wirklich los.«

Ich hielt ihr die Tür auf, und Ingrid ging vor mir hinaus. Sie nahm mich in den Arm, hielt kurz inne und sagte dann: »Und das ist noch ein Grund, weshalb ich meinen Ehemann nicht verlassen würde, Martha: Ich müsste mir zuerst einreden, es ginge dabei nur um uns beide, und ich schuldete den Menschen um uns herum nichts.« Unter ihrem Blick fühlte ich mich unwohl. »Und das könnte ich niemals tun.«

Ich sah zu, wie sie zum Wagen ging und das Baby in den Sitz legte – die beiden allein im kleinen Lichtkegel. Eine Minute später fuhr sie davon und versöhnte sich mit Hamish nach ihrer dreieinhalbstündigen Trennung.

★

Nicht lange danach zogen sie aus London fort. Ingrid sagte, sie habe genug von Sandkästen voller Katzenscheiße und Kondomverpackungen. Sie zogen in ein Dorf, das kollektiv vorgab, Swindon läge nicht direkt nebenan.

Sie rief mich an, während sie zusah, wie ihre Möbel vom Lastwagen geladen wurden, und berichtete, sie hasse jetzt schon das meiste dort, insbesondere die Menschen und alles, wofür diese standen, aber sie habe beschlossen, es zu ertragen, da es bedeutete, dass wir nur noch vierzig Minuten voneinander entfernt waren.

Ich fuhr sie am nächsten Tag besuchen und saß an ihrer Kücheninsel, die die Maklerin als »unwiderstehlich« angepriesen habe, erklärte Ingrid, statt als zukünftigen Abladeplatz für aller Leute Kram und Brieftaschen. Ich malte mit ihrem Sohn Bilder aus, während sie Einkäufe verstaute und gleichzeitig das Baby stillte, obwohl es mittlerweile schon ziemlich groß war.

Sie trat eine Packung Toilettenpapier in Richtung Wäschezimmertür und sagte, wenn sie beschreiben müsste, was ihr derzeitiges Lebensstadium charakterisiere, wären es die wöchentlichen Ausgaben in Höhe von hundert Pfund für Hygieneprodukte: Küchenrollen, Klopapier, Wattepads, Windeln, alles in solchen Mengen, dass der Einkaufswagen voll war, noch ehe man etwas anderes hineingelegt hatte. Ich hörte auf zu malen und sah zu, wie sie eine schwere Milchflasche vom Fußboden hob, den Kühlschrank mit ihrem Ellbogen aufmachte und die Flasche mit Schwung in die Tür stellte, ohne dabei das Baby zu stören. »Wenn Sainsbury's ein Regal nur mit Zutaten fürs Abendessen und aufsaugendem Zeug hätte, hätte ich meinen Einkauf in zwei Minuten erledigt.«

Ihr Sohn versuchte, mir einen Buntstift in die Hand zu drücken, damit ich mich wieder unserer Beschäftigung widmete. Ingrid redete weiter. Ich nahm den Buntstift und starrte auf das Papier, damit sie mein Gesicht nicht sehen konnte. »Ich empfinde einen berechtigten Neid auf dich, weil du nur für zwei einkaufen musst«, sagte sie. »O mein Gott. Wahrscheinlich benutzt du einen Korb! Wahrscheinlich wusstest du bislang gar nicht, dass man Toilettenpapier in Achtundvierziger-Packungen kaufen kann.«

Später an der Tür fragte sie mich, ob ich glaubte, dass sie es schaffen würde, das mit dem Haus und dem Dorf. »Dir selbst gefällt es doch, oder?« Sie hielt ihren Sohn auf der Hüfte, der versuchte, ihren Blick auf das Plastikauto in seiner Hand zu richten, indem er es ihr vors Gesicht hielt. Sie schob seine Hand immer wieder zur Seite. »Soll heißen, du hast es hinbekommen. Es war die richtige Entscheidung, weil es dir seither gut geht, und dir und Patrick geht es auch gut miteinander.« Ihre Stimme ging am Ende jeden Satzes nach oben, es waren alles Fragen. Sie brauchte meine Bestätigung.

Beim nächsten Versuch ihres Sohnes nahm Ingrid ihm das Auto ab. Er fing an zu weinen und versuchte, ihr mit seiner kleinen Hand ins Gesicht zu schlagen. Sie schnappte sich sein Handgelenk und hielt es fest. Ihr Sohn begann, sich zu winden und zu treten und zerrte mit seiner freien Hand an ihren Haaren. Ingrid fuhr unbeirrt fort: »Also, Oxford ist definitiv besser. Anders-besser, aber grundsätzlich … gefällt es dir.«

Ich sagte: »Du schaffst das schon. Es war eine gute Idee.«

»Und dir geht es gut?«

Ich sagte: »Absolut.«

»Also keine Badezimmerfußbodengeschichten mehr.« Es war eine weitere Frage. Vielleicht auch eine Anweisung, eine Warnung oder eine Hoffnung meiner Schwester.

Ich sagte Nein, damit ich gehen konnte und Ingrid ihren Sohn, der immer noch wild um sich schlug, in den Schlechte-Entscheidungen-Stuhl befördern konnte.

★

War es anders-besser? Grundsätzlich? Auf dem Heimweg im Auto dachte ich über unser Leben in Oxford nach, mit seinen Spaziergängen und Wochenenden, den Abendessen und Autorengesprächen, Tagesausflügen und Ausstellungen, mit Patricks wichtiger Arbeit und meiner sehr kleinen Arbeit. Es gefiel mir weder mehr noch weniger als unser Leben in London. Es dauerte nun seit beinahe zwei Jahren an. In der einzigen Hinsicht, auf die es ankam, war Oxford weder anders noch besser. Es gab nach wie vor Badezimmerfußbodengeschichten – damit meinte Ingrid jene Zeiten, in denen ich so verängstigt oder bleischwer oder auf andere Weise von der Depression bestimmt war, dass ich mich nicht aus der Ecke fortbewegen konnte, in die sie mich getrieben hatte, bis Patrick kam, seine Hand ausstreckte und mich hochzog. Dann, wie immer, war ich einen Tag, eine Woche oder eine unbestimmte Zeit später wieder in der Lage, ins Badezimmer zu gehen und beim Anblick jener Ecke, in der ich zuvor gezittert, geweint, mir auf die Lippe gebissen und gebettelt hatte, an nichts anderes zu denken, außer daran, dass der Fußboden wieder einmal gewischt werden könnte.

Aus einem Fach unter dem Radio hing ein Arztrezept halb heraus. Ich hatte es dort platziert, damit ich es sehen und auf dem Heimweg einlösen konnte. An einer Ampel zog ich es hervor. Aus irgendeinem Grund hatte sich die Pharmafirma dafür entschieden, ihr wirksamstes Antidepressivum zum Kauen zu entwickeln – so zusammengesetzt, dass es sich bei der ersten Berührung mit der Zunge des leidenden Erwachsenen auflöste und einen lange zurückbleibenden Geschmack nach Ananas hinterließ, sich dann als sandartige Körnchen in den Winkeln der Mundhöhle sammelte und Geschwüre auf dem Zahnfleisch bildete, ehe es sich in einen Klumpen verwandelte und den Weg nach unten brannte. Ich nahm es nun schon so lange. Ich hatte es bereits genommen, bevor Patrick und ich geheiratet hatten. Ich nahm es, als ich anfing, mit Gegenständen zu werfen, und als ich ins Krankenhaus kam. Ich nahm es zum damaligen Zeitpunkt. Es ging mir weder anders noch besser.

An jenem Abend erklärte ich Patrick, ich wolle aufhören, es zu nehmen, da es nichts bewirkte. Ich sagte: »Ich sehe keinen Sinn darin. Mir geht es genauso wie immer.« Ich sah ihm dabei zu, wie er das Abendessen vorbereitete.

Er fragte: »Soll ich dir einen Termin bei deiner Ärztin ausmachen, damit sie dir sagen kann, wie man es absetzt?«

»Nein. Man setzt es einfach ab, indem man es nicht mehr nimmt.«

Patrick ließ das Messer in der Mitte der Zwiebel innehalten und legte es neben dem Schneidebrett ab.

Ich sagte, es sei nicht schlimm. »Ich habe das schon Millionen Male gemacht. Und ich will auch keine Ärztinnen und Ärzte mehr sehen. Ich will einfach nur sein. Ich bin so müde, Patrick. Ich war siebzehn.« Ich kniff meine Augen zusammen, um nicht zu weinen. »Jetzt bin ich vierunddreißig.«

Er sagte, er verstehe mich, es dauere nun schon eine ganze Weile, und trat zu mir und ließ mich lange Zeit in seiner Umarmung stehen bleiben. Mit dem Gesicht an seiner Schulter sagte ich: »Ich will nicht einmal mehr die Pille nehmen. Ich kann keine weitere Tablette mehr schlucken.« Ich weiß nicht, warum ich »bitte« hinzufügte.

Patrick legte mir die Hand auf den Hinterkopf. Er sagte, natürlich, das sei vollkommen in Ordnung. Er hätte es zwar

lieber, wenn ich die Antidepressiva unter Beobachtung absetzte, aber er könne verstehen, dass ich einfach alles weglas-
sen wollte, wenn ich nicht das Gefühl hatte, es würde helfen.
Er fügte hinzu: »Wer weiß. Vielleicht bist das einfach du.«

★

Ich fragte Ingrid, was ich anstelle der Pille verwenden solle.
Sie sagte, dieses Implantatdings. Wenn ich die Innenseite
meines Arms berührte, konnte ich es unter meiner Haut spüren.

★

Das darauffolgende Jahr unterschied sich nicht von den Jahren davor. Zu seinem Ende hin rief Ingrid mich an und fragte:
»Ganz im Ernst, wieso mache ich Schwangerschaftstests immer auf Starbucks-Toiletten?« Und dieses Mal, fuhr sie fort, sei
es ein Starbucks in Swindon, was die Sache noch schlimmer
machte.

»Bist du schwanger?«

»Natürlich bin ich das.«

»Hast du nicht das Implantatdings?«

»Ich bin nicht dazu gekommen.« Als sie in Tränen ausbrach,
klang es in meinen Ohren wie ein Rauschen, dann hörte ich
sie sagen: »Verdammte drei unter fünf, Martha.«

Hamishs Familie besitzt ein Haus in Wales. Sobald sie ihre verdammten drei unter fünf hatte, zwang Ingrid mich, jedes Mal mit ihr dorthin zu fahren, wenn Hamish beruflich unterwegs war, auch wenn es uns beide deprimierte. Im Haus gab es nichts zu tun. Im nächsten Ort gab es einen Morrisons-Supermarkt, ein Freizeitzentrum und eine Abraumhalde.

Als wir zum ersten Mal fuhren, war das Baby einen Monat alt. Weil bei unserer Ankunft im Ort alle drei Kinder auf der Rückbank schliefen, durften wir nicht anhalten. Ingrid sagte, wir würden um die Abraumhalde herumkurven, bis dieser reizende Kurzurlaub zu Ende wäre. »Findest du nicht auch«, sie schaltete den Blinker ein, »dass man keinen Witz über eine Abraumhalde machen kann, der lustiger ist, als einfach nur das Wort Abraumhalde zu sagen?«

Ich erwiderte, das sei das beste objektive Korrelat, von dem ich je gehört hätte.

Sie warf mir über das Lenkrad hinweg einen verärgerten Blick zu. »Kannst du bitte aufhören, Sachen zu sagen, von denen du weißt, dass ich sie nicht verstehe, weil mein Hirn sich mittlerweile in ein festes Knäuel aus Feuchttüchern verwandelt hat?«

»Zwei Dinge, die, wenn du sie in einem Gedicht zusammenbringst, bei den Leserinnen und Lesern genau das Gefühl auslösen, das du beabsichtigst, ohne dass du es ausdrücklich benennen musst. Wie zum Beispiel: Wenn du ›Abraumhalde‹ schreibst, ersparst du dir damit das Schreiben von ›morbide existenzielle Verzweiflung‹.«

»Ich hatte dich nicht gebeten, es zu erklären, aber schön.« Sie löste ihren Pferdeschwanz mit einer Hand. »Weiß Dad denn schon davon? Vielleicht lässt sich damit ja Geld machen.« Eins der Kinder gab ein Geräusch von sich, und Ingrid senkte die Stimme. »Wenn du das Wort Abraumhalde ins Waitrose-Magazin bekommst, gebe ich dir tausend Pfund.«

»Kann ich die beiden Wörter auch einzeln verwenden, oder muss es das zusammengesetzte sein?«

»Wenn du Letzteres schaffst, gebe ich dir tausend Pfund und ein Kind deiner Wahl. Außer das Baby, das kann nämlich noch nicht sprechen und mich nach irgendwelchen Dingen fragen.«

Als wir erneut am Freizeitzentrum vorbeikamen, wachte der Älteste auf und fing an zu weinen, lauter und lauter, weil er schwimmen gehen wollte. Ingrid fing an zu weinen, weil sie zu müde war, um Nein zu sagen. Als sie auf den Parkplatz fuhr, kommentierte sie: »Und an diesem Ort wurde der MRSA-Keim erfunden.«

Sobald wir im Inneren des Gebäudes waren, fing ich an, durch den Mund zu atmen.

Bei den Umkleideräumen hockten drei kleine Mädchen mitten auf dem überfluteten Fußboden und versuchten, ihre Schuluniformen wieder anzuziehen. Sie konnten ihre Strumpfhosen nicht allein bewältigen und machten sich abwechselnd darauf aufmerksam, wie viel Ärger sie bekommen würden, wenn sie sich nicht beeilten. Ich beobachtete sie, während ich für Ingrid Sachen hielt, und sah, wie die Kleinste aufgab und den Kopf in die Hände sinken ließ.

Ich wollte zu ihr gehen und ihr helfen, aber Ingrid meinte, im Kontext eines Umkleideraums im Schwimmbad ein Kind anzusprechen, sei quasi eine Aufforderung, ins Register der Sexualstraftäter aufgenommen zu werden. »Außerdem, kannst du mir bitte helfen? Nimm das hier.« Sie reichte mir irgendeine Art Spezialwindel und erklärte, ich solle sie dem Baby anziehen.

Kurz darauf trat eine Lehrerin ein und blieb mit in die Hüften gestemmten Händen im Eingang stehen. Sie trug eine wilde Mischung aus einem anhänglichen Wickelkleid und High Heels, die sie vor dem Chlorwasser schützte, indem sie über jeden Fuß eine Einkaufstüte gezogen und um die Knöchel verknotet hatte. Ingrid und ich hielten beide in der Bewegung inne, als sie anfing zu brüllen. Die kleinen Mädchen erstarrten, bis sie wieder verschwunden war, und wurden dann noch hektischer in ihren Bemühungen, sich anzuziehen. Dabei riefen sie immer wieder: »Wir werden hier zurückgelassen, wir werden hier zurückgelassen.« Die Kleinste von ihnen brach in Tränen aus.

Ich legte das Baby zurück in den Kinderwagen. Ingrid sagte: »Wirklich, lass es«, doch da ging ich schon zu ihnen hinüber, hockte mich hin und fragte das Mädchen, ob sie wolle, dass ich ihr mit den Schnürsenkeln helfe. Sie hob den Kopf und nickte langsam. Die Schnürsenkel waren feucht und grau. Ich sagte ihr, es sei schwer, sich in Eile anzuziehen, und sie fügte hinzu, ganz besonders, weil das Wasser ihre Beine so klebrig gemacht habe. Ihre Fußknöchel waren unmöglich dünn, sie wirkte viel zu fragil, um sich in der Welt zu bewegen. Als ich fertig war, sprang sie auf und rannte ihren Freundinnen hinterher.

Ich ging zurück zu Ingrid, die gerade dabei war, Sachen unter dem Kinderwagen zu verstauen. Sie sagte: »Jetzt, wo du im Register stehst, begleitest du mich wahrscheinlich nicht mehr auf den Spielplatz«, aber sie lächelte dabei. Sie löste die Bremse mit dem Fuß. »Gott, die waren aber auch niedlich.«

Die Sonne ging gerade hinter der Abraumhalde unter, als wir auf dem Heimweg erneut an ihr vorbeikamen. Ingrid blickte aus dem Fenster und sagte: »Jungs, was auch immer uns als Familie zustößt, ich werde niemals zulassen, dass euer Vater uns dazu bringt, nach Merthyr Tydfil zu ziehen.«

★

Als ihre Kinder später im Bett waren, saßen meine Schwester und ich auf dem Sofa und tranken Gin Tonic aus Dosen und blickten dabei ins Feuer, das seit dem Augenblick, in dem wir es entzündet hatten, im Sterben lag.

Ich fragte sie: »Wenn man ein Baby bekommt, wird man dann automatisch zu einem Menschen, der kein Problem damit hat, wenn eine Frau mit Tüten an den Füßen ein Kind anschreit, das nicht ihr eigenes ist? Wird man plötzlich einfach stark genug, um in einer Welt zu leben, in der so etwas passiert?«

Ingrid schluckte und sagte Nein. »Es macht es noch schlimmer, denn sobald man Mutter ist, wird einem bewusst, dass jedes Kind vor fünf Sekunden erst ein Baby war, und wie kann man bloß ein Baby anschreien? Aber dann schreit man sein eigenes an, und wenn man dazu in der Lage ist, dann muss man ein schrecklicher Mensch sein. Bevor man Kinder hatte, konnte man noch glauben, man sei ein guter Mensch, und so hasst man sie insgeheim dafür, dass sie einem bewusst machen, dass man eigentlich ein Monster ist.«

»Ich weiß bereits, dass ich ein Monster bin.« Ich hoffte, sie würde mir sagen, ich wäre keins.

Sie schaltete den Fernseher ein. »Dann hast du dir wohl Arbeit erspart.«

Es lief ein Film, den wir beide bereits gesehen hatten, mit einer Schauspielerin, die in der aktuellen Szene versuchte, all ihre Einkaufstaschen auf den Rücksitz eines Taxis zu zwängen. Im wahren Leben war sie gerade von einem Dach gesprungen. Während der Werbepause sagte Ingrid, was alle sagten: Sie könne nicht verstehen, wie jemand sich so schlecht fühlen konnte, dass er oder sie so etwas tun wollte. Ich kratzte gerade etwas von meiner Jeans und hörte nicht richtig zu, daher sagte ich, ohne nachzudenken, ich könne das selbstverständlich verstehen.

»Nein, aber, ich meine, nicht so schlecht, dass du wirklich sterben möchtest.«

Ich lachte, dann hob ich den Blick, um zu sehen, warum sie auf einmal den Fernseher ausgeschaltet hatte. Ingrid sah mich einfach nur an.

»Was?«

»Wenn du depressiv bist, dann willst du nicht wirklich sterben. Wann hast du dich je so gefühlt?«

Ich fragte sie, ob sie das ernst meine. »Ich fühle mich jedes Mal so.«

Ingrid rief: »Martha! Das tust du nicht!«

Ich sagte okay.

»Du kannst nicht einfach okay sagen. Okay, was? Okay, du fühlst dich nicht so?«

»Nein – okay, du musst mir nicht glauben.«

Sie schob alle Kissen, die zwischen uns gelegen hatten, auf den Fußboden und ließ mich meine Beine einziehen, damit sie sich direkt neben mich setzen konnte. Sie sagte, wenn das wahr sei, dann müssten wir darüber reden. Ich entgegnete, das müssten wir nicht.

»Aber ich möchte verstehen, wie es für dich ist, wenn du dich so fühlst.«

Ich versuchte es. Ich erzählte ihr zum ersten Mal von jener Nacht auf dem Balkon in der Goldhawk Road. Wie ich mich gefühlt hatte, als ich dort draußen stand und hinunter in den dunklen Garten blickte, doch dann verstummte ich, weil sie so bestürzt aussah. Ihre Augen waren weit aufgerissen und glänzten.

Das ist nichts, was man einer Person, die es nicht selbst erlebt hat, wirklich erklären kann.

Sie weinte, ein einziges, gequältes Schluchzen, dann entschuldigte sie sich und versuchte zu lächeln. »Wahrscheinlich ist dies der ultimative Fall von ›Man muss dabei gewesen sein‹.«

Wir saßen eine Weile so da, ohne dass meine Schwester mein Handgelenk losließ, bis ich sagte, sie müsse nun ins Bett gehen.

★

Nachts hörte ich sie aufstehen und ging in ihr Zimmer. Sie saß aufrecht im Bett und stillte ihr Baby, glückselig im Dämmerlicht einer Lampe, auf die sie ein noch vom Fußboden des Freizeitzentrums feuchtes Handtuch gelegt hatte.

Sie sagte: »Komm und halte mich wach.« Ich schlüpfte neben sie ins Bett. »Erzähl mir etwas Lustiges.«

Ich erzählte ihr von der Zeit in unserer Jugend, als sich unser Haus – grundlos und wie durch eine Macht, die außerhalb von uns vieren lag – mit afrikanischer Stammeskunst zu füllen begann, Masken, Federhüten, und zwar in solchen Mengen, dass das Erdgeschoss in der Goldhawk Road bald wie der Souvenirladen des internationalen Flughafens von Nairobi aussah. Ich sagte ihr, das einzige Stück, an das ich mich noch genau erinnern könne, sei eine bronzene Fruchtbarkeitsstatue, die eine Weile im Flur gestanden hatte, direkt hinter der Eingangstür, und auch nur, weil deren Phallus so ausgeprägt gewesen war, dass er, wie Ingrid damals feststellte, wenn die Statue versehentlich um neunzig Grad verschoben wurde, wie eine verfluchte Schranke wirkte.

Ingrid sagte, an die Statue erinnere sie sich auch noch. »Ich habe irgendwann meinen Turnbeutel daran gehängt.«

Keine von uns wusste mehr, wann und wie die Statue verschwunden war. Nur, dass eines Tages alles fort war. Das Baby bekam Schluckauf. Meine Schwester lachte.

Ich fragte: »Was ist das Beste daran?«

Ohne den Blick von ihrem Sohn abzuwenden, antwortete Ingrid: »Das hier. Das alles. Ich meine, es ist zwar scheiße, aber das alles. Ganz besonders«, sie gähnte, »die Zeit nach dem Augenblick, in dem man herausfindet, dass man schwanger ist, und bevor man irgendjemandem davon erzählt, den eigenen

Ehemann eingeschlossen. Auch wenn es nur eine Woche oder, in meinem Fall, eine Minute ist. Darüber spricht niemand.«

Sie fuhr fort, das Gefühl einer Privatheit zu beschreiben, das so einzigartig und ekstatisch war, dass es, so dringend sie auch jemandem davon erzählen wollte, doch zugleich schmerzhaft war, es aufzugeben. Sie sagte: »Man verspürt die intensivste innere Überlegenheit, weil kein anderer von der Tatsache weiß, dass man Gold in seinem Inneren hat. Für einen unbestimmten Zeitraum darf man in dem Wissen herumlaufen, dass man besser ist als alle anderen.« Sie gähnte erneut und reichte mir das Baby, um sich das Oberteil wieder anzuziehen. »Wusstest du, dass die Mona Lisa deshalb so lächelt? Ich meine, so selbstgefällig. Sie hat nämlich gerade auf dem Klo des Ateliers einen Test gemacht, oder was auch immer, und direkt bevor sie sich hingesetzt hat, hat sie die beiden Striche gesehen, und dann studiert er sie zehn Stunden am Tag, und sie denkt die ganze Zeit nur: Er weiß noch nicht einmal, dass ich schwanger bin.«

Ich fragte sie, woher man das wisse, aber sie sagte, sie erinnere sich nicht mehr, es habe irgendetwas mit einem Schatten zu tun, den er ihr auf den Hals gemalt habe, der auf irgendeine Drüse hinweise, die nur zu sehen sei, wenn man schwanger ist, ich solle es einfach später googeln.

Nun, im Schneidersitz, breitete Ingrid ein Mulltuch vor sich aus und nahm das Baby wieder an sich, legte es darauf und wickelte es eng ein. Sie hob es nicht hoch, sondern blickte stattdessen auf es hinunter, strich eine Falte im Stoff glatt und sagte dann: »Manchmal wünschte ich, du würdest auch Kinder wollen. Ich glaube einfach, es wäre schön, zur selben Zeit Babys zu haben.«

Ich erwiderte, das wäre es vielleicht, allerdings hasste ich Freizeitzentren, und die schienen für diese Aufgabe obligatorisch zu sein.

Ingrid nahm das Baby hoch und streckte es mir hin. »Kannst du ihn zurück in das Teil legen?«

Ich stand auf und trug ihn an meine Schulter gelegt. Ich spürte ihren Blick auf mir, während ich ihn auf der kleinen Matratze ablegte und meine Hände unter ihm hervorzog.

Sie sagte: »Martha? Ich hoffe, es ist nicht, weil du wirklich glaubst, dass du ein Monster bist.«

Ich legte eine Decke über ihn, steckte die Seiten ein und bat meine Schwester, nicht weiter darüber zu sprechen.

★

Am Morgen stand ich auf und bereitete den größeren Jungs das Frühstück zu, damit Ingrid weiterschlafen konnte. Der Älteste bat mich, ihm gekochte Eier zu machen.

Der Mittlere rief: »Ich will keine gekochten Eier«, und fing an zu weinen. Er sagte, er wolle einen Pancake.

Ich erklärte ihm, sie könnten verschiedene Dinge bekommen.

»Nein, das können wir nicht.«

Ich fragte ihn, weshalb nicht.

Er antwortete: »Weil das hier kein Restaurant ist.«

Während er auf seinen Pancake wartete, erzählte er von einem Traum, den er gehabt habe, als er noch viel jünger gewesen sei, über einen bösen Mann, der versucht habe, ihn zu trinken. Er behauptete, er finde ihn mittlerweile gar nicht mehr gruselig. Nur noch manchmal, wenn er sich an ihn erinnerte.

In der Nähe des Markusdoms übergab ich mich in einen Mülleimer für Zigaretten. Patrick und ich waren zu unserem fünften Hochzeitstag in Venedig. In den vorangegangenen zwei Wochen hatte er mich mehrfach gefragt, ob ich die Reise absagen wolle, da ich offenkundig krank sei. Ich antwortete: »Erfrischenderweise einmal körperlich und nicht seelisch, also ist es nicht so schlimm.«

In Wirklichkeit wollte ich dringend absagen. Aber er hatte einen *Lonely Planet* gekauft. Er hatte jeden Abend im Bett darin gelesen, und so schlecht und verängstigt ich mich auch fühlte, konnte ich es nicht über mich bringen, jemanden zu enttäuschen, dessen Sehnsüchte so bescheiden waren, dass sie sich mit einem Bleistift umkreisen ließen.

Patrick suchte uns einen Platz zum Hinsetzen. Er sagte, zu Hause solle ich erneut zu meiner Ärztin gehen für den Fall, dass es doch nicht nur ein Virus wäre. Ich sagte, das sei es ganz sicher, und außerdem sei das Übergeben eine unabhängige psychosomatische Reaktion darauf, dass wir aufgrund seines Rucksacks so extrem nach Touristen aussahen.

Ich war schwanger. Ich wusste es seit zwei Wochen und hatte ihm nichts davon gesagt. Die Ärztin, die es bestätigt hatte, antwortete »keine Ahnung« auf meine Frage, wie es trotz des Implantats in meinem Arm habe passieren können. »Nichts ist absolut sicher. Wie auch immer, nach meiner Rechnung sind es fünf Wochen.«

Patrick stand auf und sagte: »Lass uns zurück ins Hotel gehen. Du legst dich ins Bett, ich buche die Flüge um.«

Ich ließ mich von ihm nach oben ziehen. »Aber du wolltest doch diese Brücke sehen. Die Ponte de was auch immer.«

Er antwortete: »Das ist jetzt egal. Wir kommen noch mal hierher.«

Auf dem Weg zum Hotel kamen wir jedoch ohnehin darauf zu. Patrick zog seinen Reiseführer hervor und las von einer mit einem Eselsohr versehenen Seite vor: »Weshalb trägt die Seufzerbrücke diesen Namen?« Er sagte, es sei lustig, dass ich frage: »Im siebzehnten Jahrhundert …«

Ich hörte ihm zu und fühlte mich wie gelähmt von Traurigkeit. Nicht weil et cetera, et cetera, der Überlieferung zufolge die Kriminellen, die zum Gefängnis auf der anderen Seite geführt wurden, bei ihrem letzten Blick auf Venedig durch die Fenster der Brücke im typisch barocken Stil seufzten. Sondern einfach wegen des Anblicks von Patrick, wie er mit gerunzelter Stirn auf die Buchseite blickte und zwischendurch immer wieder aufsah, um sicherzugehen, dass ich auch zuhörte, und aufgrund seiner Art, »Wow« zu sagen, als er fertig war, »das ist ziemlich deprimierend«. Wir flogen am nächsten Tag nach Hause.

★

Ich erzählte es ihm auf unserem Gartengrundstück. An jedem Tag, seit ich es wusste, vor Venedig, in Venedig, in der Woche, die danach vergangen war, hatte ich mir vorgenommen, es ihm zu sagen, aber ich fand bei jeder Gelegenheit einen anderen Grund dafür, es aufzuschieben. Er war müde, er hatte gerade sein Telefon in der Hand, er trug einen Pulli, den ich nicht mochte. Er war zu zufrieden bei dem, was er gerade tat. An jenem Tag, einem Sonntag, wachte ich auf und las die Nachricht, die er mir hinterlassen hatte. Ich zog mich an und machte mich auf den Weg zu ihm.

Er saß auf dem umgefallenen Baumstamm und hielt etwas in der Hand. Sobald ich nah genug war, um zu erkennen, worum es sich handelte, glaubte ich wieder, es nicht tun zu können. Ich konnte nicht sein Leben in Stücke reißen, meinen Betrug enthüllen und Patricks Zukunft zementieren, während er eine Thermoskanne in der Hand hielt.

Es gab immer nur einen einzigen Grund: Sobald ich es ihm gesagt hätte, wäre es real, und ich würde mich darum kümmern müssen. Mir blieb keine Zeit mehr. Ich sagte es einfach.

In der Phase des Schweigens hatte ich geglaubt, mir bereits jede mögliche Reaktion von Patrick ausgemalt zu haben, aber dann war diese noch schlimmer als alles, was ich mir hätte ausdenken können: Mein Ehemann fragte mich, in welcher Woche ich sei. Diese Formulierung war zu spezifisch für eine Erfahrung, die wir nicht gemacht hatten oder durfte zumindest bei unserer Version dieser Erfahrung nicht verwendet werden.

Ich sagte: »In der neunten.«

Er fragte mich nicht, seit wann ich es wisse. Es war zu offensichtlich. Er sagte: »Ich weiß nicht, weshalb ich mir das nicht denken konnte«, als wäre es seine Schuld. Dann beugte er sich vor, stützte die Ellbogen auf die Knie, blickte auf den Boden und sagte: »Wir entscheiden aber jetzt nicht, was wir tun sollen.«

»Nein, ich erzähle es dir bloß.«

»Es besteht also keine unmittelbare Eile.«

»Nein. Aber ich werde nicht grundlos warten.«

Er sagte okay. »Das ergibt Sinn.«

Ich leerte den Tee aus und gab ihm den Becher zurück. »Ich gehe jetzt. Wir sehen uns zu Hause.«

»Martha?«

»Was?«

»Könnte ich ein paar Tage Zeit bekommen?«

Ich sagte ihm, ich hätte noch keinen Termin ausgemacht. So viel Zeit würde ohnehin bleiben.

★

Als er zurück nach Hause kam und auch in den darauffolgenden Tagen sprach Patrick das Thema nicht an, aber er bewegte sich anders durch das Haus. Er kam früh von der Arbeit. Er nahm mir alles ab. Morgens war er immer da, aber jedes Mal, wenn ich nachts wach wurde, war er irgendwo anders. Ich wusste, dass er an nichts anderes denken konnte.

Am nächsten Sonntag kam er ins Badezimmer, als ich in der Wanne lag, und setzte sich auf den Rand. Er sagte: »Also, es tut mir leid, dass ich so lange gebraucht habe. Ich habe bloß gedacht, du willst es definitiv nicht behalten?«

Ich sagte Nein.

»Du denkst nicht, wenn wir … denn ich glaube ehrlich, du wärst …«

»Bitte hör auf, Patrick.«

»Okay. Es ist nur, ich möchte bloß nicht, dass wir uns hinterher wünschen, wir hätten darüber nachgedacht.«

Ich trat mit dem Fuß ins Wasser. »Patrick!«

»In Ordnung. Tut mir leid.« Er stand auf und warf ein Handtuch auf den nassen Fußboden. »Ich besorge dir die Überweisung.« Sein Hemd und sein Hosenbein waren durchnässt.

Als er aus dem Badezimmer ging, sagte ich: »Es hätte nicht passieren sollen.« Ich sagte ihm, es habe nie zur Debatte gestanden. Aber er drehte sich nicht um, sondern sagte bloß: »Jepp, okay.«

Kaum hatte er die Tür zugemacht, ließ ich mich unter Wasser gleiten.

★

Es war ohnehin eine Fehlgeburt.

Es fing am Morgen vor dem Termin an, als ich gerade mein Fahrrad an einem steilen Stück des Treidelpfads hinaufschob. Ich wusste, was es war, und lief weiter. Zu Hause rief ich Patrick auf der Arbeit an und wartete im Badezimmer, bis es vorbei war. Draußen war es so kalt gewesen, dass ich immer noch meinen Mantel trug, als er hereinkam.

Er fuhr mich ins Krankenhaus und entschuldigte sich Stunden später auf dem Heimweg dafür, nicht zu wissen, was er sagen sollte. Ich erwiderte, das sei schon in Ordnung, ich wolle sowieso gerade nicht darüber reden.

Ich erzählte niemandem, was geschehen war, und weinte

hinterher nur, wenn Patrick nicht da war – und zwar stets, sobald er gegangen war, aus Anstrengung darüber, es so lange zurückzuhalten. In kurzen, intensiven Ausbrüchen bei der Erinnerung an das, was ich hatte tun wollen. Minutenlang, während ich durch das Haus lief, heulend vor Dankbarkeit darüber, dass sie mich zuerst losgelassen hatte.

★

Lange danach – zu lange danach –, als Patrick und ich darüber sprachen, was geschehen war, sagte ich »sie«, und er fragte mich, woher ich wüsste, dass es ein Mädchen gewesen sei.

Ich sagte, ich habe es einfach gewusst.

»Wie hättest du sie genannt?«

Flora.

Ich sagte: »Ich weiß es nicht.«

★

In einer Ehe gibt es bestimmte Dinge, bestimmte Vergehen, die so schwerwiegend sind, dass man sich nicht dafür entschuldigen kann. Stattdessen sagt man, wenn man auf dem Sofa fernsieht und das Abendessen isst, das er zubereitet hat, während man sich nach dem Krankenhaus duschte: »Patrick.«

»Ja.«

»Ich mag diese Soße.«

★

Wir entschieden uns für die Cotswolds, einen Spaziergang oder einen Pub oder etwas in der Art, nur um einmal aus Oxford herauszukommen. Wir sagten, es werde uns guttun. Wir sagten, in einer halben Stunde seien wir dort. Fahren wir einfach.

Vom Haus für Führungskräfte aus waren es zehn Meilen bis zur Abzweigung. Patrick nahm sie nicht. Bis dahin hatten wir uns wortlos darüber verständigt, dass keiner von uns anhalten wollte, wir wollten einfach nur fahren und weiterfahren, bis wir alles weit hinter uns gelassen hatten. Ich blickte aus dem Fenster auf die versprengten Häuser, die mit der Rückseite zur Straße gebaut worden waren. Sie verdichteten sich, je näher wir einem Dorf kamen, dann wurden sie wieder spärlicher. Felder zur Rechten. Wir blieben auf der Bundesstraße. Sie wurde schmaler, führte durch einen Wald. Sie verlangsamte sich durch weitere Dörfer, bog scharf ab, verbreiterte sich und nahm Fahrt auf, führte um eine kleinere Stadt herum. Deren Industriegebiete verwandelten sich in einen langen Landschaftsabschnitt. Raststätten. Schilder, die auf die M6 hinwiesen. Darauf stand: »Nächste Ausfahrt Birmingham«. Es war nicht länger schön. Patrick fragte: »Wie geht es dir?«

»Gut.«

»Ich bin nicht hungrig, und du?«

»Eigentlich nicht.«

»Willst du Musik hören?«

»Willst du?«

»Eigentlich nicht.«

Wir fuhren an einem Schild vorbei, auf dem »Manchester 40« stand, sahen einander an und lächelten uns schweigend mit hervortretenden Augen an, wie zwei Personen, die sich in einer Menschenmenge ein gemeinsames Geheimnis bestätigen. Sechs Spuren, eine hohe Dichte an Autos, Fahrerinnen und Fahrer auf beiden Seiten, die uns vom wiederholten Verlangsamen und Anhalten und Losfahren vertraut wurden. Sie rauchten und trommelten aufs Lenkrad. Die Mitfahrenden blickten auf ihre Telefone, aßen und tranken und stemmten ihre Füße gegen das Armaturenbrett.

Dann waren wir an Manchester vorbei. Landschaft, aber unscheinbar, übersät mit Fabriken. Silos. In regelmäßigen Abständen entlang der Straße ein Vorstadthaus ohne Vorstadt.

Ich fragte: »Wie lange fahren wir nun schon?«

Patrick warf einen Blick auf die Uhrzeit. »Wir sind um neun losgefahren, also sechs Stunden. Vielleicht fünfeinhalb?«

Lange Zeit folgte nichts außer dem vagen Gefühl, dass die Straße eine Kurve beschrieb und langsam anstieg. Er ließ das Fenster herunter, vielleicht war etwas Salz in der Luft, aber vom Meer war keine Spur zu sehen. Dann ging es in scharfen Kurven bergauf, bis ein Schild anzeigte: »Sie erreichen nun ein *Gebiet von außerordentlicher natürlicher Schönheit*«.

Es war spät am Nachmittag. Patrick sagte, ich brauchte vielleicht bald eine Pause. Nach einer Meile zeigte ein Schild »Zugang« zusammen mit dem Symbol einer Brücke an, und nach der nächsten Kurve kam ein ungepflasterter Parkplatz.

Die Luft war klar und schneidend. Wir streckten uns und verdrehten den Rücken auf dieselbe Weise, gleichzeitig. Patrick sagte: »Eine Sekunde«, holte unsere Jacken und schloss den Wagen ab. Ich ergriff seine Hand, und wir gingen den Pfad entlang, der durch dichten Wald zu einem Fluss führte. Er floss schnell, aber in einer Kurve vor uns hatte sich ein Becken gebildet. Es war tief und ruhig und dunkelgrün, und von der Böschung aus, auf der wir standen, gerade mal ein Sprung von – behauptete Patrick – »höchstens drei Metern«. Wir blickten hinunter.

Er sagte: »Okay, aber ich springe zuerst.«

Wir zogen unsere Kleider aus und hängten sie über einen Ast. Patrick bemerkte: »Wieso darfst du noch einen BH anhaben?« Ich zog ihn aus, und wir beide zögerten noch eine Minute am Rand und zitterten bereits.

Er rief: »Ziel auf die Mitte«, und sprang. Er schlug mit einem Knall auf dem Wasser auf. Ich folgte ihm, als er noch unter der Oberfläche war. Das Wasser war so kalt, dass ich im Augenblick des Eintauchens nicht zwischen Schock und Druck unterscheiden konnte. Darauf folgten ein stechender Schmerz im Herzmuskel, Lungen wie schwere Steine und schließlich brennende Haut. Ich öffnete die Augen vor verschwommenem Grün und wirbelndem Schlick. Ich dachte: Beweg deine Arme, aber sie waren steif über meinem Kopf ausgestreckt. Ich fühlte mich, als wäre ich aufgehängt. Dann spürte ich nur noch Patricks Griff an meinem Unterarm, den Rausch, nach oben gezogen zu werden, und den starken Sog der Luft. Dann waren wir Gesicht an Gesicht, sprachlos, zu heftig atmend. Er hielt noch immer meinen Arm fest und zerrte mich ans Ufer.

Ich war bloß eine Sekunde unter Wasser gewesen, hatte aber bereits geglaubt, ertrinken zu müssen. Ich glaubte nicht, zurückschwimmen zu können, obwohl ich kaum meterweit vom Ufer entfernt war. Es war nur der Schmerz des Wassers, der diesen Effekt auf mich hatte. Dann half mir Patrick wieder die Böschung hinauf, und ich stand in meine Jacke gewickelt da, während mir das Wasser die nackten Beine hinunterlief, und es war erst eine Minute vergangen. Wir rannten zurück zum Auto, unsere Kleider und Schuhe in den Händen. Wir brauchten lange zum Anziehen. Heiße Luft strömte aus den Lüftungsschlitzen, und wir redeten hastig über das, was wir gerade getan hatten.

Ich sagte: »Wir sind die Besten.«

Patrick fragte: »Hast du auch so eine Riesenlust auf Pommes?«

Wir fuhren hinaus aus dem Naturschutzgebiet und fanden einen Pub. Er war leer, bis auf ein älteres Paar, das auf der anderen Seite des Raumes an einem Tisch saß, und einem Frau hinter dem Tresen, die Gläser polierte. Auf einem Sofa vor dem Feuer aßen wir Pommes und tranken Bier, und ich fühlte mich so warm und so sauber.

»Denkst du jemals, dass wir die Besten sind, Patrick?«

Er schüttelte den Kopf. »Aber das sind wir wahrscheinlich. Niemand anderes hätte das getan.«

Ich sagte: »Ich weiß. Alle anderen hätten zu viel Angst gehabt. Wir sind die Einzigen.«

Patrick fragte: »Ist dir sehr stark bewusst, dass du keine Unterwäsche trägst?«

»Hier ist doch niemand«, antwortete ich. »Wir sind die einzigen Menschen auf der Welt.«

In einer Sonntagsbeilage las ich einen Artikel über eine neu entdeckte Störung. Der Journalist, der selbst darunter litt, beschrieb das Internatssyndrom als eine Art Hybrid aus posttraumatischer Belastungsstörung und einer Bindungsstörung, die von massenhaft britischen Männern still ertragen werde, die vom Alter von sechs Jahren an auf Wunsch ihrer eigenen Eltern weggesperrt worden waren. Er erklärte, die Symptome umfassten exzessive Selbstständigkeit, die Unfähigkeit, um Hilfe zu bitten, Stolz auf das eigene Durchhaltevermögen, einen überaktiven moralischen Kompass und die Unterdrückung von Emotionen, vor allem der negativen.

Patrick sah sich neben mir irgendeine Ballsportart im Fernsehen an. Seit der Fehlgeburt war einige Zeit vergangen, allerdings noch nicht so viel, dass ich aufgehört hätte, sie in Wochen zu zählen.

Ich drückte meinen Fuß gegen seinen Oberschenkel und sagte: »Kann ich einen Test mit dir machen?«

»Das hier dauert nur noch zehn Minuten.«

»Ich möchte herausfinden, ob du das Internatssyndrom hast.«

»Zehn Minuten.«

Ich erhob meine Stimme über die des Kommentators und sagte: »Okay, Frage eins: Bereitet es Ihnen Mühe, andere um Hilfe zu bitten?«

Patrick antwortete mit Nein, wie auch auf den Rest der Fragen, die ich eine nach der anderen vorlas, am vehementesten auf jene, ob er ein Problem mit emotionaler Bindung habe, mit einem Verweis darauf, dass er schließlich eine emotionale Bindung zu mir aufrechterhalten habe, seit er vierzehn war. Ich erreichte das Ende der Liste, tat aber, als wäre sie noch länger.

»Es gibt noch ein paar mehr.«

»Kann ich einfach das Elfmeterschießen schauen?«

»Nimm es auf.«

Patrick seufzte und schaltete den Fernseher aus.

»Erleben Sie eine heftige emotionale Reaktion auf gewisse Lebensmittel, hauptsächlich Rühreier mit hohem Feuchtigkeitsgehalt, Gemüse aus der Kohlfamilie und/oder jegliche Flüssigkeit, die beim Kochen eine Haut entwickelt, wie etwa Milch oder Eiercreme?«

Patrick sah mich an, einigermaßen sicher, aber dann doch nicht ganz, dass ich mir die Frage gerade ausgedacht hatte.

»Abgesehen von zu Hause, nehmen Sie Ihre Mahlzeiten am liebsten in der Kantine an Ihrem Arbeitsplatz zu sich, weil Sie das Essen dort auf einem Tablett serviert bekommen? Und sind Sie der Ansicht, es könnte etwas damit zu tun haben, dass Sie sich Ihr Essen bis zu Ihrem achtzehnten Geburtstag nicht selbst aussuchen durften, dass Sie nun als Erwachsener länger als jeder andere Mensch auf der Welt brauchen, um etwas von einer Speisekarte zu bestellen, und dass Ihre Frau manchmal das Gefühl hat, in dem endlosen Zeitraum zwischen der Frage der Kellnerin, was Sie essen möchten, und Ihrer Entscheidung für ein Gericht sterben zu müssen?«

Patrick schaltete den Fernseher wieder ein.

»War Ihnen, bevor Ihre Frau Sie nach Ihrer Heirat darauf hinwies, bewusst, dass Sie mit gesenktem Kopf essen und dabei Ihren Teller mit dem anderen Arm verteidigen?« Er drehte die Lautstärke auf. Ich rief: »Wenn Sie hauptsächlich mit A geantwortet haben, sind Sie der Gestörte in Ihrer Beziehung, und nicht Ihre Frau, wie zuvor von allen angenommen.«

Ich dachte, er tue nur so, als ärgerte er sich über meinen dämlichen Test, und merkte erst, als er plötzlich aufstand und den Raum verließ, ohne den Fernseher wieder auszuschalten, dass dem nicht so war. Ich stand ebenfalls auf, folgte ihm in die Küche und entschuldigte mich, ohne genau zu wissen, wofür. Er trat vom Küchenschrank an die Spüle und von dort an den Kühlschrank, als wäre ich gar nicht im Zimmer. Es war demütigend. Ich ging nach oben und schloss mich in der Abstellkammer ein.

Eine Weile saß ich auf meinem Stuhl und schnippelte meine gespaltenen Haarspitzen mit einer Bastelschere ab, dann schaltete ich meinen Computer ein, um Dinge bei The Outnet auf die Wunschliste zu setzen. Stattdessen rief ich die Website des Magazins mit der Sonntagsbeilage auf und las den Artikel erneut, wobei ich mich erst schuldig, dann traurig und schließlich ängstlich fühlte. Als ich hörte, dass er nach oben kam, schloss ich das Fenster auf meinem Computer.

Patrick trat ein, ohne etwas zu sagen. Ich drehte mich um, und weil er immer noch stumm blieb, sagte ich: »Ich denke, wir brauchen eine Eheberatung.« Ich meinte es nicht ernst. Ich sagte es so, wie ich es immer sagte – um zu verletzen, als Heimzahlung für ein wahrgenommenes Vergehen –, und war schockiert, als er erwiderte, das denke er auch.

»Warum?«

»Darum, Martha.«

»Warum?«

»Wegen der Sache am Fluss.«

Ich konnte ihm nicht in die Augen blicken und nahm erneut die Schere zur Hand.

Er sagte: »Martha, kannst du bitte aufhören, dir die Haare zu schneiden? Sag mir, warum du denkst, dass wir eine Paarberatung brauchen.«

»Weil du das Internatssyndrom hast.«

*

Er verließ das Haus, und ich ging ins Badezimmer, um das Beruhigungsmittel zu finden, das mir ein Bereitschaftsarzt gegeben hatte, zu dem mich Patrick am Ende jener Sache am Fluss gebracht hatte. Ich wollte nachsehen, wann genau ich mitten in der Nacht aufgestanden und nach draußen gegangen und entlang des Treidelpfads zuerst gelaufen, dann gerannt war, bis Patrick mich bei der ersten Brücke eingeholt hatte.

Ich war auf das Geländer geklettert. Er hatte mir die Arme um die Taille gelegt und versucht, mich herunterzuholen. Ich kämpfte gegen ihn an und kratzte ihn versehentlich im Gesicht. Er hatte mehr Energie als ich, und so brachte er mich zurück und fuhr mich zum Arzt, während ich mich wieder und wieder entschuldigte.

Ich nahm das Tablettenfläschchen in die Hand und las das Datum auf dem Etikett. Es kam mir falsch vor. Ich ging ins Bett, obwohl noch viele Stunden Tageslicht übrig waren, weil ich mich zu sehr schämte, um es ertragen zu können, länger wach zu sein.

Es war ein Traum von dem Baby gewesen – der mich geweckt und mir gesagt hatte, ich solle den Fluss entlanglaufen, denn wenn sie nun dort wäre? Vor zwei Nächten.

★

Wir hatten eine Sitzung bei einer Therapeutin. Sie war weiß, kleidete sich jedoch, als käme sie direkt von einem Kwanzaa-Fest, und sagte: »Keine Sorge!«, als keiner von uns erklären konnte, weshalb wir gekommen waren.

Patrick konnte nicht sagen: »Weil meine Frau sich kürzlich wie eine psychotische und viel ältere Anne auf Green Gables in der Lady-von-Shalott-Episode verhalten hat.«

Ich konnte nicht sagen: »Weil ich jüngst festgestellt habe, dass die Pfeiler der Persönlichkeit meines Mannes, jene Eigenschaften, für die er von allen bewundert wird, der außergewöhnliche Stoizismus, der emotionale Gleichmut und die Tatsache, dass er sich niemals beklagt, tatsächlich lediglich Symptome einer neu entdeckten Störung sind.«

»Das Wichtigste ist, dass Sie gekommen sind.« Die Therapeutin sagte, das sei ein großartiges Zeichen, und bat uns aufzustehen, woraufhin sie uns zu den beiden Stühlen in der Mitte des Zimmers dirigierte, die bereits einander zugewandt und so nah voreinander standen, dass sich unsere Knie beim Hinsetzen berührten. Sie sagte, da es für Partner, die seit einer

Weile zusammen seien, ganz üblich sei, einander nicht mehr in die Augen zu blicken, beginne sie stets damit, Paare genau das tun zu lassen – einander mit voller Konzentration und ohne zu reden drei Minuten lang anzusehen. Sie würde uns dabei lediglich beobachten.

Die Übung dauerte kaum ein paar Sekunden, da ertönte eine rasche Abfolge an elektronischen Signalen aus der Handtasche zu ihren Füßen. Patrick und ich wandten uns im selben Augenblick um und sahen, wie sie in ihre Handtasche griff und nach ihrem Telefon wühlte. Sie sagte: »Ich gehe besser dran, falls es meine Tochter ist, die abgeholt werden möchte.« Als sie ihr Handy gefunden hatte, wischte sie über das Display und sagte, ohne den Blick davon abzuwenden: »Ignorieren Sie mich einfach. Machen Sie weiter. Ich muss nur ganz kurz hierauf antworten.«

Patrick hasst so gut wie nichts, außer Schwertfisch, sowohl auf dem Teller als auch in der Natur, Scherzgeschenke und die Tastengeräusche der Tastatur des iPhones. Als die Therapeutin ihre Antwort eintippte, klickte jeder Buchstabe wie ein Morsezeichen. Er sah mich ungläubig an und formte mit den Lippen stumm die Worte »Ich glaube es nicht«, nachdem die Therapeutin sich gebückt hatte, um das Telefon wegzulegen, es dann jedoch erneut aufgenommen hatte, als es in ihrer Hand noch zwei Mal piepte. »Tut mir wirklich leid, ihr beiden. Sie ist sechzehn. In dem Alter glauben sie, die Welt drehe sich nur um sie.«

Patrick stand auf, entschuldigte sich: Ihm sei gerade etwas eingefallen, das er vergessen habe und nun auf der Stelle tun müsse. Die Therapeutin wirkte verblüfft, als er mich aus ihrem Behandlungsraum scheuchte.

Plötzlich waren wir draußen und rannten Hand in Hand über die Straße auf eine Bar zu. Wir tranken erst Sekt, dann Tequila. Ich sagte Patrick, wir seien wie zwei Personen, die beschlossen hätten, sich zu stellen, jedoch im Augenblick der Kapitulation feststellten, dass, so anstrengend es auch sein mochte, weiter auf der Flucht zu sein und zu überleben und nicht aufzugeben, die Alternative doch weitaus schlimmer war. Ich fügte hinzu: »Weil die Alternative andere Menschen sind.«

Patrick erwiderte: »Für mich ist die Alternative, allein zu sein.«

Draußen auf dem Bordstein ergriff er erneut meine Hand. Wir hielten nach einem Taxi Ausschau, aber dann wies er auf einen Laden einige Häuser weiter und sagte, er wolle noch ein paar Dinge besorgen. Wir waren beide betrunkener, als wir jemals gemeinsam gewesen waren. Der Laden war eine kleine Drogerie, in der eine Frau mit einem verkniffenen Gesicht arbeitete, die uns gar nicht lustig fand. Patrick legte Weingummis und eine Zahnbürste auf die Ladentheke. Er fragte: »Möchtest du irgendetwas, Darling?« Ich griff nach einer Duschhaube und sagte, ich würde sie gern auf dem Heimweg tragen, wenn die Dame so nett wäre, sie einzuscannen und sie mir dann zurückzugeben. Er legte alles zusammen auf die Theke und sagte: »Das alles und eine Packung Kondome Ihrer Hausmarke.«

Wir küssten uns im Taxi und gingen ins Bett, sobald wir zu Hause waren. Es war das erste Mal seit der Fehlgeburt. Oder, auch wenn ich zu dem Zeitpunkt zu betrunken war, um es mir bewusst zu machen, das erste Mal, seit ich schwanger geworden war.

Kurz bevor wir fertig waren, hielt Patrick in der Bewegung inne und sagte: »Tut mir leid, mach schon mal weiter. Ich muss nur kurz auf mein Telefon schauen, ob sich jemand gemeldet hat, um abgeholt zu werden.«

»Martha«, sagte er hinterher, als er neben mir lag. »Alles ist kaputt und verkorkst und vollkommen in Ordnung. So ist das Leben. Nur die Anteile verändern sich. Meistens ganz von allein. Sobald man denkt: Das war es jetzt, so wird es für immer bleiben, ändern sie sich schon wieder.«

So war das Leben, und so blieb es für drei Jahre danach. Die Anteile veränderten sich ganz von allein, kaputt, vollkommen in Ordnung, ein undichtes Rohr, neue Laken, alles Gute zum Geburtstag, ein Techniker zwischen neun und drei, ein Vogel, der ins Fenster fliegt, ich möchte sterben, bitte, ich bekomme keine Luft, ich glaube, es ist ein Lunchtermin, ich liebe dich, ich kann so nicht mehr weitermachen, wir beide denken, so wird es für immer bleiben.

Im Mai des vorangegangenen Jahres bekam Patricks Krankenhaus eine neue Verwalterin. Sie war nach Oxford gezogen, weil ihr das Leben dort gefiel, aber ihr Ehemann, ein Psychiater, pendelte zurück nach London, weil er soeben erst Praxisräume in der Harley Street gefunden habe und wir ja alle wüssten, wie sie sagte, dass so etwas nur möglich sei, wenn Ostern und Pfingsten auf einen Tag fielen.

Ich lernte sie bei einem Wohltätigkeitsdinner kennen, dessen Zweck ich vergessen habe, obwohl das Ziel unserer Teilnahme darin lag, uns auf das Thema aufmerksam zu machen. Sie fragte mich, was ich beruflich mache, und ich erklärte, ich erzeuge Inhalte, die andere Menschen konsumieren könnten. Diesen Job hatte ich zusätzlich zu der lustigen Kochkolumne angenommen, die ich nicht erwähnte, für den Fall, dass sie das Waitrose-Magazin las und nun feststellte, dass ich genau jene Kolumnistin war, die sie so hasste.

Ich fuhr fort: »Außerdem konsumiere ich auch Inhalte, allerdings privat. In dem Fall natürlich keine Inhalte, die ich selbst erzeugt habe. Aber wie auch immer, ich bin in hohem Maße ein Teil des Problems.«

Sie lachte, und ich erzählte weiter, dass ich, wann immer ich unterwegs eine Mutter sah, die auf ihr Telefon starrte, befürchtete, es könnten meine Inhalte sein, die sie konsumierte, statt in die Augen ihres Kindes zu sehen.

Sie erwiderte mit einem wehmütigen Tonfall in der Stimme: »Es scheint tatsächlich, als hätten wir die Fähigkeit verloren, unser Telefon aus der Hand zu legen, nicht wahr?«

»Aber am Ende unseres Lebens werden wir alle mit Sicherheit denken: Wenn ich doch nur mehr Inhalte konsumiert hätte.«

Sie lachte und berührte mich am Arm, und wann immer sie im weiteren Verlauf unseres Gesprächs irgendeine Information über sich selbst preisgab, einen Punkt unterstreichen wollte oder irgendeine Beobachtung anstellte, tat sie es erneut – mich am Arm berühren –, und wenn ich etwas sagte, das sie lustig fand, drückte sie ihn dazu leicht. Sie war mir aus diesem Grund unheimlich sympathisch, und auch, weil sie mir zwar durchaus Fragen stellte, die über meinen Beruf hinausgingen, mich aber nicht fragte, ob ich Kinder hätte.

Auf dem Heimweg bat ich Patrick, den Namen ihres Psychiaterehemanns herauszufinden.

Ich war seit vier Jahren nicht mehr in Behandlung gewesen und wollte es auch gar nicht sein. Dennoch machte ich einen Termin aus, wahrscheinlich, weil ich wissen wollte, was für eine Art Mensch er war – ob die Tatsache, dass er mit einer solchen Frau verheiratet war, bedeutete, dass er gut war. Und damit anders als alle Ärztinnen und Ärzte, bei denen ich zuvor gewesen war.

★

Eine Sprechstundenhilfe erklärte mir, normalerweise könne ich damit rechnen, zwölf Wochen auf einen Termin zu warten, aber es habe eine – äußerst seltene – Absage gegeben, und der Arzt könne mich noch am selben Nachmittag um fünf Uhr empfangen, wenn ich glaubte, ich könne es rechtzeitig schaffen. Ich konnte hören, wie sie ihren Kugelschreiber auf und zu klickte, während ich das Telefon zwischen Schulter und Ohr hielt und nach den Abfahrtzeiten der Züge schaute, dann sagte ich, dass ich das könne.

Das Wartezimmer war dunkel und fühlte sich zu warm an, weil ich den größten Teil der Strecke von Paddington aus in einem Mantel gerannt war, der für Mai viel zu dick war. Dieselbe Sprechstundenhilfe teilte mir mit, normalerweise müsse ich mit einer langen Wartezeit rechnen, aber der Arzt werde in einer Minute da sein. Das sei ebenfalls, wie sie sagte, äußerst selten. Ich blieb stehen und spielte ein Spiel, das mein Vater am Anfang meiner Erkrankung für mich erfunden hatte: Wie würde ich diesen Raum verschönern, wenn ich nur eine Sache verändern dürfte? Ich entschied mich für das sichtbare Preisschild an dem Alpenveilchen und drehte mich um, als ich hörte, wie eine schwere Tür sich über einem dicken Teppich öffnete. Ein Mann in Moleskin-Hosen, einem weißen Hemd und einer gestrickten Krawatte kam heraus und sagte: »Hallo, Martha, ich bin Robert.« Er schüttelte mir die Hand so fest, als wäre er nicht davon ausgegangen, dass sie schlaff sein würde.

In seinem Sprechzimmer sagte er, ich könne mich setzen, wohin ich wolle, während er selbst sich auf einem ergonomischen Stuhl niederließ, der rechts eine breitere Armlehne hatte, damit er sein Notizbuch darauf legen konnte, das auf einer Seite aufgeschlagen war, die bis auf meinen Namen leer war. Ich saß und wartete, während er den Namen unterstrich. Dann strich er mit der anderen Hand seine Krawatte glatt, und ich sah, dass sein Zeigefinger in einen blütenweißen professionellen Verband gewickelt war. Er blieb also gerade, getrennt von den anderen Fingern, vom Gebrauch ausgeschlossen.

Er blickte auf und bat mich, ganz von vorn anzufangen. Weshalb hätte ich ihn aufgesucht? Und weiter, auf meine Antwort, die sich uninteressant anfühlte, wie ich sie vortrug, ob ich mich noch an das erste Mal erinnern könne, als ich mich so gefühlt hätte.

Zyklonal, später stürmisch oder sehr stürmisch. Gelegentlich gut.

Ich begann mit dem Tag meiner letzten Abschlussprüfung und endete bei halb zehn Uhr an diesem Morgen, als ich mit einer Tüte Müll aus dem Haus gegangen war und mich eine Frau, die mit zwei Kleinkindern an der Hand vorbeilief, angelächelt und gesagt hatte, ich sähe so aus, wie sie sich fühle. Ich war reglos stehen geblieben, bis sie fort war, dann ging ich mit der vollen Mülltüte zurück ins Haus und warf sie den Flur hinunter. Sie schlug gegen die Wand und platzte auf. Ich erklärte ihm, dass Patrick sie finden würde, da ich ja gerade hier sei, und er werde es einfach sauber machen, die Spaghetti und die Eierschalen, und nach all der Zeit noch immer so tun, als wäre das eine ganz normale Sache, etwas, was Ehefrauen eben taten.

Robert fragte mich, ob ich häufig mit Gegenständen würfe oder irgendwelche anderen Dinge täte, die ich nicht als, »um Ihren Begriff zu verwenden, normal« bezeichnen würde.

Ich erzählte ihm von jener Gelegenheit, bei der ich einen Terracottablumentopf hochgehoben und ihn an der Gartenmauer zerschmettert hatte. Ich erzählte ihm davon, wie ich einmal mein Telefon so oft gegen die Küchenfliesen geknallt hatte, bis sich mir Glassplitter in die Hand bohrten, davon, wie ich den Fön nach Patrick geworfen hatte, und von dem blauen Fleck, den er hinterlassen hatte, davon, wie ich mein Auto auf einem Parkplatz absichtlich in ein Metallgeländer gefahren hatte, davon, wie ich, mit dem Rücken gegen die Wand gelehnt, meinen Kopf wieder und wieder dagegengeschlagen hatte, weil sich das besser anfühlte, als es mir zu diesem Zeitpunkt ging, ich erzählte von den Tagen, an denen ich nicht aufstehen, und den Nächten, in denen ich nicht einschlafen konnte, von den Büchern, die ich zerfetzt, und den Kleidungsstücken, die ich an der Naht aufgerissen hatte. Mit Ausnahme des Föns stammte keins dieser Beispiele nicht aus jüngster Zeit.

Ich entschuldigte mich bei ihm und sagte, es sei vollkommen in Ordnung, wenn ihm nichts einfiele, womit er mir helfen könne. Als Nachsatz fügte ich hinzu: »Das Komische dabei ist, also nicht komisch-haha, sondern komisch-schrecklich: Sobald es vorbei ist und ich mich wieder normal fühle, sehe ich die Überreste, die Scherben eines zertrümmerten Tellers im Mülleimer oder was auch immer, und frage mich: Wer war das? Ich kann wirklich nicht glauben, dass ich das gewesen bin.« Ich erzählte ihm von Ingrids modischen Krisen. Dass er sich weiterhin Notizen machte, wirkte auf mich seltsam rührend. Mit welcher Anmut, dachte ich, gab er doch vor, all dies wäre es wert, festgehalten zu werden.

Er blätterte eine Seite in seinem Notizbuch um und fragte mich, welche Diagnosen ich von vorherigen Ärztinnen und Ärzten erhalten habe. Ich antwortete: »Drüsenfieber, klinische Depression, dann – in dieser Reihenfolge –«, und fuhr fort, sie alle aufzulisten, eine nach der anderen, bis es langweilig wurde und ich leise auflachte: »Im Grunde den größten Teil des DSM-Registers.«

Ich sah mich nach dem Lexikon der psychischen Erkrankungen um, das immer irgendwo im Sprechzimmer der Art von Ärztinnen und Ärzten stand, die ich aufsuchte. Die Suche danach war zu einer düsteren Form von »Wo ist Walter?« geworden. Ich versuchte, seinen blutroten Buchrücken in den Regalen voller psychiatrischer Lehrbücher mit Titeln zu finden, die bewusst bedrohlich ausgewählt zu sein schienen. Aber es war nirgends zu sehen. Ich verspürte eine erneute Welle der Dankbarkeit, als ich mich ihm wieder zuwandte und merkte, dass er auf mich wartete.

»Was mich am meisten interessiert, ist die Diagnose, die Sie sich selbst gegeben haben, Martha.«

Ich zögerte, als müsste ich erst darüber nachdenken. »Dass ich nicht gut darin bin, ein Mensch zu sein. Mir scheint es schwerer zu fallen, am Leben zu sein, als anderen Menschen.«

Er sagte, das sei interessant. »Aber aufgrund der Tatsache, dass Sie heute hierhergekommen sind, müssen Sie auch glauben, dass es noch eine medizinische Erklärung gibt.«

Ich nickte.

»Und welche, würden Sie sagen, wäre es in diesem Fall?«

Ich antwortete: »Vermutlich Depression, bloß ist es nicht konstant. Es fängt einfach ohne Grund an oder aus einem Grund, der zu klein wirkt.« Ich machte mich darauf gefasst, dass er die laminierte Liste aus seiner Schublade ziehen, sie mir hinhalten und mich mein »Immer, Manchmal, Selten, Nie« aufsagen lassen würde.

Toujours, parfois, rarement, jamais.

Stattdessen nahm er sich einen Moment Zeit, die Kappe auf seinen Stift zu setzen, legte diesen auf dem Notizbuch ab und sagte: »Vielleicht können Sie mir erzählen, wie es sich anfühlt, wenn Sie sich so plötzlich gewissermaßen wie im Schützengraben vorkommen.«

Ich beschrieb es so, wie ich es Patrick damals beschrieben hatte, nachdem er zum ersten Mal damit in Berührung gekommen war – an jenem Tag im Sommer, an dem wir noch nicht zusammen gewesen waren –, und noch so viele Male danach. Ich sagte: »Es ist so, wie wenn man im Hellen ins Kino geht und dann beim Herauskommen schockiert ist, weil man nicht erwartet hat, dass es schon dunkel sein würde, aber das ist es.

Es ist so, wie wenn man in einem Bus sitzt und fremde Menschen zu beiden Seiten von einem plötzlich anfangen, einander anzuschreien und sich über den eigenen Kopf hinweg zu streiten, und man steckt dazwischen fest.

Man steht ruhig da, und dann fällt man plötzlich eine Treppe hinunter, ohne zu wissen, wer einen gestoßen hat. Da ist niemand hinter einem.

Es ist so, wie wenn man bei blauem Himmel zur U-Bahn hinuntersteigt, und wenn man an der anderen Station wieder hochkommt, regnet es in Strömen.«

Er wartete kurz, als könnte womöglich noch mehr kommen, dann sagte er, dies seien interessante und äußerst hilfreiche Beschreibungen.

Ich biss mir auf den Daumennagel, blickte dann für eine Sekunde darauf hinunter und zupfte einen Teil ab, der nicht ganz abgegangen war. »Größtenteils ist es wie das Wetter.

Selbst wenn man es kommen sieht, kann man nichts dagegen tun. Es kommt so oder so.«

»Gehirnwetter, gewissermaßen?«

»Ich glaube, ja.«

Robert sagte: »Das tut mir sehr leid für Sie. Es klingt, als wäre es schon seit langer Zeit schwer für Sie.« Ich nickte und biss mir erneut auf den Nagel.

»Was ich mich frage: Hat irgendjemand Ihnen gegenüber schon einmal — erwähnt, Martha?«

Ich ließ meine Hand sinken und antworte: »Nein, Gott sei Dank. Das ist das Einzige, was ich nicht habe oder irgendje-mandem zufolge haben soll. Obwohl, eigentlich«, erinnerte ich mich, noch während ich sprach, »als ich ungefähr acht-zehn war, hat jemand tatsächlich gesagt … ein schottischer Arzt meinte einmal, er könne es nicht ausschließen, aber meine Mutter erklärte ihm, sie könne es. Sie meinte, es würde bei mir bloß dazu führen, dass ich die ganze Zeit über weinte, ich sei jedoch keine komplett Verrückte, die sich für Boudicca hält und glaubt, dass Gott durch ihre Zahnspange mit ihr spricht.«

»Nein, natürlich nicht. Aber darf ich anmerken«, er hielt kurz inne, »die Symptome, die ihre Mutter so bildhaft be-schrieb, existieren nur in der allgemeinen Vorstellung. Die tatsächlichen Symptome umfassen zum Beispiel …« Robert nannte ein Dutzend davon.

Mir war plötzlich unangenehm heiß, und nun fühlte sich mein Hals an, als hätte jemand einen Lappen hineingestopft. Ich schluckte.

»Ich will — aber eigentlich nicht haben«, sagte ich und kam mir erst dumm, dann unhöflich vor.

»Das kann ich gut verstehen. Als Erkrankung wird — noch nicht gut verstanden, und unbestreitbar ist es in der allgemeinen Wahrnehmung behaftet mit einer Art von …«

»Was denken Sie, woran das liegt?«

»Weil es für gewöhnlich damit anfängt, dass …«, wenn man siebzehn ist, im Gehirn eine kleine Bombe explodiert. »Und man wird Ihnen Folgendes gegeben haben«, womit Robert jedes einzelne Medikament auflistete, das ich je genommen hatte, all die vertrauten und längst vergessenen Namen, und mir dann die klinischen Gründe dafür nannte, weshalb diese nicht oder nur schlecht wirkten oder mich sogar noch schlimmer fühlen ließen.

Ich schluckte erneut, als die Tränen, die hinter meinen Augen gebrannt hatten, seit er »Es klingt, als wäre es schon seit langer Zeit schwer für Sie« gesagt hatte, mein Gesicht hinunterzuströmen begannen. Robert griff nach einer Box Taschentücher, aber weil sie leer war, zog er sein eigenes Stofftaschentuch hervor und reichte es mir über den Teppich hinweg. Ich wischte mir das Gesicht damit ab und fragte mich, wer seine Herrentaschentücher für ihn bügelte.

Ich fragte ihn, weshalb niemand anderes je darauf gekommen sei, mit Ausnahme jenes schottischen Arztes, der sich noch nicht einmal sicher gewesen war.

»Ich würde sagen, weil Sie so viele Jahre so gut damit zurechtgekommen sind.«

Ich konnte nicht aufhören zu weinen, da mir schien, als wäre ich mit nichts gut zurechtgekommen als damit, ein schwieriger, viel zu empfindlicher Mensch zu sein. Robert stand auf und schenkte mir ein Glas Wasser ein. Ich zwang mich, mich aufzurichten und Danke zu sagen. Ich trank die

Hälfte und sprach — dann laut aus, um zu sehen, wie es sich anfühlte, das Wort für mich zu verwenden.

Er kehrte zu seinem Stuhl zurück, strich seine Krawatte glatt und sagte: »Das ist mein Gefühl, ja.«

»Na schön.« Ich atmete langsam ein und wieder aus. »Ich hoffe, es ist nur die Vierundzwanzig-Stunden-Sorte.«

Robert lächelte. »Wie ich höre, geht es gerade um. Wären Sie daran interessiert, ein Medikament auszuprobieren, das ich im Allgemeinen dagegen verschreibe, Martha? Es ist meist sehr effektiv.«

Ich sagte »in Ordnung« und blickte stumm aus dem Fenster auf die viktorianischen Gebäude auf der anderen Seite der Harley Street, während er das Rezept schrieb. Die Häuser waren wunderschön. Ich wusste nicht, ob sie für Kranke errichtet worden waren. Ich nahm an, dass man sich dann wohl nicht so viel Mühe mit ihnen gegeben hätte. Ich wandte mich erneut Robert zu, der sagte: »Bitte entschuldigen Sie meine Tippgeschwindigkeit. Ich hatte ein kleines Malheur mit einer Tomate.« Ich fragte ihn, ob es habe genäht werden müssen. Während er Papier in den Drucker legte, antwortete er: »Tatsächlich, mit einem halben Dutzend Stichen.«

Am Ende verabschiedeten wir uns an der Tür, und Robert sagte, er freue sich darauf, mich in sechs Wochen wiederzusehen. Ich wollte mehr sagen als nur Danke, aber alles, was ich herausbrachte, war: »Sie sind ein netter Mensch«, auf eine Weise, die uns beide verlegen machte. Nachdem wir uns erneut die Hände geschüttelt hatten, drehte ich mich um und kehrte rasch zurück ins Wartezimmer.

Die Sprechstundenhilfe nahm meine Bezahlung entgegen und bemerkte: »Ihr Termin ist nun zu einer Doppelstunde geworden, aber anscheinend hat der Herr Doktor sie als eine einzelne abgerechnet.«

Ich fragte sie, ob das selten sei. Sie erwiderte, sehr.

★

Draußen zog ich gegen einen feuchten Nebel meinen Mantel an und lief langsam zur Apotheke auf der Wigmore Street. Auf halbem Wege blieb ich mitten auf dem Gehsteig stehen und zog mein Telefon hervor. Ein Mann, der mir auf einem Tretroller entgegenkam, musste mir ausweichen. Er rief: »Scheiße noch mal, passen Sie auf!« Ich trat zurück in den Eingang eines geschlossenen Restaurants und googelte —, klickte auf eine amerikanische medizinische Website, die all ihre Informationen entweder im Quizformat aufführt oder als Artikel mit Überschriften, die sich wie die Frauenzeitschrift eines Supermarkts lesen, wenn man sich diese mit lauter Ausrufezeichen vorstellt. Ingrid hatte die Seite benutzt, bevor Hamish sie in ihrem Browser blockiert hatte, da, wie sie mir erklärte, bei buchstäblich jedem Symptom, das man eingebe, immer herauskomme, dass man Krebs habe.

Ich setzte mich auf die Stufe und scrollte nach unten.

—: *Symptome, Behandlung und mehr!*

—: *Mythen und Fakten!*

Sie leiden unter —? Neun Lebensmittel, die Sie meiden sollten!

Ich wünschte, meine Schwester wäre bei mir, um mir mein Telefon aus der Hand zu nehmen und so zu tun, als würde sie weiterlesen. *Einfache Gerichte nach Feierabend bei —! Ein flacher Bauch in fünf Wochen für Menschen mit —! Sie glauben, Sie haben —? Wahrscheinlich ist es bloß Krebs!*

Ich scrollte an — *und Schwangerschaft* vorbei, da ich bereits wusste, was dort stünde, und klickte auf *Symptome von —*: *Wie viele davon können Sie nennen?* Ich konnte sie alle nennen. Wäre ich bei einer Quizshow, hätte ich eine Chance auf das Auto.

★

Als ich die Apotheke verlassen und den Bahnhof erreicht hatte, wurde mir bewusst, dass ich noch nicht nach Hause wollte. Ich beschloss, stattdessen zu Fuß bis Notting Hill zu gehen. Ich hatte keinen Grund dafür, dort hinzugehen, außer, dass es lange dauern würde. Als ich an den Rand des Parks kam, wurde es langsam dunkel. Ich lief den Fahrradweg entlang und wartete auf die Tränen. Das Tablettenfläschchen rasselte bei jedem Schritt in meiner Tasche. Ich weinte nicht. Ich blickte bloß hinauf in die Bäume, von deren schwarzen Ästen der Regen tropfte, und hielt Roberts trockenes Taschentuch in meiner Tasche fest umklammert.

Am oberen Ende des Broad Walk dachte ich daran, wie Patrick Ingrid als Teenager versehentlich gegen die Brust geschlagen hatte und wie er nun im Haus für Führungskräfte mein hinterlassenes Chaos beseitigte und darauf wartete, dass ich von wo auch immer zurückkäme.

Ich zog im Gehen mein Telefon hervor. Kontakte, Favoriten, Patrick als EHEMANN. Ich wusste nicht, was er sagen würde oder was ich hoffte, was er sagen würde. Während ich weiterlief, stellte ich mir vor, wie er mich in den Arm nahm und mich fragte, ob es mir gut gehe. Wie er schockiert war, Roberts Diagnose anzweifelte, sagte, wir bräuchten in jedem

Fall eine zweite Meinung. Oder aber auch: »Jetzt, wo ich darüber nachdenke, ergibt es Sinn.« Ich steckte mein Telefon weg und verließ den Park am nächsten Ausgang.

Nun, in der Dunkelheit lief ich die Pembridge Road entlang bis Ladbroke Grove, dann weiter auf die Westbourne Terrace. Der Biosupermarkt, in dem Nicholas und ich einst gearbeitet hatten, war zu einer Klinik geworden, die Laserhaarentfernung und kosmetische Injektionen anbot. Die Läden und Bars auf beiden Seiten hatten noch geöffnet, aber ich war zu nass, um hineinzugehen. Eine Minute lang stand ich einfach nur da und hörte meinen Cousin sagen: »Idealerweise, Martha, versucht man herauszufinden, weshalb man ständig sein eigenes Haus in Flammen setzt.« Ich kehrte um und lief die Pembridge Road entlang bis zum Bahnhof, wo ich mich von Touristen im Schneckentempo aufhalten ließ, weil ich immer noch nicht nach Hause wollte.

★

Im Zug zurück nach Oxford rief ich in der Goldhawk Road an und erwartete, die Stimme meines Vaters zu hören. Von Paddington aus hatte ich bereits versucht, Ingrid anzurufen, um ihr von dem Termin zu berichten. Ihre automatische Antwort lautete: »Kann gerade nicht sprechen.« Nun war ich erschöpft und wollte nur noch meinem Vater zuhören, wie er über irgendetwas Uninteressantes redete, weil ich wusste, dass er lange damit fortfahren würde, solange ich nur in regelmäßigen Abständen ein »wirklich« einwarf.

Meine Mutter hob ab und sagte augenblicklich: »Er ist in die Bibliothek gegangen. Ruf später noch einmal an.«

Als Trostspenderin hatte ich meine Mutter stets mehrere Stufen unterhalb der letzten Option eingeordnet. Der Satz, der mir in diesem Augenblick jedoch in den Sinn kam, wirkt heute komisch auf mich: Oh, na schön. Ein Fels in der Brandung.

Ich sagte: »Wir beide könnten uns doch unterhalten.«

Meine Mutter übertrieb ihren Schock. »Könnten wir das? In Ordnung. Und, was ist bei dir so los? So müssen solche Gespräche doch beginnen, oder?«

Ich antwortete: »Ich bin auf dem Rückweg von London. Ich war gerade bei einem Psychiater.«

»Weshalb?«

Ich sagte, ich sei mir nicht sicher. Heute ist dieser Satz komisch, weil sie die Brandung war. Kurz davor, über meinen Kopf hinwegzuspülen.

»Nun, ich hoffe, du hast ihm kein Wort geglaubt. Ich habe noch nie einen Psychiater getroffen, der keinen Blödsinn erzählt hätte. Sie wollen, dass wir alle verrückt sind. Das liegt in ihrem Interesse.«

Sie wusste es. Mein Griff um mein Telefon versteifte sich so plötzlich, dass es eine kleine Schockwelle meinen Arm hinaufschickte.

Meine Mutter fragte: »Bist du noch da?«

»Erinnerst du dich noch an damals, als ich achtzehn war?« Speichel sammelte sich in meinem Mund wie kurz vor dem Erbrechen. »Du hast mich zu einem Arzt gebracht, der meinte, ich hätte —?« Mein rechter Oberschenkel begann zu zittern. Ich versuchte, ihn mit meiner Hand festzuhalten.

»Nein, daran erinnere ich mich nicht.«

»Er war Schotte. Du hast auf dem Weg nach draußen absichtlich seinen Garderobenständer umgeworfen und dich dann geweigert, zu bezahlen. Seine Sprechstundenhilfe hat uns bis zum Auto verfolgt.«

Meine Mutter: »Und was ist damit, wenn ich mich daran erinnere?«

»Warum bist du damals so wütend geworden?«

Es folgte ein Schweigen, und ich sah auf meinem Display nach, ob sie aufgehängt hatte. Aber der Sekundenzähler tickte weiter, und ich nahm das Telefon wieder ans Ohr.

Endlich antwortete sie: »Weil er dir ein scheußliches Etikett verpassen wollte.«

»Aber er hatte recht. Oder etwa nicht?«

»Woher willst du das wissen.« Es war keine Frage. Sie sagte es wie ein Kind bei einem Streit unter Geschwistern. Woher willst du das wissen.

Ich erklärte ihr, darauf komme es nicht an. »Du wusstest, dass er recht hatte. Du hast es die ganze Zeit über gewusst und nichts gesagt. Warum hast du mir das angetan?«

Mittlerweile zitterten meine beiden Beine.

»Ich habe dir gar nichts angetan. Ich habe dir doch gesagt, ich wollte nicht, dass du mit diesem schrecklichen Etikett versehen durchs Leben gehen musst. Wenn überhaupt, habe ich es für dich getan.«

»Aber die Sache mit Etiketten ist die, dass sie ausgesprochen nützlich sind, wenn sie zutreffen, weil«, ich sprach über ihre versuchte Unterbrechung hinweg, »weil man sich dann nicht selbst die falschen anheftet wie etwa *schwierig* oder *verrückt* oder *psychotisch* oder *eine schlechte Ehefrau*.« In diesem Augenblick fing ich zum ersten Mal an zu weinen, seit ich Roberts Sprechzimmer verlassen hatte. Ich senkte den Kopf, damit mein Haar nach vorn fiel und mein Gesicht verdeckte, aber meine Stimme wurde lauter und lauter. »Mein ganzes Erwachsenenleben hindurch habe ich versucht herauszufinden, was mit mir los ist. Wieso hast du es mir nicht erzählt? Ich glaube dir nicht, dass es um Etiketten ging. Ich glaube dir nicht.« Ein Mann auf der anderen Seite des Ganges stand auf und führte seinen Sohn und seine Tochter zu weiter entfernten Plätzen. »Du hattest kein Problem damit, wenn es etwas anderes war. Du hast mich glauben lassen, es wäre Depression und alles andere, was Ärztinnen und Ärzte mir gesagt haben. Warum nicht das hier? Warum hast du nicht …«

Da unterbrach sie mich: »Ich wollte nicht, dass es wahr ist. — ist eine abscheuliche Krankheit. Sie hat unsere Familie zerstört. Meine Familie und die deines Vaters. Ich habe gesehen, was sie anrichtet, glaub mir, und ich konnte die Vorstellung nicht ertragen, dass du sie auch hast. Ich konnte es nicht. Wenn mich das zu einer schlechten Mutter macht …«

»Wer?«

»Was meinst du?«

»Wer in unserer Familie?«

Meine Mutter atmete aus und begann im ermüdeten Tonfall einer Person zu sprechen, die eine Aufzählung beginnt, von der sie weiß, dass sie lang ist. »Die Mutter deines Vaters, seine Schwester, die du nie kennengelernt hast. Eine oder höchstwahrscheinlich beide meiner Tanten. Und meine Mutter, von der du nun meinetwegen auch erfahren kannst, dass sie nicht an Krebs gestorben ist. Sie ist mitten im Februar ins Meer gegangen.«

Sie hielt inne und sagte dann mit erschöpft klingender Stimme: »Und wahrscheinlich …«

»Du.«

Sie sagte Ja. »Ich.«

»Aber nicht nur wahrscheinlich.«

»Nein. Nicht nur wahrscheinlich.«

Vor dem Fenster waren die Außenbezirke Londons von Landschaft abgelöst worden. Der Zug verlangsamte seine Fahrt und kam auf einem hell erleuchteten Gleisabschnitt zum Stehen. Ein dichter Schwarm Vögel flog von einem kahlen Baum auf. Ich sah ihnen nach, bis meine Mutter schließlich fragte: »Was möchtest du, das ich tue?«

Der Schwarm teilte sich in zwei Teile, flog eine Schleife nach oben und kam dann wieder zusammen. »Du könntest aufhören zu trinken.« Ich legte auf, da ich davon ausging, dass meine Mutter bereits dasselbe getan hatte.

Ich war völlig erledigt. Für den Rest der Fahrt ging ich in Gedanken meine Krankheitsperioden durch. Meine Erinnerungen kamen in willkürlicher Reihenfolge. Ich versuchte, meine Mutter in ihnen zu orten, aber sie war nie irgendwo zu finden. Als wir in den Bahnhof einfuhren, schrieb ich ihr eine Nachricht, sie solle nichts zu Ingrid oder meinem Vater sagen. Sie antwortete mir nicht.

★

Ich schloss die Tür des Hauses für Führungskräfte auf und ging in die Küche. Patrick und ein paar Kolleginnen und Kollegen saßen um den Tisch herum. Vor ihnen standen Bierflaschen. Irgendjemand hatte eine Chipstüte geöffnet und sie ganz aufgerissen. Nun lag da ein fettiges silbernes Rechteck, auf dem nur noch Krümel übrig waren.

Patrick sagte: »Hi, Martha«, stand auf und kam zu mir herüber, wobei er eine vor den anderen verborgene Geste machte, die anzeigte, er habe mir definitiv von dem erzählt, was hier gerade vor sich ging, ich hätte es jedoch offenkundig vergessen. Ich drehte den Kopf weg, als er versuchte, mich zu küssen, und er nahm mit unsicherem Gesichtsausdruck wieder Platz.

Einer der Ärzte machte sich eine weitere Flasche Bier auf und sagte, ich dürfe gern hereinkommen und mich zu ihnen setzen. Eine andere meinte, das sei eine gute Idee, sie würden bloß ein wenig entspannen. All die anderen Ärztinnen und Ärzte signalisierten ihre Zustimmung, all die anderen nutzlosen, nutzlosen beschissenen, beschissenen Ärztinnen und Ärzte mit ihrem ärztlichen Selbstbewusstsein und ihrer ärztlichen Art, einen Raum und die Luft darin in Besitz zu nehmen, mir zu sagen, was ich tun dürfe, und für mich zu entscheiden, was eine gute Idee sei. Ich sagte »nein, danke« und rannte nach oben, ließ sie sich weiter selbstsicher darüber unterhalten, was sie alles wussten, auch wenn keine und keiner der Ärztinnen und Ärzte, die ich je getroffen hatte, mit Ausnahme von einem, auch nur das Geringste wusste. Nicht einmal Patrick. Mein eigener Ehemann, ein Arzt, hatte nicht herausgefunden, was mit mir nicht stimmte. In all der Zeit.

Ich duschte. Hinterher stand ich in der Mitte des Badezimmers, tropfte ohne ein Handtuch auf den Fußboden und blickte auf die Pflanzen und die 60-Pfund-Kerze, all die Flaschen mit den Kosmetika. Nichts davon gehörte mir. All das war von einer Frau ausgewählt worden, die ihres Wissens kein — hatte, eine Frau, die bloß dachte, sie sei nicht gut darin, ein Mensch zu sein.

Als Patrick später nach oben kam, tat ich, als schliefe ich. Sobald er am nächsten Morgen fort war, nahm ich eine meiner neuen Tabletten aus dem Fläschchen, das sich noch immer in meiner Tasche befand. Sie war winzig und blassrosa. In der Küche füllte ich meine Hand mit Leitungswasser, Krümel will Kekse, dann ging ich zu einem Spaziergang hinaus.

Auf dem gesamten Weg dachte ich über meine Diagnose nach. Über die Tatsache, dass das Rätsel meiner Existenz in dem Augenblick gelöst worden war, in dem ich sie bekommen hatte. — hatte den Verlauf meines Lebens bestimmt. Es war gesucht und nie gefunden worden, man hatte darüber spekuliert, aber niemals korrekt, man hatte Dinge vermutet und ausgeschlossen. Aber es war stets da gewesen. Es hatte jede Entscheidung beeinflusst, die ich jemals getroffen hatte. Es hatte mein Verhalten bestimmt. Es war der Auslöser für mein Weinen. Wenn ich Patrick anschrie, legte — mir die Worte in den Mund, wenn ich mit Gegenständen warf, hob — meinen Arm. Ich hatte keine andere Wahl. Und jedes Mal wenn ich mich in den letzten zwei Jahrzehnten selbst beobachtet und eine Fremde gesehen hatte, hatte ich recht gehabt. Das war niemals ich gewesen.

Mittlerweile konnte ich nicht verstehen, wie es hatte übersehen werden können. Je länger ich lief, desto weniger verstand ich es. Es ist nicht selten. Die Symptome sind nicht versteckt. Sie können von der betroffenen Person nicht verborgen werden, wenn sie gerade mittendrin steckt. Für Patrick als Beobachtenden hätte es die ganze Zeit über offensichtlich sein müssen.

★

An jenem Abend kehrte er nach Hause zurück und entschuldigte sich dafür, dass ich die Sache am vorigen Abend vergessen hatte. Ich stand an der Spüle und füllte ein Glas mit Wasser. Ich blickte über die Schulter und sah ihn abwartend im Türrahmen stehen, in der Hand eine Plastiktüte mit irgendetwas darin. Er fragte mich, wie mein Tag gewesen sei. Ich antwortete »gut« und drehte den Hahn aus. In diesem Augenblick kam er mir mit seiner Plastiktüte so unintelligent vor. Ein unsicherer Mensch, der keine Fragen stellt. Ich bat ihn, aus dem Weg zu gehen, und er trat einen Schritt zur Seite. Er entschuldigte sich, als mein Ellbogen auf dem Weg an ihm vorbei gegen ihn stieß, und ich war erfüllt von Verachtung für einen Mann, der so nett und fügsam und nichtsahnend war.

Mein Vater rief an und fragte mich, ob ich in die Stadt kommen könne, um mit ihm zu Mittag zu essen. Ich nahm an, er wollte mit mir über das reden, was meine Mutter ihm erzählt hatte, und über unseren Streit im Zug, da er sogleich erwähnte, sie würde nicht zu Hause sein, als wüsste er, ich würde ablehnen, wenn sie es wäre.

In der Woche, die seit meinem Termin vergangen war, hatte ich andauernd über sie nachgedacht, hatte in meinem Kopf Gespräche mit ihr inszeniert, mir vorgestellt, sie anzurufen, hatte Briefe hingekritzelt, in denen ich jedes einzelne ihrer Vergehen auflistete, all die verschiedenen Weisen, auf die sie meine Schwester, mich und meinen Vater verletzt hatte, so lange ich mich zurückerinnern konnte. Mehrere Seiten über die Vernachlässigung ihrer Pflichten als Mutter – dass sie lieber hässliche Statuen aus Müll anfertigte, als sich um uns zu kümmern. Über ihre Trinkerei und ihre Abstürze, ihre dämliche Grausamkeit gegenüber Winsome, darüber, wie fett und unbedeutend sie sei, wie sehr ich mich für sie schämte und dass ich sie nun nie wiedersehen wollte.

Patrick fragte mich immer wieder, ob alles in Ordnung sei. Er wiederholte mehrmals, ich wirkte ein wenig geistesabwesend. Ein wenig gestresst. Er fragte, ob etwas vorgefallen sei. Aber meine Mutter ließ keinen Raum für Patrick – sein Versagen, zu bemerken, dass mit mir etwas nicht stimmte, war so viel nichtiger im Vergleich zu ihren Bemühungen vorzugeben, dem wäre nicht so, ihr jahrzehntelanges hingebungsvolles Nichtbemerken.

Ich sagte ihm, er solle aufhören, mich zu fragen, und er gehorchte, wodurch ich frei war, an meine Mutter und an nichts anderes mehr zu denken, ob ich nun gerade wach war oder träumte. Patrick, es Patrick zu erzählen und Patricks mögliche Reaktion auf — waren für mich irrelevant geworden. Ich wollte nichts anderes mehr, als meine Mutter zu hassen, sie zu bestrafen und zu enthüllen, was sie getan hatte. Ich sagte zum Mittagessen zu.

★

Bei meiner Ankunft stand mein Vater gerade in der Küche und butterte Sandwiches. Wir nahmen sie mit in sein Arbeitszimmer und setzten uns mit den Tellern auf dem Schoß auf das Sofa unter dem Fenster. Er fragte mich, was ich in letzter Zeit gelesen hätte. Ich hatte gar nichts gelesen und antwortete: »Jane Eyre.« Er meinte, er solle den Roman selbst auch noch einmal aus dem Regal holen, und dann, nach kurzem Zögern: »Weißt du, dass deine Mutter diese Woche noch nichts getrunken hat? Seit fast sechs Tagen.«

Angespannt antwortete ich: »Wirklich? Na schön, wusstest du, dass meine Mutter …«, und hielt dann inne. Sein Gesicht war so offen. Er sah so überzeugt davon aus, diese Neuigkeit würde mich erfreuen. Dass er sie überhaupt für erwähnenswert hielt. »Wusstest du, dass sie …«

Er wartete, und als meine Erwiderung nach einem weiteren Moment noch immer halb ausgesprochen in der Luft schwebte, griff er nach seinem Sandwich. Eine kleine Gurkenscheibe rutschte heraus. Er sagte ups. Es war unerträglich. Ich wollte ihn nicht verletzen, ich wollte sie verletzen. Auf irgendeine direkte Weise, nicht über ihn. Ich sagte also lediglich: »Sechs Tage ist noch nicht einmal ihr persönlicher Rekord.«

Mein Vater klappte eine Ecke seines Brotes auf und steckte die Gurke zurück. »Nein, da hast du wohl recht.«

»Aber möchtest du nicht mit mir über — sprechen?«

»Über was?«

»Meine Diagnose. Der neue Arzt.«

Er entschuldigte sich und meinte, er stehe gerade ein wenig auf dem Schlauch.

Meine Mutter hatte es ihm nicht gesagt. Aus Respekt für meine Textnachricht, wie ich für eine Sekunde glaubte. Aber dann, natürlich nicht. Ich fühlte mich so erschöpft.

Mein Vater sagte: »Du musst mir schon einen kleinen Hinweis geben.«

Ich begann ihm zu erzählen, was Robert gesagt hatte.

Aus dem Interesse in seinem Gesicht wurde zuerst Sorge und dann tiefer Kummer, je weiter ich sprach. Er sagte: »Liebe Güte. Ach du liebe Güte.« Wieder und wieder. Ich sah, dass er mir glauben wollte, als ich wie zum Abschluss sagte, dass es gut sei, weil es bedeute, ich sei nicht verrückt.

Er erwiderte: »Ja, stimmt. Das verstehe ich, und schließlich bekommen es angeblich nur die Genialen unter uns. Genau genommen«, damit stellte er seinen Teller beiseite, stand auf und ging zu seinem riesigen alten Computer, der damals mit dem Geld von Jonathans Verlobungsring gekauft worden war, »lass uns einmal nachsehen.«

Er hieb mit den Zeigefingern auf seine Tastatur ein und sprach dabei langsam laut mit: »Berühmte … Persönlichkeiten … mit … —.« Er drückte eine weitere Taste und blickte auf den Bildschirm, wo er mit zusammengekniffenen Augen die Bildergalerie betrachtete, die ihm angeboten wurde. Ich sah zu, wie er mit etwas Mühe die Maus auf ihr Ziel zusteuerte. Und ich war glücklich, was unerklärlich schien, abgesehen davon, dass ich gerade bei ihm im Zimmer war, wo wir so viel Zeit miteinander verbracht hatten und wo es mir stets gut gegangen war, solange wir zu zweit gewesen waren.

Er klickte und sagte: »Pass auf, es geht los. Aus dem Stand heraus«, und er las den Namen des berühmten Künstlers vor, der zuerst auftauchte. Ich blickte auf seine Schwarz-Weiß-Fotografie und bemerkte, das sei aber ein eigenartiges Foto – der Künstler saß darauf auf der Bettkante und hielt ein Gewehr in der Hand. »Hat er sich nicht am Ende in den Kopf geschossen?«

Mein Vater griff nach der Maus. Ein weiterer toter Künstler erschien, dann ein toter Komponist und zwei tote Schriftstellerinnen, während er weiter klickte, immer schneller, auf der Suche nach einem besseren Beispiel. Ein toter Politiker und ein toter Fernsehmoderator. Ich betrachtete sie und war mir bewusst, dass mich ein Onlineverzeichnis von Selbstmorden verstören sollte, aber das tat es nicht. Trotz allem, was es mir angetan hatte, war ich ihm doch davongelaufen. Genialere Menschen als ich, bekannte wie unbekannte, hatten es nicht geschafft, auch wenn sie sicher so vieles unternommen hatten, um sich zu schützen, während ich nur so wenig getan hatte. Ich verdiente es nicht, an ihrer Stelle am Leben zu sein. Sie hatten gelitten und verloren. Mir hatte ein Arzt gesagt, ich sei sehr gut damit zurechtgekommen. So viel Glück hätte ich nicht haben sollen.

Nach einer Reihe toter Schauspielerinnen und Schauspieler warf mein Vater einen Blick über seine Schulter und fragte mit Verzweiflung in der Stimme: »Wer ist das?«

»Das ist ein Comedian, der früher schmerzmittelabhängig war. Aber er ist noch am Leben, das ist schon einmal gut.«

»Ja.« Mein Vater lächelte schwach, ehe er sich erneut dem Bildschirm zuwandte, das Bild eines Popstars übersprang, den er ebenfalls nicht kannte, und kurz vor dem Verzweifeln schien, bis er sich schließlich in seinem Stuhl zurücklehnte. Er las den Namen eines amerikanischen Dichters vor, der zwar bereits gestorben war, allerdings eines natürlichen Todes. Erschöpft, aber befriedigt sagte mein Vater: »Nun, das wusste ich nicht.«

Ich lachte und sagte: »Erstaunlich.«

»Es *ist* erstaunlich. Meine Tochter und der Architekt der Postmoderne!«

Ich fragte ihn, ob wir uns einen Kaffee machen wollten, und er sprang aus seinem Stuhl auf und lief voraus in die Küche.

★

Spät am Nachmittag, als ich zum Aufbruch bereit an der Haustür stand, nahm ich meinen Vater in den Arm, und, die Wange gegen seine Brust gepresst, mit dem vertrauten Gefühl und Geruch seiner Wollstrickjacke, sagte ich: »Bitte erzähl niemandem von —. Ingrid oder irgendjemandem sonst. Ich habe es noch nicht einmal Patrick erzählt.«

Er trat einen Schritt zurück. »Warum nicht?«

Ich senkte den Blick und trat einen Knick im Teppichläufer mit dem Fuß glatt.

»Martha?«

»Darum. Ich war beschäftigt.«

»Trotzdem, selbst wenn du …« Mein Vater hielt inne und versuchte, eine nettere Art zu finden, um »Lüg nicht, du bist doch nie beschäftigt« zu sagen. »Wie auch immer, das hier ist wichtiger als alles andere. Es ist die wichtigste Sache überhaupt. Um ehrlich zu sein, bin ich ziemlich überrascht.«

Ich hatte als Tochter so viele Verbrechen begangen, und niemals, nicht ein einziges Mal war mein Vater wütend auf mich gewesen. Jetzt war er wütend, dabei war es gar nicht mein Verbrechen gewesen.

»Nun«, setzte ich an, »wenn ich ganz ehrlich bin«, mein Vater zuckte bei meinem Tonfall zusammen, »hatte ich keine Zeit, mit Patrick zu sprechen, weil ich versucht habe, die Tatsache zu verarbeiten, dass deine Frau diese Information all die Jahre besessen, jedoch beschlossen hat, sie für sich zu behalten. Ich meine: *Ja, meiner Tochter ging es für den größten Teil ihres Lebens immer wieder schlecht, und sie kann einen kleinen Hang zum Selbstmord entwickeln, aber wozu sie mit dem Grund dafür belasten? Das verwächst sich sicher.*« Ich konnte nicht erkennen, ob es noch immer der Schock über meine Worte war, was sich auf dem Gesicht meines Vaters abzeichnete, oder Ungläubigkeit oder Bestürzung, weil er wusste, dass es wahr war. Er sagte bloß: »Martha, Martha«, als ich mich an ihm vorbeidrängte und ging, wobei ich die Tür mit zu viel Wucht zuknallte. Dass ich es Patrick noch nicht erzählt hatte, war mir bis zu diesem Zeitpunkt noch nicht falsch vorgekommen. Ich hatte mich deswegen nicht schuldig gefühlt. Als ich nun aber zur U-Bahn-Station lief, lastete der Schuldspruch schwer auf mir, und dafür hasste ich meine Mutter ebenfalls.

★

Die U-Bahn fuhr gerade aus einem Tunnel auf einen überirdischen Abschnitt, da klingelte das Telefon in meiner Tasche. Ich ging dran, und Roberts Sprechstundenhilfe erklärte mir, der Herr Doktor würde mich gern sprechen, wenn ich bitte am Apparat bleiben möchte.

Ich wartete und lauschte einer nervtötenden Version von Händels *Messiah*, bis es Klick machte und Robert sagte: »Hallo, Martha.« Er hoffe, er habe mich nicht in einem schlechten Moment erwischt, aber er habe diesen Morgen beim Durchsehen seiner Notizen über mich festgestellt, dass er vergessen habe, mir eine der Standardfragen zu stellen, ehe er das Rezept ausstellte – es sei ein Versehen, das ihm sehr leidtue, das jedoch in diesem Fall nicht weiter gefährlich sei.

Die U-Bahn fuhr in die nächste Station ein, und ich konnte ihn über die Lautsprecherdurchsage hinweg kaum verstehen. Ich entschuldigte mich und fragte ihn, ob er das Letzte noch einmal wiederholen könne.

Er sagte: »Natürlich. Sie sind nicht gerade schwanger oder versuchen, es zu werden? Ich habe es versäumt, Sie das während unserer Sitzung zu fragen.«

Ich antwortete mit Nein.

Robert sagte: »Wunderbar«, und erklärte mir, dann sei, was das Medikament anging, keine Änderung nötig, er müsse es nur für seine Unterlagen abhaken, und nun könne er mich schon wieder gehen lassen.

Über das laute Piepen der Türen hinweg fragte ich: »Entschuldigen Sie, nur ganz kurz: Würde es denn etwas ausmachen, wenn ich es wäre?«

Er antwortete: »Wie bitte?«

Eine Gruppe Jugendlicher versuchte zu spät, in den Wagen einzusteigen. Einer drückte die Türen auf und hielt sie fest, während die anderen sich unter seinen Armen hineinduckten. Mir war nicht bewusst, dass ich aufgestanden war, aber ich hörte, wie er mir *Fotze* hinterherrief, als ich ihn aus dem Weg drängte, um auszusteigen.

Auf dem Bahnsteig fragte ich Robert erneut, ob es etwas ausmachen würde, wenn ich unter diesem Medikament schwanger würde.

»Nicht im Geringsten, nein.«

Die Bahn fuhr ab, und in die absolute Stille, die nun folgte, hörte ich ihn sagen: »Alle Medikamente dieser Kategorie und in jedem Fall die Version, die Sie verschrieben bekommen haben, sind vollkommen sicher.«

Ich fragte ihn, ob er einen Augenblick warten könne, bis ich einen Platz zum Hinsetzen fände. Stattdessen beugte ich mich über eine Mülltonne und spuckte hinein, während ich mein Telefon so weit wie möglich entfernt hielt. Es kam nichts heraus, obwohl sich in meiner Kehle ein zähes Übelkeitsgefühl breitgemacht hatte.

Robert fragte mich, ob alles in Ordnung sei. Neben der Mülltonne stand eine Reihe von Sitzen. Ich wollte auf einem von ihnen Platz nehmen, verfehlte jedoch die Kante und fiel auf mein Steißbein. Der Bahnsteig war nun leer. Ich blieb auf dem dreckigen Fußboden sitzen. »Ja. Tut mir leid. Mir geht es gut.«

Er sagte: »Schön. Aber sollten im Nachhinein noch irgendwelche Sorgen aufkommen, kann ich Ihnen garantieren, dass es vollkommen sicher ist, für Mutter und Kind. Sowohl vor als auch nach der Geburt. Das heißt, wenn dieses Medikament wirkt und Sie zu einem späteren Zeitpunkt beschließen, schwanger werden zu wollen, dann müssen Sie es nicht absetzen.«

Es war wie in einem Traum, wenn man versucht aufzustehen, es einem aber nicht gelingt, wenn man vor etwas wegrennen muss, aber die Beine sich nicht bewegen wollen. Ich versuchte, ihm zu antworten, aber es gab keine Worte. Nach einer Weile fragte Robert mich, ob ich noch da sei.

Ich sagte, dass ich kein Baby wolle. »Ich wäre eine schlechte Mutter.«

Ich weiß nicht mehr, womit seine Antwort begann, nur dass sie mit den folgenden Worten endete: »Wenn dieser Glaube verbunden ist mit dem Gefühl, dass Sie womöglich instabil sind oder irgendein Risiko für Ihr Kind darstellen könnten, dann möchte ich nur sagen, dass — Sie nicht disqualifiziert, Kinder zu bekommen. Ich habe viele Patientinnen, die Mütter sind und denen es sehr gut geht. Ich hege keinen Zweifel daran, dass Sie eine wunderbare Mutter wären, wenn das etwas ist, was Sie sich wünschen. Tatsächlich ist — kein Grund, auf Mutterschaft zu verzichten.«

Ich erklärte ihm, ich könne mir nichts Schlimmeres vorstellen, und lachte fröhlich, während ich meine Hand zu einer

Faust ballte. Ich schlug mir damit gegen den Kopf. Es tat nicht weh genug. Ich schlug erneut zu. Hinter meinem linken Auge funkelte es weiß auf.

Robert sagte: »Gewiss, gewiss. Ich bin jedoch da, sollten Sie jemals Ihre Meinung ändern.«

Eine weitere Bahn fuhr ein. Ich sah sie auf mich zukommen. Eine Minute später stand ich in einem überfüllten Wagen, starrte ins Leere und ließ mich vor und zurück schleudern, während wir über die Gleise rüttelten und durch die absolute Dunkelheit des Tunnels schnitten.

*

Vor dem Haus für Führungskräfte parkte ein Flughafenauto. Patrick stand neben dem offenen Kofferraum und versuchte, dem Fahrer zu helfen, seinen Koffer hineinzubugsieren.

Als er mich sah, überließ er es dem Fahrer und lief mit ungewöhnlich verärgerter Miene auf mich zu. »Ich dachte schon, ich würde dich vor meiner Abreise gar nicht mehr sehen. Hast du meine Anrufe denn nicht gesehen?«

Ich sagte Nein und dachte mir irgendeinen Grund dafür aus, weshalb nicht, aber Patricks Aufmerksamkeit hatte sich auf irgendetwas gerichtet, das er gerade an der Seite meines Kopfes entdeckt hatte.

»Was ist mit deinem Gesicht passiert?«

»Ich weiß es nicht.«

Er streckte die Hand aus, um es zu berühren. Ich schlug sie weg und fing an zu lachen.

»Martha, was ist los?« Vor lauter Frust fügte er hinzu: »Um Himmels willen«, was mich noch lauter lachen ließ.

»Hör auf. Martha, ernsthaft. Hör auf. Ich habe genug davon.«

»Von was? Von mir?«

»Nein. Verdammt noch mal.«

Das war ebenfalls wahnsinnig lustig.

Er war nun wütend und sagte: »Ich reise jetzt ab und werde dich zwei Wochen lang nicht sehen. Warum kannst du nicht einfach normal sein?«

Da wurde ich vor Lachen geschüttelt. Ich rief: »Ich weiß es nicht, Patrick. Ich weiß es nicht! Weißt du es? Ich weiß es nicht. Es ist ein Mysterium. Ein vollkommenes Mysterium!«, und ging ins Haus, nachdem mir unser Wortwechsel klar genug vor Augen geführt hatte, dass ich meine Mutter und meinen Ehemann zur gleichen Zeit hassen konnte, was ich von diesem Zeitpunkt an auch tat. Gewollt oder ungewollt hatten sie beide mein Leben ruiniert.

An jenem Abend nahm ich meine rosa Tablette, obwohl es mir mittlerweile nicht mehr wichtig war, ob es mir besser ging oder nicht.

Patrick war zehn Tage lang fort. Er schrieb mir Kurznachrichten. Ich antwortete nicht, außer, um ihm zu sagen, dass ich die Woche bei Ingrid verbringen würde, worauf er erwiderte: »Toll, viel Spaß!«

Zu ihr sagte ich, ich würde ein paar Tage bleiben. Um ihr zu helfen, behauptete ich. Und so unwahrscheinlich das auch war, hatte sie diese Hilfe so dringend nötig, dass sie keine weiteren Fragen stellte. Sie war andauernd müde und brach häufig wegen der Kinder in Tränen aus oder schrie Hamish an. Im ganzen Haus war es unordentlich, und es herrschte ein ständiger Lärmpegel von all den verschiedenen Geräten und dem Fernseher und von Ingrids Freundinnen mit deren Kindern, die den ganzen Tag ein und aus gingen, vom Weinen und Türenknallen in der Nacht, und inmitten des Ganzen konnte ich wunderbar untertauchen. Selbst wenn ich meinem Kummer außerhalb meines Zimmers freien Lauf ließ, bekam das niemand mit. Nach ein paar Tagen fuhr ich nicht wieder nach Hause. Ich war immer noch dort, als Patrick von seiner Reise zurückkehrte. Er schrieb mir eine Nachricht. Ich antwortete, Ingrid wolle, dass ich noch eine Woche bliebe.

In der ganzen Zeit, die erst zu zwei, dann zu drei Wochen wurde, fragte meine Schwester mich nur ein einziges Mal, wie es mir gehe, und als ich behauptete, es gehe mir großartig, stellte sie es weder infrage, noch wollte sie weitere Einzelheiten erfahren. Ich erzählte ihr nichts von Robert oder Patrick. Ich teilte ihr mit, dass ich nicht mehr mit unserer Mutter sprach, doch sie war nicht daran interessiert, den Grund dafür zu erfahren, da sie in ihrem eigenen Leben schon so oft und aus so vielen Gründen nicht mehr mit unserer Mutter gesprochen hatte.

Bis er am Haus vorfuhr, hatten Patrick und ich uns seit einem Monat nicht mehr gesehen. Er trat durch die geöffnete Haustür und kam in die Küche. Ingrid und ich saßen gerade am Tisch und halfen den Jungs beim Abendbrot.

Er sagte: »Es wird Zeit, nach Hause zu kommen, Martha.«

Ich wollte nicht mit ihm gehen, aber Ingrid sprang auf und rief: »Ja, ja, definitiv«, und drehte eine Runde durch die Küche, wo sie alles einsammelte, was mir gehörte. Ich legte die Gabel nieder, an deren Ende eine kleine Wurstscheibe steckte, die ich ihrem mittleren Sohn hatte aufschwatzen wollen. Ich dachte, ich sei ausgesprochen hilfreich gewesen. Aber die Erleichterung meiner Schwester war so deutlich, und sie bestand so klar darauf, ich könne einfach gleich mitfahren, und Hamish werde mir meine restlichen Sachen dann später vorbeibringen, dass ich aufstand und Patrick nach draußen zu unserem Wagen folgte, beladen mit meinen verschiedenen Besitztümern, die sie uns in die Arme gedrückt hatte.

★

Meine Wut auf ihn nahm in den kommenden Wochen nicht ab. In seiner Anwesenheit war sie akut, geschürt durch seine Art, aus einer Tasse zu trinken oder sich die Zähne zu putzen, durch seine Arbeitstasche, seinen Klingelton, seine Schmutzwäsche ganz unten im Korb, das Haar in seinem Nacken, seine Bemühungen, normal zu sein, wie er Batterien und Mundspülung kaufte und sagte: »Du wirkst unglücklich, Martha.« Diese Wut ließ mich in Gesprächen gemein und hänselnd werden, abweisend oder verächtlich. Hinterher schämte ich mich, aber im jeweiligen Augenblick konnte ich meiner Wut nicht widerstehen. Auch wenn ich mir vornahm, mich zu bessern, mit ihm zu reden, endete jeder freundlich begonnene Satz hasserfüllt. Aus diesem Grund mied ich es meist, mich im selben Raum mit ihm aufzuhalten oder überhaupt zu Hause zu sein, wenn er dort war.

Allein verspürte ich Trauer. Sie war heftig, aber nicht konstant, und dazwischen empfand ich eine unnatürliche Ruhe, wie ich sie zuvor noch nie erlebt hatte. Ich entschied, es sei die Ruhe einer Krebspatientin, die so lange gekämpft hat und nun erleichtert ist, zu erfahren, dass ihre Krankheit sich im Endstadium befindet, weil sie endlich aufhören und bis zum Schluss einfach nur das tun kann, worauf sie Lust hat.

In Bezug auf den neuen Stand der Dinge äußerte Patrick einzig und allein, ihm sei kürzlich bewusst geworden, dass es nun schon lange her sei, seit er mich zuletzt habe weinen sehen. Er sagte: »Wahrscheinlich hast du den Mechanismus endlich abgenutzt«, und: »ha ha«, als einzelne Wörter, nicht als Laut.

Es war seine Art, mich zu fragen, was geschehen sei. Ich

erwiderte: »Kannst du ab heute in einem anderen Zimmer schlafen?«

★

Mein Lektor hatte mir zu einer Kolumne, die ich geschrieben hatte, eine E-Mail geschickt. Sie kam an einem Montagnachmittag. Später zählte ich in meinem Kalender nach, dass seit meinem Termin bei Robert sechs Wochen vergangen waren.

Der Betreff lautete: Feedback. Mir sackte nicht das Herz in die Hose, als ich ihn las, und auch nicht bei der ersten Zeile der vielen Absätze voller Tippfehler. »Hey, sorry, dass ich ewig gebraucht habe, Ihnen zu antworten.« Es sei wahnsinnig viel los gewesen. »Jedenfllas«, schrieb er weiter, »gibt es im Text einige heftige Probleme, glaube, Sie sind am Ziel vorbeigeschossen, insgesamt zu harsch/wertend.« Er wollte, dass ich noch einmal von vorn begänne. »Irgendetwas Lustigeres & Persönlicheres. Lassen Sei sich Zeit.«

Ich schaute aus dem Fenster auf die Blätter der riesigen Platane, die in der Sonne glänzten. Mein Blick wanderte zurück auf den Bildschirm und blieb auf einem Muster aus tiefen dreieckigen Dellen in der Wand über meinem Computer hängen. Ich fragte mich, warum ich mich nach der letzten derartigen E-Mail, die mir mein Lektor geschickt hatte, so gedemütigt und verängstigt und hitzig und angeekelt gefühlt hatte, dass ich mich von dem Stuhl erhoben hatte, auf dem ich nun saß, zum Schrank gegangen war, das Bügeleisen herausgeholt und es über meinem Kopf immer und immer wieder mit der Nase voran in die Wand gestoßen hatte. Diesmal war ich ganz ru-

318

hig. Ich machte: »Oh.« Da wusste ich, dass es mir besser ging, dass die Tabletten, die Robert mir verschrieben hatte, gewirkt hatten.

Ich schaute erneut aus dem Fenster und betrachtete für eine Weile den Baum, dann schrieb ich die Kolumne um. Sie handelte davon, wie ich einmal meinen Mehrwegkaffeebecher verloren hatte und meinen Coffee to go aus einem Cocktailshaker hatte trinken müssen, weil ich meinem Barista gegenüber zu viele abfällige Dinge über Menschen gesagt hatte, die immer noch Wegwerfbecher benutzten. Der Cocktailshaker war der einzige Ersatz, den ich hatte finden können.

Dass ich es überhaupt schaffte, mich erneut an den Text zu setzen, die E-Mail meines Lektors aus dem Kopf zu bekommen und zu arbeiten, bis ich fertig war, erschien mir außerordentlich. Ich konnte den Text nicht sofort absenden, weil mein Lektor sonst gewusst hätte, dass ich nur vierzig Minuten gebraucht hatte, um sechshundert lustigere & persönlichere Wörter zu produzieren. Ich speicherte ihn ab und begann, eine E-Mail an Robert zu verfassen.

Ich wollte ihm mitteilen, was soeben geschehen war. Ich wollte ihm sagen, dass ich zum ersten Mal in der Lage gewesen war, zu entscheiden, wie ich auf etwas Schlechtes reagieren wollte, auch wenn es bloß so eine Kleinigkeit war, statt erst mitten in meiner Reaktion wieder zu Bewusstsein zu kommen. Ich fügte hinzu, ich hätte nicht gewusst, dass man selbst entscheiden könne, was man fühlen wollte, statt von einer Emotion außerhalb von einem selbst überwältigt zu werden. Ich sagte, ich könne es nicht richtig beschreiben. Ich fühlte mich nicht wie ein anderer Mensch, ich fühlte mich wie ich selbst. Als wäre ich gefunden worden.

Ich löschte alles und schickte ihm eine einzige Zeile, in der stand, dass es mir besser gehe und ich dankbar sei und mich dafür entschuldigte, ihm eine E-Mail zu schreiben. Dann gab ich seinen Namen bei Google ein.

*

Welche Häppchen aus ihrem Privatleben Julie weiblich in unseren zahllosen gemeinsamen Stunden auch versehentlich preisgegeben hatte, niemals hätte ich vor ihrem Haus geparkt, um irgendein weiteres kostbares Detail über ihr Leben zu erfahren. Es war mir egal, wer sie außerhalb ihres umfunktionierten Gästezimmers war. Über Robert dachte ich allerdings noch Tage später nach. Ich nutzte die Google-Bildersuche und klickte auf Fotos von ihm, die bei Konferenzen aufgenommen worden waren. Ich las von ihm verfasste Zeitschriftenartikel und sah mir auf YouTube eine lange Präsentation an, die er vor einem Publikum aus anderen Psychiaterinnen und Psychiatern gehalten hatte.

Ich stellte mir vor, wie ich nach London, in die Harley Street, zurückkehrte, genau in dem Moment, in dem er aus seinen Praxisräumen käme. Ich wusste, sobald ich sehen würde, wie er auf dem Bordstein innehielt, um mit prüfendem Blick in den Abendhimmel hinaufzuschauen und seinen Regenmantel zu schließen, würde ich einen Schritt zurücktreten und ihn beobachten, mich fragen, wohin er nun gehen und wer auf ihn warten würde, ob er im Zug seinen Tag noch einmal Revue passieren lassen und all seine Patientinnen und Patienten gedanklich durchgehen würde, während seine Zeitung ungelesen vor ihm läge.

Ich war erfüllt von dem Verlangen zu erfahren, was Robert über mich dachte, ob er nach meinem Termin seiner Frau, die ich kennengelernt und auf Anhieb gemocht hatte, von seiner neuen Patientin erzählt hatte, einer Frau, bei der er — diagnostiziert habe. Es wurde mir ungemein wichtig, dass Robert mich intelligent und amüsant und originell gefunden hatte und sich auch so an mich erinnerte, obgleich ich in der Stunde, die ich in seinem Sprechzimmer verbracht hatte, nichts davon gewesen war.

Als ich am Freitagmorgen gerade meine Kolumne abschickte, antwortete er. Mein Herz machte einen dumpfen Schlag, als ich seinen Namen sah. Nach einer Woche, in der ich rein fiktiv über ihn nachgedacht hatte, war es ein so köstliches Gefühl, tatsächlich sicher zu wissen, was er nur Sekunden zuvor getan hatte, dass ich einen Screenshot von meinem Postfach und danach einen von der gelesenen E-Mail machte. Darin stand: »Wunderbar, das freut mich zu hören. Gesendet von meinem iPhone.« Dann löschte ich beide Bilder sowie meinen Verlauf und ging nach unten. Roberts Name und seine einzelne Antwortzeile sollten mir nicht so kostbar erscheinen, dass ich sie aufbewahren musste. Was ich so viele Tage bis zu diesem getan hatte, war die Beschäftigung einer Wahnsinnigen gewesen, und ich war nicht wahnsinnig. Ich wusste, dass Robert bloß ein Mensch war.

Wäre ich jedoch ertappt worden, hätte ich behauptet, ich hätte es getan, weil er mir das Leben gerettet hatte und ich eigentlich nichts über ihn wusste, außer dass er sich einmal beim Tomatenschneiden in die Hand geschnitten hatte.

Ich sagte meinen Folgetermin ab, weil ich nichts Weiteres zu sagen hatte.

Meine Kolumne war angeblich genau richtig.

★

Danach war alles normal. Ich war normal, und das war mir übermäßig bewusst. Ich machte versehentlich etwas kaputt und reagierte darauf wie ein normaler Mensch, mit einer Frustration, die nur andauerte, bis ich die Scherben aufgesammelt hatte. Ich verbrannte mir die Hand und verspürte ein normales Ausmaß an Schmerz, und als ich die Salbe zum Daraufgeben nicht finden konnte, war es eine Unannehmlichkeit und kein Grund für einen Wutausbruch. Das Haus und die Gegenstände darin waren lediglich Dinge, die nicht mit Bedrohung oder Absicht aufgeladen waren. Ich fühlte mich so normal, dass ich mich fragte, ob es für andere offensichtlich war. Beim Einkaufen unterhielt ich mich mit Fremden. Ich fragte einen Mann, ob ich seinen Hund streicheln könne. Zu einer schwangeren Frau sagte ich: »Nicht mehr lange«, worauf sie lachte: »Ich bin erst im fünften Monat.«

Und ich verspürte eine normale Trauer, die den Entdeckungen, die ich gemacht hatte, sowie den Konsequenzen aus diesen Entdeckungen angemessen war. Auf dieser Grundlage war auch mein Verhalten gegenüber Patrick normal. Wer auch immer es mitbekommen hätte, hätte zugeben müssen, dass unter den gegebenen Umständen, bei denen eine Frau sich verhält, als hasste sie ihren Ehemann, alles ganz normal war.

★

Eines Tages im November kam Patrick in die Abstellkammer, als ich gerade die Deadline, die mein Lektor mir für meine nächste Kolumne gegeben hatte, in meinen Kalender eintrug. Da ich an meinem Schreibtisch saß, hatte ich ihm den Rücken zugewandt. Ich spürte, wie er sich hinter mich stellte und mir über die Schulter blickte.

Ich fragte ihn: »Kannst du das bitte lassen?«

Er wies mich darauf hin, die Deadline sei einen Tag vor meinem Geburtstag. Er wollte wissen, weshalb ich diesen nicht eingetragen hätte.

»Schreiben erwachsene Menschen für gewöhnlich ›Mein Geburtstag‹ in ihren Kalender? Wieso bist du hier?«

Er sagte, es gebe keinen besonderen Grund, und ich dachte schon, er würde wieder gehen, doch stattdessen setzte er sich auf einen Rohrstuhl in der Ecke. Er knackte unter seinem Gewicht. Ohne mich umzudrehen erklärte ich ihm, das sei eigentlich kein Stuhl zum Daraufsetzen.

»Hättest du gern eine Party?«

Ich sagte Nein.

»Warum nicht?«

»Ich bin nicht in der richtigen Verfassung zum Feiern.«

»Aber es ist dein vierzigster«, sagte er. »Wir müssen den Tag in Angriff nehmen.«

»Müssen wir?«

»Schön. Dann nicht.« Der Stuhl knackte erneut, als er aufstand. »Aber ich werde trotzdem etwas organisieren, denn sonst kommt der Tag, ohne dass etwas geplant ist, und du wirst mich dafür bestrafen.«

»Alles klar.« Ich drehte mich um und sah ihn zum ersten Mal an, seit er das Zimmer betreten hatte. »Also ist die Party eher eine Absicherung dagegen, dass ich wütend werde, als dein Wunsch, deine wunderbare Frau zu feiern, die du so sehr liebst.«

Patrick legte sich mit gespreizten Ellbogen beide Hände auf den Kopf. »Ich kann es nicht richtig machen. Ich kann es einfach nicht. Ich liebe dich, und deshalb versuche ich, das hier zu tun. Um dich glücklich zu machen.«

»Das wird mich nicht glücklich machen. Aber tu, was du nicht lassen kannst.«

Ich wandte ihm erneut den Rücken zu, und er ging aus dem Zimmer, wobei er noch die Worte fallen ließ: »Manchmal frage ich mich, ob du nicht eigentlich gern so bist.«

Er schickte mir eine Einladung per E-Mail, die gleiche, die er auch allen anderen schickte.

★

Das nächste längere Gespräch, das Patrick und ich führten, fand im Auto auf dem Heimweg von der Party statt, als ich ihm erklärte, dass sein Mit-dem-Finger-Zeigen auf andere Menschen, die Pistolenfinger, die er machte, wenn er jemandem einen Drink anbot, in mir das Bedürfnis weckte, auf ihn zu schießen.

Er sagte: »Ich habe eine Idee, Martha. Wie wäre es, wenn wir nichts mehr sagen, bis wir zu Hause sind.«

Ich antwortete: »Wie wäre es, wenn wir auch zu Hause nichts mehr sagen«, und drehte die Heizung auf die höchste Stufe.

★

Jedes Mal wenn ich Ingrids ältesten Sohn sehe, fragt er: »Kannst du mir erzählen, wie ich auf dem Fußboden zur Welt kam?« Er sagt, seine Mutter sei zu müde dafür und sein Vater habe nur den letzten Teil mitbekommen. Er behauptet, seine Brüder glaubten nicht, dass Babys auf dem Fußboden passieren könnten – was heiße, dass sie es ebenfalls erneut hören müssten, aber separat, nach ihm. Auf meinem Schoß legt er dann seine Hände an meine Wangen und fügt hinzu, ich müsse die lustige Version erzählen.

Der letzte Satz stammt von ihm. Der letzte Satz lautet: »Aber meiner Mom gefiel er nicht, weshalb mich alle manchmal Nicht-Patrick nennen.«

Bevor er von meinem Schoß rutscht, muss ich ihm ein weiteres Mal erklären, weshalb Patrick damals noch nicht sein Onkel gewesen sei, eine Weile später aber schon. Diese Tatsache erstaunt ihn. Sie scheint seinen Glauben daran zu festigen, dass sich die Natur der Dinge um seine Existenz dreht, er kann sie jedoch erst vollkommen genießen, wenn ich ihm versichert habe, dass die Dinge sich nicht mehr zurückverwandeln können. Dass Patrick für immer sein Onkel bleiben wird.

Am Morgen nach der Party rief Ingrid mich an, um den Abend auszuwerten, »wie es nun einmal meine Gewohnheit ist«, sagte sie. Ich lag noch immer auf dem Sofa, wo Patrick mich zurückgelassen hatte, um eine Zeitung kaufen zu gehen, und glaubte noch immer, dass er das auch tatsächlich tun und bald wieder zurück sein würde. Sie erklärte, dass sie sich gerade im Badezimmer vor ihren Kindern verstecke und auflegen müsse, sobald diese sie fänden. Über das Geräusch des schwappenden Badewassers hinweg ging sie die Outfits der Frauen in aufsteigender Reihenfolge durch, von den Schlimmsten bis zu den halbwegs Okayen, dann sprach sie eine Weile über Olivers neue Freundin, die sich spektakulär betrunken und mit Rowland geflirtet hatte. Am Ende des Abends hatte Ingrid gesehen, wie sie den Raum nach noch halb vollen Gläsern absuchte, und später, wie auf dem Parkplatz mit ihr Schluss gemacht wurde. Sie fügte hinzu, es sei so seltsam, dass nicht unsere Mutter diejenige auf Gläsersuche gewesen sei, die, wenn sie nicht mehr stehen konnte, darauf beharrte, jemand habe ihr etwas in den Drink getan – nämlich zehn weitere Drinks, wie Ingrid dazu bemerkte. Auf der Party hatte Ingrid mich nicht gefragt, weshalb unsere Mutter nicht da war, und sie tat es auch jetzt nicht. Dass sie nicht auf einer Veranstaltung erschien, bei der jemand anderes gefeiert wurde, war nicht bemerkenswert genug.

»Hast du dich amüsiert?«

Ich dachte, sie meine die Frage ernst, und sagte Nein.

»Ja. Das war offensichtlich.«

Ich fühlte mich angegriffen und behauptete, ich hätte es versucht.

»Hast du das? Wirklich? War das, als du dich auf der Toilette eingeschlossen hast, oder als du während meiner doofen Rede auf dein Telefon geschaut hast?«

»Kannst du dich bitte daran erinnern, dass ich gar keine Party wollte?«, verteidigte ich mich. »Die ganze Sache war Patricks Idee. Aber egal. Es tut mir leid.«

Ich hörte den lauten Sog des Abflusses und wie meine Schwester aus der Wanne stieg. Sie bat mich, einen Moment zu warten, dann seufzte sie tief ins Telefon, ehe sie weitersprach. »Ich weiß, dass du und Patrick aus für mich unerfindlichen Gründen eine beschissene Zeit hattet, aber ich wünschte, ich könnte verstehen, warum du das nicht für einen Abend zur Seite schieben und dir sagen kannst: Scheiß drauf, es ist mein Geburtstag, mein Ehemann hat all das organisiert, alle sind gekommen, ich trinke jetzt einfach ein Glas Sekt und esse eine Scheißolive und kehre morgen wieder zu meinen Eheproblemen zurück.«

Ich konnte Ingrid nicht erklären, weshalb ich mich verhielt, als hasste ich Patrick, ohne preiszugeben, weshalb ich dies mittlerweile tatsächlich tat. Und ich war mit einem Mal so erschöpft, so erschöpft davon, die Böse, die Enttäuschende, die wieder und wieder und wieder alles Zerstörende zu sein, dass ich meine Antwort beinahe herausschrie: »Weil alles falsch ist, Ingrid. All die Reden und das Gelächter und das ›Oh, Martha, du siehst wundervoll aus, herzlichen Glückwunsch, die große Vier-Null‹. Das sind nicht meine Freunde. Keiner von denen weiß auch nur das Geringste über mich, warum ich so bin, wie ich bin. Und das ist meine Schuld, weil ich eine Versagerin und eine Lügnerin bin. Nicht einmal du kennst mich.«

»Ganz ehrlich, wovon redest du?«

Ich nahm das Telefon in die andere Hand. »Ich habe —.«

»Wer hat das gesagt?«

»Ein neuer Arzt.«

Als hätte ich mich beklagt, ich sei fett, antwortete Ingrid: »Nun, das ist Blödsinn. Er liegt ganz offensichtlich falsch.«

»Nein, liegt er nicht.«

»Was? Ernsthaft?«

Ich sagte Ja.

»Du hast wirklich —? Scheiße.« Sie schwieg für eine Sekunde. »Das tut mir so leid.«

»Muss es nicht. Ich komme damit klar. Er hat mir etwas verschrieben, das wirkt. Ich bin seit sechs Monaten ein neuer Mensch.«

»Warum hast du mir das nicht erzählt?«

Ich antwortete: »Ich habe es außer unseren Eltern niemandem erzählt.«

»Wieso nicht? Wenn du damit klarkommst, wieso erzählst du es dann nicht einfach allen?«

»Weil es immer noch verdammt peinlich ist.«

»Ich hätte dich nicht verurteilt. Niemand hätte das. Zumindest sollte es niemand.« Sie fügte hinzu, wobei sie so dermaßen nicht wie sie selbst klang, dass ich fürchtete, ich würde gleich loslachen: »Wir als Gesellschaft müssen das Stigma rund um psychische Erkrankungen abbauen.«

»O mein Gott, Ingrid. Ich würde mir eher wünschen, wir als Gesellschaft würden es noch ein bisschen weiter aufbauen, damit wir endlich über etwas anderes reden können.«

»Das ist nicht lustig.«

»Okay.«

»Was meint Patrick dazu?«

»Ingrid, ich habe es dir doch eben gesagt.«

»Was?«

»Er weiß es nicht.«

»Was? O mein Gott, Martha. Warum zum Teufel hast du beschlossen, es unseren Eltern zu erzählen, anstelle deines eigenen Ehemanns?«

»Ich habe das nicht beschlossen. Unserem Vater habe ich es aus Versehen erzählt. Bei unserer Mutter ist es einfach so durchgesickert, ich musste es nicht erst aussprechen.«

»Was? Wieso nicht?«

Ich bat sie, das Gespräch über unsere Mutter auf später zu verschieben.

»Na schön. Aber …« Jemand schrie *Mum* und begann, an die Badezimmertür zu hämmern. Ingrid ignorierte es. »Ich verstehe immer noch nicht, warum du nicht willst, dass er es weiß. Dir geht es schrecklich, und abgesehen von der Tatsache, dass es vermutlich helfen würde, wenn er diese fundamentale Information über seine Frau besäße, ist Geheimhaltung ein ziemlich beschissenes Verhalten unter Ehepartnern.«

»Er hätte es wissen müssen.«

»Wieso? Du wusstest es doch auch nicht.«

»Ich bin kein Arzt.«

»Und Patrick ist kein Psychiater. Und jetzt weißt du es ja, spielt es also überhaupt noch eine Rolle?«

»Ja.«

»Warum?«

Ein weiteres lautes Geräusch ertönte im Hintergrund, die Tür wurde mit zu viel Schwung aufgerissen und knallte gegen die Wand, gefolgt von den Stimmen ihrer Kinder. Ich hörte Ingrid rufen: »Raus, raus, raus«, aber sie wollten nicht gehen, und der Austausch zog sich über Minuten hin. Bis sie wieder am Telefon war, hatte sie ihre Frage vergessen.

»Martha, du musst es ihm sagen. Du kannst nicht ewig so weitermachen und glauben, ihr könntet jemals auf irgendeiner Ebene miteinander glücklich sein, wenn du ihm nicht diese enorm wichtige Sache mitteilst.«

»Ich glaube nicht, dass wir jemals auf irgendeiner Ebene miteinander glücklich sein können.« Es war das erste Mal, dass ich es mich einfach laut aussprechen hörte.

»Martha, ernsthaft.« Ingrid klang erschöpft. »Wo ist er jetzt gerade?«

Ich sagte ihr, er sei eine Zeitung kaufen gegangen. Von meinem Platz aus konnte ich in die Küche blicken und sah die Uhr am Herd. Wir unterhielten uns seit zwei Stunden. Ich hatte keine Ahnung, wo Patrick wirklich war.

»Bitte versprich mir, dass du es ihm erzählst, sobald er zurück ist. Oder vielleicht, ich weiß auch nicht, schreibst du ihm sogar einen Brief. Darin bist du gut.«

Ich sagte, ich würde es tun, müsse nun aber auflegen, da

mein Telefon nur noch vier Prozent Akku habe. Ich wusste nicht, ob eins von beidem der Wahrheit entsprach.

*

Ich blieb noch eine Weile dort sitzen, bis aus meinen Schuldgefühlen Ärger wurde, vielleicht war es auch andersherum. Jedenfalls war das Gefühl mächtig genug, um mich vom Sofa aufstehen und nach oben gehen zu lassen. Ich duschte und wischte den Fußboden mit meinem Kleid trocken, das noch immer von der vorigen Nacht dort lag. Ich ging nach unten in die Küche und kippte Patricks Kaffee aus, schälte mir eine Banane, ließ sie jedoch ungegessen liegen, und nachdem ich all diese kleinen albernen Dinge getan hatte, war mir alles gleichgültig. Ich holte einen Stift aus einer Schublade und schrieb den Brief im Stehen, das Blatt Papier gegen die Wand gedrückt, bis die Tinte leer war, und ich beschloss, nach London zu fahren.

*

Als ich den Wagen startete, leuchtete die Öllampe auf. Ich lief zum Bahnhof. Auf dem Bahnsteig bekam ich eine Textnachricht von Ingrid. Ich las sie, ohne den Impuls zu verspüren, das Telefon gegen irgendetwas zu werfen oder es mit meinem Absatz auf dem Boden zu zermalmen, dann stieg ich in den Zug, ohne zu wissen, wohin in London ich fahren würde.

Als ich saß, hielt ich meine Tasche ans Fenster und lehnte den Kopf dagegen. Irgendjemand hatte das Wort Kaputt in die Scheibe geritzt. Beim Einschlafen fragte ich mich noch,

331

wieso derjenige dieses Wort ausgewählt hatte, auf diese Weise geschrieben, und wo er sich nun befand.

Ich öffnete die Augen wieder, als wir in Paddington einfuhren. Die Nachricht meiner Schwester lautete: »Ich wollte es dir am Telefon sagen. Ich bekomme noch ein Kind. 100 000 000 x Sorry.«

Ich nahm die U-Bahn bis Hoxton zu einem Laden, den ich ein Jahr zuvor mit Ingrid aufgesucht hatte, als sie beschlossen hatte, sich von einem Mann, den sie auf Instagram gefunden hatte, die Namen ihrer Söhne auf die Innenseite ihres Handgelenks tätowieren zu lassen. Sie sagte, er habe hunderttausend Follower.

Eine junge Frau hinter dem Tresen sagte, das Studio arbeite nur mit Termin, und spielte dabei an ihrem Nasenpiercing herum. »Aber in fünf Minuten hat er eine Lücke und könnte Ihnen etwas Kleines machen, soll heißen, nicht so etwas«, womit sie auf ihr entblößtes Schlüsselbein wies, das mit Blättern und Weinreben tätowiert war. Ich sagte, es sei äußerst beeindruckend. »Ja, ich weiß. Sie können da drüben warten, wenn Sie wollen.«

Ich gab vor, die Auswahl an furchteinflößenden Körperkunstoptionen an der Wand zu studieren, bis der Mann mit all den Followern kam und mich in ein Hinterzimmer führte, mich auf einen Liegestuhl setzte und seinen Sattelhocker neben mich rückte. Ich zeigte ihm ein Bild auf meinem Telefon.

Ich sagte: »Ohne Farbe. Nur die Umrisse. So klein wie möglich.«

Er nahm das Telefon und vergrößerte das Bild. »Was ist das?«

Ich erklärte ihm, es sei eine barometrische Karte der Hebriden. Ich wollte sie auf meiner Hand haben, ganz egal, wo.

Er sagte cool, ergriff meine Hand und fuhr mit dem Daumen über meine fein schraffierte vierzigjährige Haut. »Ja, ich stelle es mir direkt unter dem Nagel vor.« Er ließ meine Hand los und zog einen Wagen herbei, aus dessen kleinen Schubladen er Instrumente zog.

»Kommen Sie dorther, oder was?«

Ich sagte Nein und schwieg dann einen Moment, unsicher, ob ich ihm den Grund nennen sollte. Ich wollte es erklären, fürchtete jedoch, es wäre so unverständlich und dann ebenso schnell langweilig wie die Nacherzählung eines Traums, die Erläuterung einer Erkenntnis, die jemand in der Therapie gewonnen hatte, oder die Beschreibung, wie jemandes Hochzeitskleid aussehen würde.

Dann fiel mir wieder ein, dass mir mittlerweile alles egal war.

Er hatte erneut nach meiner Hand gegriffen und rieb mit einem Wattebausch Alkohol über meine Handfläche. Ich sagte: »Das Wetter dort besteht hauptsächlich aus Zyklonen und stürmischen Wolkenbrüchen und Hurrikanen, die unvorhersehbar und zerstörerisch sind, was es, wie ich annehme, schwer macht, ein normales Leben zu führen. So fühle ich mich auch. Ich habe —.«

Er drehte sich um, warf den Wattebausch in einen Mülleimer und fragte: »Wer nicht, Liebes?«

Es ergab keinen Sinn und fühlte sich an wie die größtmögliche Freundlichkeit – dass dieser Mann, der ein Kreuz und eine Schlange und eine Rose und ein Messer, von dem das Blut tropfte, auf den Hals tätowiert hatte und dazu den Namen Lorna, der seiner Mutter gehören mochte, wenn man das Geburtsdatum darunter als Anhaltspunkt nahm, so unbeeindruckt von meiner Enthüllung war, dass er weder aufblickte noch mir irgendeine weitere Frage stellte, bis er fertig war, mit seinem Stift auf meinen Daumen zu zeichnen.

»Jetzt gerade geht es Ihnen aber gut, oder? Sie wirken nicht wie eine Verrückte.«

»Ja, mittlerweile geht es mir gut.«

»Warum möchten Sie dann noch immer Ihr Wetter auf dem Körper tragen?«

»Ich denke«, antwortete ich, »vielleicht als Erinnerung. Ich habe Dinge verloren.«

Er hatte gerade anfangen wollen. Die Spitze der Nadel berührte meine Haut, aber er zog sie wieder fort und blickte mir nun in die Augen, als er fragte: »Was denn zum Beispiel? Freunde?«

Ich machte den Mund auf und sagte: »Nein, als …«

… als ich ein Teenager war, hat eine Ärztin mir ein paar Tabletten gegeben und gesagt, ich solle nicht schwanger werden. Der nächste Arzt verschrieb mir etwas anderes, sagte aber dasselbe. Eine weitere Ärztin und dann noch eine und immer so weiter diagnostizierten und verschrieben und beharrten darauf, ihr Vorgänger oder ihre Vorgängerin habe falschgelegen, aber alle gaben mir stets die gleiche Warnung mit auf den Weg.

Ich nahm alles, was sie mir gaben, stellte mir vor, wie die

Tabletten sich in meinem Bauch auflösten und was auch immer in ihnen war sich in meinem Körper ausbreitete wie schwarze Farbe oder Gift und ihn toxisch werden ließ für den Fötus, den auszutragen sie mich unermüdlich warnten.

Ich war siebzehn und neunzehn und zweiundzwanzig und immer noch ein Kind, das nicht glaubte, die Ärztinnen und Ärzte könnten falschliegen, oder nicht vermutete, dass sie mich nicht deshalb vor einer Schwangerschaft warnten, weil die Medikamente gefährlich waren, sondern weil *ich* in ihren Köpfen gefährlich war. Für mich selbst, für ein Baby, für meine Eltern, für ihre eigenen ausgezeichneten und makellosen beruflichen Laufbahnen. Unter ihren Augen sollte kein einziges ungeplantes Baby einer psychisch kranken jungen Frau zur Welt kommen.

Und so tat ich, was man mir sagte, und sorgte dafür, dass ich nicht schwanger wurde, und hörte nicht auf, mich davor zu fürchten, bis ich Jonathan kennenlernte. Bei ihm durfte ich kurz glauben, ich sei ein anderer Mensch. Wenn ich alles absetzte, könnte ich ein Baby bekommen.

Aber ich konnte nicht alles absetzen. Mein Körper konnte nicht leben ohne die schwarze Farbe, die ihn durchströmte. Und dann sah Jonathan, wer ich war, jemand mit einer Veranlagung, und er sagte Gott sei Dank. Und ich sagte, ja, Gott sei Dank habe ich es nicht fertiggebracht, schwanger zu werden.

Denn selbst wenn ein Baby in meinem Inneren überleben und geboren werden und ich mich um seinen Körper kümmern könnte, würde eines Tages eine kleine Bombe in seinem Gehirn explodieren, und all der Schmerz und die Traurigkeit, die es von nun an in seinem Leben spüren würde, kämen von mir, und mein schlechtes Gewissen über das, was ich ihm mitgegeben hätte, würde mich es hassen lassen, so wie meine Mutter mich gehasst hatte. Ich akzeptierte es. Eine biblische Genealogie.

Depressive Küstenmutter gebar Celia.

Celia gebar Martha.

Martha sollte niemanden gebären.

Und dann erklärte mir ein Arzt, ich hätte es falsch verstanden. Robert sagte: »— ist kein Grund, auf Mutterschaft zu verzichten.« Er habe viele Patientinnen, die Mütter seien. Ihnen gehe es sehr gut. Er hege keinen Zweifel daran, dass ich eine wunderbare Mutter wäre, wenn das etwas sei, was ich mir wünschte.

Als ich auf dem schmutzigen Bahnsteig saß und ihm zuhörte, wurde mir zum ersten Mal bewusst, dass ich stets davon ausgegangen war, ein krankes Kind zu bekommen. Als Erwachsene war mir nie in den Sinn gekommen, das infrage zu stellen. Stattdessen hatte ich diese Angst mit Beweisen unterfüttert und sie so geschürt, hatte all die Perlen an einem einzigen langen Faden aufgereiht. Ich stellte mir mehr vor, als man mir gesagt hatte, und wann immer ich mir mein geschädigtes Baby ausmalte, ein Kind, das geschädigt wäre von der Art Mutter, die ich sein würde, verspürte ich Furcht und noch schlimmere Scham, und deshalb hatte ich gelogen.

Die ganze Zeit über. Jedem gegenüber. Fremden, Menschen auf Partys, meinen Eltern. Meiner Schwester, als wir in der weichen Dunkelheit auf ihr eingewickeltes Baby hinuntersahen. Mir selbst, als ich aus dem Fenster des 94er-Busses blickte. Ich hatte Robert angelogen. »Wenn Sie beschließen, schwanger werden zu wollen«, hatte er gesagt, und ich hatte ihm erklärt, ich könne mir nichts Schlimmeres vorstellen.

Und ich hatte Patrick angelogen, vor unserer Hochzeit und an jedem Tag danach.

Mein Ehemann weiß nicht, dass ein Kind das Einzige ist, was ich je gewollt habe. Er weiß nicht, dass das Miterleben, wie meine Schwester Mutter wird, eine liebevolle, gute Mutter, sich anfühlte, als schnitte man mich auf, und die Tatsache, dass sie so schnell schwanger wurde und mehr Babys bekam, als sie wollte, den Schnitt zu tief werden ließ, um jemals zu heilen. Und ich habe sie, die Sonne-Mond-Sterne-Große-Liebe-Meines-Lebens, dafür gehasst, dass sie sich über alles beschwerte, was damit zusammenhing: ihren ruinierten Körper, die Neugeborenen, die sie mit ihrem Schreien auslaugen, die Kleinkinder, die ständig an ihr kleben und ständig etwas brauchen, die Kosten, das Waschen, Waschen, andauernd Waschen, die schlammigen Schuhe, das Ende von Sex, ihre Fingerabdrücke auf allen Fenstern, schon wieder Läuse!, die nächtlichen Albträume, die plötzlichen Fieber- und Trotzausbrüche, den pausenlosen Lärm, und dann machen sie sie hoffnungslos schwach, denn, Gott, diese perfekten, perfekten, perfekten, wunderschönen Jungs. Das Beste, was sie je vollbracht habe. Aber du Glückliche – wahrscheinlich benutzt du einen Korb! Wahrscheinlich wusstest du bislang gar nicht, dass man Toilettenpapier in Achtundvierziger-Packungen kaufen kann!

In mir ist nichts als Sehnsucht nach einem Kind. Sie steckt in jedem Einatmen und in jedem Ausatmen. Das Baby, das ich an jenem Tag am Fluss verloren habe, wünschte ich mir so verzweifelt, dass ich glaubte, ich würde zur selben Zeit wie meine Tochter aufhören zu existieren. Seitdem habe ich jeden Tag um sie geweint.

Und ich lüge noch immer, denn ich habe dir heute Morgen eine Nachricht geschrieben, Patrick, habe sie jedoch nicht für dich zurückgelassen. Sie steckt hier in meiner Tasche. Ich blicke hinunter auf ihre gefalteten Seiten. Ich beuge mich vor und ziehe sie heraus, und der Mann mit dem tätowierten Hals sagt »kein Problem« und wirft sie für mich zusammengeknüllt in den Mülleimer.

Ich habe sie dir nicht gegeben, weil du es nicht verdient hast, diese Dinge über mich zu wissen, über mein Verlangen nach einem Baby oder auch nur über meine Diagnose. Diese Dinge gehören mir. Ich habe sie allein mit mir herumgetragen, und es fühlt sich an, als hätte ich Gold in meinem Inneren. Ich bin in dem Wissen herumgelaufen, dass ich besser bin als du. Deshalb lächele ich dich an wie die Mona Lisa, Patrick, während du mich eingehend musterst und doch ahnungslos bleibst. Du hast es nicht gesehen. Du hast nicht danach gesucht. Und es macht ohnehin keinen Unterschied. Ob ich es dir erzähle oder nicht. Es ist zu spät.

Ich antwortete: »Nein, als – na ja, einfach verschiedene Gelegenheiten, nehme ich an. Dinge, die ich tun wollte und nicht getan habe.«

Der Mann erwiderte: »Ja, verstehe. Das Leben. Was für ein Haufen Scheiße. Dann wollen wir uns mal um Sie kümmern.«

Ich dachte, es würde wehtun, aber das tat es nicht, und so griff ich mit der Hand, die er nicht festhielt, erneut in meine Tasche und zog mein Telefon heraus. Über das Geräusch der Nadel hinweg bemerkte er, er habe noch nie eine Kundin gehabt, die durch Instagram scrollte, während sie tätowiert wurde.

Nach wenigen Minuten war er fertig, und während er meinen Daumen in Klarsichtfolie einwickelte, fragte ich ihn, ob er sich an meine Schwester erinnere, jene Frau, bei der er aufhören musste, noch ehe er den ersten Buchstaben des Namens ihres ältesten Sohnes vollendet hatte, weil sie sonst ohnmächtig geworden wäre, sodass sie nun anstelle von drei Namen ein Tattoo eines sehr kurzen Striches trägt.

»Wenn es die war, die sagte, ich gehörte ins Gefängnis, weil ich meinen Kundinnen keine Epiduralanästhesie anbiete, und dann den ganzen Fußboden vollgekotzt hat, dann ja.«

Wir standen im selben Augenblick auf, und als ich hinausging, sagte er noch, er empfehle für gewöhnlich ein paar Ibuprofen oder Ähnliches, aber ich hätte ja ganz offensichtlich kein Problem mit Schmerzen.

*

Es war spät, nach zehn Uhr, als ich ins Haus für Führungskräfte zurückkehrte. Ich war in den Regen gekommen. Mein Haar tropfte auf meinen Rücken. Ich wischte unter meinen Augen entlang, und meine Fingerspitzen waren voller Mascara. Patrick saß im Wohnzimmer. Er hatte etwas zu essen bestellt, für eine Person, und sah sich die Nachrichten an.

Er fragte mich nicht, wo ich gewesen sei. Ich hatte nicht vorgehabt, es ihm zu sagen, oder, bevor ich hereingekommen war, überhaupt mit ihm zu sprechen, aber der Zorn, der dadurch ausgelöst wurde, dass ich beim Betreten des Hauses Patrick vorfand, wie er einer ganz normalen Tätigkeit nachging, war so intensiv, dass er sich wie weiß leuchtende Hitze vor meinen Augen anfühlte. Von nun an hatte Patrick kein Anrecht mehr auf den ganz gewöhnlichen Abend, den er für sich vorbereitet hatte, oder auf jegliche Zufriedenheit im häuslichen Leben, in dessen einfachen Ritualen und kleinen alltäglichen Freuden. Wegen seiner Taten hatte ich auf all das verzichten müssen und würde es auch in all der Zeit, die ich noch abzusitzen hatte, nicht bekommen.

Ich ging ins Zimmer und stellte mich zwischen ihn und den Fernseher. Ich hielt meinen Daumen hoch, der noch immer in Klarsichtfolie eingewickelt war, und berichtete ihm, ich sei in London gewesen und hätte mir ein Tattoo stechen lassen. Er rührte schweigend mit der Gabel in seinem Plastikbehälter herum und durchsuchte den Reis nach etwas, in das er sie stechen konnte. Auf meine Frage, ob er wissen wolle, von welchem Motiv, antwortete Patrick: »Wie du willst«, und stocherte weiter.

»Es ist eine Karte der Hebriden. Möchtest du wissen, weshalb ich sie mir habe stechen lassen?« Ich fuhr fort: »Okay, dann werde ich es dir sagen. Es ist eine Anspielung auf die Schifffahrtsnachrichten, Patrick. Zyklonal, gelegentlich gut, et cetera. Weißt du noch, der Witz, den ich damals gemacht habe? Dass es eine Metapher für meinen Gemütszustand sei? Du fragst dich vielleicht: Warum jetzt? Der Grund ist, dass ich bei einem neuen Arzt war, der mir eine Erklärung für diesen Zustand gegeben hat.« Ich fügte hinzu: »Mitte Mai, bevor du fragst. Also ja, vor sieben Monaten.«

»Ich weiß.«

»Du weißt was?«

»Dass du bei einem Psychiater warst.«

Ich antwortete: »Was? Woher?«

»Du hast mit meiner Karte bezahlt. Roberts Name stand auf dem Kontoauszug.«

Die nächste Welle des Zorns speiste sich aus so vielen Quellen, dass ich allein eine von ihnen ausmachen konnte: Wie sehr ich es hasste, dass Patrick ihn bei seinem Vornamen nannte.

»Wenn du nicht wolltest, dass ich es erfahre, hättest du Robert wahrscheinlich besser in bar bezahlen sollen.«

»Nenn ihn nicht so. Er ist nicht dein Freund. Du hast ihn noch nicht einmal kennengelernt.«

»Schön. Aber du hast —, ist es das, was du mir sagen willst?«

Ich rief: »O mein Gott, woher weißt du das? Hast du ihn etwa angerufen?« Ich sagte Patrick – ich schrie ihn an –, dass er das nicht tun dürfe, obwohl ich in einem noch nicht überfluteten Teil meines Verstandes wusste, dass er es nicht getan hatte, und dass, selbst wenn, Robert ihm meine Diagnose nicht hätte mitteilen können.

Und Patrick, der niemals sarkastisch ist, antwortete: »Wirklich? Das war mir gar nicht bewusst. Gibt es etwa so etwas wie eine Arzt-Patienten-Vertraulichkeitsvereinbarung?«

Ich stampfte wie ein Kind mit dem Fuß auf und sagte ihm, er solle die Klappe halten. »Sag mir, woher du es weißt.«

»Ich kenne das Medikament.«

»Was für ein Medikament?«

»Das, was du nimmst.« Er ließ seine Gabel in den Essensbehälter fallen und stellte diesen auf den Sofatisch.

»Ich habe dir nicht gesagt, dass ich irgendetwas nehme. Hast du meine Sachen durchwühlt?«

Patrick fragte mich, ob das mein Ernst sei. »Du lässt es überall herumliegen, Martha. Du wirfst noch nicht einmal die leeren Verpackungen weg. Du stopfst sie einfach in eine Schublade oder lässt sie irgendwo auf dem Fußboden liegen, damit ich sie aufhebe. Ich meine, ich nehme an, dass ich sie aufheben soll, denn so läuft das bei uns, nicht wahr? Du richtest Chaos an, und ich räume hinter dir auf, als wäre es mein Job.«

Meine Hände waren so fest zu Fäusten geballt, dass sie zu pochen schienen. »Wenn du alles wusstest, wieso hast du es mir nicht gesagt?«

»Ich habe darauf gewartet, dass du es mir erzählst, aber das hast du nicht. Und nach einer Weile schien es, als würdest du es auch nicht mehr tun, und ich hatte keine Ahnung, warum. Es ist eindeutig richtig«, sagte er. »Du hast eindeutig —.«

Als ich ihm antwortete, spürte ich, wie sich die Muskeln um meinen Mund verzerrten und mich hässlich machten. »Habe ich das, Patrick? Eindeutig? Wenn das so verdammt eindeutig richtig ist, warum bist du dann nicht vorher darauf gekommen? Hat es etwas mit mangelnder Kompetenz zu tun? Soll heißen: Muss eine Person erst körperlich bluten, damit du verstehst, dass es ihr nicht gut geht? Oder liegt es daran, dass du als Ehemann nicht am Wohlbefinden deiner Frau interessiert bist? Oder ist es bloß vollkommene Passivität? Deine absolute, pauschale Akzeptanz des Status quo?«

Er erwiderte nur: »Okay, diese Diskussion führt nirgendwohin.«

»Nein! Lauf nicht weg.« Ich machte einen Schritt, als wollte ich ihm den Weg versperren.

Patrick stand nicht auf und lehnte sich stattdessen im Sofa zurück. »Ich kann nicht mit dir reden, wenn du so bist.«

Ich antwortete: »Ich bin nur deinetwegen so. Mir geht es gut. Mir geht es seit Monaten gut. Aber du gibst mir das Gefühl, verrückt zu sein. War das nicht auch eindeutig? Hast du dich nicht gefragt, weshalb ich mich dir gegenüber nicht besser, sondern schlechter verhalte?«

»Doch. Nein. Ich weiß es nicht. Dein Verhalten war schon immer …«, er hielt kurz inne, »… ziemlich durcheinander.«

»Fick dich, Patrick. Weißt du auch, warum? Das weißt du nicht. Weil ich schon immer ein Baby wollte. Die ganze Zeit, mein ganzes Leben wollte ich ein Baby bekommen, aber alle haben mir gesagt, dass es gefährlich sei.«

Ganz langsam erwiderte Patrick: »Denkst du wirklich, auch das sei mir nicht klar gewesen? Ich bin nicht dumm, Martha. Auch wenn du immer sagst, wie nervig sie seien und wie wenig du sie ausstehen könnest und wie öde Mutterschaft doch sei, sind Babys im Grunde das Einzige, wovon du jemals sprichst. Du lässt uns im Restaurant nicht in der Nähe von jemandem mit einem Baby sitzen, aber dann starrst du es den ganzen Abend an. Wenn wir an einer schwangeren Frau oder jemandem mit einem Kind vorbeigehen, verstummst du, und wann immer wir irgendwohingehen, bist du unglaublich unhöflich zu allen, die es wagen, ihre Kinder zu erwähnen. Wir mussten so oft überstürzt irgendwo aufbrechen, nur weil dich jemand gefragt hat, ob du Kinder hast.« Patrick stand nun auf. »Und du bist besessen von Ingrids Jungs. Besessen von ihnen, und du tust so, als wärst du nicht neidisch auf sie, dabei ist es so offensichtlich, dass du es bist, insbesondere wenn sie wieder schwanger ist. Du bist keine gute Lügnerin, Martha. Eine chronische zwar, aber keine gute.«

Ich ging um den Sofatisch herum, griff mit beiden Händen nach dem Stoff seines Hemdes, riss mit einer Drehbewegung daran und sagte: »Und nun rate mal, Patrick, rate mal. Robert hat gemeint, es sei kein Problem.« Ich versuchte, ihn zu schubsen. »Er meinte, es sei kein Problem gewesen.« Ich versuchte, ihn ins Gesicht zu schlagen. »Es sei nicht gefährlich, aber das wusstest du auch, das wusstest du auch.« Patrick hielt meine Handgelenke fest und ließ sie erst wieder los, als ich aufhörte, gegen seinen Griff anzukämpfen. Obwohl er mir nun befahl, mich zu setzen, ging ich zurück zum Sofatisch und trat ihn mit der Ferse um. Der Essensbehälter kippte um, und die darin verbliebene Flüssigkeit ergoss sich über den Teppich. Patrick rief: »Herrgott noch mal, Martha«, und ging hinaus in die Küche.

Ich folgte ihm nicht. Jede einzelne Zelle meines Körpers fühlte sich gelähmt an, mit Ausnahme meines Herzens, das hart und viel zu schnell schlug. Einen Augenblick später kehrte er mit einer Handvoll Küchenpapier zurück, ließ es auf die Flüssigkeit fallen, die den Teppich durchtränkt hatte, und trat mehrmals darauf. Ich konnte nichts tun als zuzusehen, bis ich mein Herz nicht mehr spürte. Und dann sagte ich ihm, er solle aufhören. »Lass es einfach. Hör mir zu.«

»Ich höre.«

»Na, dann hör auf, sauber zu machen.«

Er sagte schön.

»Warum hast du nichts gesagt? Wieso hast du mich einfach lügen lassen? Wenn du seit dem Termin etwas gesagt hättest, könnte ich jetzt schwanger sein. Du wolltest immer Kinder, Patrick … Ich könnte jetzt schwanger sein. Wieso hast du das getan?«

»Weil – wie du gesagt hast – es dir hätte besser gehen sollen. Du hast endlich deine Diagnose bekommen, du hast die richtigen Medikamente bekommen, aber in meinen Augen ging es dir nicht besser. Ich konnte es nicht begreifen, bis ich schließlich darauf gekommen bin.« Er verschob das Küchenpapier mit seinem Fuß. »So bist du einfach. Es hat nichts mit — zu tun. Und«, fügte er hinzu, »ich finde nicht, dass du Mutter werden solltest.«

Ich machte den Mund auf. Weder Worte noch Schreie kamen heraus. Es war ein Urgeräusch, das von irgendwo in meinem Magen oder dem Grund meiner Kehle kam. Patrick ging aus dem Zimmer und ließ mich dort zurück. Ich sank auf die Knie, dann lag mein Gesicht auf dem Fußboden. Ich griff nach Büscheln meines Haars.

Danach gibt es eine Lücke, einen Filmriss in meiner Erinnerung, bis ich ein paar Stunden später an einer Ecke des Bettes stehe und die Laken herunterreiße, während Patrick Sachen in einen Koffer wirft, der offen auf dem Fußboden steht. Die Sonne scheint durchs Fenster. Ich muss ins Badezimmer, um mich zu übergeben.

Als ich zurückkam, hatte Patrick den Koffer geschlossen und trug ihn gerade aus dem Zimmer. Ich rief ihm etwas hinterher, aber er hörte mich nicht. Kurz darauf hörte ich den Motor des Autos starten und trat ans Fenster. Er fuhr rückwärts aus der Einfahrt. Ich versuchte, die Jalousie herunterzuziehen, zerrte aber zu fest daran, sodass sie kaputt ging. Lange Zeit stand ich einfach nur mit der schlaffen Schnur in der Hand da und starrte unfokussiert auf das Haus auf der anderen Straßenseite, in dem eine andere Frau mein Leben im Spiegelbild gelebt hatte.

Dann fuhr Patrick zurück in die Einfahrt. Ich wusste nicht, weshalb er zurückgekommen war. Ich sah zu, wie er den Wagen parkte und ausstieg. Er hielt eine Flasche in der Hand, und nachdem er die Motorhaube geöffnet hatte, leerte er sie in den Motor, schloss die Haube wieder und ging zu Fuß in Richtung Bahnhof davon.

Patrick ist ein Mann, der als letzte Tat, bevor er seine Frau verlässt, noch das Öl im Wagen auffüllt. Ich legte eine Hand auf mein Herz, spürte jedoch nichts.

Ich verbrachte den restlichen Tag und die erste Nacht ohne ihn auf dem abgezogenen Bett, denn nachdem er fort war, schien es mir keinen Grund zu geben, es neu zu beziehen.

Zwischen Einschlafen und Aufwachen und wieder Aufwachen googelte ich Robert. Dann googelte ich Jonathan. Seine Frau ist Social-Media-Influencerin. Ihr Instagram-Kanal besteht aus einer Mischung aus Urlaubsfotos, gesponserten Posts über eine Collagendrinkmarke und Fotos von ihren Outfits, die sie im Spiegel des Aufzugs geschossen hat, den ich immer benutzte, um zum Atmen hinaus auf die Straße zu gehen. Die meisten Likes bekommt sie, wenn sie Bilder ihres kleinen Rudels zeigt, #diestarkenmädchen, die allesamt blond sind und Namen tragen, die zugleich Gattungsbegriffe sind. Gegenstände und Früchte. Ich scrollte ganz bis zurück zu ihrer Hochzeit mit Jonathan auf einer Dachterrasse auf Ibiza. Ich fragte mich, wie viel er ihr von mir erzählt hatte, wie viel @Mutter_starker_Mädchen über die dreiundvierzig Tage während Schnupperehe ihres Mannes wusste.

★

Am Morgen bekam ich eine Textnachricht von Ingrid. Sie schrieb, sie habe mit Patrick gesprochen. Sie fragte: »Geht es dir gut?«

Ich schickte ihr das Badewannen-Emoji, den Stecker und den Sarg.

Sie fragte, ob sie mich abholen solle. Ich antwortete, ich wisse es nicht.

Ich lag noch immer halb angezogen im Bett – auf dem Bett –, in der Unterhose und der Strumpfhose, die ich in London getragen hatte, und umgeben von Tassen, die entweder leer oder zu Behältnissen für Taschentücher und getrocknete Orangenschalenkringel geworden waren, als ich hörte, wie Ingrid die Tür zum Haus für Führungskräfte aufschloss. Sie ging auf direktem Weg ins Wohnzimmer, gefolgt von kleineren, schnelleren Schritten, und schaltete im Fernsehen irgendeine Zeichentrickserie ein, ehe sie nach oben kam.

Ich dachte, sie würde sich zu mir aufs Bett legen und mir durchs Haar oder über die Arme streichen, wie sie es für gewöhnlich tat. Ich dachte, sie würde sagen, alles werde wieder gut, und mich fragen, ob ich versuchen könne aufzustehen, ob ich den ganzen Weg bis zur Dusche bewältigen könne? Stattdessen warf sie die Tür auf, sah sich im Zimmer um und sagte: »Das ist ja eine schöne visuelle und olfaktorische Mischung. Wow, Martha.«

★

Auf meiner Party war mir ihr Bauch nicht aufgefallen. Jetzt sah ich, wie rund er bereits war. Ingrid zog beide Seiten ihres Cardigans darüber, als sie eintrat und zum Fenster ging. Sobald sie es aufgezerrt hatte, drehte sie sich wieder um und wies auf die Laken: »Seit wann liegen die auf dem Fußboden?«

Ich antwortete, ich hätte mich darum kümmern wollen, doch gleichzeitig meine Ehe zu beenden und zu versuchen, ein Spannbettlaken aufzuziehen, habe sich zu viel auf einmal angefühlt. Sie stand mit steinerner Miene am Fußende des Bettes und drückte mit den Fingerspitzen einer Hand auf die Stelle, an der ihre Rippen auf den oberen Teil ihres Bauches trafen, als hätte sie dort Schmerzen. »Wenn du kommen willst, komm. Die Jungs sind unten, und ich fahre nicht nach vier Uhr nachmittags mit ihnen über die A420.«

Ich brauchte zu lange zum Aufstehen. Ich brauchte zu lange, um etwas zum Anziehen zu finden und eine Tasche, in die ich meine Sachen packen konnte. Die wachsende Ungeduld meiner Schwester ließ mich noch langsamer werden. Schließlich gab ich auf und legte mich zurück aufs Bett, das Gesicht von ihr abgewandt.

Ingrid sagte: »Weißt du was? Also schön. Ich ertrage das auch nicht mehr. Es ist so langweilig, Martha.« Sie verließ das Zimmer und rief mir von der Treppe aus zu: »Ruf deinen Mann an.«

Ich hörte, wie sie die Kinder von der Haustür aus herbeirief und kurz darauf die Tür zuknallte. Der Fernseher lief noch.

Es war das erste Mal, dass sie sich weigerte, ihre Aufgabe zu übernehmen. Ich wollte ihr Mitgefühl, bekam es jedoch nicht. Ich wollte, dass sie mir das Gefühl gab, ich sei gut und hätte recht gehabt, Patrick zum Gehen zu bringen. Ich war wütend und dann, beim Geräusch ihres startenden Motors, noch einsamer, als ich es vor ihrer Ankunft gewesen war.

Ich rief meinen Mann nicht an. Ich konnte auch meinen Vater nicht anrufen, der schwer getroffen und nicht fähig sein würde, es zu verbergen. Ich nahm mein Telefon zur Hand und rief meine Mutter an.

Ich hatte seit dem Tag meines Termins nicht mit ihr gesprochen und wollte es auch jetzt nicht. Ich wollte, dass sie drangning und sagte: »Na, das ist ja mal ganz was Neues«, damit ich mit ihr streiten konnte und sie einfach auflegte, und dann konnte ich gekränkt sein und es Ingrid erzählen, und sie würde zustimmen, dass es typisch für unsere Mutter sei. Buchstäblich, so typisch.

Ich hatte meiner Mutter nicht vergeben für das, was sie getan hatte. Ich hatte es nicht versucht und hatte mir auch keine Mühe geben müssen, wütend zu bleiben. Jemanden zu hassen, der dazu in der Lage ist, die eigene Tochter leiden zu sehen und nichts zu sagen, es stattdessen noch durch die eigene Trinkerei zu verschlimmern, war nicht schwer.

Ich ließ es einmal klingeln. Sie hob sofort ab und sagte: »Martha, oh, ich habe gehofft und gehofft, dass du anrufen würdest.«

Es war nicht ihre gewöhnliche Stimme. Es war die von früher, bevor ich der Teenager wurde, die Familienkritikerin, die ihre Tendenz zum Biestigen erst so richtig zum Vorschein brachte. Es war jene Stimme, mit der sie mich Summ genannt hatte. Sie fragte mich, wie es mir gehe, und sagte: »Wahrscheinlich schrecklich«, als ich mit einem Laut antwortete statt mit Worten.

Sie fuhr noch zehn Minuten auf diese Weise fort, stellte mir

Fragen und beantwortete sie selbst – und zwar korrekt. So, wie ich es getan hätte.

Nachdem wir aufgelegt hatten, fand ich zwei offene Flaschen Wein und nahm sie mit in mein Schlafzimmer. Ich hätte sie nicht noch einmal angerufen, wenn ihre letzte Frage nicht gelautet hätte: »Wirst du mich nachher noch einmal anrufen? Wann immer du willst. Auch wenn es mitten in der Nacht ist«, worauf sie auch diese selbst beantwortet hatte mit: »Okay, gut. Dann hören wir uns später.«

*

Als ich sie das nächste Mal anrief, kurz vor Morgengrauen, war ich betrunken. Ich sagte ihr, ich wisse nicht, was ich tun solle, ich bettelte sie an, es mir zu sagen. Sie setzte zu einer allgemeinen Antwort an. »Nein, was soll ich genau jetzt, in diesem Augenblick tun? Ich weiß nicht, was ich tun soll.« Sie fragte mich, wo ich gerade sei, und sagte dann: »Du wirst jetzt aufstehen, dann gehst du nach unten und ziehst dir Schuhe und Mantel an.« Sie wartete, während ich die einzelnen Schritte ausführte. »Jetzt gehst du spazieren, und ich bleibe am Telefon dabei.«

Ich lief langsam und fühlte mich wieder nüchtern, als ich am Ende des Treidelpfads angelangt war. Sie sagte: »In Ordnung, jetzt dreh dich um und lauf so schnell, dass du dein Herzklopfen spüren kannst.« Ich weiß nicht, weshalb sie das sagte, aber ich tat es.

Bis ich Port Meadow erneut erreicht hatte, war es hell geworden. Auf der anderen Seite des Flusses löste sich der Nebel langsam auf und enthüllte nach und nach die Umrisse der

Turmspitzen. Als ich zu Hause ankam, sagte sie: »Nimm ein Bad.« Und dann: »Ruf mich in zwanzig Minuten wieder an. Ich werde hier sein.«

★

Ich begann, meine Mutter jeden Tag anzurufen.

Menschen beschreiben Dinge gern als »das Einzige, was mich morgens aus dem Bett bringt«, meinen es aber normalerweise nicht physisch. Ich meinte es jedoch genau so – ich rief sie morgens an, sobald ich aufgewacht war. Ich konnte mich weder bewegen noch essen oder durchs Haus laufen, wenn sie nicht mit mir redete und mir sagte, was ich tun sollte.

Nachmittags saß ich im großen Vorderfenster des Hauses für Führungskräfte und blickte auf die Straße hinaus. Das Haus gegenüber war zu vermieten. Wir sprachen, bis mein Ohr vom Telefon heiß geworden war oder ich den Kopf nicht mehr bewegen konnte, weil ich es mit der Schulter gehalten hatte, oder ich merkte, dass es Nacht geworden war. Wir unterhielten uns nur über Nichtigkeiten. Über etwas, das sie im Radio gehört hatte, oder einen Traum, den eine von uns gehabt hatte.

Wir sprachen nicht über Patrick, aber ich fragte mich, ob sie auch mit ihm telefonierte. Ich fragte mich, ob sie wusste, wo er war. Wir sprachen nicht über Ingrid, unsere Mutter wusste anscheinend, dass wir gerade keinen Kontakt hatten. Sie musste auch wissen, dass mein Vater und sein Kummer derzeit besser von mir ferngehalten werden sollten, denn er rief mich nicht an, und ich war dankbar dafür.

Eines Morgens rief ich sie an und verkündete wie ein Kind: »Rate mal. Ich bin schon aufgestanden«, und sie antwortete: »Wirklich! Gut gemacht.«

Sie fragte: »Was war das für ein Knall?«

Ich erklärte, ich hole gerade eine Tasse aus dem Küchenschrank, da ich mir einen Tee mache, und sie sagte: »Das ist prima.«

An ihrem Ende hörte ich immer nur ihre Stimme, keinerlei Hintergrundgeräusche. Wenn ich sie fragte, was sie gerade mache, antwortete sie, sie sitze einfach nur da. Einmal entschuldigte ich mich und sagte, sie müsse bestimmt auflegen, sie habe doch sicher Arbeit zu erledigen. Sie erwiderte, ihr Publikum werde einfach eine Weile auf weitere grenzerweiternde Installationen warten müssen. Ich hatte sie noch nie über ihre Arbeit scherzen hören.

Sie fragte mich nie, weshalb ich in dieser oder jener Situation anrief – sie wusste, dass ich aus Panik, Langeweile, Einsamkeit anrief oder wenn die Stille des Hauses unerträglich wurde. Lange fiel mir nicht auf, dass meine Mutter, wie viel Uhr es auch gerade war, nie betrunken klang.

Zwischendurch lief ich, bis ich mein Herz schlagen fühlen konnte. Meist auf dem Treidelpfad, durch Port Meadow oder, früh genug, damit keine Studierenden oder Touristen unterwegs waren, durch den Park des Magdalen College. Die Rehe ästen und ignorierten mich.

Dann begann ich, ohne dass sie mich gefragt hätte, meiner Mutter zu erzählen, was passiert war, und berichtete von meiner Ehe und von Kindern und von Patrick. Sie meinte, ich solle sagen, was immer ich wolle, nichts könne sie schockieren. Sie fügte hinzu: »Nenn mir das Schlimmste, was du je zu ihm gesagt hast, und ich werde es mit etwas noch viel Schlimmerem toppen, das ich deinem Vater an den Kopf geworfen habe.«

Ich erklärte ihr, zu Anfang sei ich wütend auf ihn gewesen, weil er nicht gemerkt hatte, dass mit mir etwas nicht stimmte. Das dachte ich zumindest. Aber er hätte es nicht übersehen können. Irgendwann musste er darauf gekommen sein, oder vielleicht hatte er es auch schon von Anfang an gewusst. Es war jetzt so offensichtlich: Ich war das Problem, und Patrick durfte der Held sein. Jeder glaubte, er sei ja so großartig, weil er es mit einer so schwierigen Frau aushielt. Rettet jeden Tag auf der Arbeit Leben, kommt nach Hause und macht dort gleich weiter. Jeder war der Meinung, diese Ehe müsse sich anfühlen, wie wenn ein Busfahrer seine Familie in den Urlaub kutschiert.

Ich sagte, er hätte niemals akzeptieren dürfen, wie ich ihn behandelte, habe es aber getan, weil ihm lediglich wichtig war, dass er mich hatte, das eine, was er immer gewollt hatte. Er akzeptierte einfach alles und ließ immer meine Version der Geschichte gelten, da er glaubte, dass er mich so nicht verlieren würde. Ich korrigierte: nicht mich, sondern die Version von mir, die er erfunden hatte, als er vierzehn war. Ich sagte, er hätte aus der Sache herauswachsen sollen, anstatt seine eigene Erfindung zu heiraten.

Er habe seine eigene Chance aufgegeben, Vater zu werden. Er hätte sich das nicht von mir nehmen lassen dürfen. Er hätte mich nicht dafür verantwortlich machen dürfen.

Ich erklärte ihr, es sei Patricks Schuld, dass ich keine Mutter sei. Ich hatte gelogen, er aber ebenfalls.

So fuhr ich lange Zeit fort. Meine Mutter hörte hauptsächlich zu, ohne etwas zu sagen. Sie wirkte niemals schockiert, nicht einmal von den Dingen, die laut auszusprechen mir schwerfiel. Sie sagte bloß: »Natürlich, natürlich. Das überrascht mich nicht. Wer würde nicht so empfinden?«

Schließlich hatte ich mich müde geredet. Ich schloss damit, Patrick und ich hätten nie zusammenkommen sollen. Wir hätten einander zerstört. Unsere Ehe habe nie Sinn ergeben. Und dann war ich still.

Sie hatte mir beinahe einen Monat lang zugehört, Stunden um Stunden an jedem Tag, und als wäre nun endlich sie an der Reihe, sagte meine Mutter: »Martha, keine Ehe ergibt Sinn. Insbesondere nicht für die Außenwelt. Jede Ehe ist ihre eigene Welt.«

Ich bat sie, bitte nicht philosophisch zu werden.

Ihr dünnes Lachen verärgerte mich. Sie sagte: »In Ordnung, aber Maya Angelou …«

Ich unterbrach sie. »Bitte, Maya Angelou auch nicht. Ich weiß, dass ich recht habe. Wir waren dysfunktional. Wir haben einander dysfunktional gemacht. Ich musste diejenige sein, die es beendet, aber ich weiß, dass er es auch wollte. Er war nur zu passiv, um es zu tun. Natürlich ist es traurig, das ist offensichtlich. Aber es ist das Beste für alle. Nicht nur für uns beide.«

»Ja – nun ja.« Meine Mutter seufzte. »Um wie viel Uhr wirst du morgen da sein?« Sie hatte offenbar etwas anderes sagen wollen.

Ich fragte sie, was am nächsten Tag sei.

»Der erste Weihnachtsfeiertag.«

Ich schwieg eine Minute und versuchte mir vorzustellen, wie ich allein nach London fuhr, meinen Vater sah, mich Ingrid stellte, das Chaos ihrer Kinder, Rowlands unerträgliches Gerede, die endlosen, sinnlosen Spannungen zwischen Winsome und meiner Mutter. Ihre Trinkerei. »Ich glaube, das kann ich nicht. Ich glaube, es sind zu viele Menschen.«

»Es werden nur Winsome und Rowland, dein Vater und ich da sein. Tut mir leid, ich dachte, das hätte ich dir erzählt. Deine Cousins und Cousine sind anderswo. Ingrid und Hamish sind mit den Jungs ins Disneyland gefahren. Ich habe keine Ahnung, wieso. Und gleich für zehn Tage – in der Zeit könnte man sich jeden Raum im Louvre zweimal ansehen.«

Sie wartete darauf, dass ich fragte, wo Patrick sei, und erklärte nach einem Augenblick des Schweigens: »Er ist nach Hongkong geflogen. Es wird ein schwieriger Tag. Das weiß ich. Wirst du trotzdem kommen?«

Ich sagte Nein. »Ich glaube nicht. Tut mir leid.«

Meine Mutter seufzte erneut: »Na gut, ich kann dich nicht zwingen. Aber bitte denk darüber nach, ob du dich noch schlechter fühlen musst, als du es ohnehin schon tust. Weihnachten allein zu verbringen, ich weiß nicht, Martha. Das wird furchtbar trostlos. Und wenn ich das sagen darf, ich selbst würde dich auch einfach gern sehen.« Sobald wir aufgelegt hatten, brach ich zu einem Spaziergang auf. Die Vorstellung, schon wieder den Treidelpfad entlangzulaufen, ermüdete mich, und so wählte ich einen anderen Weg in Richtung Stadt.

*

Die Broad Street war überfüllt. Ich war ganz benommen von der Menge an Menschen mit Plastiktüten, die durch die Türen der Geschäfte ein- und ausgingen, Schuhe und Smartphones und Sachen von Accessorize kauften. Babys schrien hungrig und überhitzt in ihren Kinderwagen. Kinder hinkten hinter ihren Eltern her oder zogen an Sicherheitsleinen voran.

Mütter gingen mit Teenagertöchtern einkaufen, die mit gesenkten Köpfen liefen und Textnachrichten schrieben. Ein Mädchen stürmte aus River Island und ließ die Tür vor ihrer Mutter zufallen, die versuchte, mit ihr Schritt zu halten.

Das Mädchen habe nicht darum gebeten, geboren zu werden, ihre Mutter solle sich einfach verpissen. Sie zog ihr Telefon hervor, und ihre Mutter, die sie nun eingeholt hatte, sagte, das sei es nun gewesen, Bethany. Sie habe die Nase voll. Sie gingen in unterschiedliche Richtungen davon. Ich war der Mutter im Weg, und sie blieb vor mir stehen, nah genug, dass ich sehen konnte, dass ihre Ohrringe die Form winziger Zuckerstangen hatten. Für eine Sekunde standen wir uns direkt gegenüber und blickten einander in die Augen, auch wenn ich nicht glaube, dass sie mich sah. Ich wollte gerade einen Schritt zur Seite machen, da drehte sie sich um und begann, ihrer Tochter hinterherzurennen, wobei sie ihre Handtasche über den Kopf hielt und damit wedelte wie mit einer weißen Fahne.

Ich ging langsam weiter und starrte in die Gesichter der Menschen, die mir entgegenkamen und sich auf beiden Seiten vorbeidrängten, und fragte mich, ob irgendjemand von ihnen wohl sein eigenes Haus in Flammen gesetzt hatte, und falls ja, wie lange es danach gedauert hatte, bis sie wieder hinausgehen und herumlaufen und Sachen von Accessorize wollen konnten.

Ich betrat einen Costa und kaufte mir einen Muffin. Ich

hatte keinen Hunger und versuchte, ihn draußen einem Obdachlosen zu geben, der unter einem Geldautomaten saß. Er fragte mich, was für eine Geschmacksrichtung es sei, und als ich es ihm sagte, erklärte er, er möge keine Rosinen.

Ich lief weiter bis zum überdachten Markt. Vor einem Süßigkeitenladen rief ich meine Mutter an. An einem hohen Tisch im Fenster saß ein Kind mit seiner Großmutter. Der Junge aß ein Eis. Obwohl er es mit behandschuhten Händen hielt und noch Parka und Wollmütze trug, waren seine Lippen lila.

Sie ging ran und fragte mich, ob alles in Ordnung sei.

»Wenn ich morgen komme, wirst du dann nichts trinken?«

Sie antwortete ohne Zögern: »Martha. Du hast mich gebeten aufzuhören. An dem Tag, an dem du mich aus dem Zug anriefst.«

»Ich weiß.«

»Nun, ich habe aufgehört«, sagte meine Mutter. »Ich habe seitdem keinen Tropfen mehr getrunken. Nachdem du aufgelegt hattest, habe ich alles in die Spüle geschüttet. In der Sprache der Gruppe«, sie sprach das letzte Wort aus wie einen Eigennamen, »sind es hundertachtzehn Tage seit meinem letzten Drink.«

Wir – Ingrid, mein Vater, Winsome, Hamish oder Patrick –, niemand von uns hatte sie je gebeten aufzuhören. Aus Loyalität oder die Vergeblichkeit ahnend, hatten wir nicht einmal untereinander darüber gesprochen.

Ich hatte nicht bemerkt, dass ich den Jungen mit den lila Lippen anlächelte. Er streckte mir die Zunge raus.

Meine Mutter fragte: »Lachst du etwa?«

Ich sagte Nein. »Ich meine, doch. Aber nicht über dich. Über etwas, das ich gerade gesehen habe.« Ich sagte, es sei alles gut. »Das ist gut.«

★

Als ich in Belgravia ankam, war es mitten am Nachmittag, und es wurde bereits dunkel. Ich war mit dem Vorsatz aufgewacht, nicht zu fahren, und hatte den Morgen auf dem Sofa verbracht, wo ich bei ausgeschaltetem Licht fernsah und mich davon zu überzeugen versuchte, dass ich kein schlechtes Gewissen hatte, weil ich meine Mutter enttäuschte, dass das Übelkeitsgefühl und die Enge in meiner Stirn die ersten Symptome einer Migräne wären und ich nicht so tief in Verzweiflung versunken wäre, dass ich mich zur Mittagszeit, als *Mary Berry's Absolute Christmas Favorites* anfing, fragte, ob ich gleich aufhören würde zu atmen.

Winsome öffnete die Tür und wirkte begeistert, mich zu sehen, ihre ungewaschene Nichte, die unter ihrem Mantel ein T-Shirt und Jogginghosen trug und ein Gastgeschenk mitbrachte, das sie an einer Autobahnraststätte gekauft hatte. Sie betrieb exzessiven Aufwand, um mir meinen Mantel abzunehmen, und drückte übertriebene Dankbarkeit für das Geschenk aus, ehe sie mich in den Salon führte.

Ich war nicht in der Erwartung gekommen, mich besser zu fühlen. Ich war gekommen, weil ich geglaubt hatte, mich nicht noch schlechter fühlen zu können, aber als ich den Raum betrat, verspürte ich eine sofortige und eigensinnige Nostalgie nach jenen Stunden des abgekapselten Elends im Haus für Führungskräfte. Als ich Rowland und meine Mutter und meinen Vater in dem überwältigend leer wirkenden Zimmer sah, wie sie ihre winzigen Geschenke öffneten, fühlte ich mich auf unbeschreibliche Weise noch schlechter. Ich hatte das angerichtet. Ich war der Grund dafür, dass Ingrid, meine Cousine und meine Cousins beschlossen hatten, woanders zu feiern. Ihre Abwesenheit vibrierte im Raum. Noch ein separater Unterton der Traurigkeit war so deutlich zu spüren, dass ein Fremder beim Eintreten von einem kürzlichen Trauerfall ausgegangen wäre. Das war, weil Patrick nicht da war. Auch das war mein Werk gewesen. Und genau wie meine Tante, waren meine Eltern und mein Onkel hocherfreut, mich zu sehen.

Mein Vater stand auf, nahm mich in den Arm und klopfte mir gleichzeitig auf den Rücken, als ob ich etwas Lobenswertes vollbracht hätte, indem ich zu spät, unangekündigt und respektlos gekleidet in Belgravia aufgetaucht war, am wichtigsten Tag des Jahres für meine Tante. Und sie hatte ein Mittagessen für mich beiseitegestellt – auf gut Glück, erklärte Winsome, weil sie an der unwirklichen Hoffnung festgehalten hatte, dass ich sie alle überraschen würde. Und Rowland, der stets darum bemüht war, jegliche dienende Handlung zu vermeiden, sagte mir, ich solle mich setzen, er werde es holen.

Meine Mutter wartete, bis sie an der Reihe war, und hielt mich dann genauso lange im Arm wie mein Vater, ließ mich danach jedoch noch nicht ganz los, sondern hielt mich auf Armlänge fest, die Hände direkt unter meinen Schultern, und sagte, sie habe vergessen, wie wunderschön ich sei. Sie war nicht betrunken.

Und ich schüttelte sie ab. Und als Rowland zurückkam, sagte ich, ich hätte keinen Hunger. Und als mein Vater für mich eine Zeile aus dem Roman zitierte, den er gerade las, und erklärte, er finde sie sowohl urkomisch als auch treffend, zuckte ich bloß mit den Achseln, und als Winsome mit einem Geschenk zu mir trat, das unter dem Baum gelegen hatte – weil sie an der unwirklichen Hoffnung festgehalten hatte, und so weiter –, machte ich es auf und sagte, ich hätte bereits eine Vase und könne mir ohnehin in absehbarer Zukunft keine Gelegenheit vorstellen, zu der ich Blumen bekäme. Und dann sagte ich, ich würde nun gehen, und weigerte mich, sie mitzunehmen, in diesem Moment und noch ein zweites Mal an der Haustür.

★

Die Zeile aus dem Buch meines Vaters war sowohl urkomisch als auch treffend: »Die Einäscherung war nicht schlimmer als ein Weihnachtsfest im Familienkreis.«

★

Am nächsten Morgen rief ich meine Mutter an, während ich mich anzog. Sobald sie dranging, fing ich an, über den vorigen Tag zu sprechen, wie schrecklich es ohne die anderen gewesen sei. Wobei ich natürlich nicht Patrick meinte. Ich sei froh, dass er nicht da gewesen sei. Ich wiederholte mehrmals: »Für ihn ist es auch das Beste. Er wollte …«

Sie sagte: »Nein. Stopp.« Ihre Geduld war am Ende. Ihre Stimme schwankte. »Du kannst nicht entscheiden, was für andere Menschen das Beste ist, Martha. Nicht einmal für deinen eigenen Ehemann – ganz besonders nicht für deinen eigenen Ehemann. Denn zufälligerweise hast du keine Ahnung, was Patrick will.« Ich wollte etwas einwenden, um sie zum Schweigen zu bringen, aber mein Mund war ausgetrocknet, und so fuhr sie fort: »Und soweit ich es erkennen kann, hast du dir auch nie die Mühe gemacht, es herauszufinden. Manchmal frage ich mich, ob du geglaubt hast, es wäre leichter, einfach alles in die Luft zu jagen. Kipp, kipp, kipp, Kerosin überallhin, Streichholz über die Schulter geworfen, während du davonläufst. Einfach alles niederbrennen.«

Sie wartete schweigend. Ich fragte: »Warum sagst du so etwas? Du solltest auf meiner Seite sein. Du musst nett zu mir sein.«

»Ich bin auf deiner Seite. Aber gestern habe ich mich für dich geschämt. Du hast dich blamiert und alle anderen in Verlegenheit gebracht. Du hast dich verhalten wie ein Kind. Nicht einmal die Vase entgegenzunehmen …«

Ich schrie sie an, sie habe nicht das Recht, mich zurechtzuweisen.

»Doch, tatsächlich werde ich genau das tun. Irgendjemand muss es tun. Du glaubst, all das sei dir zugestoßen, und ausschließlich dir. Das habe ich gestern gesehen. Es ist deine persönliche schreckliche Tragödie, also bist du die Einzige, die Schmerz verspüren darf. Aber«, sagte sie, »mein Mädchen, es ist uns allen zugestoßen. Siehst du das denn nicht? Nicht einmal nach gestern? Es ist unser aller Tragödie. Und wäre er da gewesen, hättest du gesehen, dass es vor allen Dingen Patricks ist. Es ist genauso sehr sein Leben gewesen wie deins.«

Ich sagte ihr, sie liege falsch. »Er hat sich nie so gefühlt wie ich. Er hat keine Ahnung, wie das ist.«

»Kann sein, aber er musste dir dabei zusehen. Er musste sich anhören, wie seine Frau sagte, sie wolle sterben, er musste sie Qualen erleiden sehen und wusste nicht, wie er ihr helfen konnte. Stell dir das einmal vor, Martha. Und du glaubst, ihm hätte das so gefallen! Er ist all die Jahre hindurch bei dir geblieben, egal, wie viel es ihn selbst gekostet hat, und am Ende wird er dafür gehasst und weggeschickt.«

»Ich hasse ihn nicht.«

»Bitte?«

»Ich habe nie gesagt, dass ich ihn hasse.«

»Selbst wenn das stimmt, lass dir gesagt sein, jeder andere als Patrick hätte dich bereits vor langer Zeit verlassen, ohne darum gebeten werden zu müssen. Du hast zuerst gelogen, Martha. Er hat dich nicht dazu gezwungen. Niemand hat das.«

Mir war schlecht. Meine Mutter atmete tief aus und machte dann weiter: »Ich behaupte nicht, du hättest nicht gelitten, Martha. Aber ich sage: Werd erwachsen. Du bist nicht die Einzige.«

Sie verstummte und wartete, bis ich fragte: »Wie mache ich das?«

»Was? Ich kann dich nicht hören, wenn du flüsterst.«

Ich wiederholte langsam: »Wie mache ich das? Mum, ich weiß nicht, was ich tun soll.«

»Ich würde deinen Mann um Vergebung bitten und«, sagte sie, »mich sehr glücklich schätzen, wenn er sie dir gewährt.«

Ich rief sie nicht noch einmal an. Am Ende der Woche bekam ich einen Brief.

Darin stand: Martha. Du weißt so gut wie ich, dass das Gespräch, das wir in den letzten Wochen geführt haben, beendet ist. Was als Nächstes geschieht, ist deine Entscheidung, aber ich hoffe, du wirst das Folgende bedenken, wenn du zu welchem Entschluss auch immer kommst.

Ich habe mein ganzes Leben lang geglaubt, die Dinge würden mir zustoßen. Die furchtbaren Dinge – Kindheit, verrückte/tote Mutter, verschwundener Vater. Dass ich, weil sie mich aufziehen musste, Winsome als Schwester verloren habe. Dass dein Vater keinen Erfolg hat, dass ich in diesem Haus, an diesem Ort leben muss, den ich nicht ausstehen kann, meine Trinkerei, dass ich Alkoholikerin wurde. Und immer so weiter, und alles ist mir zugestoßen.

Und dann – du. Meine wunderschöne Tochter, die zusammenbrach, als sie noch ein Kind war. Obwohl du diejenige warst, die gelitten hat, obwohl ich mich dafür entschieden habe, dir nicht zu helfen, war es in meinem Kopf das Schlimmste, was mir je zugestoßen ist.

Ich war das Opfer, und Opfer dürfen sich natürlich verhalten, wie sie wollen. Man kann nicht zur Verantwortung gezogen werden, solange man leidet, und ich habe dich zu meiner unangreifbaren Entschuldigung dafür gemacht, nicht erwachsen zu werden.

Aber dann bin ich erwachsen geworden – mit achtundsechzig Jahren –, weil du mich dazu gezwungen hast.

Ich weiß, dass es noch nicht besonders lange her ist, aber Folgendes habe ich seitdem verstanden: Dinge geschehen. Schreckliche Dinge. Das Einzige, was wir je entscheiden können, ist, ob sie uns zustoßen oder ob sie für uns geschehen.

Ich habe immer geglaubt, deine Krankheit sei mir zugestoßen. Jetzt entscheide ich mich für den Gedanken, dass sie für mich geschehen ist, weil sie der Grund dafür war, dass ich endlich mit dem Trinken aufhörte. Ich habe nicht deinet- und deiner Krankheit wegen angefangen zu trinken, wie ich es dich sicher habe glauben lassen, aber du bist der Grund, aus dem ich aufgehört habe.

Vielleicht ist mein Gedanke falsch. Vielleicht habe ich nicht das Recht, deinen Schmerz auf diese Weise zu sehen, aber nur so kann ich ihm irgendeinen Sinn verleihen. Und ich frage mich, ob es für dich irgendeine Möglichkeit gibt, zu der Einsicht zu gelangen, dass das, was du durchgemacht hast, für irgendetwas gut ist?

Ist es vielleicht der Grund dafür, dass du alles spürst und stärker liebst und heftiger als alle anderen kämpfst? Bist du deshalb für deine Schwester die Liebe ihres Lebens? Wirst du deswegen eines Tages viel mehr schreiben als bloß eine kleine Supermarktkolumne? Und kannst du darum meine verdammt schärfste Kritikerin sein und zugleich jemand mit so viel Mitgefühl, dass du eine Brille kaufst, die du nicht brauchst, weil der Mann von seinem Hocker gefallen ist? Martha, wenn du dich in einem Raum aufhältst, will niemand mehr mit irgendjemand anderem sprechen. Warum ist das so, wenn nicht, weil du ein Leben gelebt hast, das dich durch sein Feuer geläutert hat?

Und dein ganzes Erwachsenenleben hindurch wurdest du von demselben Mann geliebt. Das ist ein Geschenk, das nicht viele bekommen, und seine sture, beharrliche Liebe besteht nicht dir und deinem Schmerz zum Trotz. Er liebt dich als den Menschen, der du bist und der zum Teil ein Resultat deines Schmerzes ist.

Du musst mir nicht glauben, was das angeht, aber ich weiß – ich weiß es wirklich, Martha –, dass dein Schmerz dich tapfer genug hat werden lassen, um weiterzumachen. Wenn du möchtest, kannst du alles wieder in Ordnung bringen. Fang bei deiner Schwester an.

*

Ich legte den Brief in eine Schublade und griff nach meinem Telefon. Ich hatte eine Nachricht von Ingrid bekommen. Sie waren seit ein paar Tagen zurück, aber wir hatten nicht mehr miteinander gesprochen, seit sie mit dem Auto nach Oxford gekommen war und mich im Bett gefunden hatte. Ich hatte ihr geschrieben, aber sie hatte nie geantwortet. In ihrer Nachricht stand: »Bring auf dem Heimweg Abflussreiniger mit, die Badewanne läuft nicht ab. Sorry fürs Sexting, während du auf der Arbeit bist.« Auberginen-Emoji, Lippenstiftmund.

Während ich noch immer darauf starrte, erschienen die grauen Punkte, verschwanden und erschienen dann erneut.

»Das war natürlich nicht für dich.«

Ich schickte ihr den Rosenkranz, eine Zigarette und das schwarze Herz. Ich wollte noch die Straße und die rennende Frau hinterherschicken, unterließ es aber, denn wenn sie wüsste, dass ich käme, würde sie bis zu meiner Ankunft verschwunden sein.

★

Sie saß im Garten vor dem Haus auf einem verwahrlosten Gartentisch und ließ die Beine baumeln, während sie ihren Söhnen dabei zusah, wie sie mit ihren Fahrrädern absichtlich gegeneinander fuhren. Trotz der Kälte trugen alle drei kurze Hosen und T-Shirts aus Disneyland. Sie drehte sich um, als die Jungs nach mir riefen, zeigte jedoch keine Reaktion, während ich albern winkend auf sie zulief, bis ich direkt vor ihr stand.

»Hallo, Martha.« Es versetzte mir einen Stich, dass meine Schwester mich begrüßte, als wäre ich irgendeine Freundin oder jemand Unwichtiges. »Was machst du hier?«

»Ich wollte dir das hier geben.« Ich reichte ihr eine Plastiktüte mit dem Abflussreiniger darin. »Und außerdem sagen, dass es mir leidtut.«

Ingrid schaute in die Tasche, ohne etwas zu sagen. Dann, »entschuldige«, lehnte sie sich zur Seite, um an mir vorbei nach ihren Söhnen zu schauen, die ihre Fahrräder nun schlittern ließen, was sie nicht durften – sie schrie sie an –, weil sie wussten, dass es das Gras kaputt machte.

Es gab so gut wie kein Gras, es war kaputt seit dem Nachmittag ihres Einzugs, und auch wenn die Jungs sie ignorierten, wiederholte sie ihre Warnung in derselben Lautstärke jedes Mal, wenn ich glaubte, sie sei nun fertig, und dazu ansetzte, etwas zu sagen.

Der Regen, der den ganzen Morgen über gefallen war, hatte aufgehört, als ich aus dem Wagen stieg, aber der Himmel war immer noch dunkel, und jede kleine Windböe schüttelte Wasser aus den Bäumen. Ich wartete.

Ingrid gab auf und sagte: »Dann schieß los.«

»Ich wollte sagen …«

»Einen Moment.« Meine Schwester erhob sich vom Tisch und holte ein Matchbox-Auto aus einer Pfütze, holte dann ihr Telefon hervor und schickte eine Reihe von Nachrichten ab, ehe sie zurückkam und einen anderen Teil des Tisches mit einem Taschentuch trockenzuwischen versuchte, nach dem sie zuerst lange in ihrer Jackentasche kramen musste.

»Ingrid?«

»Was? Mach schon. Ich sagte doch: Schieß los.« Sie setzte sich nicht wieder auf den Tisch, sondern hockte sich lediglich auf seine Kante.

Ich entschuldigte mich. Es wurde eine Version dessen, was ich mir im Auto zurechtgelegt hatte, wenn auch umständlich und stockend vorgetragen, mit endlosen Wiederholungen und falschen Anläufen, immer qualvoller, während ich mich weiter hindurchkämpfte. Ich fühlte mich wie ein Kind im Klavierunterricht, das über ein Stück stolpert, das es zu Hause noch perfekt gespielt hat.

Meine Schwester wurde sichtlich immer verärgerter, je länger ich fortfuhr. Sie sagte lediglich: »Das weiß ich alles schon«, als ich erneut auf den Teil zurückkam, dass ich Kinder wolle, bevor ich antiklimaktisch schloss mit den Worten: »Also, das war wohl alles.«

Sie sagte »in Ordnung« und drückte sich seitlich in die Rippen. Die Sache sei die, erklärte sie mir, den Blick nach vorn gerichtet, ich hätte sie ausgelaugt. Ich hätte sie alle ausgelaugt. Es sei einfach alles zu viel geworden. Sie könne sich nicht länger gleichzeitig um mich und um ihre Kinder kümmern. Sie sagte, sie werde mir irgendwann vergeben, aber noch sei sie nicht so weit.

Ich sagte okay und wandte mich zum Gehen, aber Ingrid rutschte zur Seite und fragte, ob ich mich nun setzen wolle oder nicht. Eine Minute lang sahen wir ihren Söhnen zu, die mittlerweile versuchten, aus Holzbrettern und einem Backstein eine Rampe zu bauen. Dann sagte ich: »Sie sind so wunderbar.« Ingrid zuckte mit den Achseln. »Nein, wirklich. Sie sind wunderbar.«

»Worauf basiert diese Behauptung?«

»Weil sie vor fünf Minuten noch Babys waren, und sieh dir nur an, was sie jetzt tun.«

»Kann sein. Fahrradfahren halt.«

Ich erwiderte: »Nein. Weil sie gefundene Objekte wiederverwerten wie echte Profis.«

Ingrid bedeckte das Gesicht mit den Händen und schüttelte den Kopf, als würde sie weinen.

Ich wartete. Eine Minute später sagte sie: »Okay, schön«, und nahm die Hände herunter. »Ich habe dir vergeben.« Ihre Augen waren rot und voller Tränen, aber sie lachte. »Du bist immer noch schrecklich. Du bist buchstäblich die schrecklichste Person, die es gibt.«

Ich antwortete, das wisse ich.

»Warum«, fuhr sie mit plötzlicher Traurigkeit in der Stimme fort, »warum hast du mich angelogen, dass du keine Kinder willst? Wieso konntest du mir nicht vertrauen?«

»Ich konnte dir vertrauen. Aber ich konnte mir selbst nicht vertrauen.«

Sie fragte, weshalb nicht.

»Weil du mich dazu hättest überreden können. Wie Jonathan. Wenn du mir gesagt hättest, ich wäre eine gute Mutter, hätte ich mir erlaubt, dir zu glauben.«

Ingrid lehnte sich gegen mich, sodass sich unsere Arme berührten.

»Das hätte ich niemals gesagt.«

»Du hast es gesagt. Du hast mir die ganze Zeit gesagt, ich solle ein Baby bekommen.«

»Nein, ich hätte niemals gesagt, dass du eine gute Mutter wärst. Du wärst beschissen darin.«

Sie trat gegen meinen Fuß und sagte: »Gott, Martha. Ich liebe dich so sehr, dass es tatsächlich körperlich wehtut. Kannst du mir das geben?« Sie wies auf die Plastiktüte. Ich hob sie vom Boden auf, und Ingrid bemerkte beim Hineinsehen: »Das ist der teure. Dankeschön«, und für einen Augenblick fühlte es sich an, als befänden wir uns wieder innerhalb unseres Kraftfelds.

Plötzliches Geschrei. Um den Backstein war ein Streit losgebrochen.

Ingrid sagte: »Na gut, das hier ist wohl vorbei«, und teilte mir mit, ich könne den Streit gern schlichten gehen, denn sie müsse den Kindern nun in der Küche das Abendessen vorbereiten.

Wir standen beide auf, und ich ging hinüber zu den Jungs, die mittlerweile alle Stöcke in den Händen hielten.

Sie war beinahe am Haus angekommen, als sie meinen Namen rief und ich mich umdrehte und sah, wie sie rückwärts über das letzte Stück Rasen ging, und ich weiß nur noch, dass in dem Augenblick, als sie die Arme hob, um ihren Pferdeschwanz festzuziehen, eine Wolke rasch über die Sonne huschte, sodass das Licht auf ihrem Gesicht und ihrem Haar flackerte, während sie uns allen begeistert zurief: »Meine berühmte Pasta mit nichts obendrauf.«

★

Als die Jungs hinterher in der Badewanne waren, saßen wir an die Wand gelehnt vor der Tür. Wir unterhielten uns gerade über irgendetwas anderes, als Ingrid plötzlich sagte: »Wenn es dir seit Juni oder so besser geht, wieso verhältst du dich dann immer noch so wie früher? Ich meine, Patrick gegenüber. Ich verurteile dich nicht. Ich will nur sagen, wenn du dich nun rationaler fühlst, warum, du weißt schon, manifestiert sich das nicht notwendigerweise auch nach außen?« Sie verzog das Gesicht wie jemand, der mit einer Explosion rechnet.

»Weil ich nicht weiß, wie ich mich ihm gegenüber sonst verhalten soll.« Ich fügte hinzu, ich wisse, dass das keine Entschuldigung sei.

»Nein, ich verstehe schon. Wie viele Jahre auch immer versus sieben Monate. Aber du musst es herausfinden.«

Ich erklärte ihr, ich fühlte mich noch nicht bereit dafür, ihn zu sehen, und außerdem wisse ich, dass ich ihm nicht würde vergeben können.

»Weißt du, wo er ist?«

»London.«

»Aber weißt du, wo?«

»Nein. Wahrscheinlich hat er die Wohnung zurückbekommen.«

»Er wird sie zurückbekommen, aber zur Zeit wohnt er bei Winsome und Rowland.« Ingrid sah ernst aus.

Ich fragte sie, warum das von Bedeutung sei. »Winsome und Rowland sind weg.«

»Aber Jessamine ist da.«

Ich lachte und sagte, wenn es eine Sache gäbe, über die ich mir nie Sorgen gemacht hätte, dann darum, dass Patrick etwas mit einer anfangen würde, die nicht seine Frau ist.

Obwohl ich ihn vertrieben und monatelang erbarmungslos bestraft hatte, damit er ging, und ihm gesagt hatte, dass ich ihn nicht mehr liebte – ich hatte es ihm hinterhergerufen, als er zum letzten Mal aus unserem Schlafzimmer ging –, fühlte es sich doch an, als hätte mir jemand einen Stoß versetzt, als Ingrid erwiderte: »Aber, Martha, in Patricks Augen bist du nicht mehr seine Frau.«

Ingrid ließ mich warten, während sie in einer Schublade nach ihrem Schlüssel für das Haus in Belgravia suchte. »Nur für alle Fälle, nur für alle Fälle.«

Ich hatte bereits einen Müsliriegel und eine Flasche Wasser und ein Selbsthilfehörbuch auf drei CDs entgegengenommen, die sie zuerst aus der Schublade geholt hatte. In einundzwanzig Tagen könnte ich die Kunst der Selbstvergebung meistern.

Ich sagte ihr, ich brauchte den Schlüssel nicht. »Wenn er nicht da ist, fahre ich einfach nach Hause. Es gibt keinen anderen Grund hineinzugehen.«

»Doch, den gibt es. Vielleicht musst du auf die Toilette oder so.«

Sie fand ihn und hielt ihn mir hin. Als ich ihn nicht entgegennahm, griff sie nach meiner Hand und versuchte, meine Finger darum zu schließen.

»Was zum Teufel ist das?« Sie hielt meinen Daumen fest.

»Die Hebriden.«

»Alles klar. Natürlich. Kannst du ihn bitte einfach in deine Tasche stecken?«

Ich nahm schließlich den Schlüssel, damit sie aufhörte, darüber zu reden.

*

Patrick war nicht da. Ich klopfte und wartete draußen auf den Stufen vor dem Haus meiner Tante, bis mein Gesicht wehtat und meine Hände in meinen Jackentaschen taub geworden waren. Ich ging zurück zum Auto und blieb in meinen Mantel gehüllt eine Stunde lang dort sitzen. Der Platz war menschenleer. Niemand kam oder ging. Es waren erst sechs Wochen vergangen, seit Patrick mich verlassen hatte, aber innerhalb von wenigen Tagen hatte die Zeit eine unwirkliche Qualität angenommen, und meine Einsamkeit war so total geworden, dass sie nun, während ich im Auto saß, die Existenz aller Dinge infrage zu stellen schien.

Eine weitere Stunde verstrich. Noch immer kam niemand. Ich fühlte mich langsam wie im Delirium. Da war nichts mehr als Kälte. Ich googelte »Unterkühlung im Auto«, aber während meine Finger noch die einzelnen Tasten suchten, ging mein Telefon aus, da der Akku leer war. Ich machte mir weis, dies sei der Grund dafür, dass ich nun ins Haus gehen müsste. Dabei war es eigentlich mein Drang, wenn nicht Patrick, so doch irgendetwas zu sehen, das zu ihm gehörte. Nach Wochen allein, die in diesen zwei Stunden im Auto gipfelten, in denen ich aus dem Fenster nichts sah als Dunkelheit und die Abwesenheit anderer Menschen, kam nicht einmal er mir mehr real vor.

*

Innen war alles falsch. Mit Ingrids Schlüssel in der Hand stand ich verunsichert in der Eingangshalle.

Nach Winsomes Regel hatten persönliche Gegenstände in öffentlichen Bereichen nichts zu suchen, aber Jessamines Sachen lagen überall verstreut, ihre Schuhe waren in alle vier Ecken der Eingangshalle geschleudert worden, ihre Kleidungsstücke lagen auf mehreren Haufen den Flur entlang. Ich zog meinen Mantel aus und ging in den Salon. Dort standen eine Weinflasche und zwei Gläser, die bis auf den braunen Bodensatz leer waren, direkt auf dem Walnussholz eines Beistelltischs.

An einem ersten Weihnachtstag vor ein paar Jahren hatte meine Mutter uns allen betrunken mitgeteilt, wenn Winsome tot sei, werde ihr Geist zurückkehren, um im Salon herumzuspuken, uns alle mit Schreien von »Flecken auf dem Holz! Flecken auf dem Holz!« zu terrorisieren und unsichtbar Untersetzer durch die Luft zu werfen. Ich ging die Gläser einsammeln, um sie in die Küche zu bringen, und hob noch weitere Gegenstände auf, während ich durch das Zimmer ging, als Letztes ein Telefonladekabel und eine pinkfarbene Plastikflasche mit Nagellackentferner. Dass meine Cousine ein kosmetisches Lösungsmittel auf dem lackierten Deckel des Flügels ihrer Mutter abstellte, schien ihr Wesen in einem Satz zusammenzufassen. Ich wollte wieder gehen. Aber nichts von dem, was ich dort oder auf dem Weg zur Küchentreppe eingesammelt hatte, gehörte Patrick. Ich hinterließ alles auf einem Haufen am Eingang und ging zurück zur Haupttreppe.

Sein Koffer und die Sachen, die er nach seinem Fortgang angeschafft haben musste, befanden sich vor Olivers Zimmer in Kisten, gestapelt, zugeklebt und nummeriert, wobei die Nummern, wie ich wusste, mit denen auf einer Tabelle übereinstimmen würden, auf der die Inhalte jeder einzelnen Kiste beschrieben wären. Ich machte sie nicht auf. Die Nummern waren mit der Hand geschrieben. Das war genug.

Auf dem Weg zurück zur Treppe ging ich in Jessamines Zimmer, um ihr Bad zu benutzen. Auf ihrem Nachttisch lag Patricks Armbanduhr neben einem Wasserglas und einem lila Haargummi, in dessen Metallstück sich blonde Haare verfangen hatten. Ich ging die Uhr aufheben. Mir war schlecht, nicht weil sie dort lag, sondern aufgrund der ihr innewohnenden Vertrautheit, ihres Gewichts, als ich sie in meiner Hand umdrehte, und der mit ihr einhergehenden Erinnerung an seine spezielle Art, sie anzulegen, als ich ihn zum ersten Mal dabei beobachtete. Ich hatte das Gefühl, auf diese Erinnerung kein Anrecht mehr zu haben. Patrick gehörte nicht mir. Ich legte die Armbanduhr zurück und ging ins Badezimmer.

Vor dem Spiegel wischte ich mir das Gesicht mit Kosmetiktüchern ab, während ich den Fußboden, auf dem er das Baby meiner Schwester zur Welt gebracht hatte, hinter mir reflektiert sah. Neben der Toilette stand ein Mülleimer, der überquoll von Jessamines kosmetischen Überresten. Ich ging hinüber, um die benutzten Tücher hineinzuwerfen. Sie fielen auf ein Folienblister für eine einzelne Tablette. Das war eine weitere Sache, über die ich mir nie Sorgen gemacht hatte: dass Patrick losgeschickt werden könnte, um die Pille danach für jemanden zu kaufen, der nicht seine Ehefrau war.

Irgendwann auf der Strecke hinaus aus London fiel mir auf, dass ich in meiner Eile, zu verschwinden, meinen Mantel vergessen hatte, und ich war mir beim Weiterfahren auch immer weniger sicher, ob ich die Haustür zugemacht hatte.

★

In den Wochen danach packte ich das Haus für Führungs-kräfte zusammen, bewegte mich durch die Zimmer und füllte Kisten, auf denen, hätte ich sie beschriftet, gestanden hätte: Loses Besteck, aus der Schublade gekippt. Dose mit Ölsardi-nen/Geburtsurkunden. Ein Kissen, ein Fön, eine in einen Bett-bezug gewickelte Sauciere.

Ich ernährte mich von Gatorade und Crackern aus der sich leerenden Vorratskammer und schlief in meinen Kleidern auf dem Sofa.

Am Tag meines Auszugs schneite es. Morgens kamen zwei Männer mit einem Transporter, um all meine Umzugs- und Lagerungsbedürfnisse zu erfüllen, wie das Versprechen auf der Seite des Wagens lautete. Sie begannen, ihn zu beladen, während ich noch die letzten Reste aus unserem Schlafzim-mer zusammenpackte. Mit Ausnahme eines einzigen Koffers hatte Patrick alles zurückgelassen.

Ich leerte seinen Kleiderschrank und seine Kommode und zog dann die Schublade seines Nachttisches auf. Darin lag zuoberst ein Buch, das mein Vater ihm im Jahr zuvor zu Weihnachten geschenkt hatte und auf das zu lesen Patrick beharrt hatte, obwohl es darin um Gedichte ging, und noch nicht einmal um richtige Gedichte. Ich holte es heraus und schlug es auf einer Seite auf, die mit ein paar Stichwortkarten markiert war, deren herausschauende Ränder weich und ge-knickt waren.

Er hatte sagen wollen: »Ohne Zweifel wird meine Frau mich im Anschluss korrigieren und darauf bestehen, es sei nur wegen der Freigetränke, aber tatsächlich sind wir alle hier versammelt aus Liebe für diese ungewöhnliche, wunderschöne, unerträgliche Frau – die meiner Ansicht nach keinen Tag älter aussieht als neunundreißig und zwölf Monate.« Weiter wollte er sagen: »Ich wünschte, es wäre nicht so, aber alle hier wissen, dass Martha das Einzige ist, was ich in meinem ganzen Leben je gewollt habe …« Ich konnte nicht weiterlesen. Ich steckte die Karten zurück in das Buch und legte dieses zurück in die Schublade, und anstatt deren vollständigen Inhalt auszuräumen, umwickelte ich den gesamten Nachttisch mit Klebeband. Die Männer tauchten im Türrahmen auf, und ich erklärte ihnen, ich sei nun fertig und sie könnten alles mitnehmen.

Sie fuhren davon, und ich lief durch das Haus, in der Hand die Adresse des Lagerraums irgendwo in London, die sie mir gegeben hatten. Ich kannte jede Delle in den Fußleisten, jede Kerbe in den Türen, all die Stellen an den Wänden im Wohnzimmer, an denen wir einst versucht hatten, die hinterlassenen Markierungen eines vorherigen Mieters zu übermalen. Patrick hatte die falsche Farbe gekauft, und nun hoben sich die Stellen ab wie ein Sonnensystem glänzender Flecken in einem riesigen matten Universum. Der taupefarbene Teppich trug die Abdrücke unserer Möbel, Staub lag wie graue Filzstreifen über jeder Spezialsteckdose, deren Verwendungszweck sich uns nie offenbart hatte. Sieben Jahre lang hatte das Haus für Führungskräfte eine Art von übersinnlicher Feindseligkeit verströmt, die nur ich wahrnehmen konnte. Ich weiß nicht, weshalb es mir in meiner letzten Stunde dort ein Gefühl von

Heimat vermittelte. Ich ging erneut nach oben, um die Abstellkammer zu betrachten.

Vor ihrem kleinen Fenster legte sich der Schnee auf die Zweige der blattlosen Äste der Platane. Ich öffnete es und trat zurück in den Türrahmen, wo ich einen Augenblick lang stehen blieb. Ein kleines Gestöber aus Schneeflocken wurde hereingeblasen, schwebte auf den Fußboden und schmolz in den Teppich.

★

Der Makler hatte sich selbst ins Haus gelassen und stand nun unten in der Küche mit einem Paar, das jünger war als Patrick und ich. Er sprach von der hochwertigen Ausstattung. Ich warf auf dem Weg zur Tür unbemerkt einen Blick hinein und sah die Frau den Ofen öffnen, die Nase rümpfen und sagen: »Schau mal, Babe.« Ich schloss die Tür hinter mir, steckte meinen Schlüssel in den Briefkasten und fuhr davon.

★

Draußen vor dem Tor zur Siedlung für Führungskräfte fuhr ich links ran und parkte neben einer Lücke in der hohen Hecke. Ich trat hindurch und kam auf die weite Feldfläche, die in Parzellen aufgeteilt war. Sie war menschenleer, die Erde unter meinen Füßen war kahl und hässlich und durchweicht. Ich wusste nicht, warum ich hatte anhalten und dorthin gehen wollen, ich hatte die Gärten noch nie allein aufgesucht. Ohne Patrick konnte ich unseren noch nicht einmal finden, ich musste auf den Pfaden zwischen ihnen auf und ab laufen, mit tränenden Augen, wenn ich gegen den Wind ging, das Haar um mein Gesicht gewickelt, wenn ich ihn im Rücken hatte.

Endlich sah ich unseren Schuppen und rannte über die Gärten anderer Leute, um unseren zu erreichen – ein Quadrat aus schwarzem Schlamm und orangefarbenen Blättern, die in dem Wasser schwammen, das sich in den von Patrick gegrabenen Furchen gesammelt hatte. Abgesehen von ihnen und den vom Regen platt gedrückten alten Kartoffelpflanzen war keinerlei Ergebnis seiner Bemühungen zu erkennen. Der Winter hatte all die Stunden ausgelöscht, die er dort verbracht hatte, allein oder gemeinsam mit mir, die nur dagesessen und zugesehen hatte, wie er den Spaten mit seinem Fuß in die Erde stieß, Unkraut und geschossene Pflanzen herauszog.

Die Tür des Schuppens war nicht verriegelt und klapperte im Wind. Irgendjemand hatte seine Werkzeuge und den Stuhl, den er mir gekauft hatte, mitgenommen. Das Einzige, was übrig gelassen worden war, weil es nicht fortgetragen werden konnte, war der umgestürzte Baum.

Ich setzte mich darauf, aber die Erinnerung ließ mich auf die Knie in den Schlamm rutschen. Und dann meine Arme über ihn legen, meinen Kopf auf ihn sinken lassen, das feuchte Holz einatmen und Patrick fragen hören: In welcher Woche bist du? Könnte ich ein paar Tage Zeit bekommen? Ich sagte: Ich werde nicht grundlos warten, Patrick. Wir sehen uns zu Hause.

Bald war mir so kalt, dass ich aufstehen musste. Aber ich konnte noch nicht gehen. Ich war schwanger gewesen. Ich war schwanger gewesen, an diesem Ort, und das machte ihn heilig, dieses Quadrat schwarzen Schlamms, das ich nun den

Elementen überlassen würde. Ich würde etwas zurücklassen, das uns gehörte, ungeschützt vor jedem, der es haben wollte und glaubte, es gehöre ohnehin niemandem – schließlich war hier nichts, außer einem toten Baumstamm. Ich hob einen Zweig auf und drückte ihn in die Erde, dann zwang ich mich, gegen den Wind gelehnt, zum Wagen zurückzukehren.

In der unmittelbaren Stille nach dem Schließen der Tür erinnerte ich mich daran, wie Patrick mir auf unserer ersten Fahrt zum Haus für Führungskräfte versprochen hatte, wir könnten uns im Salatbereich bald vollkommen selbst versorgen. Ich lachte, während ich noch weinte. Für eine kurze Zeit in jenem ersten Sommer in Oxford war es wahr geworden.

★

Nach einer Meile gab ich die Adresse bei Google Maps ein, obwohl ich in der Goldhawk Road gewohnt hatte, seit ich zehn gewesen war, abgesehen von den Unterbrechungen durch zwei kurze Ehen. Als ich auf die Autobahn fuhr, sagte das Navi, ich solle in vierundfünfzig Meilen die linke Ausfahrt nehmen und, sollte ich diese verpassen, so bald wie möglich wenden.

Die Eingangstür zum Haus meiner Eltern stand offen. Ich trat ein und fand Ingrid auf dem Sofa im Arbeitszimmer meines Vaters – sitzend, mit den Füßen auf dem Fußboden, und nicht der Länge nach ausgestreckt und die Füße auf die Armlehne gelegt oder auf irgendeine Weise gegen die Wand gestemmt. Sie sah meinen Vater an, der in der Mitte des Zimmers stand und sich bereit machte, aus einem Buch vorzulesen, das er wie ein Kirchengesangbuch aufgeschlagen in den Händen hielt. Und meine Mutter war bei ihnen und hielt einen kleinen Staubwedel – wie ich ihn noch nie in diesem Haus gesehen hatte – über irgendeinem Objekt auf dem Kaminsims.

Sie wirkten wie Schauspielerinnen und Schauspieler in einem Stück, die auf das Aufgehen des Vorhangs warten und dann nicht schnell genug reagieren, sodass das Publikum sie für einen kurzen Augenblick so sieht – eingefroren in lebensnahen Posen –, ehe sie mit ihrem Spiel beginnen.

Die Mutter steht mit dem Staubwedel in der Hand, der Vater beginnt in der Satzmitte zu lesen, die Figur der Schwester beugt sich vor, als hörte sie zu. Dass sie ihr Telefon hervorzieht, ist offensichtlich für all jene, die sich auf der anderen

Seite der vierten Wand befinden. Der Vater blickt auf und unterbricht seinen Vortrag, da eine andere Schauspielerin – eindeutig die schwierige Figur – mit mehreren Gepäckstücken beladen eintritt. Er lädt sie ein, sich zu setzen, während die Mutter den Raum verlässt, indem sie etwas von Kaffee sagt, und nachdem er sich nach ihrer Fahrt erkundigt hat, fragt der Vater: »Also, wo war ich stehen geblieben? Ah ja, weiter geht's«, und setzt von Neuem an. Eine Schwester gibt auf, Interesse vorzuspielen, und blickt offen auf ihr Telefon hinab.

Die andere bleibt stehen, wo sie ist, stellt ihre Taschen nicht ab, sondern hört zu, gibt dem Publikum Zeit, über ihre Vorgeschichte zu spekulieren, weshalb sie gekommen ist, was sie will, welche Hindernisse vor ihr liegen und wie diese sich in neunzig Minuten auflösen werden. Ob es eine Pause geben wird. Ob der Parkautomat Kartenzahlung akzeptiert.

»Die große Offenbarung war nie gekommen. Stattdessen gab es kleine tägliche Wunder, Erleuchtungen, Zündhölzer, die unerwartet im Dunkeln angerissen wurden; hier war so eins.« Er endet. »Ist das nicht genial, Mädchen? Das ist …«

»Virginia Woolf.«

Ingrid sagte es, ohne den Blick vom Telefon zu heben, richtete sich dann jedoch wieder auf und fügte hinzu, um seinem Nachhaken vorzugreifen: »Das stand bei Instagram.«

Er fragte: »Was ist dieser Instagram?«

»Hier.« Sie schaltete den Bildschirm mit ihrem Daumen an und hielt meinem Vater das Telefon hin, der es entgegennahm und eine primitive Imitation des Scrollens ausführte, die alle Finger seiner rechten Hand und ein gelähmt wirkendes Wedeln mit dem Handgelenk umfasste. »Du kannst dort jeden Quatsch reinstellen, den du möchtest, sogar Gedichte, und irgendjemand wird es liken. Ein Finger. Dad. Streich von unten nach oben.«

Er meisterte es, und Minuten später erklärte mein Vater @Tägliche_Zitate_von_Schriftsteller*innen für eine Fundgrube der Genialität und fragte, was der Beitritt koste. Ingrid erklärte ihm, seine Ausgaben würden sich auf den Erwerb eines Mobiltelefons ohne Antenne beschränken, was sie versprach, online für ihn zu erledigen, als sie den Ausdruck der Unsicherheit sah, der sich bei der Andeutung einer Interaktion im Einzelhandel auf seinem Gesicht breitmachte.

Ich sagte, ich müsse auspacken gehen. Ingrid bot an, mir zu helfen, und stand auf.

Vor der Tür erklärte ich, ich braucht keine Hilfe.

»Mit Hilfe meinte ich, dass ich mich hinsetze und dir zusehe.«

Sie folgte mir zur Treppe.

»Wo sind die Jungs?«

»Hamish ist mit ihnen beim Friseur. Ich dachte, ich könnte ihnen selbst die Haare schneiden, aber wie sich herausgestellt hat, ist es gar nicht so einfach.« Sie keuchte bereits, als wir erst die Hälfte der ersten Treppe geschafft hatten, und musste auf der zweiten kleinere Pausen einlegen. »Ich wollte einen Salon namens Mamaschnitte eröffnen ... aber ... das lässt sich natürlich auf zwei verschiedene ... Arten lesen ... je nach ... ich muss mich kurz hinsetzen ... psychischer Verfassung.«

Vor meiner Zimmertür sagte Ingrid, ich solle zur Seite treten, damit sie sie für mich öffnen könne. Nach einem Blick hinein machte sie sogleich auf dem Absatz kehrt und fragte: »Wieso nimmst du nicht stattdessen mein Zimmer?« Meins war als Lagerraum für Skulpturen in Beschlag genommen worden, die, wie meine Mutter uns später auf Nachfrage erklärte, »konzeptuell noch nicht ausgereift waren«.

Wir gingen ein Zimmer weiter, wo ich die Taschen unten in Ingrids leeren Kleiderschrank stopfte und mich dann mit ihr auf den Futon setzte, der damals mit dem Birkenholztisch und dem braunen Sofa ins Haus gekommen war und die Hauptlast ihrer jugendlichen Raucherphase getragen hatte.

Sie erzählte eine Weile von den jeweiligen Geschichten zu jedem einzelnen Brandfleck, von ihrem Zimmer, von den Stellen, an denen sie Dinge auf die Wand geschrieben und gezeichnet hatte, die oftmals, wie sie mir hinter dem Vorhang zeigte, die Worte ICH HASSE MUM umfassten. Und dann von den Malen, an die sie sich erinnerte, wenn ich hereingekommen war und sie geholt hatte, nachdem wieder ein Abschied stattgefunden hatte. Sie hob träge meine Hand an, und als sie es erneut bemerkte, rieb sie mit dem Daumen über mein Tattoo, als könnte es davon abgehen. »Bereust du manchmal, dass du es dir hast stechen lassen?«

»Ja.«

»Wann?«

»Wenn ich es sehe.«

»Ich würde dich ja verurteilen, bloß …« Sie drehte ihr Handgelenk nach oben und zeigte mir den sehr kurzen Strich. Sie fuhr fort: »Wie auch immer. Was willst du jetzt tun? Hast du einen Plan? Denn du könntest …« Ihr Tonfall kündigte den Anfang einer Liste an, aber nach einem tiefen Einatmen zur Vorbereitung folgte nichts weiter außer einem Ausatmen. Sie sah aus, als täte ihr alles leid.

»Ich weiß, mach dir keine Sorgen.«

»Ich werde mir etwas einfallen lassen.«

Ich erwiderte, das sei nicht nötig. »Das ist nicht deine Aufgabe. Außerdem habe ich sowieso einen, oder nein – es ist kein Plan-Plan. Es ist eher …« Ich hielt inne. »Ich muss herausfinden, welche Art von Leben möglich ist für eine Frau in meinem …«

»Sag nicht: in meinem Alter.«

»… eine Frau, die ungefähr zur selben Zeit geboren wurde wie ich, die Single ist und weder Kinder noch irgendeinen besonderen Ehrgeiz hat und einen Lebenslauf, der«, ich wollte sagen »für den Arsch ist«, aber im Gesicht meiner Schwester spiegelte sich so viel Sorge wider, dass ich stattdessen sagte: »dem eine klar ersichtliche Richtung fehlt.«

»Es muss trotzdem nicht miserabel sein. Ich meine, geh nicht automatisch davon aus, dass es …«

Ich sagte: »Das tue ich nicht. Ich möchte nicht, dass es miserabel wird. Ich weiß bloß nicht, welche nicht-miserablen Optionen es gibt, wenn man weder Tiere mag noch gern anderen Menschen hilft. Wenn man all die Dinge wollte, die Frauen eben wollen sollen: Babys, Ehemann, Freundinnen, ein Haus …«

»… ein erfolgreiches Etsy-Business.«

»Ein erfolgreiches Etsy-Business, Neid, Erfüllung, was auch immer, und man diese Dinge nicht bekommen hat, was soll man stattdessen wollen? Ich weiß nicht, wie ich etwas wollen soll, das kein Baby ist. Ich kann nicht einfach an irgendetwas anderes denken und beschließen, stattdessen das zu wollen.«

Ingrid entgegnete: »Doch, das kannst du. Selbst Frauen, die all diese Dinge bekommen, verlieren sie wieder. Ehemänner sterben, und Kinder werden groß und heiraten jemanden,

den du hasst, und benutzen den Juraabschluss, den du ihnen finanziert hast, um ein Etsy-Business zu gründen. Alles vergeht irgendwann, und Frauen bleiben immer als Letzte übrig, also müssen wir uns eben etwas anderes ausdenken, was wir wollen können.«

»Ich will nicht, dass es etwas Ausgedachtes ist.«

»Alles ist ausgedacht. Das Leben ist ausgedacht. Alles, was du irgendjemanden tun siehst, ist etwas, das sie oder er sich ausgedacht hat. Um Himmels willen, ich habe mir Swindon ausgedacht und mich dazu gebracht, es zu wollen, und jetzt tue ich es.«

»Tust du das wirklich?«

»Na ja, ich will es nicht nicht.«

»Wie hast du das gemacht?«

»Keine Ahnung«, antwortete sie. »Indem ich mich einfach darauf konzentriert habe, praktische Dinge zu tun, und so lange vorgegeben habe, Freude an ihnen zu empfinden, bis ich sie tatsächlich empfunden hab, oder mich zumindest nicht mehr daran erinnern konnte, was mir früher einmal Freude bereitet hat.«

Ich biss mir auf die Lippe, und sie fuhr fort: »Ich meine, vielleicht sortierst du deine Klamotten oder machst albernes Yoga, und dann kommt es wahrscheinlich von selbst, oder du kommst darauf. Du bist so schlau, Martha, du bist der kreativste Mensch, den ich kenne.« Sie versetzte mir einen Klaps, weil ich mit den Augen rollte. »Das bist du, und jetzt muss ich nach Hause, kannst du mich also bitte hochziehen?«

Ich tat es, und meine Schwester hielt meine Hände noch für einen Moment fest, als wir mitten in ihrem Schlafzimmer standen, und sagte: »Kleine tägliche Wunder, Erleuchtungen, irgendwas-irgendwas, Woolf-Zündhölzer. Tu das. Tu, was Virginia sagt.«

Ich ging mit ihr nach unten und versprach ihr, weil sie mich dazu zwang, dass ich irgendetwas Praktisches tun würde, allerdings kein Dankbarkeitstagebuch schreiben, denn das, sagte sie, würde sie in den Wahnsinn treiben.

»Oder so etwas wie ein Vision-Board. Außer es besteht ausschließlich aus Bildern der über vierzigjährigen Kate Moss auf einer Superjacht.«

»Mit verrutschtem Bikini.«

»Immer.«

»Ich liebe dich, Ingrid.«

Sie sagte, das wisse sie, und ging nach Hause.

★

Mein Vater hatte das Licht im Arbeitszimmer brennen und das Buch aufgeklappt mit dem Rücken nach oben auf seinem Schreibtisch liegen lassen. Ich trat ein und hob es auf, konnte jedoch die Stelle nicht finden, die er vorgelesen hatte. Ich versuchte, es in eine nicht vorhandene Lücke in seinem Regal zu schieben, und dachte daran, wie er in jenem Sommer, den ich in diesem Zimmer verbracht hatte, einmal zu mir gesagt hatte: »Das ganze Leben an einer Wand, Martha. Jede Art von Leben, ob real oder ausgedacht.«

Ich blieb dort stehen und las unzählige Buchrücken, dann zog ich ein Buch nach dem anderen heraus und türmte sie auf meinen linken Arm. Ich hatte drei verschiedene Auswahlkriterien: Bücher von Frauen oder angemessen empfindsamen/ depressiven Männern, die ihr eigenes Leben neu erfunden hatten. Jedes Buch, von dem ich fälschlicherweise behauptet hatte, es bereits gelesen zu haben, mit Ausnahme von Proust, denn auch nach allem, was ich getan hatte, hatte ich es nicht verdient, so schlimm zu leiden. Bücher mit vielversprechenden Titeln, die ich erreichen konnte, ohne auf einen Stuhl steigen zu müssen.

Sie waren alt. Auf den Buchdeckeln fühlten sich meine Finger kreidig an, und die Seiten rochen nach der Langeweile, die ich als Jugendliche verspürt hatte, wenn ich in einem Secondhandladen darauf wartete, dass mein Vater endlich fertig wurde. Aber sie würden mir sagen, wie ich sein musste oder was ich wollen sollte, und sie würden mich vor einem Dankbarkeitstagebuch bewahren, und das war das Einzige, woran ich denken konnte.

Ich begann mit Virginia Woolf, ihrem Gesamtwerk, und ich las den ganzen Tag, in einem eigenen Zimmer meiner Eltern, und wenn ich zu fürchten begann, ich würde verrückt werden, weil ich so lange Zeit am Stück nichts anderes tat, und mir dieser Gedanke in Woolf'scher Sprache kam, ging ich hinaus und las irgendwo anders. Nachts las ich bis zum Einschlafen, und wo immer ich gerade war, wann immer irgendjemand in einem Buch irgendetwas wollte, schrieb ich mir auf, was es war. Als ich alle Bücher durchhatte, besaß ich unzählige abgerissene Papierfetzen, die ich in einem Glas auf Ingrids Kommode gesammelt hatte. Aber auf allen stand: ein Mensch, eine Familie, ein Zuhause, Geld, nicht alleine sein. Das ist alles, was Menschen wollen.

*

Ich versuchte, joggen zu gehen. Es ist genauso furchtbar, wie es aussieht. Bei der Westfield Mall, kaum mehr als einen Kilometer vom Haus meiner Eltern entfernt, gab ich auf und ging hinein, um Wasser zu kaufen. Da es ein Montagmorgen um

kurz nach neun Uhr und ich eine Frau über vierzig in Sport-
kleidung war, erregte ich keinerlei Aufmerksamkeit, als ich
im Erdgeschoss auf der Suche nach einem Laden meine Runden drehte.

Es gab einen Smith's. Der einzige Weg von der Eingangstür
zum Kühlschrank führte durch einen Gang, über dem ein
Schild mit der Aufschrift Geschenke/Ideen/Diverse Planer
hing, allerdings standen dort einzig und allein Reihen um
Reihen von Dankbarkeitstagebüchern. Ich blieb stehen und
suchte nach dem schlimmsten von ihnen, um es zu kaufen
und meiner Schwester zu schicken. Auch wenn auf ihren
minzgrünen, lila glitzernden und buttergelben Einbänden so
viele verschiedene Aufforderungen standen – zu leben und
lieben und lachen und leuchten und gedeihen und atmen –,
schien das höchste Gebot der Menschheit insgesamt zu lauten, seinen Träumen zu folgen.

Ich wählte ein unerklärlich dickes aus, das doppelt so vielen Seiten hatte wie seine Regalkollegen, weil auf dessen Ein-
band stand: *Fang einfach an.* Es sollte wohl unbeschwert und
motivierend klingen, aber ohne Ausrufezeichen kam es eher
lustlos und resigniert herüber. Fang einfach an. Keiner will
dich mehr darüber reden hören. Folge deinen Träumen. Es
könnte gar nicht weniger auf dem Spiel stehen.

Es sei mein Glückstag, erklärte mir die Frau an der Kasse.
»Zu jedem Tagebuch gibt es einen Stift gratis.« Sie war zu alt,
um dort zu arbeiten, und atmete schwer von der Anstrengung, sich hinunterzubeugen, um eine Kiste unter dem Tresen hervorzuziehen. »Suchen Sie sich einen aus.« Die Stifte
waren ebenfalls motivierend. Ich nahm einen, auf dem ein
Satz des Third-Wave-Feminismus stand, bedankte mich bei

ihr und ging zu einem Café-Stand in der Mitte der Mall, der synthetischen Brotduft in die Luft pumpte.

Ich bestellte mir ein Toast. Es dauerte lange, bis es kam, und ich hatte schon das Ende meines Instagram-Feeds erreicht, während ich noch darauf wartete. Der letzte Post war ein Bild von F. Scott Fitzgerald, @Tägliche_Zitate_von_Schriftsteller*innen. Der Text dazu lautete: »Aus dem, was einem peinlich ist, wird gewöhnlich eine gute Story.«

Mein Toast war immer noch nicht da. Ich zog Ingrids Tagebuch aus der Tasche und schrieb das Zitat auf die erste Seite, dann warf ich rasch einen Blick über die Schulter, ob mich auch niemand beobachtet hatte. Aber ich war hier die Einzige, die über eine Frau urteilen würde, die morgens an einem Wochentag allein beim Bäcker im Einkaufszentrum saß und deren Joggingkleidung und Dankbarkeitstagebuch ihre Bemühungen bewiesen, sich gleich an zwei Fronten zu verbessern. Ich rückte meinen Stuhl zurecht. Vermutlich im Geist der Buße blätterte ich auf eine weitere Seite, irgendwo nahe der Mitte, weil ich nicht wusste, wo ich beginnen sollte. Ich tat es einfach. Fang einfach an. Ernsthaft, es interessiert niemanden.

Es war die erste Märzwoche. Ich saß barfuß auf der Treppe zur Hintertür des Hauses meiner Eltern und rupfte Unkraut aus den Rissen im Beton, bemerkte, welch helle Bernsteinfarbe mein Tee im kalten Sonnenlicht annahm, und sprach am Telefon mit Ingrids ältestem Sohn. Sie hatten wieder angefangen, mich anzurufen.

Er erläuterte mir die Buchreihe, die er gerade las, schonungslos detailliert und zeitweise mit vollem Mund.

Ich fragte ihn, was er esse.

»Weintrauben und ein Folternbrot.«

Ich hörte, wie Ingrid ihn aufforderte, ihr das Telefon zu geben.

»Er meint Vollkorn. Tut mir leid, Gott, es gibt sieben Millionen dieser Bücher. Ich schwöre dir, die werden in irgendwelchen Sweatshops von Kindern geschrieben. Wie geht es dir?«

Ich erzählte ihr von dem Job, den ich gefunden hatte, als Berufs- und Karriereberaterin an einer Mädchenschule. Im Gegensatz zu mir fand sie es nicht ironisch, dass ich die Stelle bekommen hatte. »Du hast buchstäblich schon alle Jobs einmal ausprobiert.« Sie sagte scheiße, sie müsse gehen. »Irgendjemand spielt an den Türen herum.«

Als ich auflegte, entdeckte ich eine Textnachricht von Patrick. Wir hatten seit seinem Auszug nicht mehr miteinander gesprochen.

In der Nachricht stand: »Hi, Martha, ich ziehe morgen zurück in die Wohnung und brauche ein paar unserer Möbel etc. Wo ist alles?«

Ich zögerte einen Augenblick in dem Versuch, den neuen und außerordentlichen Schmerz zu verarbeiten, den eine Nachricht auslöst, die mit Hi, gefolgt von dem eigenen Namen, beginnt und von jemandem kommt, mit dem man einmal verheiratet gewesen ist. Ich rieb mir das Auge und die Stelle unter der Nase, dann antwortete ich mit der Frage, ob wir es auf den nächsten Tag verschieben könnten.

Er sagte, das könne er nicht. Er arbeite.

Daraufhin schickte ich ihm die Adresse des Lagerraums und fragte mich beim Tippen, ob Patrick bewusst war, dass heute unser Hochzeitstag war. Und dann, als ich sie abgeschickt hatte, ob es noch der Hochzeitstag war, wenn man es aufgegeben hatte, verheiratet zu sein.

Patrick schrieb zurück und fragte, ob ich ihn in zwei Stunden dort treffen könne. Mein Wunsch, es nicht zu tun, war so akut, dass ich mich kaum dazu bringen konnte, aufzustehen und ins Haus zu gehen, nachdem ich ihm mit Ja geantwortet hatte.

*

Er werde sich verspäten. Ich war bereits dort, als er mir das schrieb, also wartete ich vor dem Lagerraum ganz am Ende eines Korridors, der so dunkel und karg war, dass er geradezu postapokalyptisch wirkte.

Er sei wahrscheinlich noch eine Stunde unterwegs – er entschuldigte sich und schrieb etwas von einem Lastwagen und der North Circular Road. Ich könne wieder gehen, wenn ich losmüsse. Ich sagte, es sei kein Problem, und holte das Tagebuch aus meiner Tasche. Es war fleckig, fiel auseinander und war grotesk aufgequollen von all den Malen, die es nass geworden und danach zum Trocknen auf die Heizung gelegt worden war.

Ich setzte mich auf den Fußboden und schrieb eine lange Zeit, bis ich beim Umblättern feststellte, dass ich die letzte Seite erreicht hatte. Ich wusste nicht, wie ich es beenden sollte. Als mir auch nach Minuten des Nachdenkens noch kein passendes Ende gekommen war, kehrte ich zum Anfang zurück und begann zu lesen. Das hatte ich bislang noch nie getan, weil ich wusste, was auch immer ich in meinem Geschriebenen fände – Faszination für mich selbst, Banalität, Beschreibungen von irgendwelchen Dingen –, es würde mich garantiert dazu bringen, es augenblicklich zu verbrennen.

So war es jedoch nicht, oder zumindest entdeckte ich außerdem Scham und Hoffnung und Trauer, Schuld und Liebe, Kummer und Glück, Küchen, Schwestern und Mütter, Freude, Angst, Regen, Weihnachten, Gärten, Sex und Schlaf und Gegenwart und Abwesenheit, die Partys. Patricks Güte. Meinen auffallend unsympathischen Charakter und meine aufmerksamkeitsheischende Interpunktion.

Ich konnte nun erkennen, was ich gehabt hatte. Alles, was die Menschen in den Büchern wollten, ein Zuhause, Geld, nicht alleine sein, all das hatte ich gehabt im Schatten der einen Sache, die ich nicht hatte. Selbst jenen einen Menschen, einen Mann, der Reden über mich schrieb und Dinge für mich aufgab, der stundenlang neben mir im Bett saß, wenn ich weinte oder bewusstlos war, der sagte, er werde seine Meinung über mich niemals ändern, und bei mir blieb, obwohl er wusste, dass ich ihn anlog, der mich nur so stark verletzte, wie ich es verdient hatte, der das Öl nachgefüllt hatte und mich niemals verlassen hätte, wenn ich ihn nicht dazu gebracht hätte.

Es sollte nicht die letzte Überraschung bleiben. Dass ich ihn verzweifelt zurückhaben wollte, war bis zum Erreichen der letzten Seite überhaupt keine Überraschung mehr. Die Überraschung war der kleine, schreckliche Grund, aus dem ich ihn verloren hatte. Es war nicht meine Krankheit, es war nichts, das ich gesagt oder getan hatte. Ich schrieb es nieder und klappte das Tagebuch zu, fertig, auch wenn der größte Teil der Seite noch leer war, denn der Grund für das Ende unserer Ehe füllte nicht einmal eine ganze Zeile.

Am anderen Ende des Korridors öffnete sich die Aufzugstür.

Ich erhob mich vom Fußboden und legte das Tagebuch in meine Tasche.

Patrick kam auf mich zu, so langsam – oder war der Weg so lang? –, dass ich schon vor der Hälfte seiner Strecke nicht mehr wusste, wie Menschen eigentlich stehen. Wenn jemand, den man besser kennt als jedes andere Wesen auf der Welt, den man geliebt und gehasst und monatelang nicht gesehen hat, auf einen zukommt und bis zur letzten Sekunde den eigenen Blick meidet, einen dann anlächelt, als wäre er sich nicht sicher, wann oder ob er einen schon einmal gesehen hätte, was soll man in so einer Situation mit seinen Händen anstellen?

*

Unser Gespräch dauerte zwei Minuten und bestand aus einem Durcheinander aus *Sorrys* und *Hallos* und *Dankes*, unnötigen Fragen und noch unnötigeren Erklärungen zu Schlössern und wie man sie aufbekam. Das ganze Gespräch wirkte wie ein Scherz. Ein Spiel, um herauszufinden, wer am längsten durchhielt, so zu tun, als wären wir andere Menschen. Weder er noch ich gaben auf, und das Gespräch endete mit einem Haufen *Okay, supers*. Patrick nahm den Schlüssel, und ich ging.

Das falsche Gewicht meiner Tasche fiel mir erst auf, als ich auf dem langen Heimweg nur noch zwei Stationen zu fahren hatte. Ich schaute hinein, als könnte es tatsächlich noch da sein, obwohl meine Tasche sich an meiner Schulter leer anfühlte. Es lag nicht auf dem Sitz neben mir. Es war nicht auf den Fußboden gerutscht. Ich machte einen Aufstand. Ich versuchte, die Wagentüren aufzudrücken, noch ehe die Bahn am nächsten Halt vollständig zum Stehen gekommen war, dann drängte ich mich durch die dichte Menge auf dem Bahnsteig und zwängte mich in einen Wagen der Bahn, die auf der gegenüberliegenden Seite gerade abfahren wollte. Sie wäre mit nur halb so vielen Menschen darin bereits voll gewesen. Ein Mann schüttelte den Kopf über mich. Es war mir egal.

Auf dem Rückweg wurden wir immer wieder im Tunnel aufgehalten. Ich setzte mich nicht, als könnte ich die Fahrt damit beschleunigen, und stellte mir vor, wie das Tagebuch irgendwo zwischen der Station und dem Lagergebäude auf dem Gehsteig lag, eine Passantin es aufhob, nach einem Namen darin Ausschau hielt, keinen fand und es dennoch mitnahm, um es in den ersten Mülleimer zu werfen, an dem sie vorbeikam.

Oder um es mit nach Hause zu nehmen. Die Vorstellung war noch so viel schlimmer – etwas, das sich wie mein einziger Besitz anfühlte, neben dem Stapel aus Bringdienst-Speisekarten und zu bearbeitender Post in der Küche abgelegt, vor dem Fernseher durchgeblättert, während der Werbung dem desinteressierten Ehemann »noch eine lustige Stelle« daraus vorgelesen.

★

Als ich endlich ankam, teilte mir ein Stationsangestellter mit, dass nichts Tagebuchähnliches abgegeben worden sei, aber wenn ich einen Regenschirm brauchte, könne ich mir gern einen aussuchen. Ich ging hinaus und lief den Weg zurück zum Lagergebäude, den ich gekommen war, überquerte die Straßen an denselben Stellen wie eineinhalb Stunden zuvor, und stand am Ende noch immer mit leeren Händen da. Als ich das Gebäude erneut betrat, bemerkte der Pförtner, ich sei also wieder da. Ich könne anscheinend nicht genug bekommen von diesem Ort. Er saß wie zuvor hinter seinem Schreibtisch, mit hinter dem Kopf verschränkten Armen zurückgelehnt, und betrachtete seine Überwachungsbildschirme, als wäre darauf mehr zu sehen als ausgestorbene Korridore aus einer Vielzahl von Blickwinkeln. Ich unterschrieb erneut in seinem albernen Besucherbuch und hörte ihn noch sagen, als ich in den Aufzug stieg: »Ihr Freund ist immer noch da oben. Er wird es noch bereuen, den ganzen Raum auf einmal auszuräumen.«

★

All unsere Möbel standen im Korridor, einzeln von Patrick herausgeholt und zufällig wie in einem Zimmer arrangiert. Ein Sessel, ein Fernseher, eine Stehlampe. Er saß auf unserem Sofa. Mit dem Ellbogen auf der Armlehne, lesend.

Er blickte auf und sagte Hi, als er mich sah, als wäre ich gerade nach Hause gekommen, dann widmete er sich wieder seinem Buch. Es hatte keinen Zweck, es zurückzufordern. Wenn er es von Anfang an gelesen hatte, war er nun fast fertig. Ich setzte mich auf die andere Seite des Sofas und wartete.

Patrick blätterte eine Seite um. Bei jedem anderen – beispielsweise bei Jonathan – wäre es ein Akt außerordentlicher und ausgeklügelter Grausamkeit gewesen, mein Tagebuch vor meinen Augen zu lesen. Jonathan hätte so getan, als wäre er zu tief konzentriert, um eine Unterbrechung dulden zu können – er hätte einen Finger gehoben, wenn ich versucht hätte, etwas zu sagen, und seinen Gesichtsausdruck im Verlauf einer einzigen Seite von Traurigkeit in Belustigung, Faszination, leichten Schock und Bestürzung verwandelt und zwischendurch meine Darstellung der Dinge kommentiert.

Aber dies war Patrick. Er konzentrierte sich wirklich. Sein Ausdruck war ernst, und seine Reaktionen blieben klein, ein leichtes Stirnrunzeln, ein gelegentliches, kaum wahrnehmbares Lächeln. Er sagte bis zum Ende nichts. Und dann auch nur: »Ich kann deine Schrift nicht lesen. Ich habe nie … was?«

»Oh.« Ich blickte von oben auf das Letzte, was ich geschrieben hatte. »Da steht: Ich habe nie gefragt, wie es für ihn war.«

Er hakte nach: »Das —?«

»Nein, alles. Unsere Ehe. Mein Ehemann zu sein. Ich habe dich nie gefragt, wie irgendetwas davon für dich war.«

»Ach so.« Er klappte das Tagebuch zu.

»Ich glaube, dafür schäme ich mich heute am meisten.« Ich stand auf und streckte meine Hand danach aus. »Natürlich unter einer ganzen Reihe an anderen Dingen.«

Statt aufzustehen, blieb Patrick sitzen und kratzte sich kurz am Hinterkopf. Ich wartete. Er behielt das Buch in der Hand. »Möchtest du es wissen?«

Ich sagte Nein, und zwang mich, wieder Platz zu nehmen. »Das möchte ich nicht.« So mutig war ich nicht. »Wie war es für dich, Patrick?« Meine Tasche hing noch immer über meiner Schulter. Ich hatte sie nicht abgenommen.

Er antwortete: »Es war scheißanstrengend.«

Ingrid sagte andauernd: »Scheißautoalarm, Scheißlebensmittelmotte, da war doch wirklich eine Scheißsultanine in meinem BH«, und es war nicht schockierend. Aber Patrick hatte ich noch nie fluchen hören, nicht ein einziges Mal in unserem gemeinsamen Leben, und aus seinem Mund ließen die Wucht und die Brutalität des Wortes mich zusammenzucken.

Er entschuldigte sich.

»Nein, mir tut es leid. Mach weiter. Ich möchte es wissen.«

»Du weißt es bereits. Alles, was deine Mutter dir gesagt hat.« Er legte das Tagebuch beiseite. »Einfach, dass es immer nur um dich ging. Ich weiß, dass du krank warst, aber ich war derjenige, der all deinen Schmerz aufsaugen und all deine Wut abbekommen musste, einfach nur, weil ich da war. Es hat alles in Beschlag genommen. Ich habe das Gefühl, mein ganzes Leben wurde von deiner Traurigkeit überschattet. Ich habe mich bemüht, Gott, Martha, ich habe mich bemüht, aber es spielte keine Rolle, was ich tat. Einen großen Teil der Zeit kam es mir so vor, als wolltest du dich aktiv elend fühlen, und doch erwartetest du ständige Unterstützung. Manchmal wollte ich meine Entscheidung für ein Restaurant einfach nur auf Grundlage des Essens treffen und nicht abhängig davon, ob der Restaurantmanager depressiv wirkte oder der Teppich dich an irgendetwas Schlimmes erinnerte, das dir einst zugestoßen war. Manchmal wünschte ich mir einfach, wir wären normal.«

Er hielt inne, offenkundig unsicher, ob er seinen nächsten Gedanken artikulieren sollte. Er tat es. »Du hast mich mit Gegenständen beworfen.«

Ich senkte den Blick. Ich sah mich von außen und dachte: Ich lasse den Kopf hängen. Ich bin gebeugt vor Scham.

»Ich kann nicht beschreiben, wie das war, Martha. Ich kann es wirklich nicht, und du hast von mir erwartet, einfach darüber hinwegzukommen. Du sagtest zwar, du würdest darüber reden wollen, aber du hast es nicht getan. Du hast entschieden, nur weil ich keinen andauernden emotionalen Kommentar abliefere und jedes einzelne meiner Gefühle bei seinem Auftauchen beschreibe, würde ich nichts empfinden. Du hast zu mir gesagt, ich sei leer. Weißt du das noch? Du meintest, ich sei nur ein Umriss, dort, wo ein Ehemann sein sollte.«

Ich behauptete, ich wisse es nicht mehr. Aber ich wusste es. Es war in einem Kaufhaus gewesen. Wir wollten eine Matratze kaufen. Ich fragte ihn immer wieder nach seiner Meinung. Er sagte immer wieder, für ihn sei jede in Ordnung, bis ich hinausstürmte und so viele Stunden nicht nach Hause zurückkehrte, ohne ihm zu sagen, wo ich war, dass er bei meiner Ankunft alle angerufen hatte, die ihm eingefallen waren, um zu fragen, ob sie von mir gehört hätten. »Ich meine, doch, tut mir leid. Ich weiß es noch. Es tut mir leid.«

»Du hast mir andauernd vorgeworfen, ich sei passiv und wolle nichts, aber ich durfte ja auch gar nichts wollen. So lief es nun einmal. Alles zu akzeptieren, was mir vorgesetzt wurde, war die einzige Möglichkeit, den Frieden zu wahren. Und selbst …« Patrick fasste sich in den Nacken und grub die Finger in einen Muskel, wobei er aussah, als hätte er eine Quelle des Schmerzes lokalisiert. »Du kennst mich schon so lange, aber du glaubst, das Erste, was ich tun würde, nachdem ich dich verlassen hätte, wäre, mit deiner Cousine zu schlafen.«

»Nein, ich …« Ich hatte genau das geglaubt.

»Sie gehörte einem ihrer Rorys. Er hat die gleiche Armbanduhr wie ich. Aber du hast dir nicht einmal die Frage gestellt, ob es eine andere Erklärung geben könnte, oder in Betracht gezogen, dass du falschliegen könntest. Wozu das Ganze, wenn es das ist, was du von mir denkst?«

Ich sagte, es tue mir so leid. »Ich bin der schrecklichste Mensch auf der ganzen Welt.«

»Nein, bist du nicht.« Patricks Hand schnellte zur Faust geballt nach unten, und er schlug auf die Armlehne des Sofas. »Du bist auch nicht der beste Mensch auf der Welt, was du ja eigentlich glaubst. Du bist genauso wie alle anderen. Aber das ist noch schlimmer für dich, nicht wahr? Du wärst lieber das eine oder das andere. Die Vorstellung, du könntest einfach nur ganz gewöhnlich sein, ist unerträglich für dich.«

Ich bestritt es nicht. Ich sagte bloß, es tue mir leid, dass es so scheißanstrengend gewesen sei.

»Teilweise.« Mit einem Seufzen nahm er das Tagebuch erneut zur Hand und schlug es auf irgendeiner Seite auf. »Die meiste Zeit war es großartig. Du hast mich so glücklich gemacht, Martha. Du hast ja keine Ahnung. Du hast keine Ahnung, wie gut es war. Das ist der Teil, den ich am schwersten zu ertragen finde. Dass du all die Dinge vergessen hast, die gut daran waren. Du konntest sie nicht sehen.«

Ich erklärte Patrick, mittlerweile könne ich es.

»Ich weiß.«

Ich sah zu, wie er auf der Suche nach einer bestimmten Seite zurückblätterte, sie eine Sekunde lang stumm überflog und dann anfing, laut vorzulesen: »Auf einer Hochzeit kurz nach unserer eigenen folgte ich Patrick durch die dichte Menge auf der Party zu einer Frau, die ganz allein dastand.«

Ich fasste mir ans Ohr, und es fühlte sich ganz heiß an.

»Er meinte, statt alle fünf Minuten zu ihr hinüberzuschauen und traurig zu werden, solle ich lieber zu ihr gehen und ihr ein Kompliment für ihren Hut machen.« Patrick blickte auf. »Habe ich das wirklich gesagt?«

»Ja.«

»Daran erinnere ich mich nicht mehr. Ich erinnere mich nur noch«, er lächelte vage, »dass ich damals dachte, du seist so … Ich meine, wer sorgt sich schon so sehr um irgendeine Frau, die ihr Hors d'œuvre nicht in den Mund bekommt, aber du warst ganz außer dir. Du sahst aus, als erlittest du körperliche Schmerzen. Du hast einfach nur geredet und geredet und geredet, bis sie sich gefangen hatte. Daran erinnere ich mich, das ist die Art von Dingen …« Er verstummte, blätterte zu einer anderen Seite im Tagebuch und sagte: »Das ist genial. Wirklich, Martha.«

Ich fragte ihn, ob er gewusst habe, dass dieser Tag unser Hochzeitstag war, als er mir schrieb, ob wir uns treffen könnten.

»Ja, tut mir leid. Es war keine Absicht. Ich musste das hier bloß erledigen.«

Ich erwiderte: »Ich muss jetzt sowieso los.« Er reichte mir das Tagebuch.

Wir standen beide auf.

»Okay, also.«

»Ja, super.«

Ich sagte tschüs, und es war nicht genug, dieses eine Wort, zu alltäglich, um das Ende der Welt zu umfassen. Aber es war alles, was blieb. Ich ging in Richtung Aufzug.

Patrick rief: »Martha, warte.«

»Was?«

»Du hattest recht. Ich wusste, dass etwas nicht stimmte. Nicht von Anfang an, aber in den letzten paar Jahren.« Er sah auf einmal ganz krank aus. »Ich wusste, dass das nicht du warst. Ich wusste, dass etwas nicht stimmte, aber ich habe einfach versucht weiterzumachen. Ich hatte das Gefühl, mich dem ganzen Prozess nicht stellen zu können. Oder ich hatte Angst, dass wir es herausfinden könnten und es etwas wäre, mit dem wir nicht zurechtkämen, und dass dann alles vorbei wäre. Und manchmal, da hast du auch recht, hatte ich nichts dagegen, dass alle mich für diesen unglaublich tollen Ehemann hielten, denn die meiste Zeit über kam ich mir so nutzlos vor. Aber die Sache …« Patrick brach ab und fuhr dann mit ungeschliffener Verzweiflung fort: »Die Sache, für die ich mich am meisten schäme, ist meine Behauptung, du solltest keine Mutter sein. Das stimmt nicht. Ich war so wütend.« Es sei einfach das Schlimmste gewesen, das ihm eingefallen sei.

Ich bat ihn aufzuhören, aber er tat es nicht. »Ich kann dich nicht bitten, mir zu vergeben. Das lässt sich nicht entschuldigen. Du sollst nur wissen, dass ich begreife, was ich getan habe, und dass ich, was auch immer wir am Ende tun werden, mein Leben in dem Wissen neu aufbauen muss, dass ich meiner eigenen Frau gegenüber absichtlich grausam gewesen bin.«

Aus einem anderen Gang kam ein Geräusch. Irgendetwas fiel auf einen Metallfußboden, irgendjemand schrie. Als der Nachhall verklungen war, erwiderte ich: »Ich hätte dir sagen sollen, dass ich sie wollte. Damals. Ich hätte es dir damals sagen sollen.«

»Woher wusstest du, dass es ein Mädchen war?«

»Ich wusste es einfach.«

»Wie hättest du sie genannt?«

Ich sagte: »Ich weiß es nicht.«

Aber ihr Name stand so viele Male niedergeschrieben im Buch.

Patrick sprach ihn laut aus. Er sagte, ja, der Name wäre gut gewesen.

Ich blickte zur Decke und presste meine Hände aufwärts über mein Gesicht, um noch mehr Tränen loszuwerden, die aus einer anscheinend speziell für sie reservierten und anscheinend unergründlichen Quelle stammten. »Du hältst mich bestimmt für verabscheuungswürdig.«

»Das tue ich nicht«, widersprach Patrick. »Du glaubtest, es sei das Richtige. Du dachtest, es sei das Beste für sie, obwohl du sie so sehr wolltest. Aus diesem Grund weiß ich …« Er entschuldigte sich, es sei vielleicht nicht angebracht, das zu sagen. »… aber aus diesem Grund weiß ich, dass du eine Mutter hättest sein sollen. Du hast ihr Wohl über dein eigenes gestellt. Das ist es, was Mütter tun, nicht wahr?« Er sagte, er nehme es natürlich nur an.

Ich konnte mich nicht länger auf den Beinen halten. Patrick trat zur Seite, und ich machte zwei Schritte zurück zum Sofa. Dann setzte er sich neben mich und ließ mich meinen Kopf auf seinen Schoß legen, legte seinen Arm um mich, der sich wie ein Gewicht anfühlte, und ich weinte und weinte und weinte aus dem Grund meiner Seele, und als ich mich endlich wieder aufrichtete, sah ich auch in seinen Augen Tränen – Patrick, der mir einst erzählt hatte, er habe seit seinem ersten Tag im Internat nicht mehr geweint, als sein Vater sich mit einem Handschlag von ihm verabschiedet hatte, ehe er aus dem Schultor hinausfuhr, während sein sieben Jahre alter Sohn dem Auto hinterherlief. Ich zog mir den Ärmel über die Hand und wischte zuerst ihm, dann mir selbst übers Gesicht. Ich wusste nicht, was ich sagen sollte. Außer irgendwann: »Das ist alles so furchtbar schade.«

Ich meinte es ernst. Ich fragte ihn, warum er lachte.

Er behauptete, er lache nicht. »Tatsächlich bist du nicht wie andere Menschen. Das ist alles.«

»Du auch nicht, Patrick.«

Dann war es vorbei, und wir standen auf und verabschiedeten uns erneut. Dieser Abschied war nun anders, die ganze Welt lag darin.

Ich war bereits ein Stück den Korridor entlanggelaufen, als Patrick mir hinterherrief: »Es wird eine gute Story, Martha. So, wie du es geschrieben hast.«

Ich schaute zurück und sagte okay.

»Irgendjemand … man sollte einen Film daraus machen.«

Aus dem anderen Gang drang weiterer Lärm, ich drehte

mich um, lief rückwärts und rief dabei: »Ich glaube nicht, dass die Auflösung in einem Film … ich glaube nicht, dass der letzte Abschied in einem EasyStore in Brent Cross stattfinden kann.«

Patrick antwortete: »Wahrscheinlich hast …« Ich drehte mich wieder in Richtung Aufzug und fing an zu rennen. Ich wollte den Rest nicht hören.

*

Der Mann hinter dem Schreibtisch bemerkte, dass ich nun also wieder ginge. Vermutlich käme ich dann später wieder zurück. Ich drückte die Türen auf, ohne ihm Beachtung zu schenken. Draußen war das Licht so grell, dass ich meine Augen mit der Hand abschirmen musste.

*

Ich saß mit meiner Tasche auf dem Schoß und meinem Telefon in der Hand auf dem Bahnsteig und wartete auf die nächste Bahn. Hätte ich daran geglaubt, dass das Universum mit den Menschen durch Zeichen und Wunder und soziale Medien kommuniziert, dann wäre ich beim Öffnen von Instagram überzeugt davon gewesen, dass der erste, eine Minute alte Post in meinem Feed eine übersinnliche Botschaft sei, transportiert durch @Tägliche_Zitate_von_Schriftsteller*innen, einzig und allein für mich bestimmt.

Im Tunnel tauchten Scheinwerfer auf. Ich machte einen Screenshot – ich wollte es aufschreiben, sobald ich in der Bahn saß, die Buchstaben groß genug, damit der gesamte freie

Platz auf der letzten Seite des Tagebuchs damit gefüllt wäre. Aber die Bahn hielt an, und ich stieg ein, und es gab keine leeren Sitze. Ich schrieb es nie auf. Ich weiß nicht mehr, woher es stammte. Aber es schwirrt mir die ganze Zeit durch den Kopf, wiederholt sich wie eine Phrase in der Musik, die wiederkehrende Zeile eines Gedichts: »Du hast die Hoffnungslosigkeit überwunden.«

Du hast die Hoffnungslosigkeit, die Hoffnungslosigkeit, die Hoffnungslosigkeit überwunden.

Letzte Nacht kam Patrick ins Zimmer, während ich mir einen Film ansah, den Ingrid mir empfohlen hatte, ein beschissenes Remake eines Films, der im Original schon beschissen gewesen war. Ich sagte, wir könnten ihn ausschalten.

Er setzte sich und meinte, da der Film auf einer wahren Geschichte basiere, wolle ich ihn doch selbstverständlich bis zum Ende sehen, allein für die Worte, die hinterher auf dem Bildschirm erschienen. Soundso starb mit dreiundachtzig Jahren. Das Gemälde wurde nie gefunden.

Er sagte: »Wie die Dinge enden, ist immer dein Lieblingsteil. Außerdem bin ich zu müde zum Reden.« Ich begann zu reden. Er sagte: »Ernsthaft, Martha. Ich bin zu müde zum Reden«, und schloss die Augen.

★

So endet es.

★

Vor ein paar Wochen führte ich meinen Vater zu einer Buchhandlung in Marylebone, damit er sich die Schaufensterauslage ansehen konnte. Lange Zeit stand er auf dem Bordstein und starrte hinein, mit dem Gesichtsausdruck von jemandem, der nicht begreifen kann, was er gerade vor sich sieht.

Mein Vater ist der Instagram-Dichter Fergus Russell. Er hat eine Million Follower.

Das Buch, das das Fenster für sich allein beanspruchte, ist die Anthologie seiner beliebtesten Gedichte. Beim Lesen einer frühen Rezension sagte meine Mutter: »Endlich hast du deinen bestimmten Artikel bekommen, Fergus.« Er bemerkte, es fehle ein passendes Wort für eine Neuerscheinung, »die einundfünfzig Jahre lang im Erscheinen begriffen gewesen war«.

Noch als wir draußen vor dem Laden standen, begann es zu regnen, immer stärker, aber mein Vater schien es nicht zu bemerken. Als ich sah, wie das Wasser, das über den Rinnstein sprudelte, über seine Füße rann, brachte ich ihn dazu, mit mir hineinzugehen, um den Filialleiter ausfindig zu machen.

Der Mann und mein Vater schüttelten sich die Hände, und mein Vater fragte, ob er eine kleine Anzahl an Exemplaren signieren dürfe, er verstehe aber auch, wenn es nicht recht wäre. Er bot an, seinen Führerschein zu zeigen, um zu beweisen, dass er tatsächlich Fergus Russell war. Der Filialleiter klopfte seine Taschen nach einem Stift ab und sagte, es sei schon in Ordnung, schließlich sei auf der Rückseite ein Bild von ihm abgedruckt. Er erklärte meinem Vater, das Buch sei ihr größter Verkaufsschlager, seit der Markt für Erwachsenenmalbücher zusammengebrochen sei.

Eine Woche nach der Veröffentlichung hatte die Lektorin

meines Vaters angerufen und ihm mitgeteilt, frühen Zahlen zufolge seien am ersten Tag 334 Exemplare verkauft worden – unerhört für einen Gedichtband –, und das allein in Buchhandlungen in Zentrallondon.

Winsome richtete zu seinen Ehren ein Dinner in Belgravia aus. Alle kamen zurück. Es war das erste Mal seit Patricks und meiner Trennung, dass wir alle versammelt waren. Unsere Familie behandelte uns, als hätten wir uns gerade erst verlobt. Ingrid meinte, wir sollten es ausnutzen und eine Geschenkewunschliste bei Peter Jones anlegen.

Die anderen setzten sich, und Winsome schickte mich in Rowlands Arbeitszimmer, um etwas zu holen. Die Tür eines riesigen Schranks hinter seinem Schreibtisch stand offen. Darin lagen Dutzende Exemplare des Buches meines Vaters gestapelt, einige ausgepackt, andere noch in den Plastik- und Papiertüten von Buchhandlungen in Zentrallondon. Ich öffnete weitere Schränke. In ihnen das gleiche Bild. Ich machte sie wieder zu und verließ das Zimmer. Ich hasste Rowland dafür, dass er als privaten Scherz auf Kosten meines Vaters 334 Exemplare von dessen Buch gekauft hatte.

Zurück im Esszimmer schalt Rowland gerade Oliver für die verschwenderische Menge an Bratensoße auf seinem Teller. Als ich ihn so hörte, wurde mir bewusst, dass es nur aus Freundlichkeit heraus geschehen sein konnte, dass mein Onkel mit dem Batmobil von Buchhandlung zu Buchhandlung gefahren war und den gesamten Bestand an Büchern meines Vaters aufgekauft hatte, denn er hasste es so sehr, Geld auszugeben, dass sogar seine Seife ein theoretisches Konstrukt war. Als ich mich hinter seinem Stuhl durchschob, wandte sich Rowland meinem Vater auf seiner anderen Seite zu und sagte laut, was ihn anginge, sei es kein Gedicht, solange es sich nicht reime, also könne er sich diesen einen Käufer schon einmal schön abschminken. Ich tätschelte seine Schulter. Er ignorierte mich.

Außer später Patrick erzählte ich niemandem, was ich gesehen hatte. Als sich das Buch schließlich tausendfach verkaufte, wusste ich, dass es nicht mehr allein Rowland gewesen sein konnte.

Mein Vater brauchte eine halbe Stunde, um die Exemplare im Schaufenster und den Stapel auf dem vorderen Tisch zu signieren. Der Filialleiter klebte Sticker mit der Aufschrift »Signierte Erstauflage« auf die Einbände, ehe er die Bücher zurücklegte, dann zog er sein Telefon hervor, um ein Foto zu machen. Während er die Aufnahme arrangierte, trat mein Vater zur Seite. Der Filialleiter signalisierte ihm, er solle wieder zurückkommen. »Oh, richtig, richtig«, sagte mein Vater. »Ich soll mit drauf.« Dann fragte er schüchtern: »Könnten Sie auch eins von mir und meiner Tochter machen?«

Hinterher liefen wir, gemeinsam unter dem Regenschirm meines Vaters, die Marylebone High Street hinunter in Richtung Oxford Street. Er fragte mich, ob ich irgendwelche Pläne hätte, und als ich verneinte, sagte er, er wolle mir gern ein Eis kaufen. Weil der Anblick erwachsener Menschen, die in der Öffentlichkeit Eis essen, mich stets mit unerklärlicher Trauer erfüllt hat und es immer noch tut, erklärte ich mich dazu bereit, solange das Eisessen innen stattfinden könne.

Ein paar Häuser weiter fanden wir ein Café und setzten uns ans Fenster. Der Kellner kam, stellte Metallschüsselchen mit Gelato vor uns und ging wieder. Mein Vater sagte: »Das hier ist Eiscreme, die ich nicht selbst bezahlen konnte, als du klein warst«, und wechselte dann zu dem Thema, wie es gewesen sei, sein eigenes Buch in einem Schaufenster zu sehen, da ich nicht in der Lage war, ihm zu antworten.

Am Ende fügte er hinzu: »Natürlich wirst du als Nächstes an der Reihe sein. Dein Buch in einem Schaufenster.«

Mein Eis war geschmolzen und tropfte vom Löffel, als ich ihn anhob. Ich fuhr mit dem Finger durch die Pfütze und sagte: »Die gesammelten lustigen Kochkolumnen von Martha Russell Friel.«

Mein Vater sagte, ich sei tatsächlich sehr lustig und liege diesbezüglich falsch.

»Warum bist du bei ihr geblieben?« Ich hatte nicht vorgehabt, ihn das zu fragen, aber während des Signierens, hatte ich danebengestanden und die Gedichte erneut gelesen. In allen ging es um meine Mutter. Ich verstand nicht, wie seine Leidenschaft für sie, die in jede Zeile eingewebt war, ihre Ehe überlebt hatte. So, wie sie ihn unterdrückte – und dann die ständigen Abschiede. »Oder«, präzisierte ich, »wieso bist du immer wieder zurückgekommen?«

Mein Vater zuckte leicht mit den Achseln. »Ich habe sie leider nun einmal geliebt.«

Wir verabschiedeten uns draußen. Mein Vater ging in die andere Richtung und drängte mich, den Regenschirm zu nehmen. Er ging beim Aufklappen kaputt, und als ich gerade das Gewirr aus verbogenen Speichen in einen Mülleimer stopfte, sah ich wenige Meter vor mir Robert aus einem Laden kommen. Er hatte eine Zeitung in der Hand, die er sich über den Kopf hielt, und lief über den Zebrastreifen auf ein Taxi zu, das auf der anderen Straßenseite hielt.

Beim Öffnen der Tür entdeckte er mich und hielt einen Augenblick inne, als könnte er die Frau auf der gegenüberliegenden Straßenseite, die aussah, als wollte sie winken, es dann aber doch nicht tat, gewiss gleich zuordnen. Er hielt noch immer die Zeitung hoch und machte damit eine freundliche Geste, ehe er sich zum Einsteigen duckte. Ich weiß nicht, ob er mich wiedererkannte oder ob er mich nur grüßte, um auf der sicheren Seite zu sein.

Das Taxi fuhr ab, und ich lief weiter. Nostos, algos. Ich war nach dem ersten Termin nie wieder zu ihm gegangen. In den Monaten danach vereinbarte ich noch Dutzende weitere Termine, die ich stets einen Tag vorher absagte. Als ich das letzte Mal in seiner Praxis anrief, erklärte mir die Sprechstundenhilfe, in meiner Akte hätten sich mittlerweile so viele Gebühren für späte Absagen angesammelt, dass dies eine der äußerst seltenen Gelegenheiten sei, bei denen sie mich keinen neuen Termin ausmachen lassen könne, bevor ich sie nicht bezahlt hätte.

Manchmal sehne ich mich noch immer danach, ihn zu sehen, aber ich weiß, dass ich es nicht tun werde, weil es nichts mehr zu sagen gibt. Und es werden niemals 540,50 Pfund für Marthas unerwartete Ausgaben übrig sein – und selbst wenn, hätte ich Sorge, dass er als Experte für den menschlichen Geist aus meiner Körpersprache würde ablesen können, dass von den 820 Aufrufen, die seine Ansprache vor der World Psychiatric Association 2017 auf YouTube erreichte, 59 von mir stammten.

Er sprach dort über —. Die Konferenz fand kurz nach unserer Begegnung statt. Als ich das Video zum ersten Mal sah, hoffte ich, dass, mittlerweile frage ich mich nur noch, ob ich die wortgewandte junge Frau mit den klassischen Symptomen bin, die er, wie er sagte, im Folgenden als »Patientin M« bezeichnen würde.

★

Ingrid bekam ihr Baby. Es kam zwei Wochen zu spät, war riesengroß und lag falsch herum. Patrick und ich besuchten sie gemeinsam mit meinen Eltern am Nachmittag, nachdem es auf die Welt gekommen war. Bei der Geburt war eine Zange benötigt worden und, wie sie uns erzählte, diese Toilettensaugglocke, und dann hatte ihr ein Arzt, der erst versucht hatte zu handeln, als das Kind schon in den Brunnen gefallen war, auch noch einen Scheißdammschnitt verpasst. Sie hege den Verdacht, dass er die Naht schlecht ausgeführt habe, weshalb sie entschieden habe, sich einfach von der gesamten Gegend dort unten abzuspalten. Sie nennt sie seither ihren »Vaginasaurus Verreckt«.

Winsome war bereits dort, als wir ankamen – allein, da Rowland noch auf der Suche nach einem Parkplatz ohne Parkuhr war, von der er ihrem Gefühl nach wahrscheinlich niemals zurückkehren werde. Sie spülte eine Plastiktüte voll grüner Weintrauben unter einem hohen Wasserhahn über dem Waschbecken ab und tat, als könnte sie nichts von dem hören, was meine Schwester sagte. Hinterher fragte Hamish, wie häufig es heutzutage vorkomme, dass eine Ultraschalldiagnostikerin das Geschlecht eines Babys falsch deutete. Ingrid hatte allen erzählt, es sei ein Junge. Patrick sagte, es komme nicht oft vor, insbesondere nicht nach mehreren Ultraschalluntersuchungen.

»Ich hatte nicht mehrere Untersuchungen.« Sie blickte von ihrem BH-Träger auf, den sie gerade irgendwie zurechtgezogen hatte, und fügte hinzu: »Der Zauber ist weg, wenn man mit drei Jungs im Raum ist, die die Instrumente kaputtmachen.«

Patrick sagte: »Trotzdem ...«

»Und man hat mir auch nicht gesagt, dass es noch ein Junge werde«, fuhr Ingrid fort. »Ich habe nicht gefragt. Ich habe es einfach angenommen.«

Hamishs einzige Reaktion darauf war ein Aha. Dann sammelte er sich und sagte: »Wie dem auch sei, wir sollten uns auf einen Namen für sie verständigen, solange wir alle anwesend sind.«

Ingrid schaute zu Winsome, die nun die große Traube in mehrere kleine auseinanderzupfte und sie in einer Kristallschüssel arrangierte, die sie von zu Hause mitgebracht hatte. »Ich würde sie gern Winnie nennen.« Und zu Hamish: »Ist das in Ordnung?«

Er rezitierte den vollen Namen seiner Tochter. Meine Mutter stand am Gitterbett und strich die Falten in der Decke glatt. »Was meinst du, Celia?«

Sie sagte, der Name sei perfekt. »Wir brauchen in diesem Leben so viele Winnies, wie wir bekommen können.«

Ich spähte zu meiner Tante hinüber, die ein Taschentuch aus ihrem Ärmel zog und dem Zimmer ihren Rücken zukehrte, um sich ungesehen die Augen abzutupfen.

»Tatsächlich«, erklärte Ingrid, »klingt Winnie Martha seltsam. Lassen wir den mittleren Namen einfach weg.« Und zu mir: »Ich liebe dich trotzdem.«

★

Ich entschuldigte mich bei Winsome für die Vase. Ich rief sie als Erstes an, nachdem ich den Brief meiner Mutter gelesen hatte und meine Vergehen der Reihe nach durchgegangen war, wobei ich das kleinste, oder zumindest eins der kleineren, zuerst anging. Ich fragte sie, ob ich sie besuchen kommen dürfe, und sie lud mich noch am selben Tag in ihren Garten ein, wo auf einem Tisch schon der Nachmittagstee bereitstand.

Obwohl sie am ersten Weihnachtsfeiertag den Tränen nahe gewirkt hatte, als ich ihr in der Eingangshalle erklärte, ich wolle die Vase nicht haben, behauptete Winsome nun, keine Erinnerung mehr an den Vorfall zu haben. Absolut keine, versicherte sie und tätschelte mir den Arm. Ich fragte sie dennoch, ob sie mir vergeben würde.

»Vergessen ist vergeben, Martha. Ich weiß nicht mehr, wer das gesagt hat oder wo ich es gelesen habe, aber wenn ich ein Motto hätte, dann wäre es dieses. Vergessen ist vergeben.«

Ich erklärte ihr, es stamme von F. Scott Fitzgerald. Die Kuratorin von @Tägliche_Zitate_von_Autor*innen war wie im Rausch gewesen.

Winsome bot mir einen Keks an und fragte mich, ob ich irgendwelche Urlaubspläne hätte.

»Wie hast du es so lange mit meiner Mutter ausgehalten?«

Sie sagte: »Oh. In der Tat.« Und dann: »Wahrscheinlich, weil ich mich immer daran erinnern konnte, wie sie war, bevor unsere Mutter starb, und ich sie genug liebte, um weiterzumachen.«

»Warst du je in Versuchung, sie aufzugeben?«

»Jeden Tag, nehme ich an. Aber du vergisst, Martha, ich war damals erwachsen und sie noch ein Kind. Ich wusste, wer sie eigentlich sein sollte. Das heißt, wer sie gewesen wäre, wenn unsere Mutter nicht gestorben wäre oder wenn wir vielleicht sogar eine ganz andere Mutter gehabt hätten. Ich würde gern behaupten, ich hätte mein Bestes getan, aber ich war kein adäquater Ersatz.«

Ich stimmte einer weiteren Tasse Tee zu. Während ich ihr beim Einschenken zusah, erklärte ich ihr, ich könne mir nicht vorstellen, wie schwer es gewesen sein musste. Winsome sagte: »Nun ja, mach dir keine Gedanken«, und ich beschloss, sie eines Tages danach zu fragen, aber nicht sofort, da in der Art, wie sie diesen kurzen Satz aussprach, mehr Traurigkeit lag, als sie oder ich beim Nachmittagstee an ihrem Gartentisch bewältigen konnten.

»Vergessen ist vergeben.« Aus irgendeinem Grund wiederholte Winsome es erneut.

Ich sprach es ihr nach: »Vergessen ist vergeben.«

»Genau. Schwierig, aber möglich. Falls du ihn nicht möchtest, Martha, würde ich mir diesen letzten Keks nehmen.«

★

Auch mit verdammten vier unter neun ist Ingrid immer noch Ingrid. An jeder Nachricht, die sie seit Winnies Geburt geschrieben hat, hängt ein GIF namens »Sad Will Ferrell«. Er sitzt darin auf einem Ledermassagesessel, der auf der höchsten Stufe vibriert, versucht Wein zu trinken und weint, weil der Wein aus dem Glas schwappt und ihm das Kinn hinunterrinnt. Es ist echt buchstäblich sie. Es hat nie aufgehört, lustig zu sein.

★

Patrick und ich verließen das Krankenhaus, nachdem Oliver mit Jessamine und dem Rory angekommen waren, den sie heiraten will. Nicholas ist mittlerweile wieder in Amerika, wo er auf einer speziellen Farm arbeitet.

Meine Eltern wollten, dass wir zum Abendessen mit ihnen in die Goldhawk Road zurückkehrten. Dort angekommen, bat meine Mutter mich, mit ihr hinaus in ihr Atelier zu gehen, weil sie mir vor dem Essen noch etwas zeigen wolle.

Ich fragte: »Darf ich denn? Es brennt doch nirgends.«

Sie machte eine wegwerfende Handbewegung, weil sie sich nicht aufziehen lassen wollte, und sobald wir den Garten durchquert hatten, hielt sie die Tür auf und zog mich hinein. Das Gefühl, mich in einem Raum aufzuhalten, den zu betreten mir die meiste Zeit meines Lebens vehement verboten worden war, war immer noch seltsam. Ich setzte mich auf eine Kiste in einer Ecke. An ihr klebten hart gewordene Klumpen von einer weißen Masse.

Mitten im Raum, verborgen unter einem schmutzigen Laken, stand irgendein Objekt, das an seinem höchsten Punkt die Decke berührte. Meine Mutter trat darauf zu und stellte sich daneben, verschränkte die Arme und umschloss die Ellbogen mit den Händen. Sie wirkte nervös.

Sie hustete und sagte: »Martha. Ich weiß, du und deine Schwester macht euch über meine Wiederverwertungen lustig, aber alles, was ich versucht habe, all die Jahre, ist es, Müll zu nehmen und ihn in etwas Schöneres und viel Stärkeres zu verwandeln als zuvor. Tut mir leid, wenn das eine verdammte Metapher für alles ist.« Sie drehte sich um und zog das Laken davon. »Es muss dir nicht gefallen.«

Meine Lungen erstarrten. Es war eine hohle Figur, geflochten wie ein Käfig aus Draht und etwas, das wie Teile von alten Telefonen aussah. Meine Mutter hatte Kupfer geschmolzen und es über Kopf und Schultern gekippt. Es war hinuntergetropft, in den Torso hinein, und über ein Herz geflossen, das irgendwie im leeren Raum hing und im Licht gedämpft leuchtete. Sie hatte mich zweieinhalb Meter groß gemacht, schöner und stärker als zuvor. Ich sagte ihr, ich hätte kein Problem mit der Metapher. Und noch im Schuppen, ehe wir wieder hinausgingen, teilte ich ihr mit, sie habe recht gehabt – mit den Dingen, die sie am Telefon und in dem Brief zu mir gesagt hatte. An jedem einzelnen Tag meines Erwachsenenlebens bin ich geliebt worden. Ich war unerträglich, aber niemals ungeliebt. Ich habe mich allein gefühlt, aber ich bin nie allein gewesen, und die unentschuldbaren Dinge, die ich getan habe, sind mir vergeben worden.

Ich selbst kann nicht behaupten, dass ich die Dinge vergeben hätte, die mir angetan wurden – nicht, weil es nicht so wäre. Sondern weil, wie Ingrid richtigerweise feststellt, Menschen, die davon reden, wie sie anderen vergeben haben, immer nach Arschloch klingen.

*

Die Skulptur meiner Mutter ist zu groß, um in einem Haus zu stehen. Angeblich rümpfen die Leute in der Tate die Nase über mich.

*

Patrick und ich leben nicht zusammen.

Noch an demselben Tag, an dem wir uns in einem Korridor, umringt von unseren eigenen Möbeln, voneinander verabschiedet hatten, tauchte Patrick später in der Goldhawk Road auf und bat mich, während wir beide vor dem Haus standen, zurück in die Wohnung zu ziehen.

Ich eilte auf ihn zu, in der Erwartung, er würde mich in den Arm nehmen, aber er tat es nicht, und ich ließ meine Arme wieder fallen.

Er sagte: »Tut mir leid, ich meinte, ich werde woanders wohnen.«

Ich fragte ihn, was er stattdessen vorschlage, ob ich seine Untermieterin sein sollte.

»Nein, Martha. Ich meine nur, wenn wir das wirklich tun wollen, habe ich das Gefühl, wir sollten vorsichtig sein. Zwei Menschen, die einander das Leben zerstört haben, sollten keine zweite Chance dazu bekommen. Aber während wir versuchen …«

»Bitte sag nicht: versuchen, unsere Ehe zu retten.«

»Schön. Was auch immer wir zu tun versuchen, während wir es tun, möchte ich nicht, dass du bei deinen Eltern lebst.«

Ich sagte ihm, seine Idee sei schräg. »Aber okay.«

Ich ging hinein, holte meine Sachen, und Patrick fuhr mich nach Hause.

Winsome bot ihm an, in Belgravia zu wohnen, aber er mietete sich eine Einzimmerwohnung. Sie ist nicht deprimierend, liegt zwei Straßen entfernt in Clapham, und er ist die meiste Zeit über bei mir. Wir reden über verschiedene Dinge: ob das Scharnier an der Tür der Spülmaschine repariert werden kann oder nicht und wie zwei Menschen, die einander das Leben zerstört haben, wieder zusammen sein können.

Wenn die Leute herausfinden, dass man eine Weile von seinem Ehemann getrennt war, aber wieder zusammengefunden hat, dann neigen sie den Kopf zur Seite und sagen: »Tief in deinem Inneren hast du eindeutig nie aufgehört, ihn zu lieben.« Aber das habe ich. Ich weiß, dass ich es habe. Es ist aber leichter, zu antworten: »Ja, da hast du so recht«, weil es zu anstrengend ist, ihnen zu erklären, dass man aufhören und wieder bei null anfangen kann, dass man dieselbe Person zweimal lieben kann.

*

Patrick wachte auf, als das beschissene Remake zu Ende war, und fing an, nach seinen Schuhen zu suchen. Ich wollte nicht, dass er ging. Ich fragte: »Willst du dir mit mir zusammen *Bake Off* anschauen?«

Wir schauten uns die Folge mit der Eiscremetorte an. Er hatte sie noch nicht gesehen.

Am Ende sagte ich, Ingrid glaube noch immer, die Saboteurin habe sie absichtlich aus dem Eisfach geholt. Patrick meinte, das sei unmöglich. Er sagte: »Sie hat bloß einen Fehler gemacht, weil der Druck so extrem ist.« Ich lächelte ihn an – einen Mann, der den ganzen Tag auf der Intensivstation arbeiten und dann den Druck auf eine Teilnehmerin bei einer Backshow extrem nennen kann. Er fragte mich, was ich dächte. Ich erklärte, ich sei mir bislang nicht sicher gewesen, könne nun aber sehen, dass es niemandes Schuld war.

Wir verabschiedeten uns im Flur, er gab mir einen Kuss auf den Scheitel und sagte, er werde am nächsten Tag wiederkommen. Ich ging ins Bett. Ich finde es immer noch schräg. Es gibt Tage, an denen ich es nicht ertrage, Tage, an denen er sagt, es fühle sich an, als hätte sich nichts verändert, und Tage, an denen es sich für uns beide anfühlt, als wäre so viel verloren, dass man es nicht mehr reparieren kann. Aber wir sind zusammen in der Nachspielzeit, wie Patrick es nennt, eine Zeit, auf die wir keinen Anspruch haben, weshalb wir dankbar dafür sind. Er hat begonnen, seine Einzimmerwohnung Hotel Olympia zu nennen.

Ich habe kein Baby. Es gibt keine Flora Friel. Ich bin einundvierzig. Vielleicht wird es nie eine geben, aber ich habe Hoffnung, und wie es auch kommen mag, Patrick ist einfach immer da.

Quellen der Zitate

»… obwohl das Ende am Anfang und damit weit zurückliegt.«
Der unsichtbare Mann von Ralph Ellison. Aus dem Englischen von Georg Goyert und Hans-Christian Oeser, Berlin: Aufbau 2019

»Falls ich Euch nicht besonders darauf hinweise, stecke ich mir immer gerade die nächste Zigarette an.«
Gierig von Martin Amis. Aus dem Englischen von Eike Schönfeld, Zürich: Kein & Aber 2015

»Und ich sagte, na ja, ich sei mir nicht ganz sicher, aber im großen und ganzen hätte ich gern alles hübsch ordentlich und friedlich um mich herum und würde nicht gern behelligt, irgend etwas zu tun; und daß ich über die Art Witze lachte, die andere Leute überhaupt nicht komisch fänden, und gern lange Spaziergänge unternähme, ohne daß mich jemand aufforderte, meine *Meinung* zu Themen (wie zum Beispiel Liebe, und ist Soundso nicht *seltsam*?) zu äußern.«
Cold Comfort Farm von Stella Gibbons. Aus dem Englischen von Veronika Dünninger, Berlin: Ullstein 1998

»Die Einäscherung war nicht schlimmer als ein Weihnachtsfest im Familienkreis.«
Metroland von Julian Barnes. Aus dem Englischen von Gertraude Krueger, Köln: Kiepenheuer & Witsch 2013

»Die große Offenbarung war nie gekommen. Statt dessen gab es kleine tägliche Wunder, Erleuchtungen, Zündhölzer, die unerwartet im Dunkeln angerissen wurden; hier war so eins.«
Zum Leuchtturm von Virginia Woolf. Aus dem Englischen von Karin Kersten, Frankfurt am Main: Fischer 1993

»Aus dem, was einem peinlich ist, wird gewöhnlich eine gute Story.«
Die Liebe des letzten Tycoon von F. Scott Fitzgerald. Aus dem Englischen von Renate Orth-Guttmann, Zürich: Diogenes 2006

»Du hast die Hoffnungslosigkeit überwunden.«
Trauer ist das Ding mit Federn von Max Porter. Aus dem Englischen von Matthias Göritz und Uda Strätling, München: Hanser Berlin 2015

»Nimm den Tag in Angriff.«
Erzbischof Justin Welby, BBC *Desert Island Discs*, 21. Dezember 2014

Eine Anmerkung zum Text

Das im Roman beschriebene Krankheitsbild deckt sich nicht mit dem einer echten psychischen Erkrankung. Die Schilderungen von Behandlung, Medikation und ärztlichem Rat sind vollkommen fiktional.

Danksagung

Catherine. Und James. Libby, Belinda und die Mitarbeiter*innen und Freelancer von HarperCollins. Ceri, Clare und Ben. Fiona, Angie, Kate, Familie Huebscher, Laurel und Victoria. Clementine und Beatrix. Andrew. Danke.

Zur Autorin:

Die gebürtige Neuseeländerin Meg Mason machte ihre ersten Karriereschritte in London, wo sie u. a. für die *Times* sowie die *Financial Times* über Lifestyle-Themen, aber auch Elternschaft und Selbstbestimmung schrieb. Mit ihrem Ehemann und den gemeinsamen Töchtern lebt sie heute in Sydney und ist Kolumnistin für verschiedene Zeitungen. *Was wir wollen* ist der erste Roman, der von ihr auf Deutsch erscheint.

Zur Übersetzerin:

Yasemin Dinçer studierte Literaturübersetzen in Düsseldorf und lebt und arbeitet seit 2009 in Berlin. Sie übertrug u. a. Paula McLain, Oyinkan Braithwaite und Chanel Miller aus dem Englischen.